UKE EL CONTRINCANTE

UKE EL CONTRINCANTE

ELIA BARCELÓ

minotauro LABERINTO

Uke. El contrincante

Publicación de Editorial Planeta, S.A. Diagonal, 662-664, 08034 Barcelona.

ISBN: 978-84-450-1227-7
Depósito legal: B. 8.059-2022
Printed in EU / Impreso en UE.

Inscríbete en nuestra newsletter en: www.edicionesminotauro.com

Facebook/Instagram: @EdicionesMinotauro

Twitter: @minotaurolibros

El papel utilizado para la impresión de este libro está calificado como papel **ecológico** y procede de bosques gestionados de manera **sostenible**

Todos los personajes, los lugares y casi todos los sucesos que aparecen en esta novela son ficticios, con excepción del episodio de los papeles encontrados en el riel de la cortina. He reproducido fielmente gran parte de los mensajes contenidos en esos papeles.

Quiero agradecer a Lourdes Navarro y Ramón Rico el que me hablaran de ellos y me permitieran consultarlos.

Mi agradecimiento también a Klaus Eisterer, Michael Bader y Martina Lassacher por las largas horas de conversación, el apoyo y las críticas. A Concha Barceló y Francesco Proietti por enseñarme Calcatta y por tantas otras cosas. A Carmen Barceló, que dedicó mucho tiempo a picar texto y no llegó a leer el final. A Alejo Cuervo, Javier Azpeitia y Francisco García Lorenzana por su detallada lectura y sus comentarios. A Julián Díez por sus buenos oficios.

Y muy especialmente a Hermann Müller, S. J., mi mejor contrincante en materias teológicas, que ya no está entre nosotros. *In memoriam.*

... And there's a mighty judgement coming.
But I may be wrong.
L. Cohen

En aikido, lucha esencialmente defensiva, Uke *es el nombre del contrincante, de la persona que en cada combate tiene el papel del agresor. No se trata necesariamente de un malvado ni de un enemigo. El* Uke *es sólo el atacante. Sin* Uke *no hay lucha.*

Si escribir novelas y publicarlas ya es un privilegio, el hecho de que la misma editorial que lanzó esta en 2004 haya decidido reeditarla en 2022, y además rescatando el título que yo elegí hace tanto tiempo, es casi un milagro.

He dicho en muchas ocasiones que *Uke* fue la novela que me enseñó a escribir novelas y, aunque suene curioso, es la pura verdad. Antes de esta, lo más largo que había escrito en la vida era *Sagrada*, la novela corta que dio título a mi primera publicación, en 1989, en Ediciones B, que tenía un tercio de la extensión de esta.

La novela que ahora tienes entre las manos surgió de un modo curioso: la idea que me permitió escribirla me vino, sin haberla buscado, en una de esas pesadillas clásicas cuando te despiertas bañada en sudor, desorientada y con la sensación de que va a suceder algo terrible. Era una tarde de agosto. Hacía un calor infernal y el cielo se iba cubriendo despacio. Me tumbé a hacer la siesta, me dormí y, cuando desperté, ya casi en medio de una tormenta eléctrica, seca, —supongo que fueron esa tormenta y el cambio de presión las que me regalaron la idea— me di cuenta de que el sueño seguía conmigo y, mucho más extraño, las palabras con las que alguien dentro del sueño me había ido mostrando las jerarquías del dolor que encontrarás a lo largo de las páginas que te esperan.

Me levanté y, entre truenos, rayos y estallidos, las apunté para no perderlas, aunque estaba segura de que no se me olvidarían. Cuando salí a encontrarme con el resto de la familia —estábamos en una casa de campo y éramos un buen grupo— los truenos se habían convertido en algo que no he vuelto a vivir desde entonces: una especie de fragor continuo, como si el cielo se hubiese llenado de carros o tanques que lo estuvieran atravesando. La luz era entre gris y amarilla, el sol bajaba hacia su ocaso detrás de la montaña, los rayos hacían culebrinas que se quedaban grabadas en la retina. La novela —los personajes, el comienzo de la trama— se iban coagulando en mi interior a toda velocidad. Cuando cayó la noche y se fue apagando la tormenta, la tenía, sabía exactamente lo que quería narrar. Lo único que me asustaba era la extensión de la historia y la dificultad narrativa. Yo nunca había escrito nada tan complejo, ni tan largo, ni con tantos personajes. No sabía si sería capaz de perseverar el tiempo suficiente como para llegar hasta el fin. Tenía mi trabajo en la universidad, un hijo aún pequeño, y dirigía un grupo de teatro. No iba a ser fácil.

Sin embargo, lo conseguí. Tardé mucho más de lo que tardo ahora en terminar una novela, pero lo conseguí. La escribí a mano, ignoro por qué. En aquella época yo ya me había pasado a la máquina de escribir eléctrica con un display que te permitía corregir una línea, y estaba haciendo mis pinitos con el primer procesador de texto. No sé por qué lo hice, pero me recuerdo a mí misma escribiendo en mi mesa negra, con un montón de cuartillas blancas en un lado y otro montón de cuartillas escritas en el otro, y una estilográfica en la mano que había que ir llenando del tintero con frecuencia, a medida que se vaciaba. Lo pienso ahora, no sé si será verdad, pero creo que el haberla escrito a mano ayudó a mejorar algún proceso cerebral y no tuve ninguna de las dificultades que yo había imaginado al pensar en todo lo que me esperaba. Fue entonces cuando establecí el método de trabajo que me ha acompañado hasta ahora: escribir en el mismo orden que los lectores y lectoras encontrarán cuando esté terminada la novela, pensar mucho cada escena antes de narrarla, escribir lo absolutamente necesario y, si en el momento de la corrección y el repaso hace falta más, añadirlo.

Desde que terminé la primera escritura de *Uke* han pasado treinta años (más o menos). He publicado más de treinta novelas y unos ochenta relatos; he tenido la suerte de que mis textos hayan sido traducidos a veinte lenguas y hayan ganado premios de varios géneros, y que muchos festivales y ferias del libro por todo el mundo hayan querido invitarme a participar. Todo esto yo no lo sabía cuando escribí *Uke*, ni siquiera soñaba con conseguirlo. Todo lo que había escrito hasta ese momento había surgido de una pulsión incontrolable, de una necesidad narrativa imparable que ahora llamo «enamoramiento» y entonces no tenía nombre, pero me llevaba a sacar tiempo de donde fuera para poder escribir. Mi texto y yo, yo y mi texto.

En eso no he cambiado nada. Sigo enamorándome de mis historias, sigo necesitando escribirlas. La diferencia —y es una diferencia maravillosa— es que ahora hay lectores y lectoras que se dejan llevar a cada viaje que les propongo, unas veces a lugares brillantes y alegres, otras veces a lugares oscuros y terribles.

Uke cimentó la constancia y la disciplina que había empezado a aprender con *Sagrada*; me enseñó a dibujar personajes creíbles, «vivos» dentro de la trama; me enseñó a ubicar historias en el mundo real (hasta ese momento, como siempre había escrito ciencia ficción, el mundo lo inventaba yo). En *Uke* aún se nota que no conseguí decidirme por completo sobre la ubicación exacta en la que sucedería la historia, pero no me parece grave porque esa indecisión potencia la mezcla de elementos realistas y fantásticos.

En esta revisión no he cambiado más que alguna coma o alguna palabra repetida que se me escapó en su momento. Siempre he sido de la opinión de que los textos deben quedar como cuando fueron publicados por primera vez, ya que forman parte de mi historia, tanto de la vital como de la estrictamente literaria. Así que lo que vas a encontrar en las páginas que siguen es lo que imaginó y narró una mujer de treinta y pocos años al comienzo de su carrera.

Espero que disfrutes de esta historia en la que trato temas que me apasionaban entonces y que, a pesar del tiempo transcurrido, me siguen pareciendo apasionantes ahora, tanto desde el punto de vista teológico como literario. Los seres humanos nos debatimos constantemente entre el Bien y el Mal, según las creencias de cada individuo y cada sociedad, nuestras religiones han intentado dar respuesta a nuestras preguntas sobre la existencia del alma, la trascendencia, la creación y la divinidad. Nuestra ciencia no encuentra pruebas que apoyen las creencias religiosas y ofrece otras respuestas que no siempre resultan aceptables a todo el mundo.

Somos seres que nos hacemos preguntas y, entre ellas, la más candente es siempre «¿por qué?». La literatura no fue concebida para dar respuestas universalmente válidas, sino para plantear preguntas, dar posibles respuestas —siempre tentativas, siempre parciales—, en un juego tan antiguo como la misma Humanidad. La literatura sirve, entre otras cosas, para inquietar. Si he conseguido eso, inquietarte, hacer que pienses en algunas de las cuestiones que he concentrado aquí y te las respondas para tu propia vida, y si, además, te he hecho pasar un buen rato, aunque te haya hecho mirar por encima del hombro en la oscuridad de un pasillo o crear en ti un poco de temor al enfrentarte a un espejo, sentiré que he cumplido con lo que me había propuesto.

¡Gracias por acompañarme en este viaje!

E. B
2022

Hay novelas que nacen a tiempo y otras que lo hacen a destiempo. No es culpa de nadie. La idea para una nueva novela suele surgir en la mente del autor o autora sin tener en cuenta consideraciones de tipo práctico, pero una vez que surge, si es lo suficientemente fuerte, si el autor o la autora se enamora de ella, nada puede impedir que la escriba.

La primera versión de esta novela fue escrita casi en la misma época en que sucede la acción, entre 1989 y 1991, y en mi interior no se trataba de una novela de terror contemporáneo, sino sobre todo de un *thriller* teológico, por llamarlo de algún modo.

En aquella época, principios de los años noventa, no había ninguna editorial en España —o yo no supe encontrarla— dispuesta a publicar este tipo de novela si no había sido escrita por un autor extranjero, de modo que la guardé y seguí escribiendo otras cosas.

Años después volví a ella, la remodelé y, cuando estuvo lista la segunda versión, la guardé de nuevo, convencida de que algún día llegaría el momento de sacarla a la luz.

Hace unos meses, la editorial Minotauro tomó la decisión de apostar por el lanzamiento de una colección de terror y me la pidió para leerla. Después de unos cuantos ajustes, concertados con mucho cariño y buena voluntad, quedó terminada la tercera versión de una novela que empezó su andadura mucho tiempo atrás, la que hubiera tenido que ser mi segunda publicación. Mientras tanto, ésta es mi decimotercera novela publicada. He aprendido mucho desde entonces, he probado todo tipo de géneros, he escrito narrativa tanto para un público juvenil como para adultos, pero ésta sigue siendo mi primera novela larga, una novela que me ha ocupado, de un modo u otro, catorce años. Ha sufrido muchos cambios, entre ellos el título, que debería haber sido *Uke*, y ha acabado convirtiéndose en *El contrincante*, pero sigue siendo el producto de un gran amor literario y conserva, espero, el aliento y la fuerza que puse en ella desde su primera versión.

Ahora que por fin sale al público, le deseo feliz travesía y que despierte en sus lectores y lectoras los ecos que yo estuve oyendo durante tanto tiempo. Gracias.

E. B.

2004, prólogo de la edición anterior

0

La luz era gris, uniforme, una luz que caía del cielo y se expandía sin crear sombras por el paisaje, como en el interior de una bola de cristal. Bajo esa luz difusa y blanda, el agua del lago tenía una cualidad cremosa, mercurial, como si se pudiera caminar sobre su superficie lisa y quieta hundiéndose quizá hasta los tobillos primero, naufragando después lenta, muy lentamente hacia mitad del lago sin rizar su espejo, sin levantar una onda, sin un susurro; hundirse lentamente con los ojos fijos en la mole gris de la escarpadura, en las ruinas grises del pueblo abandonado, hasta que los ojos se llenaran de lago quieto y espeso, y la nariz y la garganta y los pulmones quedaran anegados, grises, en calma. Y la sangre se volviera de plata.

Se levantó un vientecillo fresco que rizó el agua del lago y rompió su perfección de acuarela antigua. Un viento que hizo crujir las ramas desnudas y danzar el polvo ante sus ojos, un ruido seco en los oídos que puso medida al silencio.

«He llegado», se dijo. «Si hay algún lugar como el que busco, es éste el lugar».

Se acomodó la mochila a la espalda y, bordeando el lago, empezó a subir el sendero que llevaba a las ruinas de lo que alguna vez debió de ser una hermosa ciudad. Las piedras grises rodaban cuesta abajo a su paso, levantando polvo. En algún momento del año, con las lluvias, el camino sería una torrentera, pero ahora estaba seco y muerto, tanto como las tierras que lo circundaban, como el cielo, como el pueblo.

Siguió caminando sin detenerse a tomar aliento, deseando llegar arriba y verse al fin por encima de aquel paisaje desolado, comprobar tal vez que, a pesar de todo, no era lo que buscaba y regresar al mundo, a la civilización, a las pesadillas que en ese momento estaban empezando a parecerle un precio muy bajo a cambio de salir de aquel lugar de muerte.

Llegó por fin a la entrada del pueblo que en otros tiempos debió de ser una ciudad fortificada: un gran arco de piedra con lienzos de murallas a ambos lados y enormes marcas en los muros de gigantescas puertas que ya no existían. Había esperado ver el lago desde allí, pero el camino se había ido curvando imperceptiblemente y la vista quedaba detrás de la muralla de su izquierda. A la derecha se apreciaba una sierra picuda y gris en la distancia, detrás la torrentera, delante una calle empedrada de grandes losas polvorientas, con hierba alta y seca en las junturas.

Y el silencio. Un silencio casi tangible, seco, tenso, antiguo. Un silencio que forzaba a respirar con cautela, a caminar de puntillas para no despertar a los muertos.

Casas de piedra apoyadas unas en otras, firmes todavía, de ventanas cegadas con tablones carcomidos y puertas de enormes cerraduras, rojizas de herrumbre, todas con signos incomprensibles, pintados deprisa y sin cuidado en algún tiempo remoto con una pintura que debió de ser roja.

Más calles, más casas, puertas de gallinero de alambre oxidado y retorcido que chirriaban y batían ocasionalmente empujadas por el viento, huertecillos desolados... Una plaza por fin. La plaza del pueblo, donde en otros tiempos debieron de reunirse los vecinos, grande y cuadrada, con una enorme iglesia, su puerta atrancada por un aspa gigante con clavos como puños, un edificio con una torre maciza y un reloj sin saetas, su esfera tan vieja como el tiempo y, en el centro, una fuente seca donde un dragón cubierto de escamas, esculpido en la cruda piedra gris de la región, abría sus fauces interminablemente, las alas desplegadas, las garras listas para el ataque; lo más vivo en aquel lugar de olvido y silencio.

Contempló largamente el dragón, como si también su cuerpo se hubiera vuelto de piedra, tratando de seguir la cadena lógica de su propia presencia en aquel pueblo del páramo, pero nada era lógico. Todo había sido obra de la casualidad, de la depresión, de las pesadillas. Había estado buscando, para combatirlo o para entregársele, lo que había destrozado su vida en los últimos meses y, de una forma al límite de su comprensión, había llegado hasta allí tratando de encontrar una respuesta o un destino.

Pero el lugar estaba mudo. Había poder allí o lo había habido en otro tiempo; podía sentirlo en el vello de su cuerpo, de su nuca, que se electrizaba apenas cuando su mirada se posaba en la puerta tapiada de la iglesia, atrancada de un modo excesivo, exagerado, como si se tratara no de impedir que alguien entrara a robar unos tesoros que la pobreza del pueblo desmentía, sino de evitar por todos los medios que algo saliera de allí. Un escalofrío le recorrió la columna, sintió cómo su estómago se contraía a impulsos de un miedo indefinible y apartó la mirada de la iglesia.

Su reloj marcaba las doce en punto. En un acto reflejo, echó un vistazo al reloj de la torre y encontró la esfera muda, como un ojo vacío en mitad de la torre.

Salió de la plaza a pasos largos y rápidos, deseando recorrer el pueblo y salir de allí cuanto antes. Tenía que haberse equivocado. No había más que silencio. Polvo y silencio. Olvido y soledad. Pero quería asegurarse, luego se marcharía.

Un calor en la espalda que le puso la piel de gallina hizo que se volviera ya en la esquina de la plaza.

No había nada.

El dragón seguía allí, con su mirada fija, de piedra, nítidamente recortado contra el fondo de la puerta de la iglesia, las aspas de la barricada saliendo aparentemente de su cuerpo como las tibias cruzadas bajo una calavera. Por un segundo tuvo la impresión de que sus ojos sin párpados se habían movido. Sintió un intenso escalofrío que recorría su cuerpo como una ola y salió de la plaza sin volverse más.

Siguió caminando cada vez más deprisa sin decidirse a empujar ninguna puerta, pendiente sólo de los mínimos ruidos que formaban el silencio polvoriento del lugar. Entró en un callejón cerrado a la derecha por la muralla y a la izquierda por la parte trasera de unas casas de dos y tres pisos, de ventanas altas, sin tablas. Si fuera posible encontrar un acceso a la muralla, podría mirar el interior de las casas sin tener que entrar en ellas. Tenía que haber alguna escalera en la roca, las murallas estaban hechas para proteger y vigilar; tenía que haber alguna forma de subir.

La calle se curvaba dirigiendo sus pasos hacia la entrada del pueblo, quizá la misma que había recorrido antes, quizá otra; no había manera de orientarse en aquel laberinto de piedra bajo aquel cielo traslúcido donde la luz venía de todas partes. Encontró por fin una escalera de peldaños gastados por el uso y resquebrajados por siglos de inviernos duros. Subió con cuidado, apoyando los pies lo más lejos posible del borde, afianzándose.

Seis escalones. Uno más ancho. Seis más. Otro descansillo. Otros seis.

Y entonces el viento en la cara, el espacio abierto, el lago a sus pies. Y la voz:

—¿Vienes a quedarte?

Sintió un principio de vértigo y dio un traspié sobre las piedras sueltas del suelo de la muralla. Cuando consiguió enfocar la vista hacia la voz, una niña formaba barrera con un niño, obviamente su hermano gemelo, ocultando algo que estaba detrás de ellos y a sus pies. Era evidente que no querían que nadie viera su tesoro, fuera lo que fuera, y por eso se acuclilló hasta quedar a la altura de sus ojos.

La niña preguntó otra vez:

—¿Eres de los iluminados?

El niño miró a su hermana una fracción de segundo y ella bajó la vista.

—Es que sólo puedes quedarte con nosotros si sabes crear algo, ¿comprendes? —dijo él con rapidez, como queriendo cubrir el desliz de la niña—. Aquí son todos creadores, artistas, ¿sabes? Cuadros, figuras, libros, lo que sea. Somos muy pocos, pero somos una colonia de artistas. ¿Tú qué sabes hacer?

—No sé; así, de momento... —Su propia voz le sonó extraña y distante sobre el silbido del viento—. Antes era... bueno... soy ceramista.

—¡Ah!, entonces sí. Hay ya otros dos, pero supongo que da igual.

—¿Hay más gente aquí?

—Claro, pero ahora están comiendo o durmiendo la siesta. Anda, ven con nosotros, te llevaremos a la casa.

—¿A vuestra casa?

—Aquí todo es de todos. Ven.

La niña le tendió una mano de uñas rotas y grises de polvo y su hermano se quedó atrás unos segundos, hasta que estuvieron en la escalera desde donde ya no se veía el lugar en el que habían estado hablando.

Recorrieron unas cuantas calles en silencio, lanzándose miradas ocasionales, desviando los ojos inmediatamente, hasta que llegaron a una casa tan muerta y cerrada como las otras. La niña soltó su mano y los tres se quedaron un momento callados frente a la puerta.

—Anda, entra. Te esperan.

Avanzó hasta el umbral y apoyó la mano en el pomo de la puerta, sintiendo el miedo que surgía en su interior y una ligera vibración que se extendía por todo su cuerpo. Se volvió un instante. Los niños miraban la escena con intensa fascinación. Los dos tenían los ojos verdes.

—Entra.

Bajó el picaporte con toda la fuerza de su brazo. Un golpe seco. Luego un leve chirrido y la oscuridad grisácea del interior. Entró.

PRIMERA PARTE

España, 1987

I

—¿Qué? ¿Qué tal va eso?

Jorge se encogió de hombros mientras se miraba los pantalones:

—Pues más o menos como la última vez. Me temo que no he progresado mucho.

—¿Has hecho los deberes?

—Sí, claro.

Se agachó a buscar la cartera, revolvió un poco, sacó un par de hojas escritas a mano y se las pasó a su psiquiatra por encima de la mesa.

—No, hombre, esto no es un taller literario; quiero que me cuentes tus conclusiones. Si no recuerdo mal, la tarea consistía en que trataras de averiguar la causa o las causas básicas de la depresión, ¿no es eso?

—Entonces ¿está claro que es depresión?

—Tienes todos los síntomas: dolores de cabeza, insomnio y rachas de sueño profundo del que te despiertas con la sensación de no haber descansado, sequedad de piel, vamos... de todo.

—También tengo motivos.

—Nadie dice que no los tengas, pero hay gente que con los mismos motivos no se enferma y otros sí. No es grave, puede tratarse y se cura, ya verás. Anda, cuéntame.

—No sé por dónde empezar.

—Espera, haré un resumen.

Abrió la carpeta que tenía encima de la mesa y leyó con rapidez tres o cuatro hojas.

—Hasta ahora sabemos que tus síntomas empezaron a manifestarse con claridad cuando Rosa se fue de casa sin dar explicaciones y sin dejar ninguna indicación ni de sus motivos ni de su paradero. Las cosas ya iban mal entre vosotros, pero tú estabas convencido de que os queríais lo suficiente como para superar los problemas y que todo funcionara de nuevo. El hecho de que Rosa desapareciera de la noche a la mañana es lo que más te ha afectado. Tienes la impresión de haberle fallado y, a la vez, de que ella no te ha permitido ayudarla. También te sientes herido y traicionado. Creo que la semana pasada nos quedamos ahí, ¿no? Ahora dime qué has pensado tú.

Jorge se pasó la mano por los ojos y se aclaró la garganta:

—No sé, Marina. ¡Es todo tan absurdo! Nosotros nos queríamos. Llevábamos tres años viviendo juntos y todo había ido muy bien; pensábamos incluso en casarnos, y entonces, sin saber bien cómo, empezamos a distanciarnos. Ella empezó a tener fuertes dolores de cabeza, pesadillas, rachas de insomnio. A veces me despertaba a media noche y me la encontraba fumando en el balcón, temblando. No quería quedarse en casa sola, se sobresaltaba por cualquier cosa, ruidos y eso, tenía miedos raros...

—¿Y tú?

—¿Yo qué?

—¿Cómo reaccionaste tú?

—Mal, supongo. Me daba risa. Ella siempre había sido muy serena, muy estable. Al principio pensamos que podía estar embarazada, nos ilusionamos incluso, pero no era eso. Yo pensaba que tomándole el pelo, tomándomelo a risa, ¿entiendes?, desaparecería. Ella siempre había tenido un gran sentido del humor. De hecho es lo que al principio más me atrajo de Rosa, que se reía de todo, que me hacía reír a mí. Pero no. Ella cada vez lo hablaba menos conmigo, trataba de hacer como que no pasaba nada, y yo le estaba agradecido y tampoco decía nada. Se me ocurrió que podía haber otro, pero se lo pregunté y me dijo que no.

—Y la creíste.

—Claro. No me había mentido nunca. De todas maneras me informé un poco con los amigos, ya sabes, sobre todo cuando empezaron a ir mal las cosas en la cama, pero al parecer no había nada de eso. Debe de ser que dejó de quererme de golpe y quería irse de casa, pero no se atrevía a decírmelo, sentimiento de culpa y esas cosas, supongo, hasta que no pudo más y se marchó sin decir nada por miedo a enfrentarse conmigo.

—¿Es ésa tu opinión?

Jorge hizo una mueca con los labios y se encogió de hombros, mientras con una mano se tironeaba el pelo de la nuca.

—No sé. Me imagino que sí.

—Entonces, si para ti está claro, no tienes nada que reprocharte. Ella dejó de quererte y se fue. Hiciste todo lo posible por retenerla y no pudiste porque una pareja sólo sobrevive si los dos quieren. Uno solo no basta.

—Sin embargo, Marina, no es normal que Rosa hiciera eso, no es su estilo. Ella siempre ha sido partidaria de hablarlo todo, de las cosas claras...

Hubo una pausa. Tranquila, mirando el lápiz que tenía en la mano, Marina esperó a que Jorge siguiera hablando.

—Si no fuera por lo idota que resulta, diría que Rosa no se fue por su voluntad.

Marina levantó la vista.

—¿Y qué sugieres? ¿Secuestro? ¿Suicidio?

Jorge sacudió la cabeza lentamente.

—No lo sé. ¿Crees que podría haberse suicidado?

—¿Lo crees tú? Yo no la conozco.

—No. No lo creo. He pensado también que podría haberse metido en una secta, pero la verdad es que tampoco me lo creo.

Cruzó por su mente la última noticia que tenía de Rosa, aquellas cuatro líneas que se sabía de memoria y que tan poco aclaraban sobre sus motivos y su paradero, aquellas cuatro líneas que la hacían parecer una loca, presa quizá de una misteriosa secta esotérica y, casi de inmediato, como llevaba meses haciendo, la rechazó.

—¿Has hablado con la policía?

—Es mayor de edad y ni siquiera es mi mujer legal. Le he preguntado a todos los conocidos y nadie sabe nada. Con su madre no está. Lo único que he hecho es quedarme en el piso por si vuelve o llama, aunque la verdad es que se me cae encima, y tampoco me lo puedo permitir sin el sueldo de Rosa.

—Mira, Jorge, si llama o vuelve sabe dónde buscarte; tenéis amigos, hay miles de formas de localizarte. Si el piso te vuelve loco, lo que es comprensible, lo mejor es que te busques algo más pequeño y más barato, sin recuerdos. Has esperado tres meses, también tienes que hacerte a la idea de que quizá no vuelva más. No es seguro, pero puede pasar.

—Pero ¿por qué se ha ido, Marina? Y, sobre todo, ¿por qué se ha ido así?, y ¿adónde?

—¿Son ésas las preguntas cruciales, Jorge?

Jorge la miró intensamente y respiró hondo antes de contestar.

—Si supiera eso, si pudiera hablar con ella y averiguarlo, creo que podría volver a vivir, creo que podría aceptarlo todo. Pero tengo que saberlo.

—Entonces piénsalo hasta la semana que viene y escribe tus conclusiones.

—Pero ¿qué te crees que he estado pensando estos tres últimos meses? —dijo Jorge casi gritando—. ¿Qué crees que me está volviendo loco? ¿Crees que voy a dar con la respuesta sólo con pensar?

—¿Y tú crees que voy a encontrar yo la respuesta si tú tienes todos los datos y no la encuentras?

—¿Cómo dices? —La voz de Jorge se hizo insegura.

—Jorge, muchas veces el comportamiento de una persona en un momento clave ha sido ya anunciado mucho tiempo antes en gestos, palabras, conversaciones, miradas, cosas sin importancia aparente que si se estudian una detrás de otra objetiva, desapasionadamente, resultan muy reveladoras.

Jorge no rompió el silencio esta vez. Marina continuó:

—Piensa en todo lo que hizo y dijo Rosa desde que empezaron vuestros problemas hasta que se fue y escríbelo. Luego me lo traes y juntos lo analizaremos. Quizá podamos contestar a tus preguntas.

Él asintió con la cabeza y siguió hundido en su silla, en silencio.

—¿Qué piensas, Jorge?

Levantó la cabeza como asustado, como si se hubiera olvidado de que Marina estaba frente a él, pendiente de sus reacciones.

—Estaba pensando en lo que te he dicho hace un momento. Lo de cuánto nos reíamos juntos, ¿te acuerdas? Pues me acabo de dar cuenta de que en los últimos meses, antes de que se fuera, ya no nos reíamos nunca.

—Y eso era importante para ti.

—Muchísimo. Ni yo mismo sé bien por qué. Supongo que tiene relación con donde me crié. Era un buen sitio y me trataban bien, pero todo era siempre terriblemente serio, ¿sabes? No había risa, risa buena, espontánea, natural. Allí nadie tenía sentido del humor y se consideraba casi de mal gusto que uno lo tuviera. Con el tiempo, me acostumbré, y cuando conocí a Rosa, ya con las primeras frases, empecé a sentir como si la capa de hielo que se me había formado por encima a lo largo de los años empezara a derretirse.

—¿Fue amor a primera vista?

—No, no —contestó Jorge con una sonrisa—. Tardé por lo menos tres o cuatro horas en enamorarme.

Marina se echó a reír y Jorge la acompañó durante unos segundos.

—Pero cuando me enamoré del todo, como un imbécil —continuó con expresión soñadora—, fue a la semana siguiente, cuando vino a recogerme a una casona de las afueras, donde estábamos rodando una película de terror, la película más mala que he hecho en la vida. Aún me da vergüenza cuando lo pienso.

—Cuéntame.

—En aquella época no me iba del todo mal, pero aceptaba cualquier cosa, lo que fuera, para que no se olvidaran de mí y porque en esta profesión nunca sabe uno qué puede salir de un proyecto, por espantoso que sea. Se conoce gente, te ven, suenas y a lo mejor te llama alguien para ofrecerte algo realmente bueno. El caso es que yo hacía de protagonista de aquel horror donde tenía que enfrentarme a una especie de masa de material biológico escapada de un laboratorio, que había adquirido conciencia de sí misma y andaba por ahí devorando gente y aprisionando sus almas o sus mentes, o algo así. —Soltó una carcajada corta, recordando algo que Marina aún no podía compartir—. Perdona, ya sigo. El guion estaba escrito a patadas, pero el monstruo... —Volvió a reírse sin poder evitarlo—. El monstruo era, de verdad, lo último... una especie de montón de gelatina de dos metros de alto que se desmoronaba cada dos por tres y que los técnicos tenían que sujetar por detrás con unas varillas para que se moviera como si tuviera vida. Lo malo era que la gelatina resbalaba por las varillas y llenaba a los pobres chavales de masa y soltaban tacos constantemente mientras yo trataba de concentrarme y poner cara de espanto. La idea era que yo trataba de destruirla y la masa aquella tenía que estirarse hacia mí y, poco a poco, ir envolviéndome. Pero no funcionaba; caía para donde le daba la gana y la cosa era de un ridículo espantoso. Aquello no le habría dado miedo ni a un crío de dos años.

»Al cabo de tres horas de tomas falsas la gente estaba histérica, como te puedes figurar, pero no nos podíamos permitir dejarlo para el día siguiente porque estábamos fatal de presupuesto. Y entonces apareció Rosa. —Jorge volvió a soltar una carcajada—. Todos tan serios, tan tensos y tan hartos, tratando de rodar una escena que pudiera valer, y llega Rosa, me ve allí, delante de la masa, lleno de gelatina y dice «pero Jorge, pareces una fresa en un pastel», y se echa a reír, y de repente estamos riéndonos todos, el monstruo acaba de desmoronarse y terminamos todos revolcándonos por el suelo muertos de risa mientras el director se pone a dar gritos y a insultar al padre de todos los presentes. Nunca me había reído tanto como aquel día, te lo juro. Tardamos casi media hora en poder mirarnos otra vez a la cara y no estallar en risotadas. Y lo gracioso es que esa misma noche terminamos la escena y no quedó del todo mal. Supongo que estábamos ya tan relajados que conseguimos concentrarnos durante unos minutos y salió a la primera. Fue genial. Cuando salí de la ducha y miré a Rosa, supe que quería tenerla a mi lado mientras viviera.

Hubo un silencio que Marina no rompió.

—Nunca me he arrepentido —dijo Jorge en voz baja, sin asomo de risa ya—. Y ahora la he perdido. Y no sé por qué.

Miró su reloj con un gesto brusco y se levantó para marcharse.

—Perdona, me he pasado un par de minutos.

—Tranquilo. Haz lo que te he dicho. Piensa y escribe. Y piensa también en cosas buenas y divertidas como las que me acabas de contar; eso ayuda. ¿Tomas las píldoras?

Jorge asintió.

—¿Duermes mejor?

—No mucho.

—Tómate otra antes de la cena. ¡Ah!, y recuerda lo de siempre: no pienses todo el tiempo y de cualquier manera. Si decides cambiar de piso, ocúpate de eso y del trabajo y de lo que sea, y una hora o dos al día, cuando te creas capaz, siéntate, relájate, piensa en el problema, escríbelo y sigue tu vida normal, ¿de acuerdo?

Jorge volvió a asentir, llegó hasta la puerta y regresó a la mesa para estrechar la mano de Marina.

—¡Hasta el miércoles!

El hombre guapo que había estado riéndose frente a ella unos minutos atrás había vuelto a dejar paso al hombre triste y angustiado que había llegado a su consulta hacía un par de semanas.

—¡Hasta el miércoles, Jorge! Si pasa algo, ya sabes, llámame a cualquier hora.

Lo vio salir con los hombros encogidos y la cabeza gacha, y suspiró. Le resultaba simpático aquel chico tan enamorado de una mujer que posiblemente habría tenido sus razones para abandonarlo. «En fin», se dijo, «ya veremos. Él es más fuerte de lo que piensa. Ahora una visita más y se acabó. A casa. Un baño caliente, una buena cena y a dormir».

Pulsó la tecla del comunicador:

—Lola, pasa al siguiente.

—Acaban de llamar de la comisaría, Marina. Han cogido a un tío que ha matado a tiros a ocho personas desde la torre de una iglesia. Quieren a un psiquiatra inmediatamente. ¿Le digo a la señora que se vaya?

Marina echó un vistazo a su agenda:

—Cítala para mañana a las ocho y discúlpame. Llama a comisaría y di que voy volando. ¡Ah!, pídeme un taxi. Y vete a casa, tú que puedes.

Jorge salió de la consulta mucho más deprimido de lo que lo había estado al entrar. Se había hecho de noche y había empezado a nevar ligeramente, una nieve seca que dejaba una delgada capa blanca sobre los coches y los tejados, como azúcar sobre un bizcocho. Caminó arrastrando los pies hasta la parada del autobús, sintiendo cómo la nieve se deshacía bajo sus zapatos, cómo los pies se le iban enfriando; pronto empezarían a dolerle si tenía que esperar mucho rato el maldito autobús. Llevaba dos días sin Loco, su bicicleta, porque había tenido la mala suerte de meter una rueda en los raíles del tranvía y había tenido que llevarla al taller, así que ahora, si no quería caminar casi una hora bajo la nieve, tendría que tomar el autobús para llegar a casa. Y cuando llegara no habría luz en la cocina ni en la sala de estar, no olería a comida, no habría beso de bienvenida, ni siquiera malas caras o discusiones; no habría más que oscuridad y vacío y olor a cerrado. Y preguntas. Las preguntas de siempre rodeando los objetos cotidianos, los muebles, los pósteres que habían elegido juntos, la cama alta con mosquitera azul que Rosa y él habían construido en un fin de semana agotador tres años atrás.

Era la primera vez que se iba a vivir con una mujer. Pisos compartidos había habido muchos, los clásicos pisos de estudiantes de los que nadie se preocupa, donde los platos sucios se amontonan en la cocina y el lavabo parece el de un lugar público. Él estaba acostumbrado a vivir con otras personas, compartiendo gastos y tareas, pero nunca había encontrado a una mujer con la que pudiera plantearse la posibilidad de convivir. Hasta que conoció a Rosa, cuando ya casi había dado por definitivo su estado de soltero libre y sin compromiso, y toda su concepción del mundo había cambiado en unas horas.

Durante toda su vida había creído que el amor era un invento de los poetas o un espejismo estimulado por las hormonas que se consumía a sí mismo sin dejar rastro, como un fuego de paja. Había llegado a los treinta años con una breve lista de relaciones intensas pero de corta duración y la convicción cada vez más arraigada de que ni su carácter ni su profesión le permitirían nunca otra cosa que cortos períodos de enamoramiento seguidos de decepciones y desinterés. Por eso cuando conoció a Rosa no pensó de momento que pudiera ser la mujer de su vida, ese cliché en el que había dejado de creer al dejar atrás la infancia. Pensó nada más que era de las pocas mujeres con las que le gustaría no sólo pasar la noche, sino despertarse a su lado por la mañana. Y eso en él ya era mucho.

Se habían conocido en una fiesta que daba una compañera de reparto para celebrar sus treinta años, y Rosa le había llamado la atención primero por su sonrisa y luego porque era la única entre todos que no tenía ninguna relación con el teatro. Sin decidirlo se había encontrado hablando con ella de toda clase de cosas en una conversación punteada de risas y frases ingeniosas que los había apartado de los demás hasta que terminaron sentados en el balcón con una cerveza en la mano, fumando cigarrillo tras cigarrillo, cada vez más aislados de todos hasta que se dieron cuenta de que, salvo la anfitriona, eran los últimos en la casa.

—Pues me temo que nos va a tocar a nosotros arrimar el hombro —dijo Rosa, levantándose y desperezándose como un gato mientras echaba una mirada divertida a la sala de estar por la que parecía haber pasado un huracán.

—¿Y si nos despedimos amablemente y nos vamos a otra parte a seguir charlando? —insinuó él, sin querer contestar directamente a su comentario.

—¡Venga, hombre! No me digas que vas de estrella por la vida y tienes miedo a mancharte las manos. Vaciar ceniceros y fregar vasos está al alcance de cualquiera.

—Y ¿por qué nosotros?

—Porque estamos aquí. Porque Merche es amiga mía, y supongo que tuya, y porque no hay nadie más.

Mientras ellos hablaban, Merche se había tirado en su cama y se había quedado dormida. Rosa entró, la tapó con una manta, se puso un delantal que encontró en la cocina y empezó a recoger.

—Anda, Jorge, ve trayéndome todo lo que haya para fregar.

Tardaron dos horas en arreglarlo todo, pero fueron las dos mejores horas que Jorge recordaba desde hacía muchos años. Siguieron hablando, siguieron riéndose y, cuando el piso volvió a parecer un sitio decente, decidieron ir a buscar una cafetería para desayunar, sin despertar a Merche, que al levantarse creería que habían pasado por su casa los duendes trabajadores.

En la puerta de la calle, como si llevaran toda la vida haciéndolo, se cogieron de la mano. Dos meses después, decidieron irse a vivir juntos; Jorge había descubierto que la ausencia de Rosa dolía y quemaba como un fuego frío. Se pasaba los días pensando en ella, recogiendo monedas para llamarla desde todas las cabinas que encontraba, escribiéndole notas que luego, cuando estaban juntos, le metía en los bolsillos del abrigo para que las encontrara más tarde, pensando en ella constantemente hasta el punto de que perdía la concentración y se pasaba la vida sonriendo al vacío, como un idiota, porque Rosa también se había enamorado de él y él no conseguía llegar a creer que hubiera podido sucederle algo tan mágico.

Necesitaba tenerla a su lado, saber dónde estaba cada minuto que no pasaban juntos, volver por la noche y tener la seguridad de que aún podría mirarla, despierta o dormida, para cerciorarse de que el milagro era repetible.

De eso hacía tres años, y en ese tiempo no había conseguido aceptar su presencia como algo natural. Cada vez que volvía a casa y la encontraba allí se le encogía el estómago de pura felicidad y pensaba que sería capaz de cualquier cosa por conservarla a su lado. A veces incluso había deseado que sucediera algo que lo obligara a luchar por ella, a defenderla de algún peligro, para probarle su amor.

—¡Qué peliculero eres, Jorge! —decía ella sonriendo—. No tienes que probarme nada.

Pero en sus sueños él se imaginaba salvándola, luchando contra terribles enemigos que querían hacerle daño, besándola al final de la película contra un cielo incendiado, todos los estereotipos de Hollywood que habían alimentado su infancia reunidos en su mente para ofrecérselos a una mujer que tenía los pies sólidamente plantados en la tierra y que lo miraba con una ternura divertida que le hacía sentir un cosquilleo en su interior.

Y ahora que se había hecho realidad la peor de sus fantasías, lo que podría haber sido el inicio de una aventura que lo llevaría a probarle su amor, no sabía qué hacer ni adónde dirigirse. Rosa había desaparecido de su vida de un día para otro y él se sentía atado de pies y manos, contándole sus penas a una psiquiatra y esperando un autobús abarrotado la noche de un viernes para volver a una casa donde nadie lo esperaba.

¿Para qué volver? Ni siquiera tenía hambre. Pero estaba muy cansado, hacía frío y había empezado a dolerle la cabeza otra vez. Estaba invitado a una fiesta de cumpleaños, pero tampoco tenía ganas de cruzar media ciudad para ver cómo dos docenas de imbéciles bien intencionados, que además eran sus amigos, cantaban canciones estúpidas, se emborrachaban y trataban de convencerlo de que a los treinta y cinco años está uno en lo mejor de la vida y se puede volver a enamorar. Y luego se emborracharía y se despertaría al día siguiente con la cabeza de plomo como un Frankenstein mal cosido. Y por la mañana tenía una entrevista importante. Su agente le había arreglado una prueba con Mario Aguilar para una nueva versión de *Bodas de sangre*. Si tenía suerte y conseguía controlar sus nervios, haría el papel de Leonardo, uno de sus grandes sueños. Debía conservar la cabeza clara a toda costa.

El autobús llegó por fin atestado de gente que iba al centro a disfrutar del viernes por la noche; casi todo parejas, como lo habían sido Rosa y él, que ahora irían a cenar o al cine o a mirar escaparates pensando en las compras de Navidad, y se contarían sus cosas y criticarían a los jefes, a los compañeros de trabajo, a los vecinos, se reirían quizá de cualquier tontería y luego se irían a la cama juntos y harían el amor o leerían un rato antes de apagar la luz, y si uno de los dos no podía dormir, se quedaría quieto, caliente bajo las mantas, oyendo la respiración del otro, sintiendo su presencia al alcance de la mano, a salvo del invierno, del mundo, de todo. Y lo más probable era que ninguno de ellos se diera cuenta de que eso era la felicidad: esa seguridad de que la persona que amas está a tu lado, de que tus problemas están detrás de las ventanas mientras oyes el tictac del reloj y no tienes que pensar dónde estará Rosa, con quién, por qué. Por qué.

¿Por qué no le había contado a Marina lo de las pesadillas de Rosa? ¿Por qué había malgastado diez minutos de su tiempo contándole lo de la película en lugar de plantearle lo que de verdad importaba? ¿Por qué no se había atrevido a confesarse ni siquiera a sí mismo que estaba asustado, que sabía lo que era el terror, que antes de que Rosa desapareciera había pasado muchas noches en la sala de estar envuelto en una manta, con las luces encendidas, porque la mujer que dormía a su lado hablaba con otras voces en sueños, porque su rostro se convertía ante sus ojos en una máscara de plastilina que cambiaba de expresión? ¿Por qué no lo había hablado con Rosa en lugar de fingir que no pasaba nada?

Quizá si entonces la hubiera llevado a ver a Marina habría podido arreglarse; pero ahora que Rosa no estaba, ¿cómo iba a contarle él a una psiquiatra lo que había visto, lo que había creído ver en los últimos meses? Pensaría que estaba loco, loco de verdad, de encierro.

Salió bruscamente de sus pensamientos con un frenazo del

autobús. Se había pasado dos paradas y no había avanzado nada en su problema. Bajó tropezando, con la sensación de que la cabeza se le iba a resquebrajar de un momento a otro, y decidió que no podía pensar en el asunto hasta que no tomase un par de comprimidos y consiguiera relajarse un poco.

Más tarde, después de una ducha y unas tostadas que se había obligado a tragar para que las pastillas no le cayeran en el estómago vacío, se sintió con ánimos de poner en práctica el consejo de Marina. Se sirvió un *bourbon* con hielo, se instaló en el mejor sillón y, con papel y lápiz al alcance de la mano, empezó a retroceder en sus recuerdos, buscando el primer momento en que sucedió algo que cambió su vida.

Llegó a la comisaría con el estómago encogido y los nudillos blancos sobre el asa del maletín. No tenía apenas experiencia en casos de violencia, pero era la única psiquiatra localizable en la clínica un viernes por la noche. En cualquier caso, en el maletín llevaba sedantes como para tumbar a un caballo, y habría policía suficiente para controlar a aquel hombre en caso necesario. Pero estaba asustada; su especialidad eran los problemas de pareja y las depresiones, y las dos cosas le iban a servir de poco con un individuo capaz de asesinar indiscriminadamente con una escopeta de largo alcance.

Echó un vistazo al reloj de la entrada: las nueve. Demasiado temprano para llamar a su marido, que aún no habría llegado a casa. Demasiado tarde para estar trabajando. Suspiró y se acercó al mostrador, tratando de que no se le notaran el cansancio y la inseguridad; detestaba los recintos oficiales, los uniformes y, sobre todo, a la policía. Tenía un miedo tan irracional a la policía como otros a los psiquiatras.

Se forzó a que su voz sonara firme y segura:

—Buenas tardes. Soy Marina Castro. Me han llamado hace media hora a la clínica. Al parecer necesitan a un psiquiatra.

El oficial de guardia llamó por el teléfono interior y se volvió de nuevo hacia ella:

—Haga usted el favor de subir al 305. La esperan.

Llamó con los nudillos y la puerta se abrió casi instantáneamente. Un hombre grande y pesado, con tendencia a la gordura y profundas entradas sobre la frente, estrechó su mano con fuerza:

—¿Doctora Castro? Soy el comisario Robles. Muchas gracias por venir tan deprisa.

El despacho era feo, funcional y mal iluminado. Había otros tres hombres que le fueron presentados como inspectores de policía y que, para su alivio, iban todos de paisano. Tomó asiento y le sirvieron un café en vaso de plástico, sin leche, sin azúcar.

—Verá —comenzó el comisario—, hemos llamado a la clínica porque hace una hora no sabíamos qué hacer con ese tipo. Daba gritos, se golpeaba la cabeza contra las paredes y tenía unos ojos de loco que ya quisieran en las películas de terror. Sin embargo, desde que lo hemos traído aquí y lo hemos metido en la celda está más tranquilo que usted y que yo, más fresco que una lechuga. Dice que no se acuerda de nada, pero que está muy agradecido por que lo hayamos traído a la comisaría. ¿A usted le parece normal?

Marina se aclaró la garganta y, como necesitaba una excusa para no tener que beberse el repugnante café, dejó el vaso sobre la mesa, abrió el bolso y sacó su tabaco.

—Señor comisario, no creo que usted y yo tengamos el mismo concepto de lo que es normal. Tampoco es normal que alguien se líe a tiros y mate a todo el que pase por allí. Si lo que me pregunta se refiere a su reacción después del crimen, se sorprendería de lo frecuente que es. Si se trata de alguien que toda la vida ha querido hacer eso, puede ser normal que después de cumplir su deseo se relaje e incluso se ría y sea totalmente feliz. Pero, como comprenderá, tengo que verlo primero y hacerle unas pruebas.

—¿Quiere verlo ya?

—Me gustaría que me informara primero de los hechos.

Uno de los dos inspectores se levantó, encendió un flexo y abrió una carpeta delgada.

—Le haré un resumen: a las cinco treinta de esta tarde se recibió una llamada en esta comisaría. Nos informaban de que un individuo se había apostado en la torre de la iglesia de San Francisco y estaba disparando contra los transeúntes. Ya había varios cuerpos caídos, algunos todavía vivos, pero nadie se atrevía a acercarse a los heridos por miedo a los disparos. Nos dirigimos hacia allá inmediatamente. ¿Conoce usted la zona? —Ella asintió con la cabeza mientras encendía un cigarrillo—. El asesino estaba disparando hacia la plaza que hay delante de la iglesia, que por suerte no estaba muy concurrida porque hacía mucho frío. No sabemos los disparos que haría en total, pero el balance definitivo es de nueve muertos y doce heridos de distinta consideración, entre ellos un par de niños que habían salido del colegio antes de tiempo.

—¿También ha disparado contra niños? —La voz le salió ahogada.

—Niños, viejos, hombres, mujeres. Incluso ha matado un perro. En fin. No fue muy difícil capturarlo. Unos cuantos agentes se quedaron abajo pidiéndole que se entregara y mientras tanto un grupo de agentes especiales subieron a la torre y lo sorprendieron. Tiene una fuerza descomunal. Lo arrastraron escaleras abajo y durante todo el camino gritaba como un loco, diciendo cosas incomprensibles, cambiando constantemente de voz —echó una mirada circular a los que le escuchaban como pidiendo perdón por lo que acababa de decir—, según la declaración de los presentes. Al llegar a la iglesia propiamente dicha, dio un alarido espantoso, nosotros lo oímos claramente desde la calle, y aprovechando el descuido de uno de los agentes se lanzó de cabeza contra una columna. Por suerte pudieron alcanzarlo antes de que se golpeara de pleno y sólo se ha hecho un corte sobre la ceja y una contusión. En cuanto salieron de la iglesia se calmó por completo y no dio ninguna muestra de reconocer su obra. Ya en el coche pareció darse cuenta de su situación y preguntó: «¿Me llevan a la cárcel?», e inmediatamente: «Gracias a Dios, gracias a Dios. No podía más». Desde entonces no ha dicho una sola palabra.

Hubo una pequeña pausa. El inspector levantó los ojos hacia ella y guardó silencio. Al parecer todos estaban esperando a que Marina dijera algo.

—Entonces, ¿ahora está tranquilo? —preguntó por fin.

—Ya se lo he dicho —contestó el comisario—. Fresco como una lechuga, el hijo de puta. Con perdón —añadió rápidamente.

—Quisiera verlo.

Bajaron juntos en el ascensor y atravesaron pasillos y pasillos por los sótanos de la comisaría, mientras Marina se sentía cada vez más insegura y más encerrada. Venían a su mente informes de Amnistía, fotogramas de películas argentinas, historias de la Alemania nazi... Una llave en una cerradura, una vuelta, otra, otra.

—Aquí es.

El hombre estaba al otro lado de la reja en una pequeña habitación cuadrada, sentado en una silla de plástico, con los ojos cerrados. Los abrió al oírlos entrar. Eran grandes y claros, un poco bobos, de pupilas dilatadas. Su traje gris estaba sucio y le habían quitado la corbata. También estaba sucia su cara y el pelo fino y castaño se le pegaba a la frente sudada. Sobre la ceja izquierda llevaba una tirita de dos centímetros de ancho. Tenía las manos blancas y algo gruesas plácidamente unidas sobre el regazo. Tendría entre cuarenta y cincuenta años, y en condiciones normales habría parecido un empleado de banco o un funcionario del ayuntamiento.

Marina sintió un escalofrío y se sentó en una de las sillas frente a la reja para que no fuera tan evidente el temblor de sus rodillas. El asesino y la psiquiatra se contemplaron en silencio unos segundos. Los cuatro hombres estaban en pie detrás de ella.

—¿Viene a llevarme ahora? —dijo él por fin.

—Soy psiquiatra. He venido a tratar de ayudarlo.

—No se esfuerce. Ya nadie puede ayudarme. Tendré que irme ahora. No quiero, pero tendré que ir.

—Escúcheme. Es evidente que no se hace usted cargo de su situación. Hablaré con su abogado y trataremos de llevarle a algún lugar donde puedan prestarle ayuda.

—Sé adónde tengo que ir. Ya se lo he dicho. —Marina ignoró el comentario.

—¿Quiere usted contarme los hechos desde su punto de vista? El hombre sacudió la cabeza mirando al suelo, como negando, pero empezó a hablar.

—No recuerdo nada. Nada. Sólo sé que ha debido de ser algo terrible y que ellos lo hicieron. Llevan mucho tiempo tratando de que mate. Y yo no quería, no quería. —Levantó los ojos de golpe—. Luché mucho tiempo, ¿sabe usted?, pero no hay nada que hacer, no se puede ganar. Y ahora tendré que irme. Ahora.

Aquella simple palabra añadía un terror indescriptible a su rostro y a su voz. Empezaron a temblarle las manos como si tuvieran vida propia y uno de los ojos empezó a hacer guiños descontrolados.

—¡Ayúdenme! —gritó de improviso—. ¡Mátenme! ¡Por favor! ¡Antes de que sea demasiado tarde! Por favor... —Su voz se quebró al borde del llanto.

En ese momento echó la cabeza atrás tan violentamente que oyeron cómo le crujía la columna, luego abrió la boca y empezó a gritar ininterrumpidamente, la mirada desencajada, perdida en el techo de la celda.

—¿Ha traído sedantes? —El aliento del comisario en la oreja la hizo saltar en su silla.

Asintió con la cabeza y se puso a revolver en el maletín. El comisario hizo un gesto a sus hombres, que abrieron la reja y sujetaron al asesino por los brazos sin que diera ninguna muestra de captar su presencia. Seguía gritando como si el aire le fuera a durar siempre.

Marina llenó una jeringa con manos temblorosas y se acercó al hombre. En el momento de sacar la aguja después de inyectar el sedante se cortó el grito como si lo hubieran desconectado con un interruptor, la cabeza del asesino se volvió hacia ella con un crujido como de metal y arena, y su mirada se clavó en ella un instante antes de que sus ojos se cerraran.

Una mirada clara, lúcida, tan llena de odio y tan diferente

de la que había tenido momentos antes que Marina sintió en un relámpago que era otra persona la que la miraba desde detrás de esos ojos. Una persona vieja, sabia, maligna. Soltó la jeringa con un grito y se refugió en el cuerpo de oso del comisario, que la sacó de allí mientras la mirada seguía clavada en su cerebro. Odiándola, persiguiéndola.

—¡Vaya con la psiquiatra! —murmuró el comisario mientras contemplaba el ir y venir de los coches por la avenida bajo la nevada que se hacía cada vez más intensa—. Solicitamos ayuda cualificada, que es lo que se supone que debemos hacer para ayudar a los pobrecitos perturbados, y casi hay que pedir una ambulancia para ella.

—¡Hombre, jefe! Es que usted no ha visto la mirada que le echó. —El inspector Molina apartó la mano con la que tapaba el micro del teléfono y pidió dos cafés del bar de abajo—. Yo estaba sujetándole al tío el brazo derecho y le juro que si a mí me llega a mirar así, esta noche tengo pesadillas. Como las tendría usted.

—Tú eres un alma sensible, Molina. Yo soy de otra pasta.

—¿Qué quiere decir?

—Quiero decir —continuó el comisario, apartándose de la ventana para acercarse a la mesa de su subordinado— que si fuera por mí, sé muy bien lo que le haría a ese hijo de puta en lugar de llamar a un psiquiatra y ponerle un sedante. Una buena manta de hostias es lo que más tranquiliza a un hijoputa que se sube a una torre y mata por el morro a gente indefensa que va a recoger a los críos al colegio. Pero no. Ésos son métodos brutales, inhumanos, todos tenemos nuestros derechos, incluso ese tío. Es un presunto asesino. PRE-SUN-TO. —Su voz iba subiendo de tono mientras Molina se encogía imperceptiblemente en la silla giratoria—. Lo han visto más de cien testigos, pero el cabrón es inocente hasta que un juez lo declare culpable. Y eso si no se lo llevan los psiquiatras y resulta que el pobrecito está enfermo porque de pequeño su mamá no le daba el beso de buenas noches.

Dio un golpe seco en la mesa con las palmas de las manos y se volvió otra vez hacia la ventana con un bufido. Molina, por experiencia, guardó silencio un buen rato esperando a que el cuello del comisario volviera a recuperar su color habitual. Aún estaba rojo como el de un pavo, así que fue a abrir la puerta, le recogió los cafés al chico del bar y se sentó de nuevo.

—¿Sabes lo que somos, Molina? —dijo Robles sin volverse—. Una pandilla de mamones con las manos atadas, unos gilipollas que se juegan las pelotas para coger vivos a tíos como ése para que luego entre los psiquiatras y los abogados nos los quiten de las manos y los lleven a clínicas con calefacción donde ni siquiera tienen que trabajar para vivir, donde además tú y yo, con nuestros impuestos, les pagamos la estancia. Tú y yo y las familias de esos pobres desgraciados que estaban hoy en la plaza de San Francisco. ¡No hay derecho, joder!

El jefe tenía una facilidad inaudita para ensartar tópicos y lugares comunes que Molina había oído cientos de veces; sin embargo, había algo de verdad en lo que decía. Si esas opiniones se habían convertido en un tópico era precisamente porque cientos, miles de personas sentían esa incomprensión, esa impotencia frente a un sistema que por una parte obligaba a arriesgar lo que hiciera falta para sacar de la circulación a tipos como García y luego, con mucha frecuencia, los devolvía a la calle por razones que no siempre resultaban comprensibles.

Después de otro largo silencio, Molina se atrevió por fin a dirigirle la palabra. Sabía que lo peor había pasado, ahora que Robles había terminado de desahogarse.

—¡Venga, jefe, se le va a enfriar el café!

Robles se volvió de nuevo con furia. Parecía más que nunca un oso a punto de atacar.

—Joder, Molina, me desesperas! ¡Qué sangre de horchata!

—Pero ¿qué quiere que le haga? Yo ya sabía todo eso cuando me metí en la Policía y para mí ya es algo el que lo hayamos cogido antes de que matara a más gente aún. Yo tampoco entiendo lo que pasa y tengo muy claro que es un asesino y un hijo de puta como usted dice, pero no me va a decir que no está enfermo.

Tiene que estar loco, loco de atar para hacer eso. —Robles levantó los ojos hacia el techo en un gesto de exasperación—. Joder, jefe, eso no es normal. Yo entiendo que alguien robe un banco, que mate por algo: por dinero, por venganza, por odio, por lo que sea; no me parece bien, claro, pero lo entiendo. Pero para hacer lo que ha hecho ése hay que estar loco, ¿no?

—Vale. ¿Y qué?

—¿Cómo que y qué?

—Que qué hacemos con él.

—Pues eso. Tratar de curarlo...

—¡Venga ya!

—O retirarlo de circulación.

—Eso ya está mejor. Pero definitivamente. Nada de gastos ni de problemas. ¿Que has matado? Pues te matan. Sin más. Fácil, limpio y barato.

—Eso es una animalada y usted lo sabe.

—¿Ah, sí? Pues a ver lo que pasa si ahora se les escapa de la clínica y tenemos que salir otra vez a buscarlo. A ver por qué regla de tres tienen que jugarse la vida unos chavales de veinte años para que a ese cabrón no le pase nada.

—Es nuestro trabajo.

—Sí. Y nadie nos lo agradece.

—Venga, comisario, vámonos a casa. Aquí ya no pintamos nada.

—Voy a pasarme por la clínica. Quiero ver si se sabe algo.

—¿Quiere que llame?

—No. Prefiero ir yo. Quiero hablar con la psiquiatra esa que nos mandaron.

—¿Qué está buscando, jefe?

—¡Yo qué sé! —Descolgó del perchero una inmensa chaqueta de piel vuelta—. Supongo que una explicación razonable de por qué no puedo destrozarle la jeta a puñetazos a ese cabrón.

Salió dando un portazo. Molina siguió sentado tras su escritorio balanceándose en la silla, tratando de decidir qué era peor: si tener que aguantarle los cabreos a Robles o el convencimiento de que en el fondo tenía razón.

Sagrario Martínez se dio la vuelta en el pasillo y empujó la doble puerta batiente con su generoso trasero, cuidando de no derramar el tazón de infusión de valeriana que llevaba en la bandeja. Lo dejó sobre la mesa con un suspiro de triunfo y fue inmediatamente a abrir la ventana mientras decía con su más típico tono de enfermera jefe:

—Tómate la valeriana y deja ya de fumar, Marina. Sabes muy bien cómo se ponen los pulmones de un fumador, y además cualquier día te va a dar un infarto con la vida que llevas. ¿Tomas la píldora?

—Claro. —Fue a apagar el cigarrillo por puro reflejo, lo pensó un segundo y le dio otra chupada—. ¡Hija, me tienes más condicionada que los famosos perros!

—Tómate la valeriana mientras esté caliente.

—No me gusta la valeriana, Sagra, prefiero la tila.

—Sí, pero hace sudar, y con el tiempo que tenemos, sales sudada a la calle y pillas una gripe.

—¿A la calle? Pero si me voy a pasar la noche aquí. ¡Qué más quisiera yo que salir a la calle!

Sagrario cogió el tazón con las dos manos y se lo acercó a Marina:

—¡Venga, psiquiatra!

—Me dará sueño.

—Como Dios manda. Ahora mismo te vas a casa y descansas unas horas; aquí no haces ninguna falta. Con todos los sedantes que lleva en el cuerpo, ese criminal no sería capaz de abrir medio ojo, hay dos maderos de guardia delante de su puerta y esto está lleno de gente si pasa algo. ¿Para qué quieres quedarte? Con que vengas mañana a eso de las siete, vale.

Marina sacudió lentamente la cabeza:

—No, Sagra. Me quedo hasta que pueda pasarle la pelota a alguien. Esto no es lo mío, tú lo sabes. Y ese tipo me da terror. No ya por lo que ha sido capaz de hacer, sino porque está loco.

—¡Mira ésta, qué graciosa! ¿Y con qué te creías que ibas a tratar cuando elegiste la psiquiatría? ¿Con cocodrilos?

—Sagra, no sé cómo decírtelo, pero nunca en mi vida había

visto una mirada como la de ese hombre. Una mirada de odio puro, de odio como no te puedes imaginar.

—Ay, hija, si yo te contara... Ha visto una tantos locos en la vida...

—No, ésa es la cuestión, que no era una mirada de loco. Al mirarme así estaba perfectamente lúcido.

—Entonces será algún tipo de esquizofrenia. Ya lo descubrirás.

—De eso se trata precisamente, Sagra, de que no quiero descubrirlo, lo único que quiero es irme, dejarlo en manos de quien sea y no volver a verlo. Pero por ahora es responsabilidad mía.

Sagrario abrió la boca para hablar y volvió a cerrarla firmemente, una línea tensa cruzando su cara.

—¿Qué pasa? ¿No te parece bien?

En ocho años con Sagra, Marina había aprendido que sus pequeños gestos decían mucho más que sus frecuentes discursos, consejos y explicaciones a ritmo de ametralladora.

—¿A mí? Yo no me meto. Que no puedes con esto..., pues lo dejas. Pero piensa que mañana será noticia y tú también, si te encargas del caso. Llevas años tratando de que alguien se dé cuenta de que estás en esta clínica, de que eres tan buena como cualquiera. Ahora es tu oportunidad, si te atreves. Me imagino que no tendré que decirte quién se presentará aquí mañana en cuanto se entere, dispuesto a descargarte por tu bien de una responsabilidad excesiva para tu experiencia, tu carácter y tu sexo —dijo con voz lenta y engolada.

Marina levantó los ojos de la valeriana y miró a Sagrario:

—¿Pedro? —preguntó con un hilo de voz.

—El doctor Pedro Morales en persona. Te conoce mejor que nadie —Sagra siguió hablando a pesar del gesto de Marina—, o eso se cree él, y es nuestro trepa número uno, ¿o no? Lleva siglos esperando la ocasión de salir en la tele con sus gafas de titanio y su bata blanca hecha a medida para demostrar lo sereno y lo profesional que puede ser un psiquiatra. Comprende que es su ocasión de pasar de la clínica a la *jet set* si juega bien sus cartas. Por lo menos eso piensa él.

Marina se puso de pie.

—Yo puedo llevar el caso tan bien como él.

—Eso creo yo. Ahora tienes que convencer a Pedro.

—No tengo que convencer a nadie. Es paciente mío.

—Pues que no se entere Pedro de que casi tienes una crisis de nervios en la comisaría. Sería una buena baza para él.

—Tú no se lo dirás, ¿verdad?

—Antes me dejo bigote.

Marina se echó a reír estrepitosamente. Rieron las dos un buen rato y luego Sagra le pasó el brazo por los hombros.

—Anda, vete a dormir ahí al lado. Está libre la del médico de guardia. Yo me voy a hacer la ronda. Si quieres te despierto a las siete, antes de que llegue el doctor Pedro Morales. —Puso los ojos en blanco engolando la voz.

—Gracias, Sagra. Oye, y llámame en seguida si pasa algo, ¿eh?

—Claro.

Se separaron en el pasillo y cuando Marina ya abría la puerta de la habitación, Sagra preguntó con su voz más ligera, la de quitar importancia a las cosas:

—Oye, Marina, ¿cómo pudiste casarte con ese asqueroso?

Por un momento la mente de Marina se quedó en blanco, se imaginó la sonrisa de Jaime y se quedó con la mano apoyada en la manivela de la puerta sin saber qué decir. De repente comprendió:

—¿Con Pedro?

Sagra asintió con la cabeza.

—No sé. Antes no era así. Creía que hablabas de Jaime.

—No, mujer. Jaime es un pan bendito.

—De verdad que antes no era así.

—Ya. Eso dicen todas —dijo Sagrario marchándose—. Sólo te ha faltado decir aquello de «éramos muy jóvenes».

—Pues mira, es verdad.

—Soy una cotilla. Vete a dormir y no me hagas caso.

Marina se quedó en la puerta hasta que el suave taconeo de los zuecos de Sagrario se perdió por el pasillo. Luego se desnudó, se puso un camisón de la clínica y se metió en la cama con la luz encendida tratando, sin resultado, de no pensar en aquella mirada, de no recordar cómo se había empequeñecido la pupila de aquellos ojos tan claros y cómo aquello otro había asomado por ellos al exterior, al mundo donde viven los seres normales, para llevar su odio, su amenaza de horror y destrucción a las pobres personas como ella.

Luego, lentamente, se quedó dormida.

Sagrario había terminado su ronda cuando una auxiliar le dijo que había un comisario de policía esperando en la entrada. Por un momento estuvo tentada de decirles a los dos que se fueran a hacer puñetas, pero decidió que las tres peleas que había tenido a lo largo de la semana eran suficientes y se encaminó a recepción con su mejor aspecto de enfermera-jefe-eficiente-decidida-enormemente ocupada-no incordien por favor.

El hombre era inmenso incluso comparado con su propio volumen, nada despreciable. A pesar de todo ello, no se dejó intimidar.

—Buenas noches, comisario. ¿Qué desea?

—Buenas noches, señorita.

—Enfermera jefe.

Robles era el tipo de hombre a quien la autoridad en la mujer siempre dejaba un poco desarmado. Cambió su peso de uno a otro pie e insistió:

—Quería hablar con la doctora Castro.

—Está descansando.

La respuesta era tajante y el mensaje evidente.

—De todas formas quisiera hablar con ella.

—¿Sobre el asesino de San Francisco?

—El pre-sun-to asesino, enfermera jefe.

Sagrario miró a Robles con la cabeza ligeramente echada hacia atrás y sonrió:

—¡Qué modernos nos hemos vuelto todos!, ¿eh, comisario?
Robles carraspeó y se ajustó el nudo de la corbata.

—Mire —continuó Sagrario—, a mí me da igual cómo lo

llamen en las noticias, pero usted y yo sabemos que es un criminal y que hay que andarse con ojo. Le hemos dado sedantes para tumbar a un caballo, yo misma me he asegurado de que esté bien atado a la cama, en la ventana hay una reja que no la arranca un tractor, aparte de que es un tercer piso, y hay dos agentes suyos en la puerta. ¿Por qué no se pasa a echarles un vistazo y se va a la cama?

Robles miró a la mujer, que parecía a punto de reventar el uniforme blanco, los brazos en jarras, los mechones grises saliéndosele de la cofia, los chispeantes ojos azules rodeados de arrugas, y casi sonrió. Extendió las manos con las palmas hacia el frente.

—Está bien, enfermera jefe, me ha convencido. Me paso a ver a los muchachos y me voy, se lo juro. ¿Cuándo le parece que vuelva?

Sagrario sonrió satisfecha y miró el reloj:

—Si quiere tener un poco de tranquilidad para hablar con Marina, vuelva sobre las siete. Luego se pondrá esto imposible de periodistas y otras hierbas.

—¿Otras?

—Digamos, entre nosotros, individuos de bata blanca que están convencidos de que el mundo no puede girar sin ellos, especialmente cuando el asunto sale en los periódicos y en televisión. —Le guiñó un ojo y añadió—: y si quiere un consejo, comisario, no se fíe ni de su padre si quiere que le den su merecido a ese tipo. Marina es una buena chica y buena psiquiatra, pero toda corazón. Los otros son tiburones y van a lo suyo.

—¿A lo suyo?

—A hacer carrera, claro. Esperarán a ver qué quiere la gente de la calle.

—¿Y usted qué me aconseja?

—Que no se deje liar.

Una auxiliar se acercó corriendo por el pasillo:

—Enfermera jefe, el de la 205 está gritando otra vez.

—Voy para allá. Manda a un par de enfermeros. Sorprendió la mirada del comisario:

—Tranquilo, no es el suyo.

Se fue a paso de carga por el pasillo.

—¡Ya hablaremos! —le gritó al comisario antes de doblar la esquina.

Robles se quedó allí con la sensación de haber atravesado un huracán y de que, a pesar de todo, la enfermera jefe era una mujer que habría que tener en cuenta.

2

Entró en La Carmencita, Comidas Económicas, reprimiendo el deseo de dar saltos y besar a todos los clientes del local. Tenía el pelo blanco de nieve, le dolían las orejas y pronto empezaría a gotearle la nariz, pero era la primera vez en tres meses que estaba contento y esas pequeñeces no iban a amargarle la alegría. Aún era temprano y pudo sentarse a una mesa pequeña junto a la ventana, de espaldas a la puerta para poder ver los carteles taurinos de la pared del fondo en lugar de los cuadros abstractos de la entrada. Sabía exactamente lo que iba a comer: espárragos con mayonesa, chuletas de cordero con pimientos, y natillas de postre. Exactamente la comida que había deseado año tras año cuando era estudiante de la Escuela de Arte Dramático y tenía que aceptar cualquier empleo para sobrevivir. Por eso había venido a La Carmencita, donde no había estado desde hacía años. A cumplir un sueño. El sueño, inalcanzable entonces, de que cuando le dieran su primer papel pagado se permitiría comer bien. No era su primer papel, claro. Ahora Jorge Lobo era «una de las más firmes promesas de nuestro teatro», según la crítica. Ahora habría podido ir a un restaurante de moda, uno de esos antros de lujo llenos de camareros que se quedan de pie detrás de tu silla, donde los platos son como bandejas y las porciones minúsculas y tan estéticas que da lástima comérselas. Habría podido permitirse tomar pastel de gambas con acelgas, venado a las guindas o incluso caviar iraní, un día es un día, pero su primer pensamiento al salir del Oriental había sido ir a

La Carmencita a comer chuletas, esas preciosas chuletas pequeñitas y doradas que siempre había mirado con envidia en otras mesas.

Había comido chuletas muchas veces en los últimos años, pero nunca en La Carmencita después de haber conseguido el papel de sus sueños con el director que ya admiraba de estudiante.

Mario Aguilar había estado increíble, ni siquiera le había hecho una prueba. «Me gusta tu trabajo», le había dicho. «Te he visto en tres o cuatro papeles y desde que me planteé *Bodas de sangre* te veía a ti como Leonardo. Es una suerte que estés libre». Tendría que teñirse el pelo, claro, y llevar barba de tres días durante unos meses, pero cosas peores había que hacer en la profesión. Natalia Torres había tenido que engordar quince kilos, por ejemplo. Y a lo mejor un cambio de imagen le ayudaría a superar la depresión. Se cambiaría de casa; buscaría un estudio céntrico y coqueto y volvería a salir, a ligar, a todo. Jorge Lobo sería el mejor Leonardo de todos los tiempos. Tenía fe en Mario Aguilar. Sería un magnífico montaje, ya se lo había explicado un poco. Aún no había encontrado una Novia, pero acabarían dando con una actriz que igualara la fuerza que él pondría en Leonardo.

Pidió media de rosado para los espárragos y un Sangre de Toro para las chuletas, sabiendo que se estaba pasando mucho, en cantidad, porque no iba a poder bebérselo todo, y en calidad, porque era un vino demasiado espeso para unas chuletas. Pero era otro sueño. Era un día de cumplir sueños, de no pensar, de mirar al futuro, de no dejarse ahogar por sombras de malos tiempos que habían pasado ya. Era el principio de una nueva vida.

Levantó su vaso de Sangre de Toro frente a los carteles:

—Por ti, Rosa. Si vuelvo a encontrarte todo será diferente, te lo prometo.

Se le llenaron los ojos de lágrimas y apuró la copa de un trago.

Diferente. Diferente ¿en qué? ¿En que podría intentar comportarse como el salvador de doncellas que siempre había querido ser y no como el miserable cobarde que era realmente, el imbécil que había sabido durante meses que a Rosa le estaba pasando algo terrible y no había hecho nada para ayudarla y que ahora acababa de decidir dejar de martirizarse pensando en ella y empezar una nueva etapa de su vida dejando atrás el pasado como si no tuviera ningún valor?

No. Si ese brindis *in absentia* debía significar algo serio, lo único que podía hacer era insistir en su empeño, buscarla, recuperarla como fuera o al menos recibir respuesta a sus preguntas, saber por qué lo había abandonado, volver a empezar quizá, volverla a tener como antes, para sentirse de nuevo un hombre completo. Eso era lo que tenía que hacer. Luchar. Luchar por ella.

Oyó una risa a sus espaldas que le sonó en ese momento como una burla a sus deseos, a sus propósitos, a su vida. Se controló pensando que al fin y al cabo, aunque él lo hubiera olvidado durante tanto tiempo, aún había gente que se reía y no necesariamente de él. Se comió las chuletas casi sin paladearlas, perdido, a su pesar, en pensamientos de Rosa y cuando llegaron las natillas las atacó casi con furia, todo el placer de haber cumplido un sueño estropeado por esa risa intempestiva que sonaba como la del malo de una mala obra de teatro. Además, algún idiota había pedido que pusieran la televisión para no perderse las noticias y los nombres de políticos y países en guerra estaban empezando a amargarle el café.

Pensó de nuevo en Rosa, otra vez con dolor, con amargura por no poder compartir con ella ese momento, por no poder ni siquiera llamarla por teléfono y decirle que tenía un buen papel, el mejor papel de su vida, y salir juntos por la noche a celebrarlo. Tenía que encontrarla. Se lo había prometido. Recordaba aún aquella promesa que entonces no había comprendido, que no significaba nada en el momento porque no podía imaginarse que llegara a ocurrir. Recordaba a Rosa en la cama, acurrucada contra su cuerpo, caliente, feliz, diciéndole en voz baja:

—Si alguna vez me pierdo, si alguna vez me voy, no me

dejes. No dejes que me aparte de ti, Jorge. Yo a veces no me entiendo a mí misma, pero sé que tú eres lo más importante de mi vida y que te querré siempre, así que si algún día me vuelvo loca y te digo que me quiero ir, no te lo creas. Prométeme que irás a buscarme y me traerás de vuelta.

Y él se lo había prometido, sonriendo, siguiéndole la corriente, pensando que se trataba de un juego entre enamorados, sin que se le pasara por la cabeza que quizá alguna vez tendría que tener la fuerza necesaria para cumplir esa promesa hecha sin pensar.

—Iré a buscarte hasta el mismo infierno, Rosa. Como Orfeo. Te lo juro. Nada ni nadie nos separará.

Habían hecho el amor con locura, con desesperación, como si estuvieran despidiéndose para no volver a verse, y luego ella se había quedado dormida con una sonrisa casi transparente. Nunca habían vuelto a hablar de ello y ahora, precisamente ahora, el día de su gran éxito, de sus primeros planes de futuro sin ella, esa promesa volvía y quemaba como entonces porque seguía viva en su interior, porque volvería a prometérselo en ese instante. Hasta el mismo infierno. Como Orfeo.

Se levantó buscando al camarero con los ojos, deseando de pronto salir de La Carmencita y no volver nunca más, o volver quizá al cabo de muchos años, con Rosa, cuando él se hubiera convertido en el gran actor que tenía que ser y llevaran veinte años juntos.

Las imágenes de la tele cortaron bruscamente sus pensamientos. Estaban mostrando la plaza y la iglesia de San Francisco, el barrio de Rosa donde aún vivía su madre, donde habían ido al entierro de un amigo hacía menos de un año. Apenas podía aceptar que aquellas cosas que captaban las cámaras hubieran podido suceder en el barrio de Rosa. Un loco asesino. Nueve muertos. Once heridos.

Esperó a que dieran la lista de las víctimas con el alma en vilo. El locutor seguía informando y entrevistaban ahora a un policía que había participado en la detención. «Fuerza descomunal, de loco», decía. «Ojos vacíos, expresión de terror.» «Sí, señor, eso he dicho. Gritaba con voces distintas y decía cosas incomprensibles, como una radio loca». «Voces de hombre, de mujer, muchas voces». «Y con cada voz cambiaba de expresión».

Luego pasaron al hospital a entrevistar al comisario encargado del caso y a la psiquiatra del homicida. Jorge ya no quería ver más, ni siquiera se sentía con ánimos de esperar a la lista de las víctimas.

Habían dicho que el hombre hablaba con voces distintas, todo tipo de voces diciendo incongruencias, adueñándose de la expresión de su rostro mientras sus ojos seguían vacíos.

Como Rosa cuando dormía.

Igual que Rosa.

Y había sido en la plaza de San Francisco, desde la torre de la iglesia.

Recordaba muy bien el campanario porque el día del entierro de Javi, al levantar los ojos hacia el cielo para no ponerse a llorar por aquel amigo que había compartido sus años de escuela y había muerto tan tontamente en un accidente de carretera al volver de una gira por provincias, vio la torre tan blanca y tan alta y de repente pensó que le gustaría hacer el amor con Rosa allí arriba, con la ciudad a sus pies, en memoria de Javi. Le dio vergüenza entonces pensar algo así en un entierro y no le dijo nada a Rosa. Avanzaron con la masa de gente apretando los claveles rojos en la mano sudada hasta que ya en la misma puerta Rosa se soltó de su brazo diciendo:

—Te espero en un banco de ahí, Jorge.

Le molestó enormemente que Rosa lo dejara solo con las flores y se escurriera entre la multitud. Se sintió absurdo y abandonado, así que la siguió y le pidió que lo acompañara.

—No, Jorge —dijo Rosa—. No quiero entrar ahí con toda esa gente. Sabes que no me gustan las iglesias.

—Es por Javi, Rosa. A él le gustaría tener aquí a todos sus amigos. Te quería mucho. No le hagas eso. No me hagas esto a mí, Rosa, por favor.

Recordaba que ella se había puesto pálida y negaba con la cabeza, los labios tensos y apretados. La cogió firmemente por el brazo y la llevó consigo, notando a través de la tela del abrigo que estaba temblando. En aquel momento no le importó. Pensaba que sólo tenía miedo de enfrentarse con la evidencia de la muerte de Javi, como le pasaba a él, por eso creyó que era mejor entrar juntos, sufrir de pie toda la misa, los recuerdos, la conciencia de que Javi nunca más cenaría con ellos, nunca volvería a imitar a los compañeros entre risas histéricas de los amigos, nunca volvería a emborracharse y a lloriquear que los actores son los parias de nuestra sociedad.

Rosa soportó el funeral con los ojos cerrados, los brazos apretados en torno a su cuerpo, balanceándose ligeramente, temblando.

A la salida, no quiso ir hasta el cementerio y él ya no tuvo valor de insistir. Fue solo en su bicicleta pensando en Javi, odiándose por cada lágrima que le resbalaba por las mejillas, él que siempre le había prometido no llorar. «Lo mejor que pueden hacer mis amigos si me muero yo antes», decía Javi, «es montar una buena fiesta, emborracharse y morirse de risa pensando en cuánto he hecho el idiota en este mundo. Ya sé que me echaréis de menos, joder, al fin y al cabo soy único, pero tampoco hace falta que os hinchéis a llorar. No le hace ningún bien a nadie». Y sin embargo, él había llorado todo el camino al cementerio, limpiándose los ojos con el dorso de la mano cuando ya no veía ni los autobuses, y había llorado otra vez cuando metieron el ataúd en el nicho y le pusieron la losa. Y más tarde en la fiesta, donde también estuvo sin Rosa. Pero allí había llorado todo el mundo. Y cuando llegó a casa, borracho y triste hasta la muerte, se encontró a Rosa en bata, sentada en la cocina, delante de un tazón de Cola Cao sin tocar, más blanca que la pared y con cara de haber visto un fantasma.

—No podía dormir —le había dicho—. Pesadillas. —Tú nunca has tenido pesadillas.

—Será por lo de Javi.

—Sí, eso será.

Se fueron juntos a la cama y él se durmió en seguida. Despertó al amanecer porque alguien gemía en el piso de al lado.

Cuando logró despabilarse lo suficiente, se dio cuenta de que los gemidos no venían del piso de al lado, sino de su cama.

La cara de Rosa estaba desencajada y casi azul, los ojos abiertos miraban al techo sin ver, su cabeza se movía a uno y otro lado en convulsiones rítmicas, precisas. Saltó de la cama para llamar a un médico y entonces oyó una voz. Se volvió en la puerta sin comprender qué pasaba. Fue la primera vez que oyó a Rosa hablando con la voz de un hombre.

Salió del piso con un portazo, bajó las escaleras de tres en tres y sólo al llegar al bar de la esquina se dio cuenta de que iba en pijama y estaba descalzo. Cogió un taxi hasta casa de Chimo, que vivía a dos manzanas, y no volvió a su piso hasta las diez. A Chimo le dijo que se había peleado con Rosa. Cuando volvió, ella ya se había ido a trabajar y, al encontrarse por la noche, no le dijo nada y su mente archivó lo sucedido como una pesadilla causada por la muerte de Javi. Una pesadilla tan vívida que le había hecho salir de casa en pijama. «Pero esas cosas pasan», se había dicho entonces, «no será nada. Una pesadilla...».

Nada más llegar a casa, se encerró en el estudio dispuesto a escribir por fin todos sus recuerdos de los últimos meses. Ahora creía haber dado con el punto de partida; por mucho que se esforzara no podía encontrar nada anterior a aquella pesadilla después del entierro de Javi. Antes de eso, Rosa había sido una mujer normal, la mujer de la que se había enamorado: alegre, activa, demasiado activa, comprensiva, tolerante, una mujer que siempre estaba dispuesta a ayudar, a compartir, a dar tiempo, amor, alegría a todos los que la rodeaban.

Por eso se había enamorado de ella: por aquella fuerza interior que le hacía creer en la vida, por su optimismo, por la forma que tenía de mirarlo en sus peores momentos de duda y de falta de confianza, una mirada firme y clara, llena de amor y de seguridad, por su forma de decirle antes de un estreno: «Lo vas a hacer bien, Jorge. Lo sé y tú también lo sabes. Sal a ese escenario y cómetelos. Y si en algún momento tienes miedo, actúa para mí. Yo estaré en la sala, en algún sitio. Actúa para mí». Y podía creerla porque en el fondo sabía que era verdad, que era bueno, que podía hacerlo, pero necesitaba sus ojos y su voz para estar seguro. Si le hubiera interesado la profesión, habría sido una magnífica directora.

Y luego, después del estreno, de los aplausos, de las cremas desmaquillantes, su sonrisa, su mirada, al otro extremo de la larga mesa en ocasiones, pero cerca, presente, vibrante; más tarde su abrazo, sus manos, su voz al oído: «Has estado magnífico, Jorge». Las críticas venían después, en la cama o al día siguiente, comentando las reseñas del periódico. Críticas claras, inteligentes, bien intencionadas, que le hacían mejorar su trabajo. Después del estreno siempre dejaba pasar un par de semanas hasta que volvía a ver la obra para poder comentar sus progresos. Él nunca sabía qué noche la encontraría en el camerino después de la función, pero era siempre una sorpresa estupenda. Volver a casa paseando, hablando primero de la obra, luego ya de la escuela de ella, de las cosas diarias, de dónde pensaban pasar las vacaciones. Estaba seguro de que ese ritmo de vida se había roto con la muerte de Javi, después de aquella noche. ¿O había sido cuando lo del espejo? ¿Cuándo había sido aquello? Sólo podía recordar que era invierno porque la ventana del baño estaba cerrada y los cristales estaban empañados. Debía de ser un miércoles porque él estaba en la cocina preparando unas pizzas cuando oyó el grito de ella. Salió corriendo por el pasillo con las manos llenas de harina y de aceite de anchoa y abrió la puerta del baño como un huracán, temiendo que hubiera resbalado en la bañera y se hubiera desnucado. Su fantasía siempre le llevaba primero a pensar lo peor.

Ella estaba de pie frente al espejo empañado, desnuda. Se miraba la mano derecha, estupefacta, y luego levantaba la vista hacia el espejo, donde había un pequeño círculo limpio, perfectamente redondo.

Él se acercó por detrás y la abrazó sin acordarse de sus manos pringosas de pizza. Ella no protestó ni se volvió hacia él.

—¿Qué pasa, trasto? ¡Menudo susto!

Ella indicó el círculo del espejo con la cabeza. Él acercó la mano y la detuvo en seco al oír su grito:

—¡No!

La miró sorprendido.

—¿Por qué?

Ella se encogió de hombros, incómoda:

—Da la corriente.

—¿Qué?

—No sé cómo, pero lo he tocado y me ha dado un rampazo. Por eso he gritado.

Él empezó a mirar sin tocar nada por si de alguna forma los cables de la luz del espejo se hubieran comunicado con el marco metálico. No vio nada que pareciera raro, así que se envolvió la mano en una toalla y volvió a acercarla al espejo.

—¡No, Jorge! Por favor, déjalo. Esto está lleno de agua, podrías electrocutarte.

—Pues no vamos a pasarnos la vida con miedo a tocar el espejo.

—Por lo menos ponte las botas de goma. Eso aísla.

Se echó a reír.

—Venga, mujer, ni que fuera un poste de alta tensión.

Pasó la toalla por el espejo con firmeza, de arriba abajo hasta llegar al círculo. Dudó un instante y frotó también ese lugar. No pasó nada. Aparecieron sus dos rostros, primero tensos, luego sonrientes.

—¿Lo ves, tonta?

Rosa se pasó la lengua por los labios en un gesto que a él le encantaba, como siempre que sentía alivio por algo, como cuando iban en el coche y adelantaban un camión justo antes de una curva.

—Debe de ser que en el espejo quedaba un resto de grasa y por eso ahí no se había empañado. ¿No te acuerdas de que una vez te dibujé un corazón con tu lápiz de labios?

Ella volvió a sonreír y lo abrazó con fuerza. Olía ligeramente al jabón de lavanda que le gustaba. Se besaron primero con suavidad, luego cada vez más apasionadamente. Estaba a punto de proponerle olvidarse de la pizza y meterse en la cama cuando oyeron un leve crujido y, de pronto, el plafón de cristal del techo explotó sobre ellos.

Los dos gritaron.

A él le cayó un pedazo en la cabeza y le hizo un pequeño corte. Rosa tenía la espalda, donde se habían clavado varios trozos pequeños, llena de sangre, y se había cortado en un pie al tratar de salir descalza del baño.

Fueron al dispensario del barrio a que curaran a Rosa. Por suerte todas eran heridas superficiales, menos la del pie, que la obligaba a cojear, y volvieron a casa. Ella no quiso tomar el ascensor a pesar del dolor del pie. Entonces le había parecido muy raro, pero ahora se acordaba de la mirada que había echado Rosa al espejo que cubría la pared del fondo del ascensor cuando se abrieron las puertas.

Ya en el piso, Rosa le preguntó como sin darle importancia, justo como cuando algo le preocupaba:

—Jorge, ¿te acuerdas de cuando estuvimos en Galicia y nos contaron esa leyenda de que el diablo aparece en forma de círculo verde en los espejos?

Él la miró sonriente y se inclinó sobre ella como un monstruo a punto de atacar.

—¿Y que no hay que tocarlo cuando aparece para que no tenga poder sobre ti? —preguntó con voz truculenta.

—Es que el círculo era verdoso antes de que tú entraras —dijo ella, dándole la espalda para quitarse el abrigo.

Él la abrazó por detrás.

—Aquí lo único verde que hay soy yo. —Le mordisqueó la oreja—. Vámonos a la cama, anda. No tengo ganas de comer pizza. Y en atención a tu espalda te dejo estar encima.

Ella siguió rígida, la mirada perdida en las luces de la calle que se veían al fondo de la sala de estar.

—¿Y si fuera verdad? —preguntó con un hilo de voz.

Él se echó a reír otra vez.

—Entonces tenemos al diablo en casa, hermana mía —dijo con voz de teatro. Empezó a girar por todo el pasillo con los brazos en alto y los ojos en blanco—. ¡Estamos posesos, estamos posesos, ah, ah! ¡Satán, no me flageles, ah, ah!

Se echó sobre ella y le mordió el cuello poniendo cara de monstruo de película.

—¡La maldición del vampiro! ¡Los muertos vivientes! ¡La reina de los zombis! ¡Sangre! ¡Sangre!

Ella lo rechazó de un manotazo, muy seria.

—Deja ya de hacer el idiota, Jorge. Yo terminaré de preparar las pizzas. Tú vete al baño a barrer los restos.

Él se quitó lentamente la chaqueta, hundido de golpe por su frialdad, sin acabar de comprender su reacción. Ahora se sentía culpable de que ni por un momento se le hubiera ocurrido pensar que de verdad estuviera asustada. Cuando ya se disponía a entrar en la cocina a recoger la escoba, oyó su voz, pícara y alegre de nuevo:

—¡Ah!, y si te crees que se me ha olvidado la oferta de antes, vas listo. De vez en cuando a mí también me gusta estar arriba. Y no sólo en la cama.

Entró en la cocina y la besó. Las pizzas se quedaron sin hacer junto al fregadero y al día siguiente tenían un hambre de lobo a la hora del desayuno. No volvieron a hablar de espejos y a las seis de la tarde, antes de salir hacia el teatro, había puesto una lámpara nueva en el baño. De plástico.

Eran las cuatro y cuarto de la madrugada. Todo estaba en calma; tras los cristales la nieve seguía cayendo plácidamente, sin prisa, sin viento, casi vertical, sumando centímetros sobre los coches aparcados, las aceras vacías, las barandillas de los balcones, los buzones de correo, convirtiendo poco a poco la ciudad en una imagen de postal pintada.

Dentro de la clínica las luces de neón iluminaban los pasillos desiertos, zumbando levemente como insectos lejanos; las enfermeras de guardia dormitaban con la FM puesta; los pacientes dormían o esperaban con los ojos abiertos y un ahogo en el corazón a que de nuevo se hiciera de día y llegaran las auxiliares de limpieza a las seis de la mañana, a convencerlos de que el mundo seguía girando en la rueda de desayunos, comidas y cenas, de que la noche no sería eterna. Los relojes marcaban con un clac, que sonaba como un disparo en el silencio, que los minutos continuaban pasando.

Sagrario sacudió la cabeza, se pasó una mano por los ojos y miró el reloj de broche que llevaba sobre el pecho izquierdo; suspiró y se levantó trabajosamente del sillón en el que casi se había quedado dormida. Era una noche excepcionalmente tranquila. Menos el ataque que había tenido el de la 205 a las once no había habido contratiempos. Por otra parte era natural; la nieve hacía dormir más profundamente. A unos los tranquilizaba, a otros les producía cefaleas y jaquecas, pero todos dormían más pesadamente. Por eso ella había estado también a punto de dormirse, pero treinta años de servicio en hospitales le habían enseñado esa disciplina cercana a lo militar que había hecho de ella desde muy joven la enfermera jefe más competente de todas las clínicas en las que había trabajado.

Siempre había querido ser enfermera. De hecho, su sueño hubiera sido ser médico, pero en su casa no podían permitirse una carrera larga y les habría parecido un lujo innecesario en una mujer que, al fin y al cabo, está destinada a casarse. También había pensado al principio hacerse enfermera militar; su abuelo había sido general y ella había heredado en cierta medida el amor por el ejército y las virtudes militares: el concepto del honor, el sentido del rigor y la disciplina, el culto al valor. Pero su padre había sido una especie de intelectual de tendencias liberales que se había peleado irreconciliablemente con su suegro siendo ella muy pequeña y le horrorizaba todo lo que tuviera que ver con lo castrense, sobre todo en una mujer. Así que ella, una vez decidido que iba a ser enfermera, insistió sistemáticamente durante toda su infancia, con inteligencia, con tanto tacto, cosa de la que nadie la creía capaz, que cuando cumplió los dieciséis años entró en la Escuela de Enfermeras sin que nadie pensara en discutírselo. A los diecinueve años y medio consiguió su primer trabajo pensando en que quizá, con el tiempo, podría estudiar Medicina, y empezó a trabajar en centros psiquiátricos, que entonces se llamaban «manicomios», porque descubrió en ella una habilidad innata para tratar a perturbados. «Es usted una torre de fuerza», solía decirle el doctor Aguirre, su primer jefe y su único maestro. Y también lo hizo, aunque se lo negara a sí misma, para contrariar a su padre todo lo posible.

Para su padre no había nada más espantoso en este mundo que los locos, y había insistido durante años para que se hiciera matrona, que era «una especialidad ideal para una mujer»; «sobre todo para una mujer sin hijos», empezó a añadir cuando cumplió los treinta sin novio ni deseos de tenerlo.

Pero a Sagrario nunca le habían gustado los niños, ni enfermos ni sanos, y le horrorizaban especialmente los bebés, esas cosas informes, apenas humanas, en las que no podía reconocerse inteligencia ni personalidad. Era una luchadora nata y no podía reconciliarse con el papel dulzón y pasivo que la sociedad había previsto para ella. Por eso era una de las personas más temidas y más respetadas de la clínica: porque era competente y dura la respetaban; la temían porque era inatacable. No había nada en su vida que pudiera considerarse un punto sensible, un fallo, un secreto que ocultar. No tenía amores, no tenía vicios y era sincera, de una sinceridad brutal, ofensiva, que templaba para sus pocos amigos con un maravilloso sentido del humor, pero que dejaba en crudo para los demás, la mayoría. Y además su fuerza era tal que, por un milagro de la naturaleza, casi nunca en su vida se había sentido sola, aburrida o frustrada. Había descubierto su misión y nunca se había preguntado siquiera por el sentido de la existencia. Nunca había necesitado ni a los hombres ni a Dios para seguir viviendo; por eso era particularmente dura con los suicidas frustrados, sobre todo cuando se trataba de asuntos amorosos. Para todo lo demás era mucho más comprensiva. Más que comprensiva, tolerante. Sabía por experiencia profesional que el ser humano es frágil y su equilibrio mental, precario, y trataba a médicos y pacientes con la misma dureza bonachona, dejándoles bien claro que, a su parecer, entre las dos castas sólo había una pequeña diferencia debida más a la suerte que a otras circunstancias.

Se acercó a la ventana estirándose la falda del uniforme y contempló el patio de ambulancias cubierto de nieve anaranjada a la luz de las farolas, pensando en cuántos años llevaba ya mirando aquellos mismos coches, aquellas paredes. Muchos años. ¡Y los que le quedaban! Pero cada uno tiene su sitio y aquél era el suyo.

Hacía tres años que no se había tomado vacaciones. Quizá ahora, por Navidad, se fuera unos días por ahí, pero ¿adónde?, ¿a qué? Podía darse una vuelta por el pueblo, ver cómo estaba la casa, o irse a La Coruña a visitar a la única hermana que le quedaba, pero ¿qué se iban a decir? Estaría deseando marcharse al cabo de dos días. También podía irse a un balneario a descansar, pero la verdad era que no necesitaba descanso, estaba tan sana y tan fuerte como siempre. O a Cuba, como había hecho Julia, que había vuelto diciendo que aquello era el paraíso.

Se rio de sí misma. «Ay, Sagrario», se dijo, «te estás volviendo vieja. Imagínate, con cincuenta años y tu tonelaje, yéndote a Cuba a que te pongan un collar de flores al bajar del avión y a beber piña colada por las noches en el bar del hotel». Por una asociación de ideas (hambre-comer algo-faltan menos de dos horas para el desayuno-las siete-Marina) pensó en el comisario y empezó a meterse distraídamente los mechones que se le salían de la cofia. Tenía el pelo como el alambre, fuerte y gris.

Aquel hombre le había caído bien. Grande como ella, testarudo como ella, pero manejable, como todos. Parecía también honesto y duro, como debe ser un hombre, no como esos tíos pendientes de la moda que se ponen mascarillas de aguacate para no parecer viejos y que reivindican su derecho a la debilidad. Cuando volviera a las siete, se tomarían un café juntos. Hacía mucho que no hablaba con un hombre al que pudiera respetar. Le recordaba a su abuelo, eso era. Alto, gordo, calvo, con traje. Un hombre que respiraba autoridad, que inspiraba respeto y estaba acostumbrado a mandar, como ella. Se tomarían un café juntos.

Como siempre que tomaba una decisión, por nimia que fuera, necesitaba actividad. Se apartó de la ventana y fue al lavabo, en la esquina de la sala, a lavarse la cara. Se miró un momento a los ojos y se sacó la lengua con una mueca. Abrió el grifo del agua fría y se lavó la cara, el cuello y las manos hasta que la piel empezó a picarle. Se secó a golpes de toalla de papel y volvió a mirarse: tenía la nariz y las mejillas rojas, pero estaba totalmente despierta.

Entonces el tubo fluorescente de encima del lavabo falló un segundo y volvió a encenderse; acercó la mano al interruptor y lo vio: un pequeño círculo verdoso en el espejo que parecía hacerse más grande mientras lo miraba. Se inclinó sobre el lavabo y lo inspeccionó con cuidado. El círculo dejó de extenderse pero siguió donde estaba. «Ya no hacen espejos como los de antes», se dijo. Apagó la luz y salió del cuarto tratando de aceptar la idea de que tener cincuenta años y no llevar gafas ni para leer no era normal. «Acaba una viendo cosas que no están. Pero también es verdad que los espejos de ahora son una mierda, y más los que ponen en las clínicas con presupuesto estatal».

Fue a ver al enfermo de la 205; abrió la puerta suavemente. Dormía. Un problema menos. Pasó por la habitación del criminal; los agentes se sobresaltaron y se llevaron la mano a la culata del arma.

—¡Tranquilos! Control de rutina.

Entró en la habitación. Sólo estaba encendida la veladora de la cabecera de la cama. Su luz amarillenta dejaba en penumbra el cuarto de modo que sólo los contornos de los muebles eran visibles. La respiración del paciente era ronca y regular. Se acercó a la cama y lo miró: un hombre normal, como cualquiera, blando y algo fofo pero normal. Y sin embargo, era un asesino.

Suspiró y se inclinó sobre él para arreglarle las sábanas. Entonces los ojos del loco se abrieron de golpe y emitió un sonido gutural, como un ronquido.

Sagrario se sobresaltó porque no esperaba encontrarlo despierto. Se apartó de la cama con toda la rapidez que le permitía su peso, pero el hombre había aferrado un pliegue de su vestido con la mano atada mientras seguía tratando de articular palabras con una boca que se iba llenando de espuma. Tironeó para soltarse y al final dio un golpe en la muñeca del hombre con el filo de la mano. Un golpe seco y preciso que había aprendido al principio de su carrera. El hombre la soltó.

Fue hasta la ventana donde estaba la mesita del instrumental, llenó una jeringa y volvió junto a la cama. El criminal trataba de incorporarse, pero estaba bien atado. Sagrario, con su cara más inexpresiva, se colocó casi al lado de su cabeza sin mirar su rostro, inyectó el sedante y empezó a contar segundos con la vista fija en la pared, hasta que la respiración le indicó que había pasado el peligro. Volvió a arreglarle la sábana y salió de la habitación.

—Estábamos empezando a preocuparnos —dijo uno de los agentes—. Ha tardado usted mucho.

Sagrario se limpió el sudor de las manos en la falda:

—He tenido que volver a sedarlo. Ese hombre debe de ser un toro. Trataba de soltarse, pero, tranquilos, está bien atado. Ahora dormirá unas cuantas horas.

—El comisario volverá a las siete.

—Sí, ya —dijo Sagrario con una sonrisa que se le escapó sin darse cuenta y llenó sus ojos de arrugas—. Voy a ver si alguien está haciendo café y les traigo un par de tazas.

Se alejó por el pasillo balanceando el uniforme.

Cuando vio entrar a Pedro y a Martín, Marina estaba en la cafetería de la clínica, mojando la ensaimada en el café con leche.

Cogió las dos cosas y se trasladó a una mesa del fondo porque suponía que la discusión iba a ser dura y no quería que se enterase todo el mundo. De todas maneras se enterarían, allí todo acababa sabiéndose, pero no quería proporcionarle a Pedro más público del que fuera estrictamente inevitable. Los saludó con la mano y se quitó las gafas de sol. Se había levantado con dolor de cabeza y la luz reflejada por la nieve le molestaba muchísimo, pero no podía permitir que los dos hombres pensaran que había estado llorando o que el caso empezaba a afectarle menos de veinticuatro horas después de haberse presentado, así que sonrió, hizo un gesto de invitación señalando las sillas vacías y se metió demostrativamente un buen pedazo de ensaimada en la boca. Ellos esperaron a que se lo hubiera tragado antes de hablar.

—Bueno —dijo Marina limpiándose la boca con una servilleta de papel—. ¿Qué pasa?

Pedro inclinó el cuerpo hacia delante:

—Nos acabamos de enterar del caso García y, como es natural, nos gustaría discutirlo contigo, Marina.

—¡Ah! ¿Es natural? —Se tomó el último sorbo de café y encendió un cigarrillo—. ¿Sabéis cuántos casos estoy llevando ahora?

Pedro se encogió ligeramente de hombros y miró a Martín, que miró al techo.

—No, claro, no lo sabéis ni os importa un pimiento. —Dio una larga chupada al cigarrillo—. Veintisiete. Llevo, veintisiete casos, sin contar con todo lo que cae en las guardias. ¿Os ha parecido natural alguna vez comentarlos conmigo?

—Mujer, Marina —la voz de Pedro era suave y conciliadora, una voz de radio—, nos pareces muy capaz de llevar tus casos sin ayuda y siempre hemos supuesto que en caso de necesitarla la pedirías. Para eso estamos los... —observó la sonrisa sardónica de Marina y sustituyó el «amigos» que tenía ya en los labios— colegas.

—Os lo agradezco en el alma, como os merecéis, pero ya que los tres estamos de acuerdo en que yo puedo llevar sola mis casos, no veo la necesidad de insistir sobre el tema. Y ahora, si no os importa, tengo trabajo.

Marina se puso en pie, Pedro la imitó y la detuvo poniéndole la mano en el hombro.

—Espera, Marina. No hemos terminado. Martín quiere decirte algo.

Ella siguió de pie y le dirigió una mirada interrogante a su jefe. Martín, que se sentía incómodo cuando tenía que alzar los ojos para hablar con alguien, se levantó también. Se pasó una mano por el pelo y se subió las gafas metálicas.

—Verás..., esto..., Pedro y yo hemos pensado que como ese caso, García, ya sabes, no entra en tu especialidad y ya vas bastante sobrecargada de trabajo..., en fin..., pues que para ti sería un descanso librarte de él y pasárselo a otro colega. —Empezó a hablar cada vez más deprisa, como siempre que se sentía en una situación violenta—. Estos casos criminales requieren experiencia, aguante, dureza, fuerza física incluso; así que hemos pensado, he pensado, quiero decir, que te hago un favor pasándoselo a un colega más... —Empezó a buscar desesperadamente un adjetivo mientras continuaba pasándose la mano por el pelo y subiéndose las gafas a velocidad relámpago.

—Más... ¿masculino? —terminó ella con su expresión más inocente.

—Eso es, Marina. Eso es. Me has comprendido perfectamente.

—¿No te parezco bastante masculina, Martín?

Martín soltó una risita forzada y empezó a ponerse colorado. Por el rabillo del ojo Marina vio cómo palidecía Pedro y casi podía oírlo pensar: «¡Será imbécil el tío! Se ha dejado liar por esta estúpida como si en vez de ser aquí el jefe fuera el último mono...». Habría podido escribir un libro con todo lo que pasaba por la mente de Pedro en ese momento, pero le interesaba más seguir con Martín.

—Es que quizá no te hayas dado cuenta de que soy una mujer, además de una psiquiatra tan competente como el que más. Y te recuerdo que según la Constitución española no se podrá discriminar a nadie en el trabajo por razón de su sexo.

Martín empezó a hacer gestos conciliadores con las dos manos.

—Marina, Marina, por favor. Nadie duda de tu competencia ni de tu profesionalidad; era sólo una sugerencia. Nadie quiere quitarte ese caso.

—Ah, ¿no? —La mirada que le dirigió a Pedro hablaba por sí sola.

—Pedro te conoce bien, sabe que no te gustan estos casos y estaba dispuesto a descargarte por tu bien.

—¡Qué amable, Pedro! —dijo volviéndose hacia él—. Muchas gracias. Pero resulta que hace ya tres años que no me tratas y en ese tiempo he cambiado un poco, ¿sabes? Ahora me gustan estos casos, ahora ya no necesito preguntártelo todo ni cargarme los asuntos de rutina para que tú disfrutes con los más interesantes. Ahora soy yo quien se encarga del caso García.

Pedro descubrió los dientes en un atávico gesto de agresión disfrazado de sonrisa:

—Sí, ya me he dado cuenta de tu crecimiento; sobre todo en la zona de las caderas, que siempre fue tu punto fuerte. Por lo demás, sigues siendo tan infantil y tan inmadura como antes. No hay más que ver al tipo con el que te has casado.

—Eso no es asunto tuyo.

—Por favor, por favor, Marina, Pedro. Todo el mundo está pendiente de nosotros. Somos profesionales. No caigamos en lo personal.

—Si no se celebraran estas reuniones en la cafetería, no tendría por qué enterarse nadie. Seguro que la idea ha sido tuya, ¿no, Pedro? Pedro, mi querido Martín, creyendo conocerme, habrá supuesto que yo no me negaría a nada en una discusión prácticamente pública. Él está convencido de que no sé defenderme, de que me horroriza la lucha, ¿no, Pedro? Pues bien, he tenido que aprender. Luchando, a veces se gana.

Le temblaban los labios y estaba muy pálida, pero ninguno de los dos hombres la había visto nunca tan resuelta.

—Está bien —dijo Martín al darse cuenta de que los dos esperaban una palabra suya—. Los dos trabajáis aquí en igualdad de condiciones. Esto es extremadamente violento para mí, pero el caso es de Marina, y si ella no quiere abandonarlo no la podemos forzar, Pedro, compréndelo. Además, según me has dicho tú, sólo lo hacías por ella.

Marina sonrió y su tensión se relajó visiblemente. Pedro

se puso blanco y el labio inferior comenzó a temblarle un poco:

—Martín, solicito oficialmente encargarme del caso García.

—Pedro, por Dios, no pongas más difíciles las cosas. —Martín detestaba ese tipo de escenas y su único deseo era salir corriendo de allí y encerrarse en su despacho.

—Es una petición oficial.

—Petición denegada. —Martín se sorprendió a sí mismo por su firmeza, aunque conocía perfectamente aquella reacción suya cuando se le llevaba a un extremo.

Pedro alzó las manos como si fuera a estrangular a alguien y las dejó caer al oír la voz de Sagrario. Los tres se volvieron.

—No os molestéis en pelearos por García. Acaba de entrar en coma. Nadie se lo explica, pero el caso es que así es. No sé lo que tiene, pero lo más probable es que no pase de hoy.

Pedro se encaró con Martín, casi sonriente.

—Retiro la petición. Ya no me interesa el caso.

—¿Y a ti, Marina? —dijo Martín.

—A mí sí. Vamos, Sagra, quiero verlo.

—Sí, Marina, corre. A ti siempre te interesaron los casos perdidos.

Ella se había alejado ya unos pasos. Se volvió lentamente:

—No siempre, Pedro. Hace tres años te dejé. Yo a ti.

Se alejó con rapidez antes de que él pudiera contestarle. Era la primera vez en casi diez años en la que había tenido la última palabra.

3

Aunque oficialmente ya era primavera, volvía a hacer frío y el viento era cortante, con filo de nieve. El parque, que sólo una hora antes era un paraíso primaveral deslumbrante de tulipanes y narcisos, se había convertido en diez minutos en un lugar desapacible y casi desierto a pesar de que eran apenas las seis de la tarde. Las madres y las abuelas habían huido empujando sus cochecitos, dando gritos a los niños rezagados que seguían jugando a indios y vaqueros detrás de los setos. Los viejos se habían retirado con el sol y sólo quedaban pequeños grupos de adolescentes enfundados en chaquetas de cuero y cazadoras vaqueras que se pasaban cigarrillos para calentarse las manos.

Sagrario se cogió del brazo de Robles y se subió el cuello de su abrigo gris.

—¿Nos tomamos un café con leche?

—Mejor un carajillo.

—No te conviene el alcohol. Tienes la tensión muy alta.

—Tú también.

—Pero yo no bebo.

—Sí, ya sé que eres perfecta.

—No soy perfecta, tengo sentido común, sencillamente, que, como tú sabes...

—Es el menos común de los sentidos —concluyó Robles el viejo tópico, sonriendo.

Caminaban despacio hacia la salida del parque, disfrutando del aire repentinamente helado. Hacía ya tiempo que daban esos paseos juntos, o se iban a la sierra a hacer excursionismo o quedaban para cenar. Se contaban sus casos más difíciles, se dejaban animar por el otro, despotricaban a veces sobre una injusticia o celebraban algún éxito. Alguna que otra noche iban al cine o a un espectáculo y en otras ocasiones se limitaban a estar juntos y pensar en sus cosas, leer el periódico, tomarse un café y comentar noticias sobre el borde de la taza, intercambiar una sonrisa, gastar una broma sobre los que pasaban. Era algo tan nuevo para los dos que a veces se asustaban del cambio que se estaba produciendo en sus vidas y dejaban de llamarse durante una semana o dos. Luego, con cualquier excusa, uno de ellos telefoneaba al otro y volvían a quedar. Sin haber hablado nunca de amor, y mucho menos de boda, los dos sabían que les gustaba la compañía del otro, que se reían juntos, que nunca habían hecho tantas cosas fuera del trabajo como desde que se conocían. Se trataban con una jovialidad campechana que hacía suponer a todo el mundo que eran un matrimonio de toda la vida, una pareja modelo sin hijos o con hijos mayores que ya eran independientes y habían dejado a sus padres, aún jóvenes y fuertes, para vivir una segunda época dorada, una segunda luna de miel.

Sagrario se escandalizó la primera vez que se lo preguntaron en una excursión, pero Robles lo encontró divertidísimo y desde entonces, siempre que se presentaba la ocasión, hablaba de sus hijos e incluso de sus nietos, si estaba de buen humor, y ahora ella le seguía la corriente y se reía tanto como él cuando los otros se marchaban.

En esos meses Sagrario se había enterado de la vida de él, de su infancia en una aldea de cincuenta habitantes, de su traslado a la capital, del lento ascenso en la policía, de la muerte de su mujer a los diez años de casados, de sus intentos fallidos de tener hijos; incluso se enteró de su nombre de pila, que él ocultaba celosamente a todo el mundo. Se llamaba Mauricio porque su madre sentía devoción por ese santo y se había pasado todo el parto invocándolo, pero a él le parecía un nombre ridículo, afeminado, y desde muy joven dijo en todas partes que se llamaba José, Pepe Robles, hasta que la entrada en la policía con su sistema de grados y apellidos acabó con el problema. Ahora era «jefe» o «comisario» para todos, Robles para los íntimos.

Para Sagrario era también «Robles» y, aunque al principio le parecía muy raro llamarlo por su apellido, ahora lo encontraba tan natural como cualquier otro nombre. Él la llamaba Sagrario, nunca Sagra, y en las raras ocasiones en que discutían, «enfermera jefe», que era lo que más la sacaba de quicio.

Llegaron al Café Continental y se instalaron en una mesita junto a la ventana. Dentro hacía calor y optaron por olvidarse del café y tomar cerveza, aceitunas rellenas y tostadas con boquerones en vinagre.

—Así no pasaremos hambre en el teatro —dijo Sagra cuando el camarero depositó la bandeja en la mesa.

El comisario sirvió cerveza en los dos vasos y produjo un sonido irreconocible.

—Sí, ya sé que no te hace ninguna ilusión, pero Marina tenía dos entradas para la función de hoy y Jaime está en la cama con gripe. Es una lástima que se pierdan. Además, he oído que la obra es muy buena. ¿No has leído los periódicos?

Robles metió parsimoniosamente los boquerones entre las dos mitades de panecillo tostado.

—Tú sabes muy bien que las páginas culturales me las salto. La intelectual de la familia eres tú.

Ella le dio un bocado a la tostada y contestó con la boca llena:

—La obra no es muy alegre, pero parece que Jorge Lobo es muy bueno. Todo el mundo habla de él.

—¿Es ese tío rubio que hace de marica en la serie de televisión?

Ella asintió con la cabeza mientras se tragaba el bocado.

—Sí —contestó cuando pudo hablar—. El de *Sueños de gloria.* Pero no es marica.

—Tú siempre lo sabes todo.

—Lo sé porque da la casualidad de que es paciente de Marina. Es él quien le ha dado las entradas.

—¿Y de qué lo trata? ¿De complejo de Edipo?

—¡Y dale! Lo trata de depresión, aunque no debería decírtelo.

—Mujer, tampoco es un delito.

—No, pero no tiene gracia que se entere todo el mundo.

—Yo no soy todo el mundo.

—Eso es verdad.

Se miraron a los ojos y sonrieron. Poco a poco la sonrisa fue haciéndose más amplia y acabaron riéndose sin saber bien de qué.

—Parece que ha perdido a su novia, bueno, a la chica que vivía con él, y está hecho polvo.

—Si uno tuviera que ir al psiquiatra cada vez que una mujer le da la patada, no darían abasto.

—No, no, la cosa no está tan clara. Por lo que me ha dicho Marina, resulta que la chica desapareció de la noche a la mañana con lo puesto, más o menos. Nadie la ha visto desde entonces ni sabe nada de ella. No se llevó ni dinero, ni pasaporte ni nada.

—¿Lo ha denunciado? —El que hablaba ahora era el policía.

—Creo que no. Se quedó tan hundido con la cosa que no hizo nada.

—¡Ese tío es imbécil! No será marica, pero es imbécil. —Se quedó callado un momento—. ¿Cuánto hace de eso?

—Unos meses, no sé cuántos.

—¿Lo conoces?

—De vista nada más.

—Pues cuando acabe la función vamos a pasar a saludarlo.

—Robles, la chica es mayor de edad.

—Ya me lo imagino. Y si se ha largado por gusto es asunto de ella, pero si la han matado, por ejemplo, es asunto de la policía.

—¡Venga, hombre! Tú lees muchas novelas.

—Seguro que menos que él. Y además soy policía, ¿sabes?

Se levantó, fue a pagar a la barra y volvió a la mesa para ayudarla a ponerse el abrigo.

—Pero Robles —protestó ella—, falta casi una hora para que empiece la función.

—Podemos hablarle antes.

—Sí, y ponerlo nervioso antes de actuar. Tiene una depresión, hombre de Dios, y además tendrá que maquillarse.

Él acercó la boca a su oído:

—Marica, te lo digo yo.

—Actor, Robles.

—Viene a ser lo mismo.

—Hasta tú que eres tan macho tendrías que maquillarte si salieras por televisión.

—¿Quién, yo? ¡Venga ya! Ya salí cuando lo de García y no me maquillaron.

—Porque era en la calle, hombre.

—Y a todo esto, ¿cómo va García?

Paseaban bajo los soportales, despacio, cogidos del brazo, mirando los escaparates de las tiendas al pasar, sin pararse.

—Igual. Un coma profundo. Prácticamente muerto.

—No sé si hicimos bien en retirar los agentes.

—Pues claro. Ya ni siquiera lo atamos, ¿para qué?

—Yo estaría mucho más tranquilo si estuviera atado después de lo que te hizo a ti.

—No me hizo nada.

—Pero podía...

—No podía nada —atajó ella—. Además yo soy grande y fuerte. Ni es la primera vez que un loco me agarra la falda y trata de morderme, ni será la última.

Robles no añadió nada. No se podía tratar a Sagrario como a una flor delicada, ella no lo permitiría nunca. Sin embargo, pensar que un loco, sobre todo *ese* loco, pudiera hacerle algo, le aceleraba el pulso y le hacía ver rojo en su interior. Apretó más fuerte su brazo y le susurró al oído:

—¡Ay, Sagrario! Con mis cincuenta y nueve años a veces haces que me sienta como un chiquillo.

Ella sonrió, le devolvió el apretón y no dijo nada. Pero le gustaba. Vaya si le gustaba.

Jorge acabó de desmaquillarse en el profundo silencio de los teatros vacíos. Un silencio oscuro, cargado de vibraciones, de recuerdos, de sombras de otros tiempos, de otras obras, de aplausos y silbidos que ya pertenecían al pasado. Sentado frente al espejo rodeado de bombillas se pasó las manos por el contorno de los ojos, por los pómulos, por toda la piel de la cara que ya empezaba a ajarse, a tensarse sobre los huesos. Piel de actor. Noches y noches de maquillajes y cremas y tónicos que poco a poco iban dejando su marca.

La caracterización de Leonardo no era de las peores: pelo negro, barba de tres días, sombras oscuras en ojos y ojeras, nariz afilada, labios pálidos. Un rostro fantasmal, consumido de pasión. Un rostro de condenado. El que acabaría teniendo sin necesidad de maquillaje si no conseguía salir de su obsesión.

Durante los ensayos y en las primeras semanas de la obra se había sentido mejor, más fuerte, más capaz de hacer frente a la vida. Luego, poco a poco, fue bajando su optimismo a pesar de las críticas unánimes y entusiastas, del dinero que empezaba a ganar, de la gente que lo reconocía por la calle gracias a *Sueños de gloria,* que por fin televisión se había decidido a emitir casi dos años después de su rodaje.

Y precisamente en el momento en que creía que estaba saliendo del hoyo, que ya no pensaba constantemente en Rosa, se presentaba aquel comisario y volvía a ponerlo todo patas arriba.

Había sido una entrevista incómoda, absurda, en la que se había sentido como un sospechoso de novela policíaca. Ninguna acusación clara, pero la conciencia cada vez más aguda de haber hecho las cosas mal, de tener algo que ocultar. La enfermera que iba con él lo había comprendido; al fin y al cabo, trabajando con Marina tenía que saber de su estado depresivo y había frenado un poco al comisario, pero de todas formas había sido espantoso. Ya era bastante malo haber perdido a Rosa y no saber de ella. Ahora tenía que luchar además con el sentimiento de culpabilidad.

¿Y si Robles tenía razón y Rosa había sido asesinada por su culpa, por no haber acudido a la policía? Pero Rosa se lo había prohibido en su último mensaje, y además, ¿qué hubieran podido hacer ellos aparte de encontrar su cadáver y tal vez capturar al asesino? ¿De qué le habría servido eso a Rosa o a él?

«Por lo menos estaría enterrada», dijo una voz en su interior. No pudriéndose quizá en un solar en una bolsa de basura. «Y tú sabrías dónde está. Sabrías que está en paz, podrías llevar flores a su tumba y llorar por ella. Y podrías volver a vivir».

Se le llenaron los ojos de lágrimas mientras extendía la crema hidratante por su cara tensa y reseca. Iría a hablar con Amparo, la madre de Rosa, y presentarían la denuncia. Por lo menos tendría la sensación de haber hecho algo. Se pasó un pañuelo de papel por los labios y se dio un poco de cacao; se le estaban agrietando otra vez. También tendría que ir a la peluquería, a que le renovaran el color; había elegido uno de esos tintes que van desapareciendo al lavarlos y se le estaba aclarando mucho.

Se levantó apoyando las dos manos en la mesa, cansado por dentro y por fuera, y empezó a poner en orden las cremas y los lápices. Detestaba llegar al día siguiente y encontrarse las cosas tiradas, las cajas abiertas y los lápices sin punta, como le pasaba a Lucía todas las tardes. Terminó de ordenar, cortó un capullo de rosa del ramo que habían traído el día anterior, apagó las luces después de una última mirada y salió al pasillo. Al meter la mano en el bolsillo para sacar las llaves de la bici se dio cuenta de que aún llevaba los pantalones de Leonardo. Se dio la vuelta y regresó al camerino maldiciendo por lo bajo. Entre unas cosas y otras serían casi las doce cuando consiguiera llegar a casa de Rafa y esta vez había prometido en serio que se pasaría por allí.

Entró en el camerino y se quedó un momento clavado en la puerta. Había un olor extraño allí para un teatro. No era el hedor habitual hecho de tabaco, cosméticos, sudor y ropa usada. Olía levemente a campo abierto, un perfume amargo como de tomillo, retama, romero, hierbas de cocina en estado salvaje. Y humedad. Como si hubiera un lago cerca.

Pensó que alguien se habría dejado la ventana abierta y recordó que en su camerino no había ventanas. Encendió la luz y el perfume pareció apagarse, como si le hubieran bajado el volumen a una radio. Por lo demás todo seguía igual.

Echó una larga mirada por el camerino, los nervios en estado de alerta, esperando algo, un ruido, una sombra, algo.

Lentamente se fue relajando. Todo estaba en calma. Se quitó los pantalones de Leonardo y se puso sus vaqueros, apretando el cinturón un punto más que la última vez. Recogió la cazadora del respaldo de la silla y volvió a apagar la luz para salir. El perfume surgió de nuevo a sus espaldas como por arte de magia. Volvió a meter la cabeza en el cuarto con curiosidad y un miedo incipiente en la boca del estómago.

El espejo frente al que se había desmaquillado momentos antes brillaba levemente como un televisor que se acaba de apagar.

Acudieron a su mente toda clase de escenas terroríficas, escenas de novelas y películas que en su momento le habían dado risa y ahora de repente llegaban hasta él con una intensidad incontrolable.

«El diablo en el espejo. No lo toques, imbécil. Sal corriendo. Corre mientras puedas». «No hay círculo verde. No lo voy a tocar. Sólo quiero ver qué es. Luego me iré». Las dos voces se alternaban en su cerebro y lo mantenían indeciso, pegado a la puerta, clavándose el marco en la cadera, la mirada fija en la neblina luminosa del espejo y el corazón dando saltos que reverberaban en todo su cuerpo.

Entonces, como un televisor que sintoniza una cadena muerta y tiene interferencias de otros canales, la brillantez empezó a reunirse en líneas y sombras sin definición, todo en el más completo silencio.

Sin moverse de la puerta, pero sin poder apartar la vista del espejo, casi como en un trance hipnótico, vio surgir poco a poco una imagen: el rostro de Rosa horrendamente consumido, apenas reconocible, que abría la boca y gritaba sin voz, clavando en los suyos unos ojos a los que se asomaba todo el dolor del mundo.

Fue sólo un instante.

Luego unas rayas empezaron a cruzar la imagen como si quisieran tacharla, borrarla para siempre de la pantalla donde había surgido. Unos segundos después la temblorosa imagen había sido devorada por la niebla.

Jorge soltó la cazadora que llevaba bajo el brazo y corrió como un loco pasillo adelante en la oscuridad hacia la puerta de cristales que llevaba a la salida de actores. Creyó por un instante que también allí empezaba a reflejarse un rostro fosfórico, pero, cerrando los ojos y la mente, abrió la puerta de un empujón y, tropezando en las escaleras, salió a la calle, al viento helado de la noche de marzo que en ese momento le supo a gloria. Siguió corriendo hasta la entrada principal del teatro, se subió a un taxi y, casi sin aliento, le dio al taxista la dirección de Rafa. No podía soportar la idea de volver a casa solo y seguir viendo la imagen de Rosa en los espejos.

El taxista le lanzaba miradas sospechosas por el retrovisor y conducía a toda velocidad. Jorge se acurrucó en la mitad del asiento trasero, lo más lejos posible de todos los cristales, y se abrazó fuertemente tratando de calmar el temblor que lo sacudía. Tenía frío con la camiseta de algodón, pero no era sólo el frío de la noche lo que lo hacía temblar.

Se estaba volviendo loco. Era lo peor que le había sucedido desde Navidad. Ahora ya no podía negarse a sí mismo las otras veces que había creído sentir presencias a su alrededor. No podía rechazar los susurros que oía cuando intentaba conciliar el sueño y decirse, como hasta ahora, que ya se había dormido sin darse cuenta y todo eran simples pesadillas. Tendría que enfrentarse con la espantosa realidad y aceptarla: se estaba volviendo loco.

Llamaría a Marina por la mañana, si conseguía pasar la noche de alguna manera. «Dios mío», pensaba, «he empezado a tener alucinaciones, visiones. Dios mío, me estoy volviendo loco».

Llegaron a casa de Rafa antes de que hubiera podido controlar el temblor. Ahora le castañeteaban los dientes y apenas podía sacar la cartera para pagar la carrera.

—Deje la mierda esa que se está tomando —le dijo el taxista al darle el cambio—. No me dirá que se lo pasa bien.

Lo miró con los ojos vidriosos, como si estuviera a miles de kilómetros. Lo único que veía eran las piezas metálicas del coche que brillaban en la penumbra de la calle.

Subió las escaleras primero lentamente, luego de dos en dos, deseando llegar arriba, que alguien lo abrazara, que hiciera calor, que hubiera gente normal a su alrededor. Comprendió en un instante por qué Rosa no había querido entrar en un ascensor nunca más. ¿Qué sería lo que había visto ella en el espejo?

Llamó a la puerta de Rafa como un histérico, aterrorizado de tener que estar un segundo más en aquel descansillo lleno de puertas cerradas como en una casa del terror en una feria, que se apagara la luz y que quizá se le ocurriera de pronto qué era lo que había visto Rosa. Siguió golpeando la puerta con los nudillos hasta que el ruido que producía lo hizo detenerse. Allí dentro no se oía nada. No había música, ni risas ni ruido de gente que celebra una fiesta. Los golpes reverberaban en el interior de la casa. Podía ver el sonido extendiéndose por el largo pasillo, rebotando en las paredes, despertando los objetos de un largo sueño.

Empezaba a dudar si le daba más miedo bajar de nuevo aquellas escaleras o entrar en el piso desierto cuando la puerta se abrió y apareció Rafa sonriente, con los ojos brillantes y un dedo sobre los labios. El pasillo estaba a oscuras.

—¡Jorge! Ya no te esperaba; son más de las doce.

Entró en el piso, a la tibia penumbra de una casa normal y se abrazó a Rafa como si temiera ahogarse. Rafa lo sujetó fuerte y lo llevó a la cocina, tratando de ver la cara de su amigo oculta entre su hombro y su cuello.

—¡Jorge, Jorge! ¿Qué te pasa, por Dios? ¿Estás malo?

Le ayudó a sentarse en una silla y le sirvió café de un termo.

—Tómatelo. Estás helado.

Jorge empezó a beberse el café con manos temblorosas, procurando no mirar el espejo del líquido, temiendo que también allí se reflejara un espectro en lugar de su propio rostro.

—Joder, habla de una vez! Me estás poniendo histérico.

—¿No dabas una fiesta? ¿O me he equivocado de noche? —El líquido caliente había empezado a calmarlo un poco.

Rafa levantó los ojos al techo y le sirvió más café.

—Llegas hecho una ruina y luego me preguntas si doy una fiesta. Claro que la doy.

—¿Y los demás?

—Dentro. En la sala de estar. Están con la *ouija.*

—¿Con la qué?

—El tablero mágico ese con el que hablan los espíritus. Lo ha traído una amiga del Lanas.

A Jorge le entró un temblor descontrolado y derramó el café sobre la mesa.

—¡Chico! Ni que hubieras visto un fantasma.

En ese momento una chica pequeñita, con el pelo de punta, apareció en la puerta de la cocina, muy agitada:

—Rafa, perdona. ¿Es Jorge el que ha llegado?

Jorge levantó la vista del café derramado y la miró.

—No sé bien si es una broma, pero la amiga del Lanas se ha puesto muy rara. Tiene los ojos en blanco y está diciendo «Jorge, Jorge» en una voz que no es la suya. No nos atrevemos a tocarla. El Lanas dice que es médium y que hay que dejarla hablar.

Los dos hombres se miraron un instante, se pusieron en pie sin mediar palabra y siguieron a la chica por el pasillo. Jorge se iba apoyando en la pared tratando de convencerse de que era sólo una de sus pesadillas, un sueño idiota del que no tardaría en despertar; en la vida real los pasillos no eran tan largos y las paredes no tenían ese tacto gomoso y la luz de velas en la oscuridad era algo bueno, dulce y relajante, no ese ojo maligno que lo arrastraba hacia sí.

La salita estaba a oscuras excepto por un velón que iluminaba desde abajo siete u ocho rostros expectantes, grotescamente desfigurados por la luz. Siete u ocho personas que igual podían ser sus amigos que unos monstruos galácticos con máscaras de goma. Justo detrás de la vela, una mujer de piel palidísima, con la frente perlada de sudor y los ojos en blanco, las facciones tensas y distorsionadas, murmuraba palabras ininteligibles con la boca desencajada, como si tratara de hablar sólo con la garganta.

—Hace un momento te estaba llamando —le susurró al oído la chica del pelo de punta.

Jorge siguió de pie frente a la vela, temblando, mientras el calor le recorría el cuerpo en oleadas. Entonces, los ojos de la mujer se abrieron de golpe, buscando los suyos y Jorge, con un vértigo, reconoció su mirada.

La mirada de Rosa en unos ojos que no eran los de ella.

—Jorge —la oyó decir—, por fin te encuentro. Tienes que ayudarme. Tienes que ayudarme. Estoy sola, está oscuro y tengo mucho miedo.

—¡Háblale! —dijo alguien a su oído—. Pregúntale lo que quieras saber.

—¿Dónde estás, Rosa? —La voz de Jorge, para su propio asombro, salió fuerte y clara.

—No puedo decirlo. No me dejan. Pero tengo miedo. Tienes que ayudarme, Jorge. Tienes que sacarme de aquí. Jorge, por favor. Te quiero.

—¿Qué puedo hacer? —Jorge, extrañamente, había dejado de temblar y miraba con intensidad insoportable a aquella mujer que era Rosa y a la vez no lo era.

—Sácame de aquí.

—¿Cómo, Rosa? ¿Cómo?

—En casa. Dentro del macetero de la palmera, entre la maceta y el cesto hay un diario. Léetelo y trata de comprender. Ven a buscarme.

La voz de Rosa se había vuelto rápida y urgente.

—No puedo hablar más —dijo casi gritando—. No me dejan.

Poco a poco la voz se fue convirtiendo en un sollozo mientras los ojos se hacían implorantes, lejanos, como los de alguien que va en un tren que se aleja de la estación.

—¡Sálvame, Jorge! ¡Duele! —Un grito largo, largo—. ¡Duele! ¡Quema! ¡Queeeemaaaaa! —Y luego, apenas audible—: *I love you, mister.*

Los ojos se cerraron de golpe.

—¡Rosa! —gritó él—. ¡Rosa! ¿Estás muerta? —La voz le salió ronca por el dolor.

—No —dijo la voz perdiéndose—. Aún no. Aún no.

—¿Dónde estás? ¿Dónde estás? —Dos brazos lo sujetaron cuando intentó acercarse a la mujer y sacudirla.

—...horairahora... ahora —susurró la voz de Rosa.

La mujer cayó de bruces sobre la mesa y el movimiento apagó la vela. Se oyeron chillidos y pasos apresurados. Alguien encendió la luz. El Lanas le echó a la mujer su chaqueta por los hombros y empezó a hablarle suavemente al oído. Los otros encendían cigarrillos mirándose apenas, sin saber qué decir. Lo que había empezado como una apasionante velada espiritista de curiosos se había convertido en algo que no podían controlar y que en realidad tampoco querían que entrara en sus vidas. Jorge se dejó caer en un sillón. Rafa le encendió un cigarrillo y se lo puso entre los labios sin acordarse de que hacía siglos que no fumaba.

—Joder, chico —dijo por fin, poniéndole una mano en el hombro—, lo siento. Espero que no sea una broma porque no tiene ninguna gracia.

Jorge negó con la cabeza y apagó el cigarrillo en un cenicero rebosante.

—No es una broma. Era Rosa.

—Sí —dijo Rafa despacio—. A mí también me pareció su expresión. ¿Tú estás seguro?

Jorge asintió de nuevo sin palabras. Luego añadió:

—Dijo algo que sólo ella y yo sabíamos.

—¿Lo del diario?

—No. Eso no lo sabía yo tampoco. Tengo que comprobarlo. Lo del... —Se interrumpió un momento y tragó saliva. Esa frase le traía demasiados recuerdos felices—. Lo del *I love you, mister.* Sólo nos lo decíamos en...

Rafa le interrumpió con un gesto.

—No tienes que contarme intimidades.

Alzó los ojos hacia Rafa en un gesto de mudo agradecimiento y volvió a bajar la vista.

—Mira, Jorge. Si quieres hablar con ella —hizo un gesto de cabeza hacia la mujer que se iba despertando poco a poco—, le digo a todo el mundo que se largue y en paz.

Jorge se incorporó, dispuesto a marcharse, a pesar de lo débil que se sentía.

—No, ahora no. Tengo que buscar ese diario y aún estoy hecho un lío.

—Siempre la podemos localizar a través del Lanas.

—Sí. Más tarde. Ahora tengo que irme.

—¿Por qué no te quedas aquí a pasar la noche?

—No. Tengo que buscar eso.

Rafa, con mala conciencia por dejarlo ir, pero comprendiendo que quisiera marcharse, lo acompañó hasta la puerta y le puso una cazadora por los hombros.

—Fuera hace frío.

Salió al descansillo y de nuevo sintió un escalofrío al ver las escaleras. Se volvió hacia su amigo.

—Rafa —dijo inseguro—, ¿puedo pedirte un favor?

—Claro.

—Me da vergüenza. —Se pasó varias veces la lengua por los labios.

—Has hecho cosas peores en la vida.

Jorge forzó una sonrisa.

—¿Te vendrías conmigo a casa? Sólo esta noche.

Rafa suspiró, aliviado.

—Si sólo es eso... Espera un momento.

Entró en el piso y tres minutos más tarde salía con anorak y botas.

—Ellos cerrarán. Supongo que tendrás un pijama.

—Yo sólo uso en invierno, alguno habrá. Además tengo un buen saco y puedes dormir en mi cama. Yo no creo que duerma ya mucho esta noche.

—Velaremos juntos —dijo Rafa con una mueca de cómica resignación—. Algo de beber sí que tendrás, ¿no?

—De todo.

—Pues andando.

Eran casi las siete cuando Jorge terminó de leer el diario de Rosa y se levantó a preparar más café. Había encontrado la libreta justo donde la voz le había indicado y, después de acomodar a Rafa en su propia cama, se había encerrado a leerlo en la cocina porque era el único lugar de la casa donde apenas corría el riesgo de encontrarse con superficies que pudieran reflejar imágenes. La ventana tenía cortinas porque daba a un patio interior y todos los armarios eran de madera de imitación, sin cristales.

Había estado casi cuatro horas sentado allí, en la silla de lona, bebiendo al principio té verde, que siempre le estimulaba la concentración, y luego tazas y tazas de café mientras leía las cincuenta páginas de diario en la letra ilegible de Rosa en que las «u», las «n» y las «m» eran iguales; las «q», las «g» y las «j», indistinguibles. Rosa era la única mujer que conocía que escribía a máquina hasta las cartas más íntimas pero, claro, no se le había pasado por la cabeza que alguien pudiera llegar nunca a leer su diario; más aún, que su propia vida dependiera de la lectura de ese diario, y por eso lo había escrito a mano.

Él nunca se habría podido imaginar que Rosa fuera el tipo de persona que llevaba un diario; era comunicativa y abierta y, que él supiera, nunca había tenido secretos. Sin embargo, en cuanto empezó a leerlo se dio cuenta de por qué lo había hecho: lo único que había escrito en ese cuaderno era lo que tenía relación con sus miedos, con sus cambios, con sus experiencias paranormales. Durante meses, Rosa había sufrido tanto como él ahora, había estado tan confusa y aterrorizada como estaba él y no se lo había dicho. Había escrito su miedo intentando sacarlo de su mente, explicarlo, racionalizarlo, y al final se había marchado buscando algo que en su diario llamaba «el lugar de las respuestas», un lugar que, al parecer, ni ella misma conocía. ¿Cómo iba a encontrarlo él?

El diario no daba ninguna pista de adónde dirigirse; sólo se hablaba de una ciudad en ruinas que aparecía en sus sueños, pero nada concreto, nada que se pudiera utilizar. «España tiene una superficie de 500.000 kilómetros cuadrados, más o menos», pensó. «¿Cómo voy a encontrar ese lugar? En caso de que exista. En caso de que lo de Rosa no sea una enfermedad, algún tipo de locura. Pero no. Lo que me está pasando a mí es real y a Rosa le ocurrió lo mismo. No es normal, no pasa todos los días, pero es real. Lo de anoche fue real y lo vieron varias personas».

El gorgoteo de la cafetera lo hizo volverse, se rascó un ojo y apartó la mano rápidamente con una mueca de dolor. Se había vuelto a olvidar de quitarse las lentillas y debía de tener los ojos destrozados. Fue al baño, se las sacó rápidamente evitando mirarse al espejo y sólo al salir pensó que no sabía dónde había puesto las gafas; sin gafas no había manera de encontrar nada, no veía más que luces y sombras y los contornos de las cosas. Se quedó parado en mitad del pasillo. Se las había dejado en el teatro, en la cazadora. No había nada que hacer.

Olvidándose del café, entró en el dormitorio y se tumbó al lado de Rafa en la cama grande. Era relajante oír su respiración en la penumbra, sentir el calor de un cuerpo dormido a su lado. Se quitó los pantalones, se metió bajo las mantas y cerró los ojos. Rafa se removió un poco dentro del saco, se volvió hacia él y, sin despertarse, le echó un brazo por la cintura. En otras circunstancias le habría quitado el brazo de encima, se habría dado la vuelta y luego le habría tomado el pelo un par de semanas sobre sus sueños eróticos. Ahora, sin embargo, se acercó un poco más a Rafa y se arrebujó en las mantas sintiendo el calor y el peso del brazo de su amigo. Cerró los ojos y se durmió.

4

El doctor Pedro Morales se había quitado su inmaculada bata blanca y estaba tumbado con los brazos cruzados detrás de la cabeza en la cama del médico de guardia. Aunque estaba muy cansado, no tenía sueño, como siempre en los turnos de cuarenta y ocho horas. A las nueve del lunes podría irse a casa, pero aún le quedaba casi toda una noche en la clínica. Otra más de la casi infinita serie de noches que había pasado allí. Estaba harto. Harto de su miserable empleo, de las guardias, de los desgraciados de mirada vacía con los que se ganaba la vida y que nunca más serían personas normales, si alguna vez lo habían sido. Al principio pensaba que ese empleo sería sólo un trampolín, un buen comienzo mientras se convertía en psicoanalista. Ahora ya lo era. Había escrito una buena tesis, gorda como una Biblia y mucho mejor documentada, y su lista de publicaciones entre artículos, comunicaciones en congresos, ponencias y colaboraciones, ocupaba más de seis páginas. Y sin embargo, ¿adónde había llegado? Se había quedado allí mismo, en el lugar donde había comenzado. Sí, era jefe del Departamento de Psicoanálisis, sometido directamente sólo a Martín, que al fin y al cabo era un inepto como organizador y en casi todos los casos delegaba en él. Pero no era lo que había soñado. Él quería más o, si no más, quería otra cosa. Reconocimiento público, prestigio, dinero. Dinero y todo lo que el dinero puede comprar: buena ropa, viajes a lugares exóticos en hoteles de primera, un buen coche, una casa con jardín llena de obras de arte, una mujer digna de él. Su pensamiento se detuvo imperceptiblemente al llegar a ese punto y se escindió en dos ramas: por una parte el recuerdo de Marina, la mujer que compartió su vida desde la universidad, brillante, trabajadora, organizada, sociable, siempre dispuesta a hacer el trabajo sucio, como ella lo llamaba; alguien con quien siempre había podido hablar de igual a igual, discutir sus ideas, analizar sus proyectos y que, sin embargo, era capaz de quedar en la sombra cuando convenía y de brillar en una cena cuando era necesario. Marina, que lo había abandonado por Jaime, un arquitecto semialternativo que construía casitas de madera con instalación solar para cuatro familias y estaba chiflado por el jazz.

Por otra parte, la idea de que el dinero podía comprar a una mujer le repelía y le sonaba infantil. No obstante, sabía por experiencia que era así en muchos casos y de hecho lo infantil era no aceptarlo. Quizá no compraría a una mujer como Marina, pero eso ya no le convenía tampoco. Le había sido útil en los primeros tiempos, cuando tenía que trabajar día y noche por ampliar su currículum, cuando nadie conocía a Pedro Morales y Marina se ocupaba de sus relaciones públicas. Pero ahora necesitaba otra cosa. Una mujer con contactos en el mundo que le interesaba conquistar, una mujer a ser posible con apellido, de una de las grandes familias, que pudiese aportar una clientela de altura a la consulta que pensaba abrir; alguien que supiera distinguir una alfombra china de una persa, dirigir al servicio, sugerir la salsa adecuada a cada plato y que no se arruinara el aspecto y la salud trabajando doce horas diarias, alguien de quien poder sentirse orgulloso cada minuto del día y no en las contadas ocasiones en que había una cena de compromiso como había pasado con Marina.

Marina. Sus labios se curvaron lentamente en una sonrisa. ¡Qué mala suerte había tenido con el caso García! Un caso de salir en la prensa y en televisión y ahora el imbécil estaba en coma y no le servía a nadie para nada. Bueno. Por lo menos Marina no se había salido con la suya y él se las había arreglado para que le hicieran una entrevista por radio sobre los locos violentos.

Si pudiera hacerse algo para resucitar el caso podría aprovechar la publicidad gratuita para abrir su consulta y hacer discretamente, muy discretamente, un poco de publicidad en los lugares adecuados. El viernes siguiente estaba invitado a una cena a la que asistirían el alcalde, el concejal de urbanismo y el de sanidad con motivo de tantear la posibilidad de abrir un centro psiquiátrico para descargar el departamento de la clínica. Él iba en representación de Martín, que odiaba ese tipo de cosas, y no tenía plenos poderes, su función era puramente consultiva, pero sería su ocasión para entrar en el ambiente al que de hecho pertenecía y que, con un poco de suerte, pronto sería el suyo. Si pudiera reactivarse el caso García, se convertiría en el centro de atención. Pero ¿cómo?

Hacía meses que no había la mínima novedad. Él estaba bien informado por Julia, una enfermera con la que había salido un par de veces, y por el ordenador de la clínica que, lentamente, empezaba a saber manejar.

Pensar en el ordenador le dio una idea imprecisa que lo hizo levantarse inmediatamente de la cama. Pensaba mejor de pie y en movimiento. Empezó a pasear como un tigre de un lado a otro de la habitación, mirando de reojo su imagen reflejada intermitentemente en los cristales de la ventana y en el espejo del lavabo. Alto sin exagerar, bien formado, bronceado de tenis, ojos inocentes y sonrisa cínica; podía haber hecho carrera en el cine cuarenta años atrás. Ahora los elegían más mediocres, más del montón, pensó.

Había algo en su mente que se negaba a precisarse. Algo que había leído sobre un nuevo estimulante o sobre un conjunto de fármacos que, aplicados en batería, producían resultados espectaculares. Si lo recordara, podría probarlo. García estaba prácticamente muerto, no sería una gran pérdida que no respondiese al tratamiento y no saliera del coma o que su corazón dejase definitivamente de bombear. Y para la ciencia sería un gran avance.

Pasó de nuevo por delante del espejo y se detuvo asustado. Tenía una mancha verde en la cara. «Dios mío», pensó, «espero que no sea un hongo». Se acercó rápidamente a inspeccionar la sospechosa coloración. Se inclinó sobre el espejo y suspiró con alivio. Era sólo un defecto del cristal, un círculo verdoso en el borde derecho. Lo tocó con el dedo índice y sintió una ligera sacudida, como un cosquilleo eléctrico. Lo intentó de nuevo, pero esta vez ya no sintió nada. Se encogió de hombros y volvió a su paseo por la habitación.

De repente, la evasiva idea que le había estado rondando se precisó en su mente. «Pero si es condenadamente simple», dijo en voz alta. Fue a la mesa y apuntó todos los datos antes de que pudieran volver a escapársele. Ahora debería hablar con Martín, con Marina no, si podía evitarlo, y convencerlo de que tenían que probar su idea por el bien de la ciencia, de la justicia, de todo. Se sentó a la mesa y acarició el papel, la receta de la poción mágica que podría tal vez ponerlo en el camino del éxito.

Nunca estarían de acuerdo. Marina no se dejaría convencer con ningún argumento. La conocía bien, no podía haber cambiado tanto en tres años. Se pondría roja y blanca hablando de las normas morales, de la integridad profesional, del juramento de Hipócrates, de todas las simplezas que formaban su pensamiento y su vida. Y Martín la apoyaría porque era un blando y un cobarde. Ninguno de ellos tenía madera de científico, de experimentador. Amenazarían con denunciarlo al Colegio de Médicos si se producía alguna irregularidad, y ése sería el final de sus esperanzas. Tenía que haber otro medio. Tenía que haberlo.

Se pasó las manos por el pelo tratando semiinconscientemente de estimular las terminaciones nerviosas. Tenía que ser posible. Se llevó el pulgar a la boca y lo retiró de inmediato, disgustado. Hacía mucho que no se mordía las uñas y no iba a empezar de nuevo ahora. Miró su pulgar, grande, de uña cuadrada, firmemente inclinado hacia atrás, y lo apretó con la otra mano hasta que oyó crujir las articulaciones. Lo hizo con todos los dedos y se sintió mejor. Tenía que haber otro medio.

Lo había.

La idea le llegó, brillante y clara, como si alguien se la hubiera dejado en bandeja delante de los ojos.

El ordenador central.

Él solicitaba datos constantemente y estaba familiarizado con su manejo. Llevaba treinta y cinco casos; a nadie le extrañaría que en las horas muertas de una guardia bajara a consultar el ordenador. Había otros compañeros que se pasaban el tiempo libre con programas de juegos. E incluso cabía la posibilidad de que no lo viera nadie. Se trataba sólo de sacar la ficha de García y añadir a su medicación de mantenimiento los fármacos que quería probar. El ordenador imprimía diariamente las fichas de los pacientes y, sobre todo en casos estacionarios como el de García, solían ser las auxiliares las que repartían las medicinas, muchachas que no tenían ni idea de lo que administraban.

Salió al pasillo con la garganta contraída y una ligera pulsación en las sienes. Sería fácil. Recordó en el ascensor que eran las enfermeras tituladas las que llenaban las bandejas de los fármacos y su determinación flaqueó. Alguna de ellas podía encontrarlo raro y consultar con Marina, o mucho peor, con Sagrario, la foca cara de perro que era en parte causante de su principio de úlcera. Si se enteraba Sagrario, se enterarían hasta las piedras.

Llegó al sótano y se quedó indeciso un instante a la puerta de la sala. Un colega de cirugía salía en ese momento con los ojos enrojecidos.

—Esto es un cuelgue, tío. Llevo dos horas tratando de aterrizar un Jumbo en el aeropuerto de Nueva York. Me he debido de cargar a más de tres mil pasajeros. Pero antes o después lo conseguiré.

—Yo no he probado nunca —contestó él con su mejor sonrisa—. A mí me va más lo de matar marcianos.

—¿Qué programa usas?

Pedro cambió su peso de un pie a otro sin saber qué decir. Nunca en su vida había jugado con el ordenador.

—No sé bien. Me lo dejó un amigo. —Se metió las manos en los bolsillos y suspiró:

—Si no fuera porque hace horas que no me han visto el pelo arriba, me quedaba a ver qué tal es.

—No vale la pena —contestó Pedro tratando de no mostrar su alivio—. Es para principiantes. Pero algo hay que hacer en una guardia tranquila.

Intercambiaron una última sonrisa y se separaron. Cuando Pedro ya desaparecía tras la puerta, oyó decir al cirujano:

—¡Oye! Cuidado con los programas prestados, ¿eh? En esta clínica ya tenemos bastantes virus que combatir.

Oyó su risa hasta mucho después de que se hubiera ido. Luego se sentó frente a la máquina y empezó a teclear.

He tenido un sueño que no consigo quitarme de encima. No ha sido una pesadilla; la sensación no era la misma, y mis pesadillas nunca han sido así. No había carreras, ni persecuciones ni casi acción.

Estábamos en un paisaje extraño, fantasmal, como de película en cinemascope, pero en blanco y negro, o con muy pocos colores. Era como un desierto gris, de una arena muy fina, con formaciones rocosas gigantes negras y grises como las del Gran Cañón o de esas películas de vaqueros en Arizona o así, donde todo es liso y de repente hay rocas verticales y delgadas de más de mil metros.

Íbamos andando, mucha gente, todos vestidos de gris con una especie de túnicas con capucha hechas jirones. Caminábamos muy despacio, en silencio, pero con una especie de gemido o murmullo de fondo. Todos tenían los ojos bajos y miraban al suelo, menos yo, que levantaba la vista para ver las rocas y el cielo, que era gris, pero tenía aspecto de amanecer, de que pronto saldría el sol y todo se volvería rosa. Nadie nos decía por dónde teníamos que ir, pero nos íbamos metiendo lentamente por un desfiladero estrecho entre altísimas paredes de roca, y había una sensación en el ambiente como de reses de matadero que saben adonde las llevan y se han resignado. Era eso, una resignación, una pasividad absoluta, una voluntad del dolor.

Yo también me sentía así, pero no quería. Quería subirme en algún sitio y gritar. Gritarles a todos que no siguieran avanzando hacia esa pared que nos cerraba el paso, que podíamos luchar, que no teníamos por qué resignarnos. Pero seguía caminando con todos, sin hablar, sin hacer nada. Entonces noté que el suelo ya no era arena sino barro, un barro gris que salpicaba al pisarlo, como si hubiera más agua de la que el suelo podía embeber.

Al cabo de un rato nos detuvimos todos sin que nadie nos lo dijera y, de repente, yo estaba en la primera fila. Delante de mí había una pared rocosa que cerraba el paso por completo, pero aún había mucho espacio entre la montaña y el lugar donde yo estaba. Miré hacia arriba y en el borde de la pared apareció un animal gigantesco: un unicornio enorme y bellísimo, pero no blanco sino gris, con un cuerno en la frente como una espina de plata y unas crines largas y grises que volaban hacia la izquierda aunque no había viento. Yo sabía que no había viento.

El unicornio inclinó la cabeza y me miró, a mí directamente, a nadie más. Oí cómo el murmullo a mi alrededor subía de tono y supe que me había elegido, pero no sabía por qué ni para qué. Ni sabía quién me había elegido. Los demás lo sabían, pero no me miraban y yo no podía adivinarlo. Entonces surgió un resplandor detrás del unicornio, como si saliera el sol, y todo se volvió rojo. Rojo oscuro, rojo líquido, un color viscoso que se pegaba a todo, como si goteara lentamente sobre las cosas. Y me desperté.

Como siempre, Jorge no se había enterado de nada y lo dejé dormir. Fui a fumarme un cigarrillo y pensé sobre el sueño, pero no pude sacar nada en claro salvo la sensación de horror, de impotencia que se está convirtiendo en parte de mi vida diaria. He tenido muchos sueños de esta clase pero éste es el único que recuerdo con claridad y creo que también ha sido el peor. He pensado contárselo a Ana que, aunque no es psicóloga, es buenísima analizando textos de cualquier tipo. Tal vez se le ocurra a ella algo que yo no veo porque estoy demasiado metida en mí misma.

Tengo miedo. No sé de qué, pero tengo miedo y a Jorge no me atrevo a contarle nada porque lo único que hace es reírse de mí y tomarme el pelo, supongo que para no tener que pensar que estoy loca o para no asustarse él. Me quiere mucho, pero le horroriza el desequilibrio mental, la locura. Si él llegara a pensar en serio que me estoy volviendo loca, me dejaría, estoy segura de que me dejaría, así que no tengo más remedio que callarme y seguir escribiendo.

De los sueños quizá pueda hablar con Ana. De las otras cosas prefiero no hablar ni siquiera conmigo misma; no son más que alucinaciones, cosas que no pueden existir, visiones debidas al estrés o a la falta de alguna vitamina. Iré al médico. Iré a que me hagan un chequeo y a lo mejor, después de unos análisis, todo se reduce a falta de hierro o de vitamina B.

Por lo menos ahora que lo he escrito ya no me siento tan mal. Esperemos que con el tiempo las cosas vayan mejorando.

—Comisario, perdone que le sea tan franco, pero me parece un poco idiota que nos tenga a todos perdiendo el culo por una mujer que desapareció en septiembre. Llevamos una semana pateándonos el barrio y preguntando a todo Dios y no hemos encontrado el más mínimo indicio. No hay pistas, no hay testigos; por no haber, no hay ni siquiera cadáver. Yo ya ni sé qué es lo que tenemos que buscar.

Robles estaba de pie en su lugar favorito junto a la ventana y oía la voz de Molina como hubiera oído un aguacero primaveral, aunque con menos alegría. Él tampoco sabía por qué se había empeñado así en la búsqueda de Rosa Santos Núñez, de treinta y dos años, profesora de inglés en el Colegio de Santa María de las Nieves, un colegio laico a pesar de su nombre, soltera, 1.67 de altura, 53 kg de peso, pelo largo castaño rojizo, ojos verde-grises, vista por última vez el 15 de septiembre cuando, vestida deportivamente, habló con la directora del colegio para informarle de que no podría acudir a la primera reunión de profesores, el día 16, por motivos personales que no quiso precisar.

Según Consuelo Montes, la directora del centro, parecía muy excitada, como si tuviera una gran noticia que dar, pero no quisiera o no pudiera hacerlo aún. «Ya te contaré cuando vuelva» fue todo lo que dijo. La directora lo había entendido como que por fin Jorge y Rosa habían decidido casarse y no querían que se enterara nadie hasta después de la boda. Lo de «cuando vuelva» para ella había estado claro que se refería al principio del curso después del viaje de novios, así que le había deseado mucha suerte y se había quedado tranquila. Cuando no se había presentado a trabajar el día 2 de octubre había llamado a Jorge y él le había dicho que Rosa se había marchado de casa sin dar explicaciones y que él tampoco sabía nada de ella. Había sonado totalmente hundido y ella no había querido insistir. Su madre le había dado la misma respuesta en una voz que sonaba preocupada pero no desesperada, y al final habían tenido que buscar a toda prisa una sustituta.

Todos estaban muy preocupados por ella porque, según decía, nadie habría esperado eso de Rosa, pero ninguno de los profesores había podido aportar ningún dato de valor. La única de sus compañeros que la había visto durante las vacaciones había sido su amiga Ana López, profesora de literatura, pero tampoco ella sabía nada de interés.

Robles estaba seguro de que mentía, de que sabía algo que no había dicho, pero no tenía ni idea de qué podía ser. Habría que trabajarla más.

La voz de Molina le seguía llegando a través del humo de puro que llenaba el despacho. Ahora escuchaba con algo más de atención porque ya no eran quejas sino informes. Informes negativos, vacíos, que no llevaban a ningún sitio. Nadie la había visto. Nadie sabía nada. No había sido encontrado ningún cuerpo que se le pareciera remotamente, no había sido ingresada en ningún hospital, no se había puesto en contacto con nadie. Como si se hubiera vuelto invisible.

Molina volvió a preguntar por el motivo de la búsqueda entre la lectura de dos informes. Robles siguió impasible mirando el tráfico. Molina se dio por vencido y continuó leyendo. El jefe estaba cada vez más raro. Habría comprendido el interés si la chica hubiese sido algo suyo, pero así empezaba a parecerle una verdadera manía senil.

Robles tenía bastante claro por dónde iba el pensamiento

del inspector, pero no le quitaba el sueño. Unos meses atrás, él tampoco se habría interesado tanto por el caso. Sin embargo, ahora, desde que conocía a Sagrario, entendía con el corazón muchas cosas que con la cabeza se le escapaban. Al parecer, Rosa había sido una chica estupenda, el tipo de chica que a él le hubiera gustado tener por hija. Y esa chica joven, guapa, alegre, responsable y normal había desaparecido como por ensalmo sin que a nadie se le ocurriera llamar a la policía. Era muy raro. Como si se hubiesen puesto de acuerdo para ocultarlo. Pero ¿quiénes? ¿Su madre y su novio? Que hubieran estado liados habría podido ser un motivo; cosas más raras había visto a lo largo de su carrera. Pero por ese lado no había nada. Ya se habían asegurado. La madre había quedado descartada también. Estaba asustada, triste y muy preocupada, pero no era culpable de nada más que de cobardía y negligencia tal vez. ¿El novio? Ahí había alguna posibilidad. Los actores son gente rara, nunca se sabe. Pero ¿qué interés podía tener él en matarla? Habían buscado en todas partes. Nada de drogas, nada de otros asuntos amorosos. Todos sus amigos decían que se llevaban de maravilla, que eran sanos y normales. Entonces ¿por qué?

Sin saberlo, el comisario Robles empezaba a compartir una obsesión con Jorge Lobo. No sabía que pronto compartirían también otras cosas.

El piso de Ana era diminuto y coqueto, como sacado de una revista de decoración; todo hacía juego con todo sin ser igual, en una sedante armonía de colores; todo estaba en su sitio sin por eso dar la impresión de ser un piso piloto. Estaba claro que alguien vivía allí, que Ana vivía allí y todo estaba a su gusto, elegido y colocado con esmero para sentirse feliz en su propia casa, sin hacer de ella una bombonera.

Se estaba bien en aquella habitación iluminada por el sol de la tarde que arrancaba destellos a los hilillos de plata de los cojines turquesa y hacía más cálida la alfombra gruesa y rojiza. Terminó la inspección de los libros y los discos y se sentó en un sillón, tratando de comprender qué era lo que le atraía tanto de los trazos de colores del cartel de Heizer que colgaba sobre el sofá.

Ana levantó los ojos del diario de Rosa y le indicó con una seña que se sirviera otro jerez. Jorge se acercó a la estantería, volvió a servirse y empezó a juguetear con las flores de un gran ramo de lilas intentando refrenar su impaciencia. Le había llevado el diario al colegio la tarde anterior, antes de irse al teatro y a Ana sólo le faltaban unas páginas por leer.

—Bueno —dijo al fin quitándose las gafas—, ya está.

Él volvió a sentarse apretando el vaso con las dos manos.

—¿Y qué te parece?

Ana se encogió ligeramente de hombros y encendió un cigarrillo.

—El sueño del unicornio ya lo conocía; me lo había contado. La alucinación del bollo la conozco de primera mano: estábamos juntas.

—¿El bollo?

—Sí, hombre. Estábamos tomando café en el bar de al lado del colegio, en el recreo. Rosa estaba muerta de hambre. Se estaba comiendo aquel bollo como si fuera el maná del cielo y, de repente, cuando iba a dar el último bocado, se quedó mirándolo con horror, con asco, no sé cómo decirte. Salió corriendo y llegué al lavabo justo a tiempo de sujetarle la melena mientras vomitaba.

—¿Es verdad lo que escribe en el diario de que estaba podrido, con una especie de polvo y pelos saliendo de la masa?

Ana se retiró el flequillo de la cara y se rascó la cabeza.

—Yo no lo vi, Jorge, pero está claro que ella sí que lo vio. Estuvo vomitando cinco minutos. Luego me dijo que no era la primera vez que le pasaba algo así, pero no quiso darme más detalles.

—Ahora lo has leído todo: las caras entrevistas en los espejos, los gemidos en plena calle, la sensación de que hay alguien que quiere entrar en tu mente, los espectros podridos que aparecen en sueños y siguen en el dormitorio al despertar...

—Jorge, por favor, yo también lo he leído.

—¿Y crees que se estaba volviendo loca?

—Eso es lo curioso, que creo que no. Es decir, creo que todo eso la estaba volviendo loca, pero no al revés. Creo que de alguna manera esas cosas eran reales y le pasaban de verdad y por eso parecía que se estaba volviendo loca. De puro terror.

Jorge asintió con la cabeza dándole a entender que él había llegado a la misma conclusión, pero sin añadir nada de lo que le había sucedido a él.

—¿Llegaste a analizar alguno de sus sueños?

—Sí, claro, pero ahora veo que me faltaban datos. Para mí el sueño del unicornio, por ejemplo, era una muestra de insatisfacción con su vida y con su propio papel; el deseo de salir de la monotonía, de la masa, de lo gris. La búsqueda de otro amor, de otro estímulo, de una especie de supermacho simbolizado por el unicornio. Y el hecho de que no fuera blanco y de que ella caminara por el lodo hacia un callejón sin salida era un indicio de que ese deseo se le antojaba sucio y culpable, ¿comprendes?, de que no quería admitir ni ante sí misma que la vida que estaba llevando no la hacía feliz. —Se interrumpió un momento y suspiró—. Lo siento, Jorge, no iba contra ti, pero para mí quedaba bastante claro. Ahora veo que no.

La explicación de Ana le había quitado la respiración. En un minuto había comprendido montones de cosas sobre el comportamiento de Rosa en los últimos meses que pasó a su lado, pero en ese momento le interesaba más continuar:

—¿Y cómo lo ves ahora?

Ella suspiró de nuevo y fue a servirse otro jerez:

—Ahora lo entiendo mucho menos, pero, uniéndolo todo, está claro que recibió o creyó recibir una llamada. Una llamada que le prometía contestar a sus preguntas. —Se volvió hacia él—. Ha sido elegida, Jorge, yo tampoco sé por quién, pero está claro por sus visiones y por lo que me has contado de esa sesión espiritista que tiene algo que ver con el mundo de ultratumba y, si nos mantenemos en la simbología cristiana, sólo hay una entidad que pueda haberla llamado.

Jorge tenía la cabeza gacha y hacía girar el vaso entre las manos.

—¿Sólo porque se aparece en los espejos? —dijo por fin en voz muy baja, sin levantar la vista.

—Y porque es el único que se aparecería en forma de animal, descontando la paloma. La Bestia, Jorge.

—¿El diablo? —dijo mirándola con una leve sonrisa, como si quisiera convencerla y convencerse a sí mismo de que ellos estaban por encima de esas tonterías.

—El principio del mal, si prefieres llamarlo así. La ausencia absoluta de amor, de lealtad, de todo lo que nosotros consideramos bueno y positivo. Yo tampoco quiero creerlo, ¿entiendes? Siempre me he negado a admitir la posibilidad de que todo eso que nos contaron en el catecismo pueda ser cierto. A lo mejor es sólo que me da demasiado miedo y prefiero creer que son cuentos chinos inventados para explicar la maldad del mundo o para controlarnos mejor y hacernos obedecer a la Iglesia. Pero analizando lo que tenemos desde el punto de vista textual, está claro que para Rosa todo eso es real y ha irrumpido en su vida. Podría tratarse de una secta satánica o algo parecido, independientemente de que el diablo exista o deje de existir, ¿me explico?

Se sintió desarmado ante su seriedad y dejó de fingir que no le asustaba la idea.

—¿Y qué pueden querer de ella, por el amor de Dios, Ana?

—Pues a lo mejor eso precisamente: su amor, su fuerza, su energía positiva. Para transformarla.

—Sí, eso, y luego infiltrarla entre los humanos normales como una Mata Hari agente del Maligno, ¿no? —Se levantó de un salto y fue hasta la ventana—. Venga, hombre, esto parece una mala película.

Ana guardó silencio. Encendió otro cigarrillo y, sentada en el sofá, esperó a que se le pasara el arrebato.

—Ana —dijo Jorge por fin—, ella me pidió que la buscara. Me da igual quién la haya llamado y para qué, pero iré a buscarla aunque sea lo último que haga en mi vida. ¿Tienes alguna idea de dónde puede estar? Rosa decía... —se cortó y su voz salió estrangulada— dice... que eres única para sacarle cosas a un texto. Yo lo he leído todo dos veces buscando pistas y no encuentro nada. España es enorme, no me puedo echar a la carretera así. Necesito algo.

Miraba implorante a Ana, cuya mente, entrenada a leer entre líneas y extraer significados, se acababa de poner a trabajar.

—Ven, Jorge, tráete el atlas. Podemos intentar algo por eliminación, al menos.

Extendieron el mapa de España sobre la mesa y Jorge dio un suspiro de impotencia.

—Es imposible, Ana.

—Nada es imposible, como decía Errol Flynn cuando hacía de capitán Blood. Nada es imposible, salvo vivir eternamente —terminó imitando la sonora voz del pirata.

—¡Ojalá tengas razón!

—Mira, asumiendo que ese «lugar de las respuestas» que aparece en los sueños de Rosa sea un lugar real y no una metáfora, ¿qué pistas tenemos?

—Ninguna.

Ana le echó la misma mirada que dedicaba a sus alumnos menos cooperativos.

—Muchas. Primero: no tiene mar. Eso nos ahorra cinco mil kilómetros de costas. No está mal para empezar, ¿eh?

Jorge la miró como si fuera la primera vez que la veía.

—Sigue.

—Segundo: no es una ciudad ni grande ni moderna. De hecho debe de ser prácticamente una ruina o poco menos. Quizá uno de esos pueblos abandonados o semiabandonados de Aragón por ejemplo, o de Extremadura. Tercero: en sus sueños el cielo siempre está gris. Si podemos fiarnos de eso, podemos descartar la mitad sur de la península en diagonal. Cuarto: sólo una vez, y como de pasada, se menciona un lago, un pequeño lago. Quinto: el paisaje es seco, rocoso, terroso. No puede ser ni Galicia ni Asturias, ni Cantabria, ni probablemente el País Vasco. Sexto: estoy seca, no se me ocurre nada más.

Jorge se inclinó y le cogió las manos, los ojos húmedos.

—¡Ana, eres increíble!

—Todo está en el texto.

—¿Qué?

—La ausencia de algo también es significativa.

Jorge volvió de pronto a su expresión de abatimiento.

—¿Tú sabes la cantidad de pueblos que deben de cumplir esas características?

—¿Tú sabes cuántos eran antes de llegar a esas características?

Se miraron y, poco a poco, Jorge empezó a sonreír.

—Seguiré pensando sobre ello y ya te llamaré si se me ocurre algo más.

—Gracias, Ana. No sé cómo pagártelo.

—Es fácil, Jorge. Encuéntrala.

Cuando Jorge se hubo marchado con el tiempo justo para llegar al teatro, Ana sacó las fotocopias que había hecho del diario de su amiga, se sentó a su mesa de trabajo, apartó con un amplio gesto del antebrazo las trescientas redacciones de sus alumnos, que esperaban desde hacía dos días a que les pusiera nota, y empezó a releer el manuscrito de Rosa con tanta atención como cualquier erudito que acabara de descubrir un texto nuevo de Cervantes, y con mucho más amor porque en esta ocasión no se trataba de hacerse famoso o labrarse un porvenir académico sino de dar con el paradero de su mejor amiga y tal vez salvarla.

Sólo se conocían desde hacía seis años, desde que ambas habían entrado a trabajar en el instituto el mismo curso y se habían caído bien nada más verse. Desde entonces mantenían una amistad que se estrechaba con cada día que salían juntas a almorzar en el recreo, cada conversación nocturna en casa de Rosa o en la suya, mientras Jorge estaba en el teatro, cada excursión que organizaban para los alumnos de COU. Aunque eran muy distintas de carácter, se llevaban bien, se complementaban perfectamente y su amistad no se había resentido, como Ana temía, cuando Rosa se había ido a vivir con Jorge. Al principio había tenido menos tiempo para ella, pero muy pronto se había organizado la vida para que siempre hubiera un hueco para su amistad, y Ana había acabado aceptando que Rosa era feliz y que no había motivo de queja, a pesar de que a ella Jorge nunca le había gustado. Tendía a desconfiar de los hombres y, en el caso de Jorge, esa desconfianza estaba potenciada por el hecho de ser actor y de ser huérfano.

—¿No te das cuenta de que un hombre que nunca ha recibido amor no será capaz de darlo? —le había dicho muchas veces en los primeros tiempos.

Rosa sacudía la cabeza y sonreía con aquella sonrisa misteriosa y soñadora que la rejuvenecía.

—Si yo te contara con detalle lo que Jorge es capaz de dar... —Y se reía abiertamente, insinuando con la mirada lo que nunca llegaba a formular.

—Acabará dejándote por otra más joven en cuanto se haga famoso, ya verás.

Ella negaba, tranquila, sin dejar de sonreír.

—Lo nuestro es para siempre, Ana.

—Además es raro. No sé cómo explicártelo, pero es raro. Te traerá problemas.

—Es raro porque es único —decía Rosa con una sonrisa que la iluminaba entera y que hablaba de cosas nunca dichas que Ana no podía compartir.

Durante semanas, habían pasado horas y horas dándole vueltas a las mismas cosas hasta que Ana se había cansado de repetir las mismas advertencias. Pero seguía encontrándolo raro y nunca se había encontrado a gusto en su presencia. Había algo en él que nunca había conseguido captar, pero que la hacía estar en guardia, como si estuviera a punto de pasar algo que ella no quería que pasara. Y ahora, de repente, sus peores temores se estaban confirmando. Rosa había desaparecido sin dejar rastro y Jorge... Jorge ¿qué?

Después de meses sin saber de ella, sin hacer nada por encontrarla, de repente le traía aquel diario horripilante y decidía salir a buscarla, aunque tuviera que enfrentarse con el mismo diablo en el que no creía.

¿Y si Rosa había entrado en una de esas sectas oscuras de donde no se vuelve a salir? ¿Qué pensaba Jorge que iba a poder hacer él, si ella había encontrado algo que daba sentido a su existencia? Claro que cabía en lo posible que la tuvieran allí contra su voluntad. Entonces sí había que intentar sacarla y ella, que siempre se había considerado su mejor amiga, no había hecho nada por conseguirlo. Lo menos que podía hacer ahora era ayudar a Jorge en su búsqueda.

Cogió el diario y suspiró profundamente. Estaba segura de que Rosa se habría ahorrado todo aquello si no se hubiera enamorado de Jorge, pero ahora era tarde para lamentarse. Pasó la mano por la primera página y sonrió para sí misma. La letra de Rosa, que irritaba a todo el mundo, en ella tenía un efecto estimulante y enternecedor. Era casi como tenerla delante: siempre activa, llena de energía, pensando más deprisa de lo que podía actuar, todo reflejado en su letra inclinada, picuda, regular, llena de puntos colocados antes de acabar la frase, de palabras unidas por las prisas, de mayúsculas olvidadas, de pequeños tachones cuando por error había colocado una preposición o un «que» dos palabras antes de lo necesario. Pensaba más rápido de lo que podía escribir, aunque para lo demás fuera una mujer serena y paciente que siempre parecía tener tiempo para todo el mundo, que luego le robaba a las horas de sueño; que siempre tenía una palabra amable o un comentario amistoso.

Miró el jarrito que contenía sus lápices de corregir y la pequeña forma de barro estuvo a punto de hacerla llorar. Se lo había hecho Rosa en la época en que estuvo chiflada por la cerámica y ésa había sido su segunda pieza hecha en el torno. La primera se la había regalado a su madre, «como siempre he hecho desde que iba a la guardería», le había dicho. «Sé que soy una cursi pero cada uno es como es».

Siguió estudiando el manuscrito tratando de no distraerse con otros pensamientos y fue marcando con rotulador fluorescente todas las frases que pudieran ser reveladoras:

Estoy en un lugar árido y gris; los árboles están secos, pero no por el invierno sino como si hubieran perdido la facultad de producir hojas. hay un risco alto frente a mí, con unas ruinas, casas de piedra vacías y tristes, como torturadas, que se reflejan en el pequeño lago gris como si en el fondo de sus aguas hubiera otra ciudad gemela sumergida; hay una ligera brisa que gime a mi alrededor, pero no parece sólo viento sino un flujo de quejas, de voces que susurran un dolor antiguo sin esperanza...

hay una casona grande, de piedra, como esas que se ven a veces en los pueblos de Castilla; bien conservada pero desierta, vacía. Siento que hay una presencia que la habita, pero no es como yo y me da miedo entrar. me acerco a la puerta doble, de madera, y miro mucho rato el llamador con forma de serpiente que, a pesar del aspecto de la casa, casi renacentista, está limpio de óxido y de polvo. me asusta pensar que mi mano pueda entrar en contacto con ese metal gris y mate. me retiro y, de pronto, todo lo que puedo ver es ese escudo de armas labrado en la piedra sobre el dintel: dos dragones gemelos, enhiestos sobre la cola, de lengua bífida, cubiertos de escamas de piedra...

llego a una pequeña plaza porticada con un aljibe cegado en el centro y sé que tengo que estar ahí, que no puedo irme y que no estoy sola aunque no veo a nadie. Siento que miles de ojos ardientes y enfebrecidos me vigilan desde las ventanas tapiadas, me siento sobre la tapa del aljibe, cierro los ojos y, al abrirlos de nuevo, estoy rodeada de cadáveres quietos, silenciosos, que me contemplan de pie con ojos en diferentes estados de putrefacción, desde las cuencas vacías de una calavera hasta los casi normales de una muchacha que están empezando a perder los párpados; no tengo miedo, me da asco, pero no mucho porque no se mueven, no tratan de acercarse, no hacen nada. pero poco a poco, en el silencio, empiezo a comprender lo que quieren de mí y entonces grito, grito y siento el alivio de ellos, su alegría, su triunfo, porque he comprendido, porque me voy a quedar, y sigo gritando...

Ana se levantó del silloncito de mimbre, encendió todas las luces del piso, empezó otro paquete de cigarrillos, encendió uno («llevas 27», se dijo) y se detuvo un momento a pensar.

Nada nuevo. O casi nada. Si en ese lugar de verdad había casonas del siglo XVI o XVII en perfecto estado de conservación, escudos labrados en piedra y plazas porticadas era absurdo que estuviera abandonado. El Ministerio de Cultura o el de

Información y Turismo habrían hecho algo para convertirlo en parada obligatoria de los miles de autobuses de gente hambrienta de ruinas. ¿Dónde podría estar un sitio así? ¿Zamora? La provincia estaba bastante abandonada, pero no era probable que se hubiera construido mucho en estilo renacentista en un lugar tan apartado de la corte del siglo XVI. Toledo era imposible. No había un solo punto donde no se encontrara uno con turistas alemanes, estaba todo peinado. ¿Valladolid? La capital había sido corte. Era una posibilidad.

En cualquier caso habría que consultar las listas de municipios de todos los gobiernos autonómicos. Llamaría a Jorge por la mañana y se pondrían a trabajar.

Pasó ociosamente las páginas leyendo frases al azar. Tenía la vaga impresión de que las frases se hacían más cortas y más simples conforme avanzaba el diario. Y las mayúsculas se perdían definitivamente. Lo comprobó. Ni una sola. Punto, minúscula. Punto, minúscula.

Menos en la última frase.

Ahí había una mayúscula y, curiosamente, en un sitio donde no correspondía. Rosa había separado unas sílabas que tenían que ir juntas y a la segunda le había colocado una mayúscula rotunda. Era inconfundible porque se trataba de una hache.

... creo que sé adónde tengo que ir, decía el texto. *no sé dónde está, pero ahora creo que puedo encontrarlo. tengo que ir a Hora.*

Releyó la frase una y otra vez. Era absurdo y no era propio de Rosa. Escribir juntas dos palabras era normal, lo hacía con frecuencia, pero separar así no lo había hecho antes. Y en la frase inmediatamente anterior había escrito «ahora» correctamente. ¿Por qué no al final?

Empezó a mordisquear el lápiz que tenía en la mano hasta que se puso blando, mirando fijamente la gran hache que había trazado la mano de Rosa, cada vez más inestable.

¿Sería posible que hubiese un lugar llamado Hora?

Se levantó tan rápido de la silla que casi la tiró. Fue corriendo a buscar el atlas que había quedado sobre la mesa del sofá y consultó febrilmente la lista alfabética de las páginas verdes.

Había un Hontanar, varios Hondón, un Hoyuelo, un Horado, pero Hora no existía.

Dejó caer el atlas sobre la mesa, decepcionada. Habría sido demasiado bonito, demasiado fácil. Consultó por casualidad dónde estaba Horado de Benimalfe. Menos de quinientos habitantes, en la costa mediterránea. Nada.

Como no eran aún las diez y las paredes empezaban a caérsele encima, cogió el bolso y las llaves del coche y se marchó a la despedida de soltera de una compañera del colegio a la que no había pensado asistir.

Marina se estaba comiendo un bocadillo de atún con tomate en la cocina de su casa, con la radio puesta en el *hit parade* y la mirada perdida en las profundidades del pasillo. Se había traído de la clínica el expediente de Jorge y había estado un rato leyendo todo lo que ya casi se sabía de memoria.

Le preocupaba ese caso. No es que fuera más grave que los otros que llevaba, ni mucho menos. Lo que era desconcertante era la evolución que había seguido; su depresión, en lugar de mejorar con el tiempo, el mejor aliado para curarla, se había hecho más profunda, más sólida y estaba empezando a tomar tintes alarmantes desde que Jorge había comenzado a desplazar el centro del problema de sí mismo al exterior. Ahora tenía alucinaciones de tipo místico y estaba convencido de que alguien o algo se quería poner en contacto con él y dirigirlo en su búsqueda de la mujer perdida.

La intuición de Marina, desarrollada en los años de experiencia, no le había advertido en ningún momento de que Jorge pudiera ser de tipo místico o religioso. Era un escéptico, como ella misma, que, si bien aceptaba que hay muchas más cosas en el mundo que las explicables por métodos científicos, creía que los fenómenos espiritistas son fundamentalmente una manifestación de la propia psique del individuo o de la colectividad, según los casos. En un principio, Jorge había estado dispuesto a aceptar que la visión del rostro de Rosa en el espejo de su camerino había sido una proyección de su propia mente, estimulada por su nostalgia y por el deseo de ayudarla reforzado por la conversación mantenida con el comisario. Había admitido que para él era mucho más satisfactorio el papel del héroe que puede salvar a la mujer de un destino horrible que la idea de que quizá ella hubiera reorganizado su vida en otra parte, con otro hombre incluso, y ya no le importara Jorge ni siquiera como para telefonearle y tranquilizarlo.

Pero ahora, desde hacía dos sesiones, estaba como electrizado; creía firmemente que Rosa había sido raptada o seducida, «elegida» era la palabra que había utilizado, para alguna especie de culto demoníaco que tenía su sede en algún lugar indeterminado, y que tenía que salvarla, que ella se había puesto en contacto con él para que la salvara.

Era increíble. Jorge tenía mucha fantasía, claro, y una capacidad innata de entrar en diferentes papeles, al fin y al cabo era actor, pero no era una evolución previsible en su carácter y eso la tenía preocupada.

Se limpió las manos en la servilleta de papel, dejándola traslúcida de aceite, y volvió a coger la carpeta. Al parecer, en la época de los ensayos y el estreno de *Bodas de sangre* había mejorado para volver a hundirse poco después, por lo que estaba claro que necesitaba estímulos nuevos que mantuvieran ocupada su mente. Posiblemente había sido un error aceptar el papel de Leonardo en sus circunstancias. Se parecía demasiado a su papel real; cada noche se interpretaba a sí mismo, torturado por una obsesión, consumido por el deseo y la nostalgia, buscando hasta la muerte a la única mujer de su vida. Además, en la obra aparecían también los elementos místicos externos: la muerte en forma de mendiga, los leñadores, la luna vampírica que precipita la tragedia pidiendo sangre humana para calentar su cuerpo frío.

Encendió un cigarrillo y se frotó los ojos. Era muy posible que todo el misticismo de Jorge viniese de ahí; la identificación era muy fuerte. Incluso cuando en su última visita habían salido juntos de la clínica, él, al apoyar su mano sobre el manillar de su bici, le había dicho:

—Mira, Marina, te presento a Loco, mi caballo.

—Leonardo se ha modernizado —había dicho ella sonriendo, sin darse cuenta aún de lo que ahora estaba viendo.

—Tiene menos *pathos,* hay que reconocerlo, pero la relación es la misma. Leonardo y su caballo, Jorge y Loco.

—Lo que veo difícil es raptar a la novia en bicicleta. Él se había echado a reír un momento.

—¡Qué va! Cuestión de querer. ¿Quieres probar?

Ella se había subido a la barra y habían avanzado unos cien metros hasta la salida de la clínica. Allí Jorge había desmontado y su cara había cambiado de expresión.

—A Rosa siempre la llevaba así. Me encantaba sentir su pelo en la cara y abrazarla por detrás.

—¿Y a ella le gustaba? —había preguntado Marina para relajar la tensión—. ¿No le daba miedo?

—Estábamos enamorados, Marina —había contestado él muy serio—. Cuando estás enamorado no hay nada mejor que sentir el cuerpo del otro y el viento en la cara. Cuando estás enamorado no tienes miedo de nada. ¿A ti no te ha pasado nunca?

Era la primera pregunta personal que le hacía y por eso contestó con seriedad, sintiendo una avalancha de sentimientos en su interior.

—Sí, Jorge. Dos veces.

—A mí, de esta manera que te digo, sólo me ha pasado una vez. Con Rosa. Y no necesito ni quiero más. Sólo quiero volver a tenerla.

Había montado en la bici con un «hasta el miércoles» y se había alejado como un relámpago amarillo cuesta abajo por la carretera de la clínica. Ella se quedó esperando el autobús, deseando llegar a casa y que Jaime estuviera allí, matando el hambre con almendras saladas y oyendo a Billy Holliday, escuchando quizá *I'm a fool to love you* o *My man.*

Quería ayudar a Jorge, pero no podía decirle que dejara el papel de su vida, el que por fin le estaba dando popularidad, dinero y reconocimiento. Por lo menos no hasta estar segura de que eso iba a mejorar su situación. En cualquier caso, lo que tendría que decirle es que se cambiara de piso de una vez; su apego a los objetos era casi morboso y contribuía a bajar su ánimo. Y tendría que pedirle también que le contara las pesadillas de Rosa. Era posible que influyeran en lo que le estaba pasando ahora.

Dejó los trastos sucios en el fregadero y dio una vuelta por la casa, ordenando distraídamente lo que se encontraba al pasar.

Y García seguía igual. Un caso que hubiera podido resultar tan interesante y el buen hombre caía en coma. Podía ser una simple reacción de culpa: eliminarse a sí mismo al darse cuenta de lo que había hecho. Pero no era una reacción frecuente. Esa misma tarde había estado hablando con Sagrario sobre el asesinato, sobre la posibilidad de que cada ser humano fuera no sólo un asesino en potencia sino un asesino antes que nada, reprimido por la educación y el miedo al castigo. Todo el mundo siente a veces el impulso de borrar a alguien del mapa, pero suele ser por un motivo concreto. Por eso la policía busca siempre un motivo.

Sagra le había preguntado:

—¿Tú serías capaz de asesinar a alguien?

Se había reído.

—A veces me encantaría estrangular a Pedro, pero creo que sólo para que dejara de hablar de una vez y de pavonearse por aquí luciendo las plumas.

—¿Y a Jorge, lo creerías capaz? —Le había extrañado la pregunta.

—Pocas veces me he encontrado con una persona más pacífica que él.

—Pero si tuviera un motivo, si por ejemplo esa chica que vivía con él le hubiera dicho que lo dejaba, ¿lo crees capaz de haberla matado para no perderla?

—Es absurdo. La hubiera perdido igual. Y Jorge es de los que se creen culpables incluso de cosas con las que no han tenido nada que ver. La culpa lo hubiera hecho migas. ¿Por qué lo preguntas?

La respuesta había sido impropia de Sagra. Dudosa, evasiva, sin mirarla a los ojos.

—Por nada, mujer. Cosas que se dicen.

Y se había ido a toda prisa.

Marina se quedó clavada a medio camino entre la sala de estar y el baño.

Sagra salía con el comisario Robles. Por lo menos se veían mucho. Sagra le había contado que Jorge y la madre de Rosa habían presentado por fin una demanda de búsqueda a instancias del comisario.

¿No estaría pensando ese hombre que Jorge la había matado, verdad? No tenía ninguna prueba y además era ridículo. ¿O no?

Entró en el dormitorio y destapó la cama sin fijarse en lo que hacía.

De hecho, uno de los problemas de Jorge era precisamente el sentimiento de culpa, aunque ella siempre lo había considerado secundario en la cuestión, una manifestación de su carácter. ¿Era remotamente posible que la hubiera asesinado en un momento de ofuscación porque ella quería dejarlo y luego hubiera cerrado su mente a lo sucedido? ¿Y que luego, poco a poco, la idea se hubiera ido filtrando en su cerebro y ésa fuera la causa de las visiones de ultratumba y el convencimiento de que lo llamaba y le pedía ayuda?

El buen rato que pensaba pasar en la cama con su novela de Ruth Rendell recién comprada se le estropeó por completo. Ya no tenía ganas de leer una historia de crímenes.

¿Y si Jorge fuera de verdad un asesino?

Eran las once y media. Jaime no volvería hasta después de las dos y ella estaba demasiado nerviosa para dormir y demasiado cansada para hacer otra cosa. Se lo pensó un momento, se tomó un Valium, se metió en la cama y apagó la luz.

La última escena que pasó por su mente antes de dormirse fue una especie de diapositiva en color en la que Jorge estrangulaba lentamente a Rosa, mientras las lágrimas le resbalaban por las mejillas y se volvían rojas al caer al suelo. Unas voces hermosas y bien entrenadas para el teatro repetían las frases de Lorca en la escena del bosque:

—Si nos separan será porque esté muerto.

—Y yo muerta.

5

Jorge llegó al teatro como siempre, sin aliento y en el último minuto. Candó la bici a toda velocidad y galopó por el pasillo rascándose la barba, que seguía picándole a pesar de que ya tendría que haberse acostumbrado. Habría sido casi mejor dejarse barba entera, pero Mario se había negado en redondo; no quería que Leonardo pareciera un Diego Corrientes de cerrada barba negra, y tampoco podía llevar el pelo negro y la barba rubia, eso estaba claro, pero le seguía pareciendo abominable que existieran afeitadoras que le dejaran a uno la cara exactamente como si no se hubiera afeitado en tres días. Y además del picor, no le hacía gracia la idea de que empezaran a salirle granos como a un adolescente.

Al entrar en tromba al camerino se medio tropezó con tres compañeros de otro teatro que salían en ese momento. El último estaba diciendo a los que quedaban dentro:

—Ya sabéis. Hoy lo dejamos como está y lo de mañana no está claro. Pero si el sábado seguís igual de insolidarios, tendremos que poner piquetes.

Jorge se quedó con la boca abierta, sin entender nada, y echó una mirada interrogante a sus compañeros de reparto:

—¿Qué coño pasa ahora?

Lucía Fuentes, la Madre en la obra, seca, consumida y vestida de negro como requería el papel, estaba terminando de sujetarse la peluca de moño con unas horquillas que llevaba en la boca. Las escupió para contestar:

—La huelga, hijo. Esos ilusos se han puesto en huelga para concienciar al público de lo miserable que es la vida del actor.

—Y eso que ellos tienen trabajo —comentó Gregorio, un amigo de Santiago, el que hacía el papel del Hijo, que era actor en paro y se pasaba casi todas las tardes a ver si caía algo.

—Es que si no tienes trabajo, ya me dirás cómo vas a ponerte en huelga —contestó Nieves, la Novia, que no aguantaba a Gregorio, desde detrás del biombo.

—Lo que pasa es que nos tienen envidia porque nos va bien y estamos en un teatro de verdad, no en esa mierda *underground* que hacen ellos —sentenció Reyes, la Criada.

—Menudo teatro de verdad —volvió a oírse la voz de Nieves—, que se está cayendo a pedazos y todos amontonados en tres camerinos con la excusa de las obras.

Jorge se había sentado a su mesa y se aplicaba el maquillaje a toda velocidad.

—Pues el Oriental siempre ha sido un teatro de prestigio, de los de antes, de esos de tono, como se decía en mis tiempos. —Ignacio, el Padre, ya vestido y maquillado, hablaba apoyado contra la pared.

—Así que han venido a pedirnos que nos sumemos a la huelga —dijo por fin Jorge, volviéndose hacia ellos.

—Te brilla la nariz —dijo Carmencita, la Niña.

—Gracias.

Lucía contestó a Jorge:

—No han venido a pedirnos nada. Han venido a exigirnos el paro y han amenazado con poner piquetes para impedirnos entrar. Se han metido aquí casi por la fuerza, nos han reunido a todos y nos han llamado traidores, rastreros, lameculos y no sé cuántas cosas más.

—Por eso está esto de bote en bote —añadió Jorge.

—Por eso y porque aquí no hay espacio —insistió Nieves, saliendo por fin a la vista de todos atándose el delantal—. A mí, Mario me prometió un camerino individual y ya ves.

—No he tenido yo un camerino individual en la vida y llevo treinta años en esto —terció Reyes, agria.

—Porque siempre has hecho papeles secundarios.

—Ya me gustaría a mí verte haciendo la Criada, tanto que te las das de actriz.

—Vale, chicas —dijo Santiago que llegaba con un bote de naranjada en la mano—. Todos sabemos lo buenas actrices que sois las dos y sobre todo lo bien que os lleváis. ¿Qué dices tú de la huelga, Jorge?

—Que no me gusta que nos impongan así las cosas.

—Estamos de acuerdo. A mí también me jode tener que hacer las cosas por cojones.

Sonó un timbre en el pasillo y todos empezaron a ponerse de pie y a echar últimas ojeadas a los espejos.

—A mí me gustaba más cuando venían a llamar a la puerta del camerino; aquello de «Cinco minutos, señor Arteaga», «A escena, señorita Sánchez» —dijo Ignacio con voz nostálgica.

—No seas carca, Nacho. —Carmencita le hizo una caricia en la nariz—. Ahora no somos estrellas, somos trabajadores, ya lo has oído.

—En huelga. —La voz de Reyes sonaba fatalista.

—Eso habrá que verlo. Propongo que después de la función vayamos un rato al bar de Chelo a discutirlo —dijo Lucía—. ¿Vale?

Todos asintieron mientras iban saliendo. Jorge se le acercó un momento.

—Lucía, yo hoy no puedo. Va a venir alguien a recogerme y la cosa me importa mucho.

Lucía enarcó las cejas.

—Ya no hay amores eternos, ¿eh, Jorge?

Jorge se puso pálido.

—No es eso. Y además no te importa.

—Bueno, hombre, sin morder.

—Es alguien que puede tener información sobre Rosa. Comprenderás que me importe más que la huelga. Decidid vosotros lo que sea y yo haré lo que quiera la mayoría. Si no están de acuerdo, vota tú por mí.

—Tranquilo, hombre, mañana te contaré.

Se quedaron parados casi a la entrada del escenario, donde el rumor del público sonaba como el mar.

—Otra vez un lleno casi total —comentó Jorge.

—Sí, la cosa marcha. Y ahora precisamente la huelga esa.

Vieron a Santiago que, en la otra entrada, le hacía señas frenéticas a Lucía.

—¡Qué impaciente es este chico! Y yo que hoy no tengo ganas de actuar. En fin —dijo estirándose el vestido y asegurándose de llevar la navaja en el delantal—. ¡Ah, Jorge!, en la escena de la boda procura no acercarte tanto a Nieves. Ayer miré por casualidad, os vi y todo el público se dio cuenta de que os veía. Lo arreglé con un gesto lo mejor que pude, pero no es plan; me destroza el personaje.

—Vale, Lucía, llevaré más cuidado. Y sal ya, antes de que a Santi le dé un infarto.

La Madre y el Hijo se colocaron en sus lugares y el telón empezó a levantarse lentamente, con majestad, uno de esos telones antiguos de terciopelo granate lleno de borlas. Entró la luz sobre las figuras inmóviles y en el patio de butacas se hizo el silencio.

Jorge empezó a concentrarse y a respirar. Faltaba mucho para su entrada, pero no podía permitirse que le volviera a pasar como el sábado, que no se había enterado de casi nada y había actuado como un autómata, confiando en la rutina y en el apoyo de los compañeros.

Cuando oyó terminar la canción de cuna, reunió toda su energía y se preparó para salir, ya Leonardo, acalorado, polvoriento, nervioso, asqueado de sí mismo y de su incapacidad para controlar su obsesión, de su incapacidad de amar a esa mujer buena que lo quiere y es la madre de su hijo.

—¿Y el niño?

—Se durmió.

La función se le pasó volando, como un sueño, viviéndola de verdad, creyéndose lo que hacía. En la escena de la boda, Nieves lo miraba como si no pudiera creerse que estuviera actuando así, y en la del bosque estaban ya tan dentro de sus papeles que por un momento la sintió temblar al abrazarla y tembló él también.

Los aplausos fueron ensordecedores; el público estaba entusiasmado y conmovido. Salieron seis veces a saludar y luego lo reclamaron para una ovación en solitario. Hasta los compañeros se lo dijeron en el camerino, un poco desorientados por la fuerza que había desarrollado. Aguantó con modestia y sonrisas las felicitaciones y, en cuanto pudo, se encerró en el lavabo a esperar a que se fueran todos.

El Lanas le había prometido que Lola vendría a recogerlo después de la función, y ahora la perspectiva de enfrentarse con aquella mujer a la que sólo había visto una vez, en trance, le asustaba.

Llegó al camerino al mismo tiempo que ella y se quedó un momento mirándola sin saber qué hacer. No le dio la mano ni la besó; se limitó a abrirle la puerta para que entrara con un gesto de invitación.

No la recordaba en absoluto. No tenía la piel tan pálida como él había creído, era sólo de un blanco poco frecuente, tipo irlandés, y no había nada de especial en ella. Los ojos pequeños, muy negros y algo juntos, el pelo oscuro y abundante recogido en una trenza a la espalda, la boca firme, de labios finos y tensos.

—Soy Lola —dijo—. El Lanas me ha dicho que querías verme.

Él asintió con la cabeza sin saber bien si ofrecerse a ayudarla a que se quitara el gigantesco anorak que la cubría hasta casi las rodillas.

—El Lanas me ha contado lo que dije en la fiesta de Rafa. Me llevé un buen susto, ¿sabes?

—¿No te había pasado nunca? —Los ojos de Jorge se dilataron de asombro.

—Sí, hombre, tranquilo. Soy médium de toda la vida, con eso se nace. Pero de pequeña no podía controlarlo y esas cosas me pasaban en cualquier sitio, ¡imagínate qué número! Luego empecé a aprender de un maestro con experiencia y ahora ya no me suele pasar. Por eso me asusté, porque no lo hice adrede.

—Pero... —Jorge no sabía cómo preguntar lo que quería saber sin ofenderla—, todo eso —hizo un vago gesto circular con la mano— ¿es realmente verdad?

Para su sorpresa, ella sonrió mostrando unos dientes muy pequeños y muy blancos, algo puntiagudos.

—¿Qué crees, que hago teatro gratis para asustar a los amigos? —Su voz, poco cultivada y bastante vulgar, sonaba divertida.

—No, mujer. Es que a mí no me había pasado nunca y aceptarlo me resulta muy raro y muy difícil.

Ella siguió sonriendo, sacó un chicle del bolsillo, se lo metió en la boca y tiró el papel al suelo. Jorge, automáticamente, se agachó a recogerlo y lo tiró a la papelera.

—¿Son todos espíritus de gente muerta?

Ella asintió con la cabeza sin dejar de sonreír.

—¿Y cómo entran en ti?

Lola frunció la frente y siguió masticando.

—No sé. Mi maestro dice que los que tenemos el don somos como una radio siempre en marcha. Recogemos todo lo que hay por ahí y ellos hablan por nuestra boca. Bueno, unos hablan, otros escriben, otros mueven cosas, otros se aparecen, pero, claro, para eso no nos necesitan a nosotros.

—¿Para qué?

—Para aparecerse. A nosotros sólo vienen los que pueden comunicarse de palabra.

—¿Y luego vosotros no os acordáis de nada?

Lola negó con la cabeza, manteniendo la absurda sonrisa que a Jorge estaba empezando a resultarle incómoda.

—¿Y sólo salen espíritus?

—Natural. —Hizo una pompa de chicle y volvió a aspirarla.

—Entonces ¿crees que Rosa está muerta? Ella puso los ojos como platos.

—¡Anda tú! Pues claro.

—Ella dijo, tú dijiste, quiero decir, bueno, ya sabes... le pregunté si estaba muerta y me dijo que aún no.

Lola negó con la cabeza, despacio.

—¿Y cómo te lo explicas?

—Pasa mucho —contestó Lola con naturalidad—. Sobre todo en muertos recientes y más que nada en los que han muerto de accidente o asesinados. Los que no se lo esperaban, como quien dice. Mi maestro dice que no han tenido tiempo para prepararse, para saber que se morían, y por eso no saben lo que les está pasando. Es como un cuelgue, ¿comprendes?, como un mal viaje. No saben dónde están, no entienden nada, dicen siempre que está oscuro y que tienen miedo. Aún no se les ha ocurrido que están muertos.

Jorge escuchaba con un profundo desagrado que se iba convirtiendo en horror la explicación de Lola, que seguía imperturbable mascando su chicle con las manos serenamente cruzadas en el regazo.

—Pero Lola, escúchame, ¿no puede ser que Rosa esté aún viva y quiera comunicarse conmigo?

Lola lo miró como se mira a un idiota insalvable.

—Si estuviera viva te habría llamado por teléfono, ¿no?

Su lógica era aplastante y así se sintió por un momento, físicamente aplastado, como si le hubiera caído una piedra encima.

—Ella me dijo que no —continuó en voz muy baja, apoyando la cabeza en las manos—. Me pidió ayuda; me pidió que la salvara.

Lola asintió vigorosamente con la cabeza.

—Es normal. Si aún no le ha entrado que está muerta, cree que sigue viva, pero herida o perdida o así, y te llama para que la ayudes porque sabe que la quieres.

—¿Y qué puedo hacer?

—Pse. Unos pagan misas, otros ponen velas o rezan. A veces ayuda si el muerto era creyente.

—Rosa no era creyente y además me pidió que fuera a buscarla.

Lola se encogió de hombros.

—Para ir a buscarla tendrías que estar muerto, tío. Si te quieres suicidar es cosa tuya —añadió—, pero te digo por experiencia que los suicidas suelen pasarlo fatal en el otro mundo.

Jorge atajó con un gesto la posible explicación sobre los suicidas, que se imaginaba peor que la de antes.

—Estoy convencido de que aún vive y está en alguna parte donde lo está pasando muy mal.

—Eres muy libre. Si eso te pone mejor...

Jorge se levantó impetuosamente.

—Vente conmigo a casa. Quiero enseñarte su diario. Léetelo y dame tu opinión.

—Por mí... —dijo Lola poniéndose de pie—. Como no sabía lo que íbamos a tardar no he quedado con nadie, por si acaso. Echaron a andar pasillo adelante, apagando luces tras de sí.

—¿Sabes que nunca había conocido a un actor de la tele? —dijo ella con una risita.

Él no respondió.

—Me hacía mucha ilusión. Cuando el Lanas me dijo que querías verme me alegré un montón. —Otra risita—. Estás mejor al natural que en la tele.

—Gracias —dijo él, seco. Ella no pareció notarlo. —Cuando lo cuente por ahí no se lo van a creer. Él siguió en silencio.

—¿Ésta es tu bici?

—Sí.

—¡Qué gracioso! Un actor famoso en bici por la vida. ¿Me llevas en la barra?

—¡No! —Fue casi un rugido; se amonestó a sí mismo y contestó con más dulzura—. Mejor cogemos un taxi.

—¡Qué poder, tío! —dijo con una risita de satisfacción.

La pobre era tan idiota que casi le hizo gracia. Subieron al taxi y llegaron a su casa, mientras Lola le explicaba sin parar casi ni para respirar lo que había leído en una revista sobre la conveniencia de pensar cinco minutos al día, algo como gimnasia mental, porque a los hombres actuales no sólo les gustaba el cuerpo de las mujeres sino también su mente. Ella llevaba dos semanas practicando, pero en la revista se habían olvidado de decir en qué había que pensar y ésa debía de ser la causa de que hasta ahora el tratamiento no hubiera dado resultado.

El taxista, que apenas podía contener la risa, lo miró con cara de lástima al darle el cambio y se marchó dejándolos en la acera. A él tampoco le gustaban las mujeres sabihondas, pero las que más le molestaban eran las parlanchinas. Una mujer tonta y con buenas tetas era lo ideal, pero que supiera estar callada. Bueno, a lo mejor en la cama cerraba el pico. Al fin y al cabo no era problema suyo.

Jorge forcejeó un momento con la cerradura del portal y Lola se apretó las cuerdas del cuello del anorak; de día era primavera pero, en cuanto se iba el sol, parecía que aún no habían salido del invierno.

Subieron en silencio por las escaleras, él delante. Abrió la puerta del piso y, al volverse para dejarla entrar, la vio parada en el descansillo, a más de dos metros de la entrada, abrazada a su gigantesco bolso como si fuera el salvavidas de un trasatlántico. Se había puesto tan pálida como la primera vez que la vio, y a la luz mortecina de la escalera sus ojos ya no parecían traviesos y simiescos, sino dos pozos de oscuridad en medio de un paisaje blanco; una calavera saliendo del anorak que tenía algo de túnica.

—¿Qué pasa? —preguntó él en voz muy baja.

Ella sacudió lentamente la cabeza, como si estuviera bajo el agua.

—¿Entramos?

—No puedo, Jorge. —Se pasó la lengua por los labios, por los dientes, muy despacio—. No voy a entrar ahí.

—¿Por qué? —Sin darse cuenta había vuelto a entornar la puerta.

—No sé explicarlo. Está lleno de voces. Hay presencias ahí. Me volverían loca. Ya estoy demasiado cerca. Tengo que irme. —Se dio media vuelta y empezó a bajar las escaleras.

—¡Espera! —gritó él—. ¡No te vayas! Voy a coger el diario.

Entró corriendo al piso mientras la oía decir «¡Te espero abajo!», cruzó el pasillo y la sala de estar encendiendo luces como un loco, cogió la libreta y volvió a salir, dejando todas las luces encendidas. Él no había notado nada, salvo el miedo que se había convertido ya en algo natural en él, en una parte de su vida, pero si Lola sentía algo, estaba dispuesto a aceptar que lo había.

Ella estaba junto al portal, aspirando el aire de la calle a grandes bocanadas como un náufrago que descubre que está en tierra y aún puede respirar.

—O eres muy valiente o estás como una cabra —dijo cuando Jorge se reunió con ella.

—¿Por qué lo dices?

—Porque esa casa tuya está llena de espíritus inquietos, de voces hambrientas. ¿No las oyes?

Él negó con la cabeza.

—¡Dios mío! ¡Si es para volverse loca! Tienes que mudarte de casa, Jorge, lo antes posible. Si sigues ahí acabarán contigo. Son gente perdida. Son malignos. En toda mi vida nunca me había encontrado con unas vibraciones tan malas.

—Yo no noto nada. —Hizo una pausa—. Aparte del miedo, claro, pero creo que a eso ya me he acostumbrado.

Caminaba con las manos hundidas en los bolsillos de los tejanos, sintiendo el diario de Rosa golpeándole en el pecho a través del bolsillo interior de la cazadora.

—Lo que me extraña es que no te hayas vuelto loco de terror. Si yo me hubiera quedado ahí diez minutos, estaría ya de atar. No puedo controlarlo, es demasiado fuerte para mí. Es peor que entrar en una iglesia o en un cementerio.

—¿En una iglesia? —Se paró en seco y la miró a los ojos.

—Los que tenemos el don no podemos entrar en las iglesias. Demasiadas vibraciones que recoger. Buenas y malas. No podemos arriesgarnos.

—¿Y si entráis?

—Depende... A veces no pasa nada, si sabes cómo controlarlos y si ellos te dejan. Otras veces... —Se estremeció y se abrazó a sí misma—. Una chica que conoce mi maestro estuvo tres días hablando. Tuvieron que atarla porque se daba contra las paredes y atacaba a los amigos.

—¿Y luego?

—Está loca —dijo con un suspiro, como quitándole importancia—, pero más tranquila. Mi maestro le provoca los trances y así se descarga. Normalmente estamos varios delante para quitarle, algunos de encima y ayudarla a aguantar, pero los peores los recoge ella, no hay nada que hacer.

Se miraron a los ojos y Jorge deseó por un momento estar muerto para librarse de aquella pesadilla pero, al instante, deseó seguir viviendo porque, por lo que empezaba a saber ahora, estar muerto debía de ser mucho peor. Le pasó el brazo por los hombros y siguieron caminando, sintiéndose algo más confortados por la presencia del otro.

Ya en su piso, Lola encendió la estufa de gas y, antes de quitarse el anorak, sirvió dos coñacs en vasos de duralex que había sobre una mesa desvencijada y que parecían haber sido usados varias veces sin haber pasado por el fregadero. De todas formas, Jorge vació el suyo de un trago, sacó el diario y lo puso sobre la mesa. Lola se quitó el anorak, lo echó en el respaldo de una silla de plástico y se tumbó en el sofá después de servirse otro coñac.

—Ponte cómodo. Te advierto que soy un poco lenta leyendo, no tengo mucha costumbre. —Otra vez la risita estúpida—. Vete por ahí a abrir puertas; aquí no hay malas vibraciones. Hay mucha mierda, eso sí, soy un desastre de ama de casa, pero no hay espíritus, que es lo importante. ¡Joder, qué letra! —Acababa de abrir la primera página—. Si tienes hambre, mira a ver lo que hay en la nevera.

Jorge se quedó aún un momento de pie en el centro de la sala de estar sin saber bien qué hacer. Parecía que Lola se hubiera olvidado ya de su presencia. Sin el anorak se veía que era muy delgada de la cintura para abajo, con caderas estrechas, masculinas, y pies diminutos. Llevaba un jersey morado hecho a mano, muy ancho y muy viejo que, sin embargo, no conseguía disimular unos pechos enormes y, posiblemente, caídos. Estrechaba los ojos al leer y movía ligeramente los labios, deletreando las palabras. Por lo demás, su inmovilidad era absoluta, como si estuviera realizando un enorme esfuerzo de concentración.

Olvidándose de ella que, al paso que iba, tenía para rato, se dio una vuelta por la sala de estar comparándola inconscientemente con la de Ana y con la suya propia. No había nada que estuviera ni aproximadamente en su sitio, y la capa de polvo que lo cubría todo habría sido suficiente para escribir mensajes. Todos los muebles daban la impresión de haber sido recogidos de una trapería, viejos pero no antiguos, desvencijados, mezclándose de modo infame con piezas más modernas de los años cincuenta y sesenta hechas de fórmica y *railite.* Pilas de revistas de las llamadas «femeninas» y «del corazón» por todas partes, algún que otro libro en precario equilibrio sobre el respaldo de un sofá, abierto por la mitad en el suelo junto a algún sillón, con títulos como *Consiga usted una personalidad arrolladora, 100 consejos de belleza, Lo que los hombres desean* o *El libro de los tests,* un radio-cassette enorme, portátil, como esos que llevan los negros de Harlem en las películas, un montón de cintas fuera de las fundas a su alrededor: los Chichos, los Chunguitos, una de Iron Maiden, una de Motörhead... Salió al pasillo, siniestramente iluminado por una bombilla solitaria en una tulipa de plástico verde. La primera puerta era el baño, una habitación enorme, como siempre en los pisos antiguos, con una bañera de patas de hierro y un inodoro antediluviano. Se acercó a orinar y, echando una mirada rápida hacia la puerta, levantó la tapa con el pie como hacía siempre en los bares. Debía de hacer meses que no lo había limpiado y, por las gotas que salpicaban los azulejos de la pared, las visitas masculinas debían de ser frecuentes.

La siguiente puerta era la cocina. Metió la cabeza y la volvió a sacar. El olor era insoportable. Sin embargo la curiosidad pudo más y, tratando de no mirar mucho el fregadero rebosante de trastos sucios, se acercó a la olla que había en la cocina. La destapó y el olor a ajo estuvo a punto de hacerlo desmayarse. Estaba medio llena de una especie de espaguetis a la carbonara que habían sido cocinados dos o tres días antes. Volvió a taparla procurando no hacer ruido y, cogiendo al pasar una manzana sorprendentemente fresca de una gran caja que había en el suelo, siguió inspeccionando.

La última puerta era el dormitorio. No encendió la luz porque la habitación daba a la calle y estaba iluminada por la farola de la esquina de enfrente. La cama estaba revuelta, pero las sábanas parecían recién puestas, un día o dos a lo sumo; aún olían a detergente. Pasó la mano por ellas sintiéndolas crujir levemente bajo sus dedos. Sin pensarlo se tumbó, masticando la manzana con una extraña falta de interés por todo; no sólo por lo que le rodeaba sino también por el pasado y por el futuro.

Había un tocador antiguo frente a él, de espejo triple, lleno de trastos, pero por una vez no se sintió inclinado a tapar con una sábana la superficie reflectante. Éste era sólo un espejo, hasta él podía sentirlo, y, además, pensó con una vuelta a su antiguo sentido del humor, estaría tan sucio que no habría espíritu que consiguiera aparecerse en él.

Casi sin darse cuenta se fue acomodando en la cama. Hacía frío y buscó las mantas para taparse; notaba la boca sucia y pastosa, pero la manzana le daba una sensación de frescor. Se estiró hasta tocar la tabla del final, luego se dio la vuelta, volvió a encogerse, dejó caer al suelo el corazón de la manzana y se quedó dormido.

Cuando volvió a abrir los ojos la luz no había cambiado, pero había un cuerpo que se pegaba al suyo y unos labios calientes le chupaban la oreja mientras unas manos rápidas se deslizaban por debajo de su camisa. Se removió, inquieto, deseando que desapareciese ese sueño y queriendo a la vez que fuera verdad, que Rosa estuviera con él, acariciándolo, haciéndole el amor. Alzó las manos y se encontró con unos pechos grandes, pesados y un poco blandos que nada tenían que ver con los pequeños y firmes de Rosa. Aquella mujer no tenía caderas, era lisa, como él; no podía poner las manos en la suave curva debajo de la cintura para sujetar su cuerpo.

—Tú no eres Rosa —dijo en un susurro ahogado.

—¡Chisst! —La boca de Lola se pegó a la suya mientras sus manos buscaban la cremallera de los tejanos.

Se resistió brevemente, medio dormido aún, sabiendo que su cuerpo lo quería, lo necesitaba, pero rechazando el contacto con aquella piel que no era la de Rosa, que olía fuerte a un perfume indio, no a mujer y a lavanda, que no se deslizaba por sus manos como el agua, como un velo de seda.

Empezó a gemir como un niño mientras ella lo desnudaba y decía «¡chisst!», « ¡chisst!», como se le dice a un bebé para que se calme después de un mal sueño.

Se dio la vuelta de golpe y la aplastó contra la cama cerrando los ojos tan fuerte que le hacían daño, para no tener que echar de menos la mirada de Rosa, sus ojos abiertos en la oscuridad, su sonrisa. Quería entrar en ella, quería vaciarse dentro de ella, de quien fuera aquella forma dura y sudorosa que no era la mujer por quien estaba pasando un infierno, que era solamente una mujer que ahora su cuerpo reclamaba. Pero no quería besarla, no quería acariciarla como había hecho con Rosa, no quería entregarse, no quería abrirse a aquella hembra desconocida que se retorcía bajo su cuerpo en silencio, sin gemir, sin murmurar palabras incoherentes y enamoradas. Quería hacerlo rápido y fuerte, sin ternura, sin amor, cumpliendo una necesidad implantada por la naturaleza que los dejara después tan extraños el uno al otro como lo habían sido antes. Se aceleró su ritmo y algo gritó «¡Rosa! ¡Rosa!» en su interior, un grito desgarrador, corto y brillante como un relámpago, y su cuerpo se desplomó sobre el de la mujer que se retorcía y le arañaba los hombros.

En su recuerdo, la piel de Rosa se volvía más dulce y más suave, como una flor, y su sonrisa iluminaba el cuarto.

—Te quiero, *milady* —le susurraba él al oído.

—*I love you, mister* —contestaba ella con los ojos cerrados, sus manos deslizándose por su pelo, por su espalda, cerrándose en su cintura, apretándolo contra sí.

Y luego la risa, la risa de ambos, clara y espumosa como el agua de mar, riendo de amor, de felicidad, de triunfo.

Se apartó del cuerpo de Lola asqueado de lo que había hecho, y sobre todo de sí mismo, de haberla utilizado de ese modo, de haberla tratado como a una cosa, sin darle nada, sin sentir nada bueno, nada dulce, sin haberle hecho sentir nada tampoco. Se volvió de espaldas a ella, encogido como un feto, tratando de controlar su respiración para que no supiera que estaba llorando.

Ella se incorporó, se inclinó hacia el suelo y sacó algo de una caja. La llama brilló un momento trazando líneas fantasmales entre sus pestañas húmedas y se extinguió. La mano de Lola tocó su hombro, firmemente, casi con rudeza:

—Fúmate un porro, tío. Te sentirás mejor.

Él negó con la cabeza, obstinado, como en un enfado infantil.

—Follas bien, ¿sabes? Me ha gustado mucho. Y a ti te hacía falta, no me digas que no.

Sintió que su garganta se contraía como para gritar, pero se controló y no dijo nada.

—Estaba claro que pensabas en otra, pero a mí me da igual, no te preocupes. El pensamiento es libre. —Dio una profunda calada—. Y además es normal. A mí me vale con follar contigo, no tienes que quererme. Yo me conformo con poco y así hay menos líos. ¿No tienes hambre? —dijo saltando de la cama—. Yo me comería una vaca.

Jorge la oía revolver en la cocina hablando a gritos «¡Joder, qué barbaridad! Son más de las cinco. Hoy ya no pego ojo. Yo hubiera jurado que tenía leche. ¿Quieres un Cola Cao?» y deseaba huir, huir de aquel piso asqueroso, de aquella mujer que le estaba destrozando los nervios, de aquel hombre que no era él. Pero estaba cansado, cansado, cansado.

Lola volvió a entrar, envuelta en una horrorosa bata china de color carmesí con dragones dorados y dos vasos de algo que humeaba, hablando incesantemente:

—Oye, ¿sabes?, tenías algo de razón. No es normal que le

pasara todo eso a tu novia. ¿Sabes qué creo? Que era como yo, que tenía el don, pero no sabía lo que era y por eso no pudo pedir ayuda. Mi maestro hubiera podido controlarla. Hasta yo hubiera podido hacer algo...

Jorge se sentó en la cama, repentinamente despierto:

—Entonces ¿ya no crees que esté muerta? Lola se puso a sorber su chocolate.

—No lo sé. Puede que sí, pero también puede que... ¡mierda!, ya me he tirado el Cola Cao encima. ¡Joder, cómo quema!

—¿Puede que qué? —Jorge la sujetaba por la muñeca pringosa de chocolate.

—Pues puede que todo lo que hay en tu casa, y hay mucho, te lo digo yo, haya conseguido entrar en ella y no quiera salir. Y ella no sabe quitárselo de encima.

—¿Sabrías tú?

—No sé. Vente al baño, tengo que lavarme. Me da mucho asco estar pringosa... por arriba y por abajo —añadió dedicándole de nuevo la estúpida risita que esta vez pretendía ser picante. Jorge no sonrió—. Puedo preguntarle a mi maestro. Pero si no sabemos dónde está, no nos va a servir de nada.

—¿Y si yo la encuentro?

Lola dejó correr los grifos de la bañera sin preocuparse de los pelos que empezaban a nadar en el remolino.

—Primero tengo que hablar con mi maestro. ¡Anda, báñate conmigo!

—No, tengo que irme. —La miró a los ojos mientras ella se quitaba la bata, tratando de no mirar su cuerpo—. ¿Hablarás con tu maestro?

—Sí —dijo metiendo los pies en la bañera. Tenía la piel blanca y pastosa, llena de pecas.

—Te llamaré, Lola. Es muy importante. Por favor.

—Vale, pelmazo. Si no quieres bañarte, lárgate. Dentro de una hora tengo que estar en el autobús. Ya hemos empezado con el horario de verano y hay que fichar a las ocho.

—Lola... —se agarraba al marco de la puerta como si fuera a caerse—, esto..., Lola..., gracias.

—¡Venga ya! —contestó sin volver la cabeza—. Llévate el diario; no pienso leerlo más. Y lárgate hoy mismo de tu piso, ¿me oyes? Hoy mismo.

Oyó el ruido de la puerta al cerrarse y, por primera vez desde hacía mucho, mucho tiempo, se le encogió el corazón cuando un hombre se iba de su casa. Si hubiera podido, no lo habría vuelto a ver, pero ahora ya era tarde. Ahora, a pesar de que sabía lo que le esperaba, sabía también que tendría que verlo, que tendría que ayudarlo porque él solo no iba a poder hacer nada, porque no era más que un gilipollas bien educado, y porque se había enamorado de él.

Se puso de pie y empezó a restregarse el cuerpo con un guante de crin hasta que estuvo roja como un cangrejo.

El comisario Robles entró en la librería Amazonas con su típica timidez disfrazada de petulancia. Hacía mucho tiempo que no había estado en un lugar donde hubiera tantos libros juntos y si uno de los empleados le hubiera preguntado qué deseaba no habría sabido qué contestarle, pero por fortuna estaban todos ocupados en ese momento y él había entrado por motivos profesionales, aunque de paso quería comprarle a Sagrario una *Guía de la España abandonada* que le hacía ilusión.

Miró entre las cabezas que llenaban la sala y, al no ver a la persona que estaba buscando, decidió retrasar un momento más el asunto que le había traído, tomó un ejemplar de la guía de una de las mesas expositoras y empezó a pasar las páginas con sus manazas. Le llamó la atención la dedicatoria: «A treinta y nueve millones de españoles que no saben que viven en un desierto poblado de fantasmas». «Y de criminales», añadió por pura deformación profesional. ¡Qué raro que a Sagrario le apeteciera leer un libro así! Pero, considerando que detestaba las aglomeraciones turísticas y últimamente estaban pensando en hacer un viaje, a lo mejor era que quería informarse sobre lugares semidesiertos y paisajes poco conocidos. Bueno; si ella quería darle una sorpresa con sus conocimientos, lo mejor sería que dejara de hojear el libro.

—¿Deseaba algo más?

La voz a sus espaldas lo sobresaltó. Se dio la vuelta y se encontró con los ojos verdes de Amparo Núñez, que también dio un respingo al verlo.

—Ay, perdone, señor comisario, no le había reconocido. ¿Quería usted verme?

—Pues sí —dijo él dándole vueltas al libro entre las manos—, pero también quería comprar esto.

—Venga conmigo. Se vende muy bien —comentó mientras lo envolvía—. Dicen que es muy interesante; yo aún no lo he leído.

—Es para un regalo. —Robles empezaba a sentirse incómodo.

—¡Ah!, entonces se lo envuelvo con otro papel.

—No, no, deje. Da igual. —Decidió cortar por lo sano—. ¿Podemos hablar en algún sitio?

Amparo echó una ojeada a la tienda.

—Fina, por favor. Tengo que hablar un momento con este señor. —Y dirigiéndose a Robles—: Vamos al despacho; el jefe no viene por las tardes.

Como siempre que tenía que dar una mala noticia, esperó lo justo hasta que Amparo hubo cerrado la puerta y le soltó:

—Hemos encontrado un cadáver, señora. Ya no queda mucho, claro, pero por el examen del forense sabemos que es de una mujer joven. Lleva muerta entre seis y nueve meses.

Amparo tenía los ojos desencajados y se cubría la boca con las dos manos.

—¿Cómo? —tartamudeó—. ¿Cómo murió?

—Posiblemente estrangulada. —Hubo un silencio.

—Señora, entiéndame. No le estoy diciendo que se trate necesariamente de su hija, pero tenemos que asegurarnos. He venido para pedirle que le eche una mirada a lo que queda de esa pobre chica. Si pudiera usted identificarla...

—¿Dónde la encontraron? —Amparo tenía los ojos húmedos y brillantes pero no lloraba.

—Ésa es la cosa —contestó Robles, metiéndose un puro en la boca—. ¿Se acuerda usted de que a tres manzanas de la casa de su hija derribaron un edificio el verano pasado? En agosto hicieron el hoyo para el aparcamiento y lo vallaron. Luego, por problemas con el permiso de obras pararon las cosas hasta hace unos días. Cuando consiguieron la licencia para levantar cuatro pisos más, tuvieron que excavar más hondo para los cimientos, ¿comprende? —Hizo una pausa semiintencionada—. La pala mecánica la encontró.

—Pero... pero, comisario, ¿por qué tiene que ser Rosa?

—No tiene que ser, pero es el único cuerpo que tenemos. El sexo y la edad coinciden, la fecha es aproximada y el lugar es muy conveniente para alguien que viva en la calle Cervantes y quiera deshacerse de un cadáver, ¿no?

Los labios de Amparo empezaron a temblar; luego el temblor se extendió por todo su cuerpo y tuvo que apoyarse en el borde de la mesa.

—No estará usted diciendo que sospecha de Jorge, ¿verdad?

—¿Usted no? —Los ojos del comisario la miraban firme, brutalmente, sin pestañear.

Ella se dejó caer en el sillón del escritorio.

—Por el amor de Dios, comisario. Conozco a Jorge desde hace casi cuatro años. Es el hombre más bueno y más pacífico del mundo y está loco por mi hija. Todo el mundo le decía a Rosa que era una locura enamorarse de un actor, que en cuanto se hiciera famoso la dejaría por otra, pero Jorge estaba loco por ella, veía por sus ojos.

—¿Y ella?

—Ella también. Llevaban tres años viviendo juntos y parecían aún recién casados. Quiero decir que se miraban como si aún no se lo creyeran y siempre estaban abrazados y... —Se interrumpió—. ¿Cómo se le ha ocurrido una cosa así?

Robles se rascó la cabeza:

—Mire, a mí lo primero que me dio mala espina es que nadie hubiera informado a la policía de la desaparición. Luego, el comportamiento de ese Jorge es de lo más raro, incluso se echó a temblar al verme. ¿Sabía usted que está en tratamiento psiquiátrico?

Ella asintió con la cabeza. Robles continuó como si la respuesta de Amparo no le hubiera sorprendido.

—Y ahora nos encontramos un cadáver que coincide con los datos que tenemos prácticamente a la puerta de su casa. Para mí está bastante claro. No tengo pruebas aún, pero lo veo posible.

—¿Qué ve usted posible? —dijo Amparo con furia—. ¿Que Jorge, que es un pedazo de pan, haya matado a la mujer que más quiere en el mundo? ¿Por qué? ¿Por qué iba a hacer eso?

Robles, sin alterarse, continuó:

—Eso podría ser un motivo, señora, eso precisamente. Si Rosa se enamoró de otro hombre, pongamos por caso, y le dijo a Jorge que iba a dejarlo, él podría haberse vuelto loco y haberla estrangulado. No me creerá usted, pero eso pasa mucho, más de lo que se imagina.

—Si Rosa se hubiera enamorado de otro hombre, me lo habría dicho.

—¿Usted cree? Ella sabía lo que usted aprecia a Jorge. Amparo negó con la cabeza furiosamente.

—Me lo habría dicho. Es mi hija. La conozco y usted no la ha visto más que en foto.

—¿Y entonces por qué no le dijo que se iba? ¿Por qué no le dijo adónde se iba, eh? ¿Y usted por qué no lo denunció?

Robles había puesto las dos manos sobre el escritorio y se inclinaba con toda su mole por encima de Amparo en su típica estrategia de interrogador. Ella lo miraba hacia arriba con los ojos llenos de lágrimas y los labios firmemente apretados.

—No tiene nada que decir, ¿verdad? —dijo Robles relajándose de nuevo—. O no quiere. Bien, señora, está usted en su derecho, pero hágase a la idea de que seguiré buscando y, en cuanto tenga algo en la mano, Jorge Lobo va a pasarse una buena temporada sin pisar un teatro.

Robles se repantigó en el sillón y observó las manos largas y finas de Amparo, que desplegaban y volvían a plegar un papelito de caramelo que había sobre la mesa.

—Comisario... ¿podemos ir ahora? A... identificar... el... cadáver, quiero decir. —Sus ojos seguían fijos en el papelito.

—Si puede dejar ya el trabajo...

—Sí, sí... seguro que no hay ningún problema.

Robles la esperó en la puerta, abriendo el coche mientras ella hablaba con una empleada más joven.

No dijeron palabra durante el trayecto. Amparo miraba por la ventanilla y en alguna ojeada ocasional Robles veía su reflejo pálido, sus labios tensos y, con la experiencia acumulada, estaba seguro de que tenía algo que decir, algo que había ocultado celosamente hasta el momento. Al bajar del coche, Robles la sujetó del codo empujándola suavemente por los pasillos de la comisaría. Ella se dejaba llevar como una enferma que se está recuperando de una operación. Entraron en una sala oscura con un brillante foco sobre una mesa de mármol que iluminaba unos cuantos objetos. Amparo sujetaba su bolso contra su pecho con las dos manos y respiraba rápidamente, produciendo un ligero silbido al expirar.

—¿Reconoce alguna de estas cosas?

Bajo la despiadada luz de la lámpara había un pedazo de tela verde, un zapato de tacón alto con la punta descubierta, una pulsera de cuero con cuentas de colores y dos grandes aretes. Había también un bolso de señora blanco haciendo juego con los zapatos.

Amparo negó con la cabeza y el alivio se reflejó en su cara.

—¿Está segura?

—Segurísima. Rosa nunca se hubiera puesto ninguna de esas cosas como no fuera para un disfraz.

—El vestido era verde. Su hija tenía el pelo rojizo y los ojos verdes. Le hubiera sentado bien.

—Mi hija odia el verde; puede usted mirar su armario. Y nunca lleva tacones. ¿Qué número son?

—¿Qué número usaba Rosa?

Ella suspiró, fastidiada de que el comisario pensara que estaba mintiendo:

—El treinta y siete, treinta y ocho en botas. ¿Qué número son esas sandalias?

—Un treinta y nueve.

—¿Lo ve? Y nunca lleva bolso. Usa mochilas, bolsas, cualquier cosa menos bolsos de mujer. No es muy femenina vistiendo; puede preguntarle a quien quiera. Su estilo es más bien deportivo. ¿Podemos ya ver el cadáver y acabar de una vez?

Robles se daba perfecta cuenta de que estaba perdiendo el dominio sobre la mujer. Por la razón que fuera ya no estaba asustada y no contaría nada de lo que sabía. Decidió jugárselo todo a una carta. No lo hacía casi nunca, pero ahora tenía que intentarlo. En algunas ocasiones daba resultados espectaculares.

—No va a ser necesario, señora. Comprenderá que lo que queda de esa muchacha no es reconocible para un profano y además es muy desagradable. —Hizo una pausa, como hubiera hecho un buen actor—. Sólo quiero que vea una última cosa.

Metió la mano en el bolsillo y sacó un encendedor de oro, pequeño y cuadrado. Lo puso ante sus ojos sólo un segundo.

—Esto estaba también en el hoyo. Y es de Jorge. Lo hemos comprobado.

Amparo sintió que se le doblaban las rodillas y tuvo que apoyarse en Robles para no caerse. Ella misma le había regalado a Jorge ese encendedor por Navidad hacía tres años. No era posible. No era posible.

Robles la rodeó con el brazo y la ayudó a sentarse en un sillón. Esperó un momento, sentado frente a ella.

—¿Por qué no me lo cuenta? —preguntó suavemente.

Ella, con la mirada fija en las motas de polvo que danzaban en el haz de luz, abrió a tientas el bolso, como si fuera ciega, corrió la cremallera del bolsillo interior, sacó un papel y se lo pasó a Robles. Estaba escrito a máquina. Lo leyó:

15 de septiembre

Querida mamá:

Tengo que irme. No sé adónde ni por cuánto tiempo, pero es urgente. Es lo más importante que me ha pasado en la vida y me volveré loca si no voy. Ya sabes algo de lo que me ha estado pasando durante estos meses; Jorge te puede contar más, si quiere. No sé cuándo volveré, pero no te preocupes por mí; estaré bien, y si supero esto, todo volverá a ser normal. A Jorge no le he dicho nada, ya está bastante asustado; además se reiría de mí o trataría de convencerme de que no vaya o se empeñaría en acompañarme. Y no puedo llevarlo. Tengo que ir sola, eso lo sé. Dile que te he llamado por teléfono y que a él no he podido localizarlo. Dile que lo quiero y que volveré. Entonces os lo explicaré todo. Tengo que irme. AHORA.

Con todo mi amor,

Rosa

La última frase y la firma estaban escritas a mano con estilográfica. Por lo menos podría comprobarse la escritura y la fecha por la antigüedad de la tinta. En la parte de atrás había una postdata también a mano:

No le digas esto a nadie. No quiero que me busquéis, ni vosotros ni nadie. Es muy importante, puede ser de vida o muerte para mí. Y no te asustes, mamá, a pesar de cómo suena de grave sé que saldré de ésta. Un beso. Os quiero.

Robles suspiró. El viejo truco había funcionado. Se levantó y ayudó a Amparo a ponerse de pie.

—Váyase a casa, señora, y trate de descansar. La llamaré mañana. Déjelo todo en nuestras manos y no le diga nada a Lobo todavía. Hay mucho aún que tenemos que comprobar.

Amparo asintió con la cabeza, como en trance. Robles la acompañó a la salida, la instaló en un taxi y bajó silbando al laboratorio.

6

El ruido de pasos a su alrededor lo hizo despertarse bruscamente, con la boca pastosa, el cuerpo dolorido cruzado de escalofríos y los ojos ardiendo. No sabía dónde estaba. Sabía sólo que quería volver a cerrar los ojos y dormir, que no podía sostener la cabeza sobre el cuello y las piernas se le aflojarían en cuanto intentara ponerse de pie. No podía más. Oyó voces de mujer que cuchicheaban a su alrededor y, sin volverse a ver quiénes eran, cerró los ojos de nuevo y apoyó la cabeza contra la madera. Dormido estaría a salvo. Sólo quería que lo dejaran en paz. Oyó la palabra «médico» como entre brumas, y la palabra «droga»; quiso negar con la cabeza, pero era imposible. Decidió no hacerles caso. Acomodó mejor las manos: una sujetando la cabeza contra el banco de madera que había frente a él, la otra dentro de la cazadora, apretando el diario contra su cuerpo. Hizo un pequeño esfuerzo por recordar dónde estaba o cómo había llegado allí, pero en realidad no le importaba. Tenía que descansar. Si conseguía descansar un rato podría enfrentarse al mundo otra vez, pero aún no, aún no.

Sintió una mano en el hombro, firme, caliente. Una voz grave, cuidada:

—¿Estás enfermo?

No podía contestar. No quería.

—Vamos, túmbate. Te encontrarás mejor.

La mano lo empujaba con firmeza. Se dejó llevar pensando que era gracioso que no se le hubiera ocurrido a él solo que quería estar tumbado. Su cabeza tocó una superficie dura y se estiró completamente sintiéndose casi feliz. Los ojos le quemaban y había un golpe de tambor en su cabeza, pero estaba acostado; podría dormir.

—Señoras, por favor —dijo la voz—, no se acerquen tanto, le quitan el aire.

El murmullo subió de tono, pero sonaba lejano, como el rumor de las abejas en un día de calor. Sintió que alguien le hacía aire y trató de sonreír para agradecerlo. Le debió de salir una mueca horrible.

—Es un degenerado, padre, no hay más que verlo. Drogado o peor. ¿Quiere que llame a la policía? —Una voz aguda, con filo de histeria.

—No, Angustias. Está enfermo. Déjame el abanico y tráete un vaso de agua de la sacristía. —La voz de hombre serena, dominando la situación—. Tráete también unas gotas que hay en el botiquín. La caja es azul y blanca.

—Como el manto de María.

—Eso. Date prisa. Y ustedes, señoras, hagan el favor de marcharse. Este muchacho no se encuentra bien. No es un espectáculo.

Una voz de mujer, ofendida:

—Sólo queríamos ayudar, padre. Y no vamos a dejarlo solo con un drogadicto. A lo mejor es también un criminal.

—Guárdate de la calumnia, mujer, y de juicios temerarios —tronó la voz del cura, y luego, más suave—, en la casa de Dios todo el mundo es bienvenido.

Unos pasos arrastrados, inquietos.

—Venga, hijas mías, en serio. Váyanse, por favor. No pasa nada.

Ruido de gotas cayendo sobre agua. Una mano bajo el cuello.

—Tómate esto. Te subirá la tensión. Gracias, Angustias. Anda, vete tú también.

—¿Y si se está muriendo, padre?

—Con más motivo. Se querrá confesar.

Se sentó lentamente, sostenido por el brazo del cura, y se

bebió el agua de golpe. Poco a poco, pestañeando mucho, consiguió abrir del todo los ojos y mirar a su alrededor. Era efectivamente una iglesia. La luz de la mañana atravesaba los cristales de colores y le daba la impresión de estar flotando en la luz, fuera de todo.

—Respira hondo, despacio.

Se volvió un poco. En la puerta entreabierta un corrillo de mujeres vestidas de oscuro observaba sus movimientos.

—No te preocupes por ellas. ¿Estás mejor?

—¡Qué manera de hacer el ridículo! —consiguió decir Jorge, tartamudeando.

—Piensa que también has hecho caridad. Has dado conversación a esas pobres mujeres para dos semanas. Has alegrado sus vidas.

—Tiene usted un sentido del humor muy raro para ser cura.

Su risa sonó como un cloqueo:

—Mira, qué casualidad, lo mismo piensa el obispo.

Jorge lo miró y sonrió a pesar de todo. Era un hombre viejo, de aspecto bíblico aunque sin barba; unas cejas hirsutas llenas de canas sobre unos ojos azules chispeantes y maliciosos y el pelo gris cuidadosamente peinado hacia atrás. Todo en él era grande y huesudo, anguloso, como si hubiera sido labrado en madera a golpes de cincel. La sonrisa que había animado su rostro durante unos segundos se esfumó lentamente:

—¿Te picas?

Jorge se quitó la cazadora, se levantó las mangas y le enseñó los dos brazos. El cura volvió a sonreír:

—Bien. Entonces ¿qué te pasa?

Jorge lo miró, casi divertido:

—Si se lo contara, no se lo iba a creer.

—Es muy posible —contestó mirando una de las vidrieras—. ¡Si supieras todo lo que uno tiene que oír! Pero en fin, si te sirve de algo, tienes delante a una de las pocas personas que quedan que está dispuesto a creérselo todo. Será deformación profesional.

Se puso de pie.

—Si te vienes conmigo te invito a desayunar. Angustias es una cruz, pero hace un buen café.

El estudio del padre Anselmo era grande y, contrariamente a lo que hubiera podido imaginar Jorge, nada austero. No es que hubiera lujos, pero se notaba que estaba habitado por un hombre que amaba la vida, que tenía muchos amigos y un gran sentido del humor. En la puerta había un cartel de *Genious at work* con un montón de firmas infantiles al pie, y el interior era un agradable revoltijo de libros, revistas, papeles, postales clavadas en un corcho que cubría media pared, plantas trepadoras, ceniceros, cestas con fruta y la mayor cantidad de bolígrafos, lápices, chinchetas y ganchitos que Jorge había visto fuera de una papelería.

Se instalaron en una mesa cuadrada que había en el rincón, rodeada de bancos de madera con cojines naranja y azul bastante usados.

—Aquí hacemos las reuniones juveniles con los jefes de grupo. Son doce o quince chavales.

—¿Aún se hacen esas cosas? —preguntó Jorge, que lo miraba todo agradablemente sorprendido.

—Ahora más que nunca. Estamos tratando de estimular un poco las actividades juveniles. Los pobres chavales tienen pocas posibilidades tal como están las cosas. No se organiza casi nada para ellos y, aparte de que tienen poco dinero, tampoco es plan que se pasen todo el tiempo libre en las discotecas y los recreativos. Por eso nosotros tenemos grupos de excursionismo, deportes, lectura, cinefórum, vamos... un poco de todo.

—¿Hay que hacer proselitismo, padre?

El cura guiñó un ojo:

—También. Pero menos. Lo importante es que aprendan a usar su tiempo libre, sus posibilidades. Intentar que no caigan en la droga, que no tengan hijos antes de tiempo, que no cojan el sida... Suena fatal, ya lo sé, pero son los problemas reales a los que hay que enfrentarse. No se les puede decir que rezar el rosario es la solución para todo.

—Pues el papa parece estar convencido de eso, ¿no?

—El papa no es un cura de barrio, amigo mío.

—El papa es el vicario de Dios en la Tierra —dijo Angustias con voz mesiánica entrando con una bandeja.

—Tienes mucha razón. —Ella sonrió, arrobada.

—Si no manda nada más, don Anselmo...

—No, hija, gracias. Vete a hacer tus cosas.

Angustias salió de la habitación echando una mirada curiosa hacia Jorge.

Anselmo se levantó, abrió la puerta y gritó:

—No te olvides de los lirios, Angustias.

Volvió a la mesa con una sonrisa traviesa.

—No me hacen falta hasta mañana, pero la buena de Angustias tiene la arraigada costumbre de escuchar detrás de las puertas y lo peor es que, como no es muy inteligente, ya lo habrás notado, no sólo cotillea de asuntos privados, sino que lo confunde todo.

Sirvió las tazas y empezó a ponerse mantequilla en el pan.

—Bueno, ¿qué es eso que no me voy a creer?

Jorge terminó de ponerse la mermelada, la observó unos segundos y dejó de nuevo el pan en el plato.

—¿Cree usted en el diablo, padre? —El sacerdote lo miró con curiosidad.

—Yo sí, ¿y tú?

—¿Cree usted de verdad?

—Pues claro.

—Claro. Usted es cura.

—No, hijo, no. No tiene nada que ver. Tengo setenta años, llevo toda la vida en barrios como éste y peores. He estado en la India y en Sudamérica. He visto cosas buenas y cosas malas, pero he podido darme cuenta de que este mundo no es un valle de rosas. Lo bueno que he visto no ha sido ni la mitad de frecuente que lo malo; sin embargo, creo en el bien, en la bondad, en la justicia de Dios y de los hombres. ¿Cómo no voy a creer en el mal, que es lo que más salta a la vista?

—Sí, pero una cosa cosa es creer en el mal y otra creer en el diablo.

—Todo el que cree en el bien, cree en Dios, aunque no lo sepa. Del mismo modo todo el mal tiene su origen en un principio maligno que es la sombra de la luz. No tiene que ser cornudo y rabudo, pero es una forma de representarlo. ¿Tú no te creerás que Dios lleva barba, verdad? Pero de niño te sirve y a veces de mayor también.

Jorge empezó a masticar el pan.

—Soy tan ignorante en estas cuestiones...

—Pues ya tenemos algo en común. —Anselmo vació su taza y la volvió a llenar—. Me encanta el café. Es mi tentación de cada día.

—¿Y en los espíritus? ¿Cree usted en los espíritus?

—Hijo, esto empieza a parecer una encuesta de la tele. —Untó de mantequilla un segundo pedazo de pan—. Tendría que pensarlo antes de contestarte y tú deberías explicarme concretamente a qué te refieres. Pero si te sirve de algo, Jesucristo expulsó una vez los espíritus malignos del cuerpo de un hombre. Está en la Biblia, así que si Él creía, supongo que yo tendré que creer.

Jorge se puso de pie.

—Padre, quiero contarle lo que me está pasando, es una cosa muy rara y me está volviendo loco, pero hace siglos que no duermo y si no me marcho pronto voy a desmayarme, pero volveré porque necesito ayuda y confío en usted. ¿Hay algo más en la Biblia que pueda leerme?

Anselmo se levantó también, muy serio:

—Puedes probar con la Revelación de san Juan, el Apocalipsis. Es muy complejo y bastante desagradable, pero ahí se habla del diablo.

Jorge le estrechó la mano con fuerza.

—Gracias, padre. Hasta pronto.

—Sí, anda. Vete a casa.

Se volvió, espantado:

—No. A casa no.

—Pues a donde quieras. A dormir. Pero vuelve, ¿eh? Te estaré esperando. A la hora que sea.

Lo vio marchar por el pasillo y cerró la puerta, pensativo.

Esperaba que no le estuviera tomando el pelo y resultara sólo un bromista o alguien que quería escribir una novela de esas de terror como *La profecía.* Curioso ese interés por el diablo en una época en que ya ni los niños se asustaban de él, pensó.

Se preguntó cuántos años habrían pasado desde la última liberación de Satán. Según el Apocalipsis eso ocurría cada mil años; quizá estuviera cerca la fecha. Pero no; eran milenarismos absurdos que se daban siempre por histeria colectiva. El año 2000 era una fecha como cualquier otra, como había sido el 1000, cuando la gente se echó a la calle a hacer penitencia porque pensaban que llegaba el fin del mundo. Y además, faltaban aún más de diez años para el cambio de milenio.

Se acercó a la ventana y siguió a Jorge con la vista hasta que entró en la tienda de ropa de la esquina. Esperaba no tardar mucho en volverlo a ver. Había tocado una fibra sensible, una de sus secretas esperanzas.

Descolgó el teléfono y marcó el número del Convento de las Esclavas de Cristo.

—Buenos días, hermana. Soy el padre Anselmo. ¿Está la hermana Virginia por ahí? Sí, gracias, espero.

Cogió un lápiz rojo y empezó a hacer garabatos que, poco a poco, tomaban la forma de un dragón.

Amparo se levantó a las siete con un fuerte dolor de cabeza producido por los somníferos que había tomado la noche anterior para poder dormir unas horas. Detestaba tomar pastillas, pero desde hacía varios meses era la única manera de darle reposo a sus nervios; eso y las visitas de Jorge eran lo único que conseguían calmarla un poco. No es que sirviera de mucho darle vueltas durante horas al tema de la desaparición de Rosa, pero por lo menos podía hablarlo con alguien que no la miraba con lástima y que estaba igual de desesperado que ella. Lo más difícil al principio había sido no enseñarle a Jorge la nota que había recibido, tener que fingir, tener que repetir una conversación telefónica que nunca había existido, y no poder comentar la nota en sí, analizar entre los dos lo poco que decía. Luego, cuando había llegado al límite, se la había enseñado y juntos le habían dado vueltas y más vueltas a su contenido. Y ahora la tenía ese maldito comisario que se había inmiscuido en sus vidas sin que nadie lo llamara.

Por suerte se sabía el texto de memoria, palabra por palabra, letra por letra. Era de Rosa, eso estaba claro, y su hija nunca hubiera escrito una nota así de no ser verdad lo que decía en ella.

Era absurdo. Absurdo y ridículo que ese hombre pensara que Jorge era un asesino. Sin embargo, había encontrado su encendedor. Eso sólo podía significar que estaba relacionado con un crimen, aunque la muchacha encontrada en la obra no fuera Rosa. Claro que también podía haberlo perdido.

En cualquier caso, lo que tenía que hacer era llamarlo inmediatamente, avisarle de lo que estaba pasando, le gustara o no al comisario Robles. Marcó el número de Jorge preguntándose vagamente si habrían instalado un micrófono en su teléfono como en las películas. Se encogió de hombros y empezó a preparar las frases que le diría en cuanto consiguiera sacarlo de la cama. Para él era prácticamente noche cerrada. El teléfono sonaba y sonaba produciéndole pinchazos de dolor a cada pitido. «Venga ya, hombre, cógelo de una vez».

Al parecer no estaba en casa. Era raro que hubiera salido tan temprano pero podía haberse quedado a dormir en casa de un amigo.

Una hora más tarde había probado todos los números que tenía y había sacado de la cama a media docena de personas que no sabían nada de Jorge. La última posibilidad era el teatro, aunque lo más probable era que no hubiera nadie; los ensayos de la siguiente obra no solían empezar hasta las diez. Llamó de todos modos y, para su sorpresa, descolgaron al segundo pitido. Una voz impersonal repetía: «Teatro Oriental, buenos días. Lamentamos informarle de que el teatro permanecerá cerrado hasta nuevo aviso debido a la huelga general de actores. No se admiten reservas de localidades hasta que se reanude el ritmo regular de funciones. Muchas gracias».

Tuvo que oírlo dos veces hasta darse cuenta de que eso significaba que no tenía manera de comunicarse con Jorge hasta que volviera a su casa o hasta que la llamara él. Y era fundamental que le diera la noticia antes de que la policía considerara llegado el momento de hacerlo. Se estrujó la mente pensando en una forma de encontrarlo. En vano. No podía hacer más que esperar.

Cogió de nuevo el teléfono y llamó a la librería para decir que no se encontraba bien y que no iba a trabajar por la mañana. Colgó el auricular y todo pareció detenerse en la espera, como si las paredes del piso estuvieran preparándose para caer sobre ella. Y sin embargo, tendría que aguantar, tendría que quedarse en casa por si Jorge llamaba, por si venía. Se levantó y fue a abrir los grifos de la bañera; el agua caliente la calmaría y la entretendría casi una hora, luego podía desayunar y limpiar un poco, no le vendría mal al piso y la ayudaría a quemar energías.

Sonó el timbre de la puerta y el estómago le dio un vuelco. Había funcionado por telepatía. Salió corriendo a abrir sin pensar siquiera en echarse una bata por encima del camisón.

La vecina de abajo, una pintora joven que se pasaba la vida en casa, estaba en el descansillo con cara culpable y un cigarrillo en la mano.

—Hola, perdone que la moleste a estas horas pero, si no la pillo ahora, luego este bloque se queda vacío... ¿Tendría usted una caja de cerillas?

Amparo la miró sin comprender, tratando de quitarse de la cabeza el hecho de que no era Jorge el que había llamado al timbre. La vecina carraspeó, incómoda:

—Verá, ayer tarde decidí dejar de fumar y en un impulso tiré a la basura todo lo que hace fuego. Me he levantado hace tres horas porque tengo un cuadro en marcha y no aguanto sin tabaco. Lo he intentado pero no puedo. Creía que me volvía loca y si me visto y bajo a la calle, me pierdo. Me conozco mucho. O me encierro o no trabajo. ¿No podría darme fuego? Por favor...

El cigarrillo le temblaba entre los labios.

—Claro —murmuró Amparo—. No faltaba más. Un momento. Fue a la cocina como sonámbula y volvió con una caja grande de cerillas.

—Muchas gracias. Muchas, muchas gracias. Un día de éstos le regalaré un cuadro.

Apenas pudo esperar a que la vecina se marchara. Acababa de recordar algo fundamental: Jorge había dejado de fumar hacía dos años y en prenda de la seriedad de sus intenciones le había devuelto el encendedor de oro, grabado con sus iniciales, que ella le había regalado por Navidad.

—Guárdamelo tú —le había dicho—; al fin y al cabo es una joya de familia.

¿Dónde lo había puesto? Si era verdad que lo tenía ella, que lo que creía recordar era cierto, entonces eso lo cambiaba todo. El encendedor que el comisario le había mostrado no podía ser el de Jorge. No podía ser. Había sido sólo un truco para hacerla hablar.

Fue corriendo al dormitorio, asustada de pensar que podía equivocarse, que tal vez ya no estuviera allí donde vagamente lo recordaba. En el cajón de la izquierda, debajo de las medias, estaba el encendedor de Jorge. De oro, bastante grande, alargado, con las letras J.L. grabadas a un lado. ¿Cómo había podido confundirlo? Se tumbó en la cama, aún sin hacer, y se puso a llorar de alivio.

Después de la ducha más larga de su vida, afeitado por primera vez desde hacía meses y con una camiseta azul que había comprado antes de entrar en el hotel, se sintió de nuevo persona. Había dormido ocho horas seguidas tan profundamente que ni siquiera había cambiado de posición y ahora le dolía un poco el hombro, pero valía la pena esa pequeña molestia comparada con la sensación de frescor y paz que experimentaba. Lola tenía razón, era esa casa la que lo había estado matando; tendría que irse de allí. Lo malo era que tendría que volver, empaquetar cosas, pasarse dos o tres días despidiéndose de lo que había sido su vida durante los últimos tres años, casi cuatro ya, y quitarle a Rosa la posibilidad de volver a su propia casa, si alguna vez volvía. Ahora sabía por lo menos que, si podía ponerse en contacto con él, no tenía que ser necesariamente allí, y lo más importante por el momento era que él se mantuviera fuerte y conservara la mente clara para sacarla del lugar donde la tuvieran encerrada.

Estaba muerto de hambre y, como en el hotel no servían desayunos (ni comidas, ni cenas) a las cinco de la tarde, no había más remedio que abandonar la placidez de la habitación y salir a la calle. Además, tenía que pasarse por una librería y comprarse una Biblia, quería leer un poco antes de volver a ver a don Anselmo y contarle su historia. Era un viejo simpático; le gustaba. Era justamente la clase de hombre que le hubiera gustado como padre: firme, inteligente, seguro de sí mismo y de sus convicciones, con sentido del humor; lo que más le había faltado durante los largos años del orfanato.

Habían cuidado de él, siempre había tenido suficiente comida y una cama caliente, había hecho algunos amigos que aún lo eran y conservaba buenas relaciones con casi todos los maestros y tutores que había tenido, pero nunca había habido risa en su vida. Risa auténtica, la que no viene de una broma gastada por los niños a la profesora de francés, sino de una actitud optimista y alegre ante la vida. Siempre le habían dejado claro, a él y a los otros, que eran pobres niños abandonados dignos de lástima y que su única salvación era ser muy buenos y muy serios en sus estudios para conseguir un trabajo estable y fundar una familia. Él, ya actor desde pequeño, se había comportado siempre como los mayores esperaban, había sido un niño modelo, orgullo del Real Orfanato de Jesús, pero desde que lo llevaron a su primera función de teatro infantil, a los ocho años, cuando ya había quedado claro que a pesar de su aspecto de príncipe de cuento ya no lo adoptaría nadie, había decidido ser actor, dejar de ser un pobre niño a quien nadie había querido y convertirse en un camaleón profesional. Eso por lo menos lo había conseguido.

Preguntó en recepción si había una librería por la zona y se aseguró de que quedaran habitaciones libres por si decidía quedarse otra noche. Lo que estaba claro era que si volvía a su piso sería de día y acompañado. Llevaba en una bolsa de plástico todo lo que podía necesitar: dos camisetas nuevas, dos calzoncillos, el estuche de las lentillas, espuma y maquinilla de afeitar y un gel de ducha. Tenía su cazadora de cuero, sus documentos y su Visa. Y el diario de Rosa. Sólo echaba de menos sus gafas, pero se arreglaría sin ellas. En cualquier caso no estaba dispuesto a volver ahora a su casa, al atardecer, sólo para eso. Primero era la Biblia. Luego se buscaría un buen bar de tapas y después quizá una película o un hotel donde leer tranquilamente la Revelación de san Juan. O una visita al cura; él había dicho que podía pasarse a cualquier hora y estaba seguro de que lo decía en serio, pero de momento no tenía ganas de pensar en espíritus y seres de ultratumba. Quería comer, pasear, sentirse normal en un mundo de personas normales.

Se paró en medio de la calle y se dio una palmada en la frente. Se había sentido tan bien al despertarse que se había olvidado del trabajo, como si fuese miércoles. «Dios mío», pensó, «no me hagas esto. No me da tiempo ni a comer». Trató de acordarse de dónde había puesto la bicicleta y todo el día anterior le vino a la mente de golpe, como una avalancha, sólo que parecía que todo aquello hubiera sucedido en otra vida, en otro mundo, a otra persona.

No había taxis a la vista y no tenía ni idea del horario de autobuses. Caminó un poco calle abajo buscando la parada más próxima. En la acera de enfrente la librería le hacía guiños con su escaparate multicolor como un espejismo inalcanzable. Una librería muy grande, bien puesta, de dos pisos y, por lo que podía ver desde el otro lado de la calle, llena de gente, por lo menos el piso superior. Se sintió excluido del mundo al pensar que para una vez que encontraba una librería concurrida, con un montón de gente hambrienta de libros, como él, no tenía tiempo de entrar a echarle un vistazo. Volvió a mirar el reloj y maldijo en voz baja. Siempre corriendo como un desesperado. Otra vez a maquillarse, a ser Leonardo, a tratar de igualar la actuación de ayer, ¿fue ayer de verdad, sólo ayer? Por segunda vez desde que se había levantado se detuvo en seco. ¿No había huelga de actores? ¿No había llamado a Lucía antes de acostarse? ¿O lo había soñado? La sonrisa empezó a extenderse por su rostro como la luz del sol. Había huelga. Estaba seguro. Por eso se había afeitado. Buscó desesperadamente una cabina y llamó al Oriental. Veinte segundos le bastaron para sentirse de nuevo humano, libre, feliz. Cruzó la calle corriendo sin esperar a que el semáforo se pusiera verde y entró como un huracán en la librería, sonriendo a todo el mundo.

A la media hora de pasearse entre libros, de hojear ejemplares de obras conocidas y desconocidas y de luchar contra sí mismo para no comprarse todo lo que le apetecía, reunió el valor suficiente para empezar a buscar una Biblia. Se sentía un poco ridículo y prefería no tener que preguntar, así que dejó de pasearse al azar frente a las estanterías y a leer los títulos de las secciones: economía, sociología, antropología, ciencia ficción, literatura clásica... Dio la vuelta completa a las paredes sin encontrar nada religioso. Entonces se acordó de que arriba había otro piso y decidió probar allí. Cuando ya se dirigía hacia las escaleras, la chica de la caja le ofreció un libro:

—¿No quiere llevarse un ejemplar para que se lo firmen?

Jorge la miró, indeciso.

—No sé. Estaba buscando algo concreto. ¿Quién firma?

—El autor de la guía, Dionisio Montero.

Extendió la mano hacia el libro que le tendía la chica.

—A ver. Déjeme echarle un vistazo.

—Se vende como rosquillas. Al parecer a todos los españoles les ha dado por los pueblos fantasma y los paisajes desiertos. Somos un país de morbosos.

—¿No es bueno? —preguntó distraídamente mientras sentía una descarga de adrenalina al leer la dedicatoria.

—Parece que sí. Muy bien documentado. Diez años de trabajo, creo que ha dicho. Será que no me gusta el tema —dijo en tono de disculpa.

—¿Ah, no? ¿Y usted qué lee?

—Biografías, sobre todo —contestó con el orgullo del que piensa que la realidad es superior a la ficción y está convencido de que todo lo que se vende como historia es cierto.

—Pues entre leer sobre pueblos muertos y personas muertas no hay gran diferencia, me parece a mí.

Le molestó la observación y no correspondió a la sonrisa de Jorge. Preguntó con sequedad:

—¿Se lo queda?

—Sí. Y deme también una Biblia.

Ahora sí que lo miró con un brillo de triunfo, de superioridad, de desprecio, casi.

—¿Qué edición?

—La normal, la más barata.

—Sólo texto entonces, sin comentarios, sin anotaciones.

—Sí, sólo texto.

Salió del mostrador y volvió a los dos minutos con una Biblia pequeña de tapas blandas.

—Es la edición escolar.

—Pero íntegra, ¿no?

—No sé. No es un libro que conozca bien.

Jorge miró el larguísimo índice y ya estaba a punto de devolverla cuando en la última línea descubrió el Apocalipsis según san Juan.

—Me la quedo.

Pagó los dos libros y subió a la planta alta con la sensación de que por fin la suerte se estaba poniendo de su lado.

En el tiempo que había pasado en la planta baja, la sala de arriba se había vaciado considerablemente. Las mesas del bufet estaban como barridas por un huracán y sólo quedaban unos cuantos corrillos de gente con vasos en la mano y un pequeño grupo rodeando a un hombre bajo y rechoncho de mejillas encendidas y pajarita al cuello que debía de ser el autor.

Se oían las típicas frases adulatorias y las architípicas risas agudas de varias mujeres de mediana edad mezcladas de confidencias a media voz y críticas malintencionadas a autores con menos suerte.

Jorge, con el propósito de esperar a que la sala se vaciara todavía más, ahora que ya no quedaba nada en los platos del bufet, se acomodó en el alféizar de la ventana y empezó a hojear el libro. Dejó de lado el índice alfabético de pueblos porque no tenía la mínima pista sobre el nombre del lugar que buscaba y se concentró en las fotos. Eran casi todas en blanco y negro, lo que les confería un gran dramatismo, y no habían sido hechas por un profesional. No había una intención clara en la elección de los ángulos y las sombras, no pretendían ser una obra de arte sino una pequeña muestra de la realidad. Pueblos diminutos perdidos en pedregales o páramos inmensos, casonas de piedra medio derruidas trabajosamente encaramadas a un risco, una foto de tejados llenos de agujeros y de nidos de pájaros, una iglesia sin puertas y sin techo cubierta de hiedras silvestres, un pequeño cementerio invadido de flores que podían ser amapolas.

La España abandonada, devastada por la guerra civil, por la pobreza, por el lógico deseo de los jóvenes de dejar para siempre aquella desolación y buscarse un porvenir en otra parte. Eran fotografías crueles sin pretenderlo, que hablaban de miseria, de dolor y soledad, de vidas desgastadas, malgastadas en la inútil tarea de arrancar el sustento a una tierra hostil.

Se produjo de pronto un movimiento general en la sala y Jorge levantó la vista del libro. El autor estaba cerrando el maletín y los últimos asistentes le estrechaban la mano. Él se acercó también con el libro abierto.

—¿Aún no le he firmado el libro? Perdone.

—No se preocupe, he llegado un poco tarde.

—A ver, deme. ¿Qué quiere que le ponga?

—Ponga: «A alguien que también sabe de fantasmas y necesita ayuda».

El autor levantó la vista de la página en blanco:

—¿Es una broma?

—¿Lo es su libro?

—No.

—¿Le apetece que cenemos juntos? Quisiera comentarle un par de cosas.

—¿Es usted de los que hacen preguntas o de los que las contestan?

—Me temo que de los que las hacen.

—Me temo que yo también.

Fueron caminando en silencio por la avenida mezclándose entre el bullicio de la gente que salía en ese momento del trabajo, mirándose de reojo de vez en cuando, buscando oficialmente un sitio donde cenar y extraoficialmente una manera de empezar a hablar.

—¿Le parece bien aquí? —preguntó Jorge, deteniéndose ante una tasca típica con mesas de manteles a cuadros rojos y blancos y jamones colgando del techo.

El escritor echó un vistazo al local.

—Si no le importa, preferiría cenar en un chino. Diez años de pueblos de España acaban por quitarle a uno las ganas de cocina popular.

—¿De verdad ha trabajado usted diez años en ese libro?

Se encogió de hombros y se cambió el maletín de mano:

—Cada uno tiene sus manías... Al principio era sólo un pasatiempo para las vacaciones. Luego, poco a poco, me fui obsesionando. Tenía un dinero ahorrado para comprar una casa con jardín en las afueras. Mi mujer y yo nos separamos. Ella se quedó con los chicos y con la mitad del dinero. Como mi mitad ya no servía para nada, dejé el trabajo y me dediqué a esto. Por suerte el libro ha sido un éxito; estaba ya en las últimas.

El restaurante La Gran Muralla brillaba entre las farolas como una barca de paseo iluminada con bombillas de colores. Cruzaron la calle y se detuvieron junto a la puerta a leer el menú.

—Invito yo —dijo el escritor—. Aún no he celebrado mi éxito.

Jorge se preguntó, divertido, qué pinta debía de tener para que el otro pensara que no podía permitirse una cena en un chino. Estudió subrepticiamente su reflejo en la puerta del restaurante y le pareció bastante normal, así que dejó de preocuparse. El restaurante estaba casi vacío pero, por tácito acuerdo, ocuparon la mesa más retirada, semioculta por unos biombos negros decorados con crisantemos y dragones.

—¿Le gusta la comida china?

—Hace más de un año que no la pruebo. Ya ni me acuerdo.

—A mí me encanta. Si le parece, escogeré yo el menú.

Jorge cerró la carta con una leve inclinación de cabeza mientras el escritor, radiante, se abismaba en el estudio de la suya.

—¡Qué barbaridad! —murmuró—. Me apetece todo. ¿Tiene hambre?

—De lobo —contestó con el chiste familiar que siempre hacía sonreír a Rosa y que con el escritor no tuvo el menor efecto.

Se acercó un camarero sigiloso y casi servil como la mayor parte del personal de los restaurantes chinos.

—Tomaremos sopa agripicante, rollitos de primavera, ensalada de bambú, pato crujiente, ocho tesoros *y* un *sa-té* de pescado. ¡Ah!, y para empezar un *kroepoek.* ¿Para beber? —preguntó dirigiéndose a Jorge.

—Cerveza.

—Y una cerveza y un té de jazmín.

Se fue el camarero sonriente y sigiloso, y el escritor se echó atrás en su silla y encendió un Ducados haciéndole gestos a Jorge de que se sirviera.

—Gracias. No fumo.

—Por lo menos bebe.

—Sí, pero muy poco. Hoy es un día especial.

—¿Porque nos hemos conocido? —dijo con ironía.

—Pues sí. En parte.

—¿Qué está buscando?

—Algo que tal vez esté en su libro. Aún no lo he leído.

—¿Un pueblo abandonado?

—Tal vez. No sé dónde está, no sé su nombre, ni siquiera sé si existe.

—Mientras no sea la isla de San Brandán —dijo, haciendo un chiste que Jorge no captó.

—No es una isla, eso lo sé seguro. No tiene mar.

—Y ¿qué tiene?

—Tiene un pequeño lago, las casas están en un risco bastante alto y solitario de piedra gris. El paisaje es seco y, al parecer, produce impresión de muerte. ¿Conoce algún sitio así?

—Montones. Que produzcan impresión de muerte, todos. Construidos sobre riscos, muchos, con lago, algunos. ¿Qué más hay?

—Una casona con escudo de dragones, una pequeña plaza porticada, tal vez murallas.

—Usted nunca ha estado allí, claro.

—No, claro.

—¿Lo ha visto en fotos, en la tele?

Jorge dudó un instante.

—No.

—Pero alguien le ha hablado de ese pueblo.

—Eso es.

—También podría haberlo soñado.

Jorge sintió una punzada de miedo sin saber por qué. Por fortuna el camarero acababa de dejar las bebidas y el *kroepoek* sobre la mesa.

—¿Puedo preguntar por qué busca ese lugar?

—Si no se lo toma a mal, preferiría no decirlo por ahora. Digamos que por razones profesionales.

El escritor hizo un gesto de aceptación levantando las palmas de las manos.

—Páseme el libro.

Buscó el índice y siguió rápidamente con el dedo la lista de nombres.

—Hay dos o tres que responden aproximadamente a su descripción. Riofrío de la Sierra, por ejemplo, que tiene un pequeño lago en el nacimiento del río, a unos kilómetros del pueblo. Quedó casi destrozado en la guerra pero aún conserva un trozo de muralla visigótica.

Empezó a tomarse la sopa poniendo los ojos en blanco de satisfacción.

—Fuentelobo, un pueblo siniestro y antiquísimo, ya existía cuando llegaron los romanos...

—¿Siniestro?

—Bueno, eso me pareció a mí, pero es que llegué en un mal día, poco antes de que empezara una tormenta seca, nubes negras, truenos lejanos, ya sabe. —Apartó el cuenco de sopa y se lanzó sobre el rollito—. Y además muchos de esos lugares están llenos de leyendas y de historias de miedo que se cuentan en los pueblos de los alrededores. En otros ya no quedan ni alrededores donde pervivan las leyendas.

—¿Qué clase de leyendas?

El escritor emitió un gruñido a través del bocado que masticaba e hizo un gesto vago con la mano libre.

—Ya sabe, lo normal: aparecidos, damas blancas, templarios que salen de su tumba la noche de difuntos y galopan por el páramo, caballeros sin cabeza, emparedados, mujeres que lloran buscando a su hijo muerto, amantes despeñados, voces lastimeras, de todo.

—¿Hay también cuentos sobre el diablo?

Terminó de masticar el rollito a una velocidad vertiginosa, incluso para Jorge, que comía deprisa.

—A veces, pero sin detalles. Hay mucho en la topografía: Peñas del Diablo, Lago del Infierno, Barranca del Diablo, cosas así. Y muchas historias en las que el diablo aparece para llevarse a un señor que ha esclavizado una región durante cuarenta años o a una mujer cruel y despiadada que nunca ha hecho caridad. Pero aparece siempre como muestra de la justicia divina, del castigo merecido, no como alguien que pueda dañar a las buenas gentes. ¿Está usted recogiendo leyendas para un libro o algo?

Sin saber bien por qué, Jorge decidió colocarle la mentira que en principio había planeado para el cura si hubiera resultado menos comprensivo.

—Verá. Soy actor y hace poco me han ofrecido una serie que

sólo está en proyecto, y eso, entre nosotros, quiere decir que aún no hay dinero y por tanto no hay nada. Pero en fin, yo soy bastante maniático y me gusta documentarme antes de decidir. Parece que el tema va a ser una cosa como *El exorcista, La profecía* o algo así, pero usando nuestro propio folclore. Según el guionista hay muchos elementos típicamente españoles que se podrían usar. El escritor terminó de servirse el pato que quedaba.

—Está delicioso este pato, ¿no quiere un poco más? Mire, yo no soy especialista en leyendas, pero antes o después acaba uno por recoger cientos en mi situación. Si vas con un magnetofón y preguntas, nadie sabe nada, pero si te estás tomando un vino en la taberna una noche de viento y, cuando alguien dice algo de fantasmas tú comentas que eso son tonterías, te has perdido. Pueden pasarse horas contándote historias para convencerte. Todo el mundo tiene algo que contar. Si le interesa ese asunto, lo mejor que puede hacer sería dedicar el verano a ir por esos pueblos y escuchar a la gente, dejando que le convenzan, eso sí. Jorge miró el plato de ocho tesoros y decidió que no podía comer más.

—¿Podría darme una lista de los pueblos que más o menos coinciden con mi descripción?

—Claro, pero no son los que tienen mejores leyendas, ni siquiera los más interesantes históricamente.

—En este momento no me interesa el arte.

—No, no me refería a eso, sino a lugares que tienen lo que podríamos llamar una historia ajetreada, por no llamarla maldita. Centros de refugio de herejes, por ejemplo, centros templarios, llenos de signos cabalísticos y cabezas de lobo, pueblos malditos por su historia, por las cosas que pasaron allí, quema de brujas, matanzas de herejes...

—¿Hay sitios así?

—¡Oh, sí! Hay uno, por ejemplo, que yo descubrí por casualidad y que ni siquiera figura en los mapas.

—¿Tan pequeño es?

—Sí, es pequeño, pero no más que otros. Lo que ocurre es que lo borraron, y no una sino varias veces. Fue una obsesión mía en los primeros tiempos, cuando aún trabajaba; me pasé siglos buscando en los archivos.

—Cuénteme.

El escritor apartó los platos con un suspiro, se echó hacia atrás y encendió un cigarrillo:

—Al parecer es uno de los asentamientos más antiguos de la península; era ya un lugar de culto, no he podido descubrir de qué divinidad, cuando llegaron los romanos. Como está emplazado en un risco con magnífica visibilidad sobre un paso de montaña, los romanos fundaron una pequeña ciudad con un gran nombre: Aurea Augusta. De esa época no parece quedar mucho, aunque yo no soy arqueólogo. En algún momento fue abandonada por algo relacionado con herejías primitivas, culto al diablo o algo así. —Jorge aguzó el oído—. En los primeros tiempos de la Reconquista lo repoblaron con campesinos visigodos convertidos al cristianismo y, por lo que he podido averiguar, volvieron a tener problemas por cuestiones religiosas. Perdone que sea tan vago, pero es que apenas hay información. Misteriosamente las cosas que a uno le interesan siempre se han perdido en algún incendio —comentó con una risita—. En fin; se sabe que fue sede de templarios, que construyeron allí una iglesia y un monasterio y, por lo que se cuenta en la región, una cueva gigantesca o un laberinto o algo así para esconder sus tesoros, que nadie ha visto nunca, por supuesto. Cuando se disolvió la orden y los últimos templarios murieron en la hoguera, el pueblo volvió a quedar desierto y fue borrado de los mapas.

»En el siglo xv, con la política de repoblación de los Reyes Católicos, volvió a ser habitado con el nombre de Santa María del Lago y, ahora que lo digo, sí que es curioso lo del lago, yo no vi ninguno, pero un siglo más tarde, bajo Felipe II, hubo allí una especie de caza de brujas; se acusó a todo el pueblo de prácticas demoníacas y se volvió a abandonar y a borrar del mapa después de la purga correspondiente.

»He leído también que en la época de Felipe IV fue provisionalmente un refugio para iluminados, esos locos semiviolentos que se creían poseídos, como las monjas del convento de San Plácido, que el rey iba a espiar por un agujero en su convento de Madrid con su amigo Villamediana.

»Carlos III lo volvió a incluir en las cartas y trató de repoblarlo, pero no parece que consiguiera mucho. Luego se dice que se convirtió en una especie de santuario para locos y bandidos que iban y venían.

»En la guerra civil o poco antes, hubo una matanza de los pocos que quedaban por allí y tapiaron la iglesia. No me pregunte por qué no la quemaron, porque no lo sé. En los mapas de Franco ya no aparece, como muchos otros pueblos, porque ya no había ni ayuntamiento ni habitantes. Creo que después, en los años sesenta, estuvo ocupado temporalmente por una colonia de *hippies* o así, y desde entonces está desierto. Por lo menos, cuando yo fui no había un alma. Está increíblemente bien conservado, pero es un pueblo fantasma, casi le diría el más fantasma que he visto, el peor.

Jorge tenía los ojos brillantes y la absoluta convicción de haber dado con el lugar que buscaba.

—¿Dónde está ese pueblo?

—¿No pensará ir allí?

—Me gustaría.

—¿Para qué? Allí no hay nada. El pueblo más cercano está a ochenta kilómetros; ni siquiera le pueden contar ya leyendas. No sé por qué, pero de Santa María no se habla. Al parecer su leyenda es demasiado negra.

—Y usted ¿por qué se interesó tanto por ese lugar que luego ni siquiera ha incluido en su libro? —preguntó, después de repasar el índice.

—Yo, por entonces, aún no sabía bien lo que estaba buscando. Llegué allí por casualidad y me impresionó la soledad del paraje, el efecto que producía. Tampoco tenía mucha experiencia entonces, claro. El pueblo es un nido de águilas, casi no hay camino; tuve que trepar hasta una pequeña entrada en la cara norte del risco. Cuando llegué arriba el espectáculo era sobrecogedor; no sólo el paisaje, que es bastante deprimente, aunque grandioso, sino, sobre todo, el pueblo en sí. No son cuatro casuchas de labriegos cayéndose a pedazos; es una auténtica ciudad con calles empedradas, plazas y casas señoriales, como un decorado de película pero en piedra. Y las casas están todas cerradas, las ventanas tapiadas, todo como esperando a que sus dueños vuelvan de alguna romería. Es un sitio que pone la carne de gallina, y eso que yo no soy muy sensible a eso que llaman las vibraciones de un lugar. Pero en fin, arriesgándome a que se ría de mí, le diré que tuve la impresión de que las hay a montones, de que quizá toda la gente que mataron allí sigue dando vueltas por aquellas callejas de piedra.

Jorge se estremeció. El escritor pidió dos coñacs sin consultar a su compañero de mesa.

—¿Tiene usted fotos?

—Cientos, miles... pero no de Santa María. —Jorge le lanzó una mirada interrogante.

—Se velaron. Salieron las dos primeras del carrete, un castillo que vi al pasar, a unos cien kilómetros de allí, y las cinco últimas, de otro pueblecito de la zona, pero Santa María no quiso dejarse tomar fotos. —Se rio repentinamente—. Es una broma, claro. Soy bastante mal fotógrafo y debí de estropear algo con las prisas de marcharme de allí, pero no lo lamento.

—¿Por qué no está en el libro?

Se pasó las manos cuidadosamente por el pelo rojizo y ensortijado y suspiró.

—Podría decirle que porque no tengo fotos; podría decirle que porque no me gusta la idea de que descubran esa ciudad y la llenen de turistas, hamburgueserías y puestos de recuerdos pero, si quiere que le diga la verdad, creo que Santa María está muy bien como está: fuera del mapa, poblada de fantasmas sin relación con el mundo.

—Una respuesta curiosa en un escéptico —comentó Jorge levantando su copa.

El escritor le imitó y bebió un largo trago.

—Amigo mío, me llama usted escéptico y es verdad, lo soy y siempre lo he sido, pero hay cientos de cosas que están mejor enterradas y olvidadas. Si no existen, no se pierde nada al no investigarlas; si existen, es mejor dejarlas en paz, ¿no le parece?

—Dígame dónde está esa ciudad. —Jorge se inclinaba hacia el escritor ansiosamente.

—¿Para qué?

—Quiero ir allí.

—¿Para qué?

Jorge se mordió los labios.

—Es mejor que no se lo diga.

El escritor encendió otro cigarrillo.

—Hablemos claro, amigo...

—Jorge.

—... amigo Jorge. Soy una persona muy curiosa; no voy a darle el resultado de mis investigaciones sin obtener algo a cambio. Secreto por secreto. Es justo, ¿no?

Jorge siguió en silencio, mirando obstinadamente su copa de coñac.

—Piénselo. Es natural. —Se puso de pie—. Voy al lavabo, vuelvo en seguida. Piénselo mientras tanto.

Jorge le oyó alejarse hacia el fondo del salón y pensó en decirle que no tocara nunca un círculo verde en un espejo. Sonrió con amargura y apuró su copa de coñac. ¿Estaba dispuesto a contárselo o no? Al fin y al cabo, ¿qué podía perder? ¿Que Dionisio Montero pensara que estaba loco? Sobreviviría a eso. ¿Que después de todo no le diera la información? Con los datos que tenía podía encontrarla solo; sería más trabajo y más tiempo, pero podría dar con ella. ¿Por qué no contárselo, después de todo? Quizá le diera material para otro libro. Pero tal vez quisiera acompañarlo, y él tenía que ir solo. ¿O no? Pensó en pedir otro coñac y se contuvo. No quería emborracharse. Cogió un Ducados del paquete, lo encendió con una mueca y lo dejó quemarse en el cenicero. Ya no fumaba, pero seguía gustándole el olor del tabaco. ¡Cuánto estaba tardando aquel hombre! Pidió la cuenta y la pagó con su Visa, un gesto de buena voluntad. Siguió esperando.

En el lavabo, Dionisio Montero se subió la cremallera de

los pantalones reflexivamente. Se moría de curiosidad por saber qué interés podía tener Jorge en Santa María. Lo de la película no se lo había creído ni por un momento. ¿Querría organizar un nuevo culto en el lugar maldito? ¿Una secta satánica como las que estaban de moda en Estados Unidos? Eso podía dar otro *best seller: Lugares malditos de España* o *Pueblos de Herejes* o *Satán entre nosotros.* Sonrió con satisfacción mientras se acercaba al lavabo subiéndose las mangas. Se lo diría, pero exigiría acompañarle. Y si él no estaba de acuerdo, fingiría ceder y lo seguiría. Si sus sospechas eran fundadas, el libro valdría la pena.

Empezó a enjuagarse las manos y notó con disgusto que el espejo le mostraba un grano incipiente en la punta de la nariz. De esos rojos, anchos y duros que no se pueden sacar, de esos que necesitan crema durante una semana hasta que desaparecen. Se lo tocó cuidadosamente con la yema del dedo. Ya empezaba a doler.

De repente, desde el centro del grano, en el reflejo (esperaba que fuese efectivamente sólo en el reflejo), empezó a extenderse una mancha verde, como el petróleo sobre el agua; se extendió hasta llenar el espejo casi por completo y su color comenzó a hacerse más intenso.

Retiró el dedo de la punta de su nariz y extendió la mano, con la palma hacia el cristal sin saber bien qué pretendía.

En el momento en que su piel entró en contacto con la superficie del espejo sintió un dolor tan espantoso e inesperado que no pudo ni gritar. Era como si le estuvieran arrancando todos los nervios del cuerpo, como si lo quemaran por dentro, como la descarga eléctrica de un poste de alta tensión.

Abrió la boca, pero no consiguió producir ningún sonido. Su mano izquierda se aferraba al borde del lavabo y hacía presión con todas sus fuerzas para liberar la derecha. El dolor había ido subiendo hasta un punto insostenible. Sintió cómo empezaba a manar la sangre de la nariz y las orejas, que se le habían reventado sin que él notara más que un plop, y todo su cuerpo comenzó a temblar como un pelele.

Cuando consiguió por fin articular un chillido audible, su mano derecha se soltó de golpe, arrastrando espejo y lavabo en su caída.

Antes de que su cabeza ensangrentada tocara el suelo, estaba muerto.

7

—Vaya, vaya —tronó el comisario Robles, apoyando las manos sobre su escritorio para levantarse—. Parece que nuestros caminos se empeñan en cruzarse, señor Sanjuán.

—Me llamo Jorge Lobo, comisario. —Su voz era fría y era evidente el desgaste nervioso.

—En el teatro sí; en su carnet de identidad, que es lo que cuenta para nosotros, es usted Miguel Sanjuán, ¿no es cierto?

—Lo es. ¿Puedo sentarme?

—Claro, claro. Póngase cómodo.

Se sentaron los dos.

—A ver, señor Lobo, si lo prefiere...

—Gracias.

—¿Cómo se las arregla para que haya tantos muertos en su vida?

Jorge se puso de pie.

—Eso me parece una exageración de muy mal gusto. ¿Yo qué culpa tengo de que a ese pobre hombre le haya dado un ataque al corazón estando conmigo?

—¿Le asustan especialmente los ataques al corazón, señor Lobo? Lo digo porque se ha puesto usted muy pálido.

—Es que me lo he encontrado yo y aún no me he repuesto del todo.

—¡Ah!, le impresiona a usted la sangre... Es natural. Los actores son gente sensible.

—Sinceramente, comisario, no veo por qué me trata así. Voy de desgracia en desgracia sin tener culpa de lo que me pasa y usted se empeña en tratarme como si fuera un criminal. No lo entiendo.

—Yo tampoco entiendo muchas cosas, señor Lobo, pero estoy decidido a entenderlas. Siéntese otra vez, por favor. ¿Quiere un café?

Sin esperar su respuesta, descolgó el teléfono y pidió dos solos.

—A ver, ¿qué hacía usted con ese hombre?

—¿Con Montero? ¿Usted qué cree? ¿Pasarle un alijo de esmeraldas? ¿O piensa usted que somos una banda de falsificadores? —Soltó un bufido.

—¿Por qué no se limita a contestar y acabamos antes?

—Si ya se lo he contado todo al inspector...

—Pues me va a hacer el favor de contármelo a mí también. Jorge respiró hondo para afianzar su paciencia y volvió a empezar la historia que ya le había contado a Molina:

—Ayer tarde compré el libro de Montero en la librería donde él estaba firmando. Empezamos a hablar y nos fuimos a cenar juntos. Me contó de su trabajo y sus descubrimientos, se fue al lavabo y no volvió. Cuando me di cuenta de que tardaba demasiado, fui a ver si le había pasado algo y me lo encontré tirado en el suelo con sangre y pedazos de cristal y porcelana por todas partes. El camarero llamó a la policía, me trajeron aquí y hace horas que estoy contestando preguntas.

—Así que el hombre se muere de un ataque al corazón y está lleno de sangre.

—Mire, comisario, no trate de liarme, ya estoy bastante hecho polvo. Su inspector me ha dicho que el forense ha dictaminado un infarto de miocardio. La sangre es de los cortes que le han hecho el espejo y el lavabo rotos y, al parecer, también de la nariz y los oídos. ¿Yo qué quiere que le diga? No soy médico.

—Así que se lo ha contado Molina... ¿Por qué no podrá ese hombre tener la boca cerrada? En fin, quiero enseñarle una cosa.

Se inclinó y sacó una bolsa del último cajón de su mesa; colocó los objetos en línea frente a Jorge.

—¿Le suena algo de esto? ¿Los zapatos? ¿Los adornos? Esto era de un vestido.

Jorge los miró uno a uno, sin tocarlos:

—Parecen para un disfraz de puta en *Maribel y la extraña familia,* pero aparte de eso no los he visto en mi vida.

—Bueno —dijo el comisario—, es que de eso hace ya varios meses y se le ha podido olvidar. Los llevaba una chica, es decir, lo que quedaba de ella, que encontramos enterrada en la obra que hay al lado de su casa.

Jorge se puso pálido y sintió una especie de vértigo:

—¿Qué quiere usted decir?

—Nada, hombre, tranquilo. ¡Adelante! —Entró un policía de uniforme con los dos cafés y se marchó sin decir palabra—. Sólo quería que supiera que seguimos investigando el caso de su novia y pensé que le interesaría estar al corriente de nuestras actividades. La policía no es tan tonta como en las novelas, ¿sabe? —Echó el sobre de azúcar en el café y lo removió eternamente—. Y, a propósito, es bastante difícil dar con usted ahora que están de huelga. ¿Dónde pasó ayer la noche?

—No veo por qué tengo que contestar a esa pregunta.

—Pues por ejemplo para que no se le pueda acusar nunca de obstruir la labor de la policía.

Lo pensó unos segundos.

—En casa de una amiga —contestó por fin.

—¿Su nombre? —Estiró la mano para coger un bolígrafo.

—Lola.

—¿Lola qué más?

Se mordió el labio inferior.

—No lo sé.

El comisario puso cara de sorpresa con una intención evidentemente irónica.

—¿No lo sabe? ¿Era una profesional?

—Comisario, por favor. Es una amiga, ya se lo he dicho, pero hace muy poco que la conozco y no se me ha ocurrido preguntarle el apellido. —Su voz había adquirido un peligroso timbre de histeria.

—¿Sabe su dirección?

Jorge se calmó un poco a base de inspiraciones.

—No del todo. Está entre Canalejas y Maura. Su número de teléfono sí que lo sé.

—Bien, apúntelo aquí. —Encendió un puro—. Así que por eso estaba usted en esa zona. ¿Ve como todo queda más claro cuando se explica? Tómese el café; se le va a enfriar.

Se lo tomó de un golpe para no tener que discutir, sin echarle azúcar siquiera. Notó como un puñetazo en el estómago y pensó que iba a vomitar encima de la mesa, pero logró contenerse.

—¿Puedo irme ya?

—Pues claro, señor Lobo. Si ha firmado ya la declaración... Asintió con la cabeza.

—¿No pensará ausentarse de la ciudad próximamente, verdad?

Hizo otra inspiración profunda.

—¿Se me acusa de algo?

Robles se rió suavemente.

—No, hombre, por Dios, pero podríamos necesitarle como testigo.

—Pues sí que pensaba irme a pasar unos días por ahí aprovechando la huelga. Y quería también cambiarme de piso.

—Bien, hombre, muy bien. Haga usted lo que quiera, pero no se le olvide dejarnos su dirección, ¿eh?, por si acaso.

—Está bien. Buenas noches.

—Buenas noches, señor Lobo.

El comisario lo vio salir con los hombros encogidos, como si tuviera frío en pleno mes de junio, y soltó un bufido. No podía asegurar que fuera culpable de nada, no era agresivo, eso estaba claro después de todo lo que le había dicho para hacerlo saltar, pero había algo en él que le hacía sospechoso, que no estaba limpio, que no cuadraba. Tendría que hablar con su amiga y con la psiquiatra. Con la última sería difícil, sobre todo porque él no tenía ningún derecho a investigar su historial clínico, especialmente su historial psiquiátrico, sin un motivo claro. Pero quizás a través de Sagrario pudiera arreglarse, aunque detestaba utilizarla para su trabajo y a ella le costaba también una lucha contra todos sus principios. Pero al fin y al cabo pronto sería su mujer. Si aceptaba, claro. Una cosa era irse de excursión o acostarse de vez en cuando y otra casarse con él.

Metió la mano en el bolsillo y acarició la cajita del anillo que había comprado esa misma tarde. Hoy tenía turno de noche, iría a recogerla a las siete de la mañana y se lo daría durante el desayuno. No era muy romántico, pero a Sagrario tampoco le gustaban las sensiblerías y si quería decirle que no, sería más fácil de aceptar a la luz del día. La lástima era que por la noche ella tendría que trabajar y él no. Si decía que sí, ni siquiera podrían dormir juntos.

«En fin», suspiró, «el domingo se acaba su turno de noche. Si dice que sí, nos casamos ya mismo, para San Juan.»

Faltaban dos semanas.

Jorge bajó los escalones de la comisaría lentamente, tambaleándose un poco, como si estuviera borracho, deseando por un momento romperse la garganta gritando y al siguiente meterse en un hotel, llenarse el estómago de somníferos y no despertarse nunca más.

Nunca había considerado seriamente la posibilidad del suicidio, ni siquiera en sus peores tiempos. Sin embargo, ahora le atraía de un modo extraño, sibilino; especialmente la idea de apagarlo todo, tumbarse y descansar y, si era verdad que después había otra vida y que Rosa ya estaba allí, que viniera a buscarlo, lo cogiera de la mano y lo llevara a un lugar tranquilo donde pudieran estar juntos y dormir, y no sufrir más. Pensó en la égloga de Garcilaso y esbozó una sonrisa amarga al darse cuenta de que varios siglos atrás ya alguien había sentido exactamente lo mismo, Salicio recordando a Elisa muerta. «Divina Elisa —recitó para sí mientras caminaba sin rumbo, alejándose de la comisaría—pues agora el cielo con inmortales pies pisas y mides, y su mudanza ves, estando queda, ¿por qué de mí te olvidas y no pides que se apresure el tiempo en que este velo rompa del cuerpo y verme libre pueda, y en la tercera rueda, contigo mano a mano, busquemos otro llano, busquemos otros montes y otros ríos, otros valles floridos y sombríos donde descanse y siempre pueda verte ante los ojos míos, sin miedo y sobresalto de perderte?»

La necesitaba más que nunca. Sólo ella habría podido ahora consolarlo, comprenderlo, sólo su abrazo podría hacerle olvidar la pesadilla que lo estaba matando. Y ella era la única a quien no podía acudir, la causante involuntaria de su pesadilla.

¿Dónde estaba ahora Rosa? ¿Con quién? ¿Por qué se había marchado así, sin despedirse, sin darle la posibilidad de acompañarla, de protegerla, de compartir lo que fuera que le estuviera pasando?

Quizá precisamente por eso, porque era ella la que quería protegerlo a él de algo que lo tenía aterrorizado, de aquellas voces que ocupaban su cuerpo, de aquellas visiones que él no captaba, pero que veía reflejadas en la angustia que se asomaba a los ojos de Rosa. Ella siempre había sido más fuerte que él, pero ahora él tenía que probarle su amor yendo a buscarla, sacando fuerzas de donde fuera para encontrar el lugar en el que algo la torturaba, donde algo la hacía gritar de dolor. Recordó de nuevo la voz de Rosa en los labios de Lola, aquel «duele... quema» desgarrado que había oído en la sesión de casa de Rafa, y todo su cuerpo se tensó de rabia por no poder impedir lo que le estaba pasando. Él le había prometido no dejarla marchar nunca, luchar por ella, incluso contra ella misma, no darse por vencido jamás. Y sin embargo, había tardado meses en ponerse en marcha y ahora podía ser tarde. Se sentía tan culpable que el suicidio le parecía de repente una salida demasiado fácil e indolora. Tenía que seguir vivo para encontrarla, para sacarla de allí, para hacer lo que hiciera falta, cualquier cosa con tal de recuperarla, poder mirarla a los ojos de nuevo y decirle: «Hasta el mismo infierno, Rosa. Como Orfeo. Porque los milagros no son repetibles y tú eres mi milagro».

El simple pensamiento le dio ánimos y lo recorrió como un chispazo eléctrico. Tenía que hacer algo, ya mismo. Tenía que ponerse en marcha hacia donde fuera, pero primero debía hablar con alguien, contarle su determinación, hacer planes concretos para encontrar a Rosa. Cogería la bicicleta e iría de inmediato a...

Se acordó de que tenía la bicicleta en el teatro y estuvo a punto de echarse a llorar de impotencia mientras toda su energía se desmoronaba como un castillo de arena. No se sentía con fuerzas de recorrer media ciudad para buscarla. Su Loco tendría que pasar sin él otra noche. «Dios mío», murmuró en voz audible, que hizo que se volviera a mirarlo un matrimonio que caminaba delante de él por la calle desierta, «sólo han pasado veinticuatro horas desde que Lola vino a buscarme al teatro». Y en veinticuatro horas lo habían encontrado tirado en una iglesia, la policía lo consideraba sospechoso sin decir de qué y había muerto un hombre por su culpa.

Le parecía absolutamente absurdo, pero tenía el convencimiento de que Montero había muerto por haber entrado en contacto con él, por haberle dado información que pudiera conducirlo al lugar donde estaba Rosa. Si no hubiera sido tan ridículo, tan obstinado con el escritor, ahora estaría vivo o, por lo menos, le habría proporcionado el dato exacto que ese demonio o espíritu o lo que fuera deseaba conservar secreto. Montero había muerto por nada, o casi. Le había dado unos datos, sí, pero ¿cuánto tiempo tardaría en descubrir el lugar preciso consultando los archivos?, ¿qué archivos habría que consultar?, y ¿cómo? Él nunca había estado en un archivo; tendría que preguntarlo todo y, lo más importante, inventarse una buena historia que contar, algo que no lo hiciera sospechoso a primera vista.

A pesar del agotamiento y de la autocompasión que habían empezado a llenarlo, sintió que algo de su determinación volvía de nuevo. No era momento de llorar y abandonarse a su miseria. Rosa decía siempre que los problemas que pueden resolverse con trabajo no son problemas.

Llamaría a Ana, eso era. Ana era profesora de Literatura y había estudiado también Historia; ella sabría por dónde empezar. Sabía que no le caía bien, que no había auténtica amistad entre ellos, pero estaba seguro de que lo ayudaría a encontrar a Rosa. Tenía que llamarla. Apresurando el paso, fue derecho a una cabina de teléfono y se detuvo en la puerta al oír unas campanadas lejanas. Echó una ojeada a su reloj: las cuatro en punto. No podía llamarla a esas horas; tendría que esperar a la mañana. Pero a Lola sí podía llamarla y preguntarle si ya había hablado con su maestro. ¿Y si ella le pedía que fuese a verla a su casa? No quería arriesgarse a que pasara lo de la noche anterior ni a que se ofendiera si él se negaba. Si se ofendía, no querría ayudarlo. Mañana. La llamaría mañana.

A Amparo no podía sacarla de la cama a las cuatro de la madrugada para contarle sus penas; bastante tenía la pobre. Sus amigos, menos Rafa, no estaban en el asunto, y no confiaba lo suficiente en ellos. Y de Rafa no quería abusar más.

Quedaba Marina. Una mujer casada a la que un loco saca de la cama en plena noche y que ni siquiera estaba al tanto de la mayor parte de sus experiencias sobrenaturales; ni siquiera le había contado las pesadillas de Rosa, a pesar de su insistencia.

Tampoco podía irse a su propia casa. Sólo pensarlo le daba escalofríos.

Estaba claro. Sólo quedaba Marina. Marina, que le había dicho que podía llamarla a cualquier hora y que, al fin y al cabo, era su psiquiatra. Marina.

O el cura.

Él también le había dicho que a cualquier hora. Pero era viejo. Llevaría horas en la cama.

Pasó un taxi con la luz verde y, sin pensarlo, lo paró, dio la dirección aproximada y trató de tranquilizarse pensando: «Si no hay luz, no llamo. Siempre puedo volver al hotel de ayer. De hoy», se corrigió. «Hace menos de doce horas que salí de ese hotel», y sin saber por qué ese simple pensamiento le dio un escalofrío.

Llegaron a la plaza donde estaba la iglesia y empezó a rodear el edificio, buscando el lugar donde debía estar el estudio de don Anselmo; sólo recordaba que hacía esquina y debía de ser un primer piso. Vio una luz encendida y el corazón casi se le paró de alivio. En la penumbra de la calle buscó frenéticamente el timbre adecuado y presionó hasta que el dedo se le puso blanco.

Luego otra vez. Y otra. Silencio.

Por fin unos crujidos y una voz en el interfono.

—Dígame.

—Soy Jorge, padre. El de esta mañana. ¿Puedo subir?

—Gracias a Dios, hijo. Has vuelto. Te esperaba. Sube.

El cura llevaba un pijama a cuadros azul pálido y una bata gris abierta, muy gastada.

—¡Padre! ¿No lo habré sacado de la cama?

—Pues sí —contestó con su típica sonrisa pícara—. No era plan esperarte despierto. No sabía cuándo ibas a venir.

—Como he visto luz...

—¿Para qué te crees que la he dejado? ¿Para derrochar el tesoro de la Iglesia? Una luz en la oscuridad es un poderoso acicate, y no es simbología medieval. Como ves, funciona.

Jorge lo miró sin saber si se sentía admirado, avergonzado, sorprendido o molesto. Observó la sonrisa simpáticamente lobuna del cura, sus ojos chispeantes, la ceja derecha alzada, y acabó por encogerse de hombros y sonreír tímidamente.

—Es usted un zorro, padre.

—Sí, hijo, un viejo zorro. Pasa, te haré café. No es cosa de despertar a Angustias, y más vale que no te duermas aún porque hay mucho de que hablar.

Jorge entró en el estudio sintiéndose de repente en casa, en la casa que nunca había tenido de niño y, casi sin pensarlo, se abrazó al hombre que debía haber sido su padre y se echó a llorar sobre su hombro. El cura lo abrazó fuerte, le acarició un momento el pelo y, dejándolo instalado en un sillón, se fue a preparar café.

Sagrario, sintiéndose un poco ridícula, balanceaba la mano izquierda bajo el flexo para que el anillo que llevaba en el dedo brillara a la luz. Era un círculo de oro cubierto con una fila de pequeños diamantes que relampagueaban con sus movimientos como una sarta de estrellas. No había tenido nada tan bonito en su vida y todavía le daba un poco de vergüenza la sensación de colegiala que le producía notarlo en su mano, que siempre había estado desnuda. Durante todo el día, en los momentos en que estaba sola, lo había contemplado en las ventanas a la luz del sol, y cuando estaba con gente, metía la mano en el bolsillo y lo hacía girar con ayuda del dedo pulgar, sintiéndose muy tonta y muy feliz.

Robles había estado maravilloso, como él era, como a ella le gustaba. Se lo había dado con naturalidad, fingiendo que era algo sin importancia, en el desayuno, y mientras ella destapaba el paquetito con un ahogo en el pecho, él removía el azúcar en el café hablando de las próximas elecciones municipales. Al ver el anillo se había quedado sin aliento y había buscado los ojos de Robles sin saber qué decir. Él se había puesto colorado:

—Ya sé que no te gustan las boberías, Sagrario, pero tú me conoces; cuando hago algo, quiero hacerlo bien.

—¿Era de tu madre o de tu mujer o algo así? —había preguntado ella, tratando de sonar ligera y graciosa.

—¡Qué peliculera eres, Sagrario! Es sólo tuyo. ¿Te gusta?

—Pues claro. ¿Puedo quedármelo?

—Sí, pero con una condición.

—¿Cuál? —Sagrario creía conocer ya la condición, pero estaba deseando oírla de sus labios y, a la vez, por un impulso arraigado en su interior, habría preferido no oírlo porque la idea la azoraba.

—Que me contestes a una pregunta.

—A ver.

Robles carraspeó y la miró a los ojos:

—¿Quieres casarte conmigo? —Apartó la mirada para no ver su reacción—. Espera, no digas nada aún. Sé que no soy un gran partido. Mi sueldo no es ninguna maravilla y no va a mejorar en lo que me queda hasta la jubilación; me estoy haciendo viejo y cada día tengo más malas pulgas, no soy guapo y nunca he sabido bien cómo comportarme con las mujeres pero, en fin, tú ya lo sabes todo de mí, lo pasamos bien juntos, los dos estamos solos, ya no somos niños y estaría bien que pudiéramos cuidar el uno del otro. Además, lo poco que tengo quiero dejártelo a ti y es más sencillo si eres mi mujer y... bueno, yo creo que sería un buen arreglo. No tienes que contestar ya. Te lo piensas y me lo dices cuando sea. —Hundió la vista en el café y se lo bebió de un trago.

Ella suspiró sintiendo un torrente de ternura hacia Robles y su ridículo miedo a que lo rechazara.

—Mira, Robles —le dijo—, ninguno de los dos somos tan viejos como para necesitar a nadie que nos cuide. Yo no me quiero pasar lo que me quede de vida cuidando de tu próstata para que tú me cuides las varices. No necesito heredar de nadie, tengo suficiente para mantenerme en la vejez. Es verdad que lo pasamos muy bien juntos, pero para hacer excursiones y salir al cine no hace falta casarse. Como no me des otra razón..., una buena...

Robles empezó a ponerse más y más nervioso al oírla. Se subió el nudo de la corbata y luchó contra sí mismo para decir lo único que le faltaba por decir, lo que quizá ella estuviera esperando y que nunca le había dicho; pero ella tenía que saberlo ya. No era tonta y hay cosas que no hace falta decir en voz alta. Sin embargo, Sagrario continuaba esperando, mirando el anillo que seguía en su cajita forrada de terciopelo negro, lanzando destellos por todo el techo del café.

—Bueno, Sagrario —se decidió por fin, sintiéndose como un sospechoso en un interrogatorio—, claro que hay otra razón; pero tú ya la sabes.

—Dímela, Robles.

Reunió todo su valor, miró fijamente el cenicero y dijo muy bajito:

—Pues que te quiero.

—¿Qué?

—Que te quiero, maldita sea. ¿Es que no se nota? Ella sonrió:

—Sí.

—¿Sí qué? —preguntó, gruñón.

—Que sí que se nota, que sí me quiero casar contigo y que..., bueno, eso..., que yo también te quiero, Robles.

Se cogieron las manos por encima de la mesa y se miraron a los ojos por fin.

—¡Anda, ponme el anillo!

Él lo sacó de la caja con torpeza y, tras un pequeño forcejeo, consiguió colocárselo. Suspiró profundamente.

—¡Pues ya está! —Otro suspiro—. ¡Qué rato me has hecho pasar, Sagrario!

Ella se rio.

—A mí también me gustan las cosas bien hechas, y como es la primera vez que me pasa esto, tenía que aprovecharme, compréndelo.

Ahora fue él quien soltó la risa.

—Por lo menos no me has hecho arrodillarme.

—No, hombre. Ni te voy a reñir por no haberme traído flores, como Dios manda.

Él puso cara de culpable.

—Ni se me ha ocurrido.

—Es igual.

—¿Te parece bien para San Juan? Luego podríamos tomarnos las vacaciones.

—Para San Juan ¿el qué?

—La boda, mujer.

Notó que se estaba poniendo colorada y se puso las palmas de las manos contra las mejillas.

—Lo que tú quieras.

—¿Por la iglesia?

—Bueno. ¿Tendré que vestirme de blanco? —Él sonrió.

—Estarás muy guapa. Y siendo enfermera, tienes costumbre.

—Bueno, ya veré. Pero sin velo.

—Puedes ponerte un sombrero.

—Sí, hombre, y puestos a hacer el ridículo, me lleno de flores de azahar.

Él habló con dulzura acariciándole la mano del anillo:

—Vístete como quieras, Sagrario. Yo te quiero a ti, no a lo que lleves puesto.

Los golpes en la puerta interrumpieron el recuerdo de la escena más romántica que había vivido desde su adolescencia. Era Marina.

—¡Sagra!, llevo una hora buscándote. ¿Te apetece que nos tomemos algo? —Registró un brillo desconocido en la mano de Sagrario.

—A ver, a ver. ¡Qué preciosidad, Sagra! —volvió la mano de su amiga para ver brillar los diamantes y añadió maliciosamente—. ¿Te has decidido a gastarte los ahorros o es algo que merece un champán?

Sagra sonrió, orgullosa y algo avergonzada:

—Invito yo. Tú eres la primera en saberlo.

Marina la abrazó y la besó en las mejillas.

—¡Cuánto me alegro, Sagra! ¡Qué ilusión! Enhorabuena. ¿Para cuándo es la boda?

—Para San Juan.

—¡Bien! Así aún no estaré muy gorda.

Ahora fue Sagrario la sorprendida:

—¿Estás embarazada?

Marina asintió con la cabeza apretando la sonrisa entre los labios, que había metido por debajo de los dientes. Se cogieron de las manos y se contemplaron mutuamente.

—Para Navidad o así.

—¿Y Jaime qué dice?

—Está casi más contento que yo.

—Venga, Marina, vamos a tomarnos un champán y que sea la última vez que te veo bebiendo. Habrás dejado de fumar, ¿no?

—Bueno..., aún no del todo.

—No se te ocurra seguir fumando porque te arranco el pelo.

Marina se puso la mano sobre el vientre liso:

—¿Oyes lo que dice tu tía Sagra?

—Su tía Sagra es la única que tiene sentido común en la familia de locos donde va a tener la desgracia de nacer —dijo sonriendo—. Dile al pequeñajo que no se preocupe por tener una madre chiflada; me tiene a mí.

—Vosotros seréis los padrinos.

Se abrazaron por la cintura y se fueron a la cafetería haciendo ya planes para salir de compras.

Pedro estaba preocupado; la película no le interesaba mucho y la mujer que ocupaba la butaca de al lado le interesaba menos aún. Es decir, sí le interesaba porque era Yolanda Mateos, la hija del alcalde que con toda probabilidad saldría reelegido y que veía con muy buenos ojos que él la llevara a cenar y a jugar al tenis, pero tenía que reconocer, aunque fuera ante sí mismo que, o bien Yolanda tenía un coeficiente de inteligencia de cuarenta y cinco o bien no había salido de la pubertad, lo que era preocupante porque tenía veinticuatro años. Era guapa y elegante, con la belleza fría y aristocrática de su madre, la hija pequeña de los marqueses de Torremocha; hablaba dos idiomas, montaba a caballo, jugaba bastante bien al tenis para ser mujer, y estaba acostumbrada desde pequeña a tener dinero y desenvolverse en sociedad. Pero era rematadamente tonta, eso estaba fuera de discusión. Ahora se estaba riendo como un conejo de uno de los chistes más malos que había oído en su vida y él no conseguía ni sonreír.

Le preocupaba el caso García. Había pasado el tiempo suficiente para que el tratamiento empezara a surtir efecto. Si García iba a salir en algún momento del coma, tendría que ser pronto, a ser posible antes de las elecciones porque él, que estaba ahora en el partido del padre de Yolanda, quizá su futuro suegro, pensó con un escalofrío, tenía posibilidades de obtener la concejalía de sanidad. Tendría que estar ahora en la clínica, ahora y todas las noches, por si acaso. Era fundamental que García saliera del coma cuando él estuviera de guardia; no serviría a sus planes el que Marina se hiciera cargo de él en cuanto abriera los ojos.

Yolanda volvió a reírse, estrepitosamente esta vez, y le apretó el brazo arrugándole la chaqueta de lino con las manos calientes y un poco húmedas.

—Pedro, cielo, podrías comprar algo de comer; me muero de hambre.

—Si no te mataras a dietas... ¿Qué quieres?

—¿Unos bombones?

—Voy a ver. —Se levantó, agradecido de perderse cinco minutos de comedia americana. Había leído en alguna parte que en el mundo del espectáculo todos son cocainómanos y por eso encuentran genial toda la basura que producen. No le costaba creérselo; lo raro era que el público español, que no tomaba coca o por lo menos no todos, también encontraba estupendos los últimos bodrios americanos. Compró un paquetito con seis bombones y volvió a su butaca haciendo planes inmediatos. Llevaría a Yolanda a Renée's a tomarse la consabida ensalada tibia de bogavante a las hierbas y luego fingiría una llamada urgente, la llevaría a casa y se iría a la clínica a echarle una mirada a García y a dejarse ver por el personal de noche. «Hay que cuidar la imagen», se dijo. Le dio los bombones a Yolanda con el beso en la oreja que ella esperaba y se hundió en su sillón resignadamente.

El convento de las Esclavas de la Cruz era un edificio bastante feo del siglo XIX y que, evidentemente, no había sido pensado para la comodidad de nadie: techos de más de cuatro metros, inmensas escaleras de altos peldaños, amplios pasillos que cruzaban por el medio de varias habitaciones, puertas de madera de doble hoja, ventanas altas y estrechas que dibujaban franjas de luz en las salas y, como correspondía a un convento, un frío casi insoportable en todas las habitaciones, incluso a esa hora del mediodía, y un agresivo olor a jabón barato.

De trecho en trecho se cruzaban con monjas presurosas que

desaparecían tras una sonrisa, un «Buenos días, padre» y una mirada de curiosidad a Jorge.

—No es mi harén privado. Soy el capellán.

Jorge sonrió porque la más joven de las monjas con las que se habían cruzado debía de andar por los sesenta años.

Llegaron a una escalera con plantas en todos los peldaños en la parte de las ventanas. Una monja joven fregaba el suelo de rodillas.

—Perdone, hermana Julia, pero vamos a tener que estropearle el trabajo.

—Buenos días, padre. No se preocupe. Aquí siempre se limpia sobre limpio. Así por lo menos fregaré con motivo.

—Es la rebelde de la casa —susurró don Anselmo al oído de Jorge—. La única novicia. No sé si se quedará. Éste no es sitio para una chica joven.

—Cada vez me sorprende usted más.

—¿Porque soy sensato, además de cura?

—Jorge se encogió de hombros.

—Dios nos dio la fe, pero también la razón y el sentimiento. Si ella quiere quedarse, no seré yo quien la aparte de su camino, pero si quiere servir a Dios a través del servicio al prójimo, hay cosas más útiles en este mundo que fregar las escaleras de un convento.

Salieron a un pequeño claustro neogótico, sorprendente por contraste con la fealdad del edificio, en que florecía un jardín que parecía cuidado por hadas y gnomos. Don Anselmo notó el asombro de Jorge.

—Esto no es nada; aquí la hermana Virginia sólo echa una mano. Ahora verás el de detrás, que ella cuida personalmente, ése sí que es un paraíso.

Cruzaron el claustro y, a través de otra sala y otro pasillo, salieron por una puerta de piedra a un pequeño jardín. El cura no había exagerado en absoluto. Era realmente como una maqueta del paraíso: caminos de piedra blanca sombreados de cerezos en flor y una especie de magnolios de flores rosa pálido, trozos irregulares de hierba tan verde y tan limpia que parecía artificial, flores por todas partes en todos los colores imaginables, un riachuelo que desembocaba en un estanque de nenúfares todavía cerrados...

—¿Qué? ¿Qué te decía?

—Sólo falta media docena de enanitos jardineros.

—Las hermanas querían que compráramos un par de ellos; de esos de escayola pintada que venden en los viveros, pero me negué en redondo. Una cosa es la tolerancia con la simpleza ajena y otra el rematado mal gusto. Las dejé poner peces de colores en el estanque y se quedaron tan contentas.

La voz había sonado tan fresca y juvenil que Jorge se sorprendió desagradablemente al ver que quien había hablado era una monja de unos sesenta años. Se acercó caminando con una gracia que envidiarían muchas actrices y le tendió la mano a Jorge. Tenía los ojos de color ámbar, casi como los leones, y sus cejas eran también claras y bien dibujadas; el pelo quedaba oculto bajo la toca. Fijándose ahora que la tenía cerca, parecía mucho más joven, como si en realidad tuviera treinta años, pero estuviera constantemente fingiendo que era más vieja.

—Aquí lo tienes, Virginia. Éste es Jorge —dijo don Anselmo, tratándola con tanta naturalidad que se preguntó si serían hermanos—. ¿Has oído la cinta?

Ella asintió:

—La cinta la he oído entera. El diario no lo he tocado. Me ha bastado con verlo; le dije a Angustias que lo metiera en el armario por el momento.

—¿Qué pasa? —preguntó Jorge que no entendía nada.

—La hermana Virginia no es un ser corriente, Jorge.

Ella chasqueó la lengua contra el paladar.

—Puede hacer muchas cosas que para nosotros son magia —continuó— y para otros obra del diablo.

La monja se echó a reír suavemente. Al parecer era algo que había oído muchas veces y ya no le preocupaba.

—Esta mañana le he mandado con Angustias el casete que grabamos anoche, cuando me contaste tu historia, y el diario de Rosa. Tú aún estabas durmiendo.

—¿Y qué pasa con el diario?

Ella acarició las cuentas del rosario que colgaba de su cinturón y empezó a caminar despacio hacia un banco en la zona sombreada.

—Supongo que hay mucha gente que no lo nota —dijo—, pero tiene un aura tan fuerte, está impregnado de tanto dolor, que me daña con sólo tocarlo. Si hay algo en él que te parezca importante, cuéntamelo, pero supongo que puedo imaginarlo.

Se sentaron los tres en el banco, la monja en el centro, y quedaron en silencio unos momentos, contemplando el jardín.

—¡Qué bien se está aquí! —comentó Jorge en voz baja—. Se siente una paz..., como si nada malo pudiera alcanzarte.

—Sí —dijo la hermana Virginia suavemente—. Es un lugar de poder. Me alegro de que puedas sentirlo.

—¿Un lugar de poder?

—Uno de esos sitios donde el equilibrio funciona, donde no hay dolor, donde todas las vibraciones son positivas para nuestra naturaleza. Hay muchos lugares así en el mundo, pero hay que encontrarlos. Por eso yo vivo aquí. Porque es el único sitio donde se neutralizan las otras influencias. —Hizo una pausa mientras se miraba los dedos largos y finos, ahusados en las puntas—. Hay otros lugares donde todo es al revés, donde se concentra el dolor del mundo, como ese sitio al que ha ido Rosa.

Jorge se volvió hacia ella:

—¿Sabe usted dónde está?

—Aún no, pero puedo averiguarlo.

—¿Cómo?

—Hay muchas formas. Tú tienes que probar con las convencionales; haz lo que pensabas, vete a un archivo y busca ese pueblo y mientras, yo buscaré por mi cuenta. Cuando puedas, tráeme algo que pertenezca a Rosa, pero no tan directamente como el diario; una prenda que llevara puesta en los últimos días antes de marcharse. Quizá pueda seguir su rastro.

—¿Su pijama, por ejemplo?

—¿Lo has lavado?

—No —contestó, sintiéndose ridículo y un poco culpable.

—Bien. Trae también otra cosa que esté lavada. Por si la emanación del pijama es demasiado fuerte, ¿sabes?

Jorge estaba cada vez más perplejo, pero últimamente se sentía capaz de aceptar cualquier cosa.

—Esta misma tarde se lo traigo.

—Bien, pero no vayas solo a tu casa; llévate gente, cuanto menos sensible mejor, y no te quedes mucho tiempo.

—Tenía razón Lola, entonces —murmuró.

—Sí. Ella es sensible, por eso no puedes llevarla. Busca a unos cuantos amigos y vacía ese piso cuanto antes. Vacíalo por completo; sobre todo los espejos y las cortinas.

—¿Las cortinas? —El asombro de Jorge era inmenso porque, hasta ese momento, había considerado las cortinas como la única protección efectiva contra las superficies reflectantes.

La hermana Virginia sonrió ante su cara de perplejidad:

—¿Nunca te has dado cuenta de cómo las cortinas recogen el polvo, el humo, los olores de una casa? Es más o menos lo mismo con los sentimientos. Recogen también el dolor, la alegría, todas las vibraciones. Quítalo todo, ponlo en un garaje de alquiler o algo así y dale las llaves al padre Anselmo. Si tienes plantas me las puedes traer a mí; aquí se curarán. Pero tienes que darte prisa.

—¿Por qué? —La forma de hablar de la monja lo estaba poniendo nervioso. Experimentaba una angustia, una ansiedad que no sabía de dónde venía y la sensación de que había que ponerse en marcha urgentemente, pero no sabía hacia dónde, ni por qué, ni para qué.

«Para algo más que salvar a Rosa », decía algo en su interior, pero no podía imaginar qué podía ser algo más importante que eso.

La hermana Virginia miró a don Anselmo unos segundos antes de contestar:

—Aún no estoy segura, Jorge; por eso no puedo decírtelo todavía; pero si es lo que pienso, es algo mucho más importante de lo que te imaginas. Tendrás que ser muy valiente y estar dispuesto a echarte encima una carga terrible. Nosotros te ayudaremos, pero tendrás que luchar tú solo; hay cosas que sólo tú puedes hacer.

—¿No pueden hablar más claro?

Don Anselmo meneó la cabeza:

—Aún no, Jorge. No estamos seguros y tú ya tienes bastantes preocupaciones. Pero, tranquilo, pronto lo sabremos.

Esperó un par de minutos a que alguien se decidiera a aclararle algo más la situación. Cuando se dio cuenta de que esperaba en vano, se puso en pie.

—Bueno, pues en ese caso me voy. Tengo que hacer montones de cosas.

La hermana Virginia le puso la mano en el brazo.

—Espera, Jorge. Dame algo tuyo con lo que pueda seguirte. Él se metió la mano en el bolsillo interior de la cazadora y sacó un portaminas.

—Es mi lápiz favorito, ¿sirve? —Ella lo acarició entre las manos.

—Sirve. ¿Sabrás salir de aquí? —Jorge se volvió hacia el cura:

—¿Usted no viene?

—No, hijo. Tengo que trabajar. Ya te he dicho que soy el capellán de este convento. Vete a hacer tus cosas y llámame cuando puedas o ven a verme. Ya sabes, a cualquier hora —añadió con una sonrisa—. Y no lo olvides: lo primero el archivo, encuentra ese lugar; luego la mudanza, luego ya se verá. Pero rápido.

—¿Qué pasa? —preguntó tratando de hacer un chiste—. ¿Hay fecha tope de presentación de instancias?

—Es muy posible —contestaron los dos a la vez, como si lo tuvieran ensayado.

Jorge se alejó tras un último saludo con la desagradable sensación de haberse metido en un asunto que le venía demasiado grande. Estaba desconcertado, asustado y nervioso, y tenía la sospecha de que estaba entrando en contacto con todos los locos del país y que poco a poco era cada vez menos dueño de su destino.

Metió la mano en el bolsillo de las monedas y decidió telefonear a las dos personas que aún le daban cierto sentido de realismo y sensatez: Amparo y Ana.

Anselmo siguió a Jorge con la vista hasta que se perdió entre los magnolios japoneses. Llevaban más de treinta años sabiendo que llegaría, pero ahora que por fin había aparecido, no estaba seguro de si era él el hombre al que esperaban. Virginia parecía aceptarlo como el Miguel a quien había ayudado a nacer, aunque no tuviera las marcas que tendrían que haberlo identificado, ya que era moreno y se llamaba Jorge. Pero el color del cabello puede cambiarse y el nombre... También Jorge era un nombre significativo. San Jorge y el dragón.

El suspiro de Virginia le hizo volver la cabeza para mirarla. Seguía siendo preciosa; la mujer por la que habría estado dispuesto a abandonarlo todo, si las cosas hubieran salido de otra manera. Suspiró él también y se sonrieron fugazmente, antes de que ella volviera a ponerse seria.

—Tengo miedo, Anselmo —dijo en voz muy baja—. Si tengo que ir allí... Hace más de treinta años que estoy esperando aquí metida.

—Para eso has estado aquí, para guardar tu fuerza, para hacerla crecer esperando este momento.

Volvieron a guardar silencio, con la vista perdida en el esplendor del jardín. Virginia sabía que Anselmo tenía razón, que los treinta y cinco años que llevaba esperando el momento, fortaleciendo su fe y ejercitándose para lo que tenía que suceder, no habían sido en vano, que la mujer que ella había sido en otro tiempo había madurado y estaba preparada para enfrentarse al contrincante, si así tenía que ser, pero no podía evitar que el estómago se le contrajera de terror cada vez que intentaba imaginar qué se esperaba de ella.

—Dios no nos abandonará —oyó decir a Anselmo.

—Dios tiene sus designios y no siempre son comprensibles —contestó ella con un punto de amargura.

—Ya lo sé. —Él la miró a los ojos con una punzada de dolor, recordando cómo habían sido treinta y cinco años atrás; apenas habían cambiado—. Tenemos que ser fuertes, María.

Ella cerró los ojos y apoyó la cabeza en la pared de piedra.

—No me llames así, Anselmo. Ya no soy María.

Él le cogió una mano y siguió con el dedo las venas azuladas del dorso, las líneas de la palma.

—Siempre tuviste manos de hada, manos que calman el dolor de los que sufren; manos que pueden curar a todos, menos a ti misma.

—Ni a ti —susurró ella sin mover la cabeza. Retiró suavemente la mano y la posó en el crucifijo sobre su pecho—. ¿Tienes preparado el grupo? Si todo es como pensamos, pronto nos hará falta.

Él asintió con la cabeza. Llevaba años entrenando a aquel puñado de gente para que cuando llegara el momento estuvieran preparados para apoyar a Virginia.

—Sólo me preocupa el número. Nunca tendremos bastantes.

—El número es sólo un símbolo, Anselmo; no tienen que ser miles, pero tienen que ser fuertes.

—Son fuertes y su fe es sincera, pero son sólo ocho.

—Y tú.

—Y yo.

—Bastará, ya lo verás.

Él apoyó los codos en las rodillas y la cabeza entre las manos. A veces era muy difícil seguir creyendo que su espera y su esfuerzo tenían algún sentido.

—Confía en mí, Anselmo —dijo ella con suavidad, poniéndole una mano en el hombro.

—El día que deje de confiar en ti dejaré de creer en Dios.

Ella sonrió:

—No puedo imaginármelo.

Él le devolvió la sonrisa:

—Yo tampoco, Virginia.

8

Detrás de las ventanas emplomadas el día era esplendoroso, casi de verano; la gente que pasaba iba ya de manga corta con camisetas de colores brillantes y vestidos floreados, pero en la escalera del archivo aún hacía fresco, un fresco que pronto resultaría delicioso a la salida de la sala de consulta, orientada al sur, donde el calor en verano era casi tangible.

Habían salido un rato a que Ana se fumara un cigarrillo después de dos horas encerrados como ratones entre papeles polvorientos y carcomidos que no debían de haber sido consultados en generaciones.

Ana estiró los brazos por encima de la cabeza y sacudió los rizos morenos:

—¡Qué harta estoy, Señor!

Jorge metió las manos en los bolsillos y se acuclilló con la espalda contra la pared.

—Tres días buscando, tres días perdidos para nada. Es increíble que sea tan difícil dar con un pueblo con una historia tan larga.

—Una historia maldita, no lo olvides, Jorge. Aunque parezca mentira, en España siempre hemos sabido guardar secretos.

—Sí —suspiró él—. Parece que sí. Lo que no me explico es ese empeño en borrarlo.

—Siempre hemos sido muy estrictos con la heterodoxia.

—Eso parece. —De algún modo que nunca había conseguido explicarse a sí mismo, Ana le resultaba vagamente repelente. Esa manía de hablar siempre como si estuviera en clase, como si su interlocutor estuviera muy por debajo de ella, como si fuera un pobre imbécil al que había que dárselo todo mascado. Nunca había entendido que Rosa fuera tan amiga de Ana y, aunque se había esforzado desde el principio por aceptarla, estaba claro que la química entre ellos no funcionaba. Y ahora que Ana le había contado el análisis que había hecho de los sueños de Rosa, estaba claro que ella había estado trabajando conscientemente para separarlos, para convencer a Rosa de que él no le convenía como pareja; y eso le hacía rechazarla todavía más. Aunque tenía que reconocer que se estaba portando bien, que había dedicado ya tres días a ayudarlo a encontrar la localización del maldito pueblo donde quizá la tuvieran encerrada.

—Oye, Jorge —preguntó Ana como sin darle importancia—, cuando encontremos ese sitio, si lo encontramos, ¿qué piensas hacer? ¿Vas a ir?

—Claro.

—Sí —dijo lentamente—, claro.

—¿Qué pasa? ¿No te parece bien?

Ella fue hasta un cenicero a sacudir el cigarrillo.

—No es eso. Es que me da miedo. ¿No pensarás ir solo?

—Pues sí.

Ana carraspeó, se dio cuenta de que se le había caído la brasa del cigarrillo y volvió a encenderlo.

—Es que yo había pensado... bueno, había pensado que deberías ir con alguien más. Al fin y al cabo no tenemos ni idea de lo que puedes encontrarte allí.

—No te estarás ofreciendo para venir, ¿verdad? —Considerando que estaba seguro de que lo que sentía por Ana era recíproco, le parecía increíble que le estuviera proponiendo acompañarlo en un viaje que podía durar días. Aparte de que él quería ir solo y jamás se dejaría convencer.

—No. Bueno... Sé que quizá debería acompañarte; al fin y al cabo Rosa es mi mejor amiga, pero estoy en plena temporada de exámenes y la verdad es que en este momento me viene fatal.

Yo pensaba más bien en algún amigo tuyo. Aunque si lo retrasáramos hasta julio...

Él sacudió la cabeza:

—Si encontramos ese maldito lugar en el archivo, iré en cuanto sepa dónde está. Yo solo. ¿Qué ibas a hacer tú allí?

—Lo mismo que tú. Buscar a Rosa. —Sin proponérselo, había alzado la voz y el tono le había salido brusco. Le daba terror imaginarse en ese lugar, pero tampoco quería que pensara que era demasiado cobarde para ir con él. Jorge se estaba revelando como un hombre más resuelto de lo que ella hubiera creído posible y le fastidiaba tener que admitir que quizá se hubiera equivocado al juzgarlo. Además, estaba el hecho de que no le gustaba la idea de pasar varios días sola con él, encerrada en el coche y en los hoteles y en el pueblo maldito.

Callaron durante unos minutos.

—¿Y tu trabajo? —preguntó Ana por fin.

—De momento sigue la huelga y a las alturas que estamos de la temporada, cuando se pongan de acuerdo ya no habrá nada que hacer hasta septiembre.

—¿Y si no?

—Si no, me da lo mismo. Seguro que hay alguien que se alegra de sustituirme. Pero para una vez que tengo una pista, no voy a dejarla perder.

Ella se volvió a mirar por la ventana. No sabía qué hacer. Hacía casi dos días que había encontrado la localización geográfica de Santa María del Lago y, por un impulso que no podía comprender con claridad, pero que tenía mucho que ver con el miedo, no le había dicho nada a Jorge. Estaba asustada, sentía que aquello era mucho más grande que encontrar a una amiga perdida, que se estaban poniendo en contacto con fuerzas que estaban más allá de su comprensión y de su manejo, fuerzas que podían destruirlos como habían hecho ya con aquel escritor, aunque su muerte se hubiera atribuido oficialmente a fallo cardíaco.

—Ana —dijo Jorge poniéndose de pie—, voy abajo a telefonear para ver cómo va la mudanza. Son buenos amigos, pero es mucha cara dejar que lo hagan todo solos sin llamar siquiera.

Ella apartó la vista de la ventana.

—Llama también a Amparo y queda con ella para cenar; la pobre estará sobre ascuas. Esta mañana me ha llamado a las siete para preguntar cómo van las cosas.

—Vale.

—Yo vuelvo dentro a seguir un poco.

No tenía ningún sentido seguir ocultándole el descubrimiento; antes o después Jorge también daría con ello. Así que podía volver a la sala y fingir que acababa de encontrarlo.

Sin embargo, había algo que no estaba claro. ¿Por qué Jorge se había empeñado de ese modo en buscar Santa María, el pueblo del que le había hablado el escritor muerto? No había nada en el diario de Rosa que apuntara a ese nombre. No había ninguna indicación, ningún símbolo, nada que, aunque fuera en clave, pudiera llevar a pensar en ese nombre. «María» era un concepto fácilmente reproducible en cualquier clave, religiosa o no, pero en sus sueños no había vírgenes, ni madres, ni colores propios de Nuestra Señora, ni el anagrama, el AMRI, que hubiera podido aparecer, ni la corona de estrellas, la luna creciente o la granada. Y Rosa era suficientemente culta como para haber deslizado alguna clave de ese tipo si de verdad se dirigía a Santa María.

Todas las referencias eran sobre Hora: ese «HORA» con las cuatro letras mayúsculas al final del diario, el reloj sin saetas de uno de sus sueños, el concepto constante de intemporalidad.

Pero Hora no existía. Lo había buscado ya antes de que Jorge la hubiera llamado y, desde entonces, cuando oficialmente buscaba Santa María del Lago, buscaba también Hora, con hache y sin hache en todos los índices, registros y crónicas. Pero no existía.

Quizá estuvieran buscando una ciudad inexistente, una ciudad que no tenía entidad en el plano real, terrestre, y Santa María resultaría sólo un pueblo abandonado como otros cientos. Pero tenía que decírselo a Jorge; estaba claro que necesitaba actividad. Se iba a volver loco si todas sus investigaciones llegaban a un callejón sin salida. Tal vez fuera mejor así: decirle dónde estaba Santa María, dejarlo ir hasta allí y animarlo a su vuelta cuando se hubiera dado cuenta de que no era eso lo que buscaba. Quizá de esa manera sólo tuviera que enfrentarse con unas ruinas cargadas de sangre e historia maldita, pero pasada, y no con una realidad inconcebible, viva y amenazadora.

Sacó de la carpeta la anotación exacta y esperó mirando al vacío a que volviera de telefonear. Oyó un chistido y se volvió hacia la entrada. Jorge le hacía gestos frenéticos desde la puerta. Fue corriendo de puntillas para no molestar a los otros investigadores.

—Vámonos, Ana. Rafa dice que al descolgar las cortinas de la sala de estar, dentro del riel han aparecido unos papeles que parecen de sesiones espiritistas. Tengo que verlos en seguida.

—¿Cómo que en el riel?

—Recógelo todo, ahora te lo explico.

Cinco minutos después, a pesar de las protestas de Jorge que no quería dejar su bicicleta abandonada frente al archivo, iban en el coche de Ana rumbo a la calle Cervantes.

La escalera estaba llena de gente que subía y bajaba metiendo muebles y cajas en un camión, el piso era un caos de cartones, papeles y toda clase de chismes. Fueron saludando a unos y a otros y entraron en la salita donde Rafa los esperaba dando golpes con la mano a un riel de cortina que acababa de descolgar, uno de esos antiguos tubos de latón que ahora han vuelto a ponerse de moda, con dos topes en las puntas y el centro hueco. Para descolgar la cortina había tenido que quitar uno de los topes y sacar las anillas que cuelgan de la barra; Rafa se lo explicó rápidamente mientras les enseñaba cómo los papeles enrollados habían caído desde el interior del tubo cuando había dejado caer un extremo de la barra para soltar la cortina. Eran veintisiete papelitos amarillentos enrollados en grupos de dos o tres que conservaban la forma del tubo donde habían estado encerrados.

—Perdona que haya leído un par de ellos, pero no sabía cuándo ibas a venir y me moría de curiosidad —se disculpó Rafa.

—¿Cómo sabes que son de una sesión espiritista? —preguntó Ana mientras buscaba las gafas en el bolso.

—Léelos. Está clarísimo. Pero no son de una sesión, sino de muchas, y algunos están fechados.

Jorge y Ana lo miraron.

—Entre 1933 y 1937. Otros van sin fecha. Lo que no me explico es qué hacían ahí.

Jorge parecía tan desorientado como los otros:

—El riel era de la casa del abuelo de Rosa; Amparo nos dejó que cogiéramos lo que nos gustara de las cosas de su padre. Estaban en un trastero en casa de una tía suya. A Rosa le gustó y nos lo trajimos con otros cuantos trastos más, pero no tengo ni idea de qué hacían ahí esos papeles.

Ana había empezado ya a leer con avidez.

—¡Rafa! El camión está lleno. Hay que ir a descargar —gritó una voz desde la entrada.

—¡Joder, qué putada! —exclamó—. Bueno, como yo ya me los he leído, no creo que vaya a perderme mucho. Tenedme informado, ¿eh?

—¡Rafaaa! ¿Vienes o qué?

—¡Yaaa! Hasta ahora —se despidió, saliendo rápidamente de la habitación.

Jorge y Ana, sentados en el suelo, que ya no tenía alfombra, devoraban los papelitos enrollados, pasándose el uno al otro los que ya habían leído. Tardaron apenas quince minutos en leerlos todos y releer algunos de ellos; luego levantaron la cabeza casi al mismo tiempo y se miraron sin saber qué decirse. Ana se puso de pie y empezó a frotarse los brazos con las manos.

—Da escalofríos —murmuró.

Jorge se tumbó en el suelo y cruzó los brazos por detrás de la cabeza:

—No sé. La mayor parte me suena a falso.

—¿Qué parte?

—Los que hablan del padre y de los espacios siderales y de si tienen o no permiso para hablar...

—Se trata de si tienen o no la facultad parlante, Jorge; al

parecer todos estos... espíritus o como quieras llamarlos sólo pueden comunicarse por escrito. Fíjate en que las letras son todas diferentes.

—No me refiero a eso —interrumpió Jorge—. Mira. —Revolvió un poco entre los papeles, encontró uno y empezó a leer:

«Buenas noches, amigos. Soy vuestro vecino Julián y quería comunicar con mi hijo Luis, pero hoy no tengo permiso. Mañana vendré porque tengo una cosa importante que comunicarle.» ¿Lo ves? «No tengo permiso», dice.

—Sí, pero mira esto: «Mamá, yo quiero poder hablar contigo alguna vez; alguna vez me oirás hablar con la facultad parlante...». Sí, pero tienes razón, luego dice «no puedo estenderme más». ¡Qué ortografía! «el padre me llama, no puedo comunicar más tiempo...» ¿Tienes papel y lápiz?

—¡Cualquiera sabe! En este lío... ¿Para qué?

—Quiero apuntar las diferencias entre los mensajes y las cosas en que se parecen.

—Mira, aquí está tu carpeta. Yo voy a dar una vuelta por la casa y a ver si nos hemos olvidado algo.

Ana paseó la vista por la habitación buscando una superficie en la que apoyarse para trabajar. Se encogió de hombros y siguió en el suelo. Con la mitad de su mente registraba los ruidos que hacía Jorge moviéndose por la casa; la otra mitad estaba ocupada con algo que había creído distinguir en varios de los mensajes. Las diferentes letras eran todas pésimas, excepto una o dos, plagadas de faltas de ortografía, sin puntuación ni acentos y con un sistema de mayúsculas y minúsculas bastante arbitrario. En general eran mensajes cortos y poco profundos en cuanto al contenido, saludos en su mayor parte, notas destinadas a tranquilizar a los familiares, a dar las gracias por alguna buena acción. Había incluso tres que hablaban de lo maravillosa que era la otra vida y lo absurdo del temor a la muerte, aunque el tránsito fuera doloroso, pero, entre los mensajes positivos, había seis que eran claramente torturados, aterradores en su sencillez, y en los seis se hablaba de Hora:

«Ayudarme, amigos. Sacarme de aquí. No veo, no hay luz. Estoy perdido. No se quien soy. Voy a hora».

Otro, escrito en una letra picuda y desgarrada:

«Hace frío. Está oscuro y quema, Quema. Oigo las Voces. Tengo miedo. Se que tengo que ir ahora y tengo miedo». «rezar por mi. reza por mi. salvarme de ir ahora».

«Giro y giro en la nada. No se donde estoy se que voy ahora y estoy sola donde estas padre no me dejes caer. No me dejes sin Luz».

Y los dos últimos. Los más interesantes porque en ellos estaba la confirmación de su teoría:

«Quema, quema y es frío. No hay luz. El Dolor. Todo el Dolor del Mundo. Y el Hambre. Estoy en Hora».

«Salvar a vuestros ermanos. Teneis el amor y la risa. Y la Luz. No dejarlos llegar a hora. Hora es el Dolor».

Ahí era la primera vez que aparecía una preposición distinta; que estaba totalmente claro que se trataba de un lugar. De un lugar al que iban los espíritus de los muertos y que sonaba como una condena.

Retiró los papeles con un escalofrío y se abrazó a sí misma. ¿Qué iba a hacer cuando Jorge volviera? ¿Callarse lo que sabía sobre Hora? ¿Decirle dónde estaba Santa María? ¿Para qué? Santa María no era Hora, eso ya estaba claro; no podía serlo. A menos que las dos fueran el mismo lugar, a menos que Santa María fuera también Hora... pero ¿cómo?

Se levantó y fue a buscar a Jorge. Hacía ya un rato que no lo oía. No había hecho bien dejándolo solo tanto rato. Ese piso era peligroso para Jorge, ella lo sabía y, sin embargo, lo había dejado solo.

—Jorge —empezó a llamar muy bajito primero; más y más alto cada vez—. ¡Jorge! ¡Jorge!

No hubo respuesta.

Miró en la cocina. No estaba. El estudio, vacío. El baño, otra habitación desierta. Nada.

Abrió la puerta del dormitorio sintiendo cómo se le erizaba el vello de la nuca. Jorge estaba de pie junto a la ventana, la mirada perdida y la cabeza ladeada como si estuviera escuchando algo que ella no podía oír. La luz del atardecer llenaba la habitación vacía de una luz rojiza, sanguinolenta, que le daba aspecto de muñeco de cera en su perfecta inmovilidad.

—¡Jorge! —volvió a llamar en voz baja.

—¡Chsst! —produjo el sonido con la lengua y los dientes sin mover un músculo.

Ella se acercó lentamente, como si Jorge fuera una fiera peligrosa que había que reducir.

—¿No lo oyes? —susurró entre dientes cuando ella estuvo a su lado.

Ana se quedó quieta y escuchó, como él, la cabeza ladeada, los músculos en tensión. Lo miró sin comprender, pidiéndole orientación con los ojos, sin hablar, sintiendo el miedo treparle por la sangre hasta llenarle la cabeza. Él señaló también con los ojos hacia la ventana. Esperaron unos segundos. Luego Jorge se relajó.

—Se ha ido —dijo con un suspiro—. Era como una vibración en el cristal de la ventana. Una vibración rítmica.

—¿Con qué ritmo?

Jorge sonrió apenas, incómodo.

—No te lo vas a creer.

—¿Con qué ritmo?

—Tres golpes cortos, tres largos, tres cortos.

Ana lo miró sin comprender.

—S.O.S. en morse —dijo él, saliendo de la habitación.

—Rosa no sabía morse —dijo tratando de sonar tranquila, mientras su cuerpo se cubría de carne de gallina.

—Todo el mundo sabe eso, Ana, por el amor de Dios —casi gritó Jorge.

Ana lo siguió por el pasillo:

—Jorge, por favor, cálmate. Estás muy nervioso. Sería una vibración normal; un camión o algo así.

—Sí, un camión que hace vibrar los cristales en un SOS.

—Estás muy nervioso. Te habrá parecido...

—¡Claro que estoy muy nervioso! —explotó él ya en la sala

de estar—. Estoy histérico, me estoy volviendo loco, pero sé distinguir un SOS cuando lo oigo. Y ni siquiera sé dónde está ese maldito pueblo para ir allí y salir de dudas. ¡Rosa está allí, me llama, me pide ayuda y yo ni siquiera sé dónde está! —Le dio un puñetazo a la pared y empezó a sollozar entrecortadamente.

—Yo sé dónde está —se oyó decir casi a su pesar.

Él se volvió hacia ella, pálido como la pared que tenía detrás, los ojos brillantes.

—Lo encontré poco antes de la llamada de Rafa. Ven. —Se acuclilló en el suelo, sacó un mapa de su cartera y lo extendió junto a los seis rollos que había separado.

Pensó por un momento mezclarlos con los otros en un gesto casual, pero no se atrevió. Jorge lo notaría. Se orientó un momento y marcó un punto en el mapa con un círculo rojo:

—Tiene que estar aproximadamente ahí, dentro de ese círculo.

Jorge tenía gotitas de sudor en la frente y las manos le temblaban. De repente Ana tuvo miedo sin saber bien si por él o de él.

—Tengo que ir al baño. Vuelvo en seguida.

Él siguió mirando el mapa como hipnotizado.

Al salir del cuarto de estar, Ana encendió las luces, todas las luces que se iba encontrando. Nunca le había parecido tan largo el pasillo ni las puertas tan grandes.

El baño era una pecera verde y fría ahora que el sol se había ido. Se sentó a orinar mirando temerosamente en todas direcciones, sintiendo el silencio como un trapo mojado que quisiera cubrirla y ahogarla.

No había papel, pero por una vez no le importó en absoluto. Sólo quería salir de allí. Terminó por fin, se puso de pie y, por pura costumbre, se miró al espejo, el único que quedaba en la casa porque pertenecía al inventario del piso.

Casi como esperaba, vio una mancha verde que se extendía lentamente en círculos concéntricos como las ondas que provoca una piedra en un estanque. Un estanque verde y cenagoso, lleno de ramas muertas, de serpientes, de ratas de agua, de cosas innombrables que reptan, ciegas, en su fondo... un estanque lodoso y turbio.

Sereno, tan sereno...

Sacudió la cabeza de golpe y empezó a retroceder lentamente hacia la puerta, cubriéndose la boca con las dos manos para no gritar, sin apartar la vista del espejo que ondulaba suave, sereno, como un estanque que la llamaba, como un estanque que la invitaba a meter la mano en ese círculo verde y sentir su caricia.

Tú siempre has sido una chica curiosa, susurraba una voz en su interior, *una mente flexible.*

Tócalo. Tócalo y observa lo que pasa. No volverás a tener una ocasión igual en la vida. ¿No quieres entrar en ese estanque y aprender? Aprender, Ana. Más de lo que nunca aprenderás en tu vida.

Siguió retrocediendo centímetro a centímetro, luchando contra la voz que la llamaba, que le ofrecía la sabiduría, el conocimiento que siempre había deseado. ¿A cambio de qué?

De nada, susurraba la voz en su interior. *A cambio de nada, Ana. Es lo que siempre habías querido, ¿no? Es un regalo. Un regalo. ¿Vas a rechazar ese regalo?*

Siguió retrocediendo sin poder apartar la vista de aquel círculo que repentinamente se había puesto a girar como un remolino de lechosa niebla verde que la llamaba, que la atraía hacia su centro. Trató en vano de recordar una oración. El espejo llenaba su mente y no quedaba sitio para nada más.

Tócalo, vamos, tócalo. Ven. No tengas miedo. Somos muchos aquí. Somos legión. Ya nunca estarás sola. Tócalo. Tócalo.

Dio un paso hacia delante. Hacia el espejo.

Eso es. Tócalo. Ven con nosotros. Tócalo.

Eso le había dicho su madre una vez, siendo ella muy pequeña. Su madre había estado planchando y la plancha aún estaba caliente. Ella había querido tocarla todo el tiempo. Al final su madre le había dicho «vamos, tócala, tócala». Se quemó la mano y desde entonces no se volvió a acercar a la plancha. «La curiosidad mató al gato», había dicho entonces.

El círculo verde dejó de girar un instante, como si hubiera perdido el equilibrio.

«La curiosidad mató al gato», repitió Ana en su interior. El círculo se detuvo de nuevo, inseguro.

Un centímetro hacia atrás. Hay otros refranes. Piensa. Piensa. «A perro flaco todo son pulgas». Un centímetro más. Vamos. «No hay mal que cien años dure». Un paso atrás. «Más ven cuatro ojos que dos». Otro paso. Otro. «Más sabe el diablo por viejo que por diablo».

El círculo empezó a girar de nuevo, más rápido, más urgente.

No. Nada de diablos. Piensa en otro. Vamos. Piensa en otro. «De casta le viene al galgo...». ¿Qué? ¿Qué le viene al galgo de casta? No importa. Otro refrán. Otro paso. Vamos. El pasillo. Vamos, vamos, ya estás en el pasillo.

De pronto unas manos en los hombros y un grito largo, largo, largo.

Cerró los ojos y, al abrirlos un segundo después, Jorge la abrazaba con una mano mientras cerraba la puerta del baño con la otra.

—Estaba ahí, ¿verdad? —su voz firme, extrañamente serena—. El círculo.

Ella asintió con la cabeza, sin fuerzas para hablar.

—¿No lo habrás tocado? Bien. Menos mal. Ahora hay que salir de aquí. Tenemos que irnos, ya es casi de noche. De noche es peor. Tenemos que irnos ahora.

—¿A Santa María? —consiguió tartamudear, horrorizada.

—No, Ana. Sabes que no. He leído esos mensajes que habías apartado. El lugar que buscamos no es Santa María. Es Hora. Ella dejó caer la cabeza:

—No existe, Jorge. Lo he buscado por todas partes. Desde que leí el diario de Rosa lo he estado buscando.

—¿Está en el diario? —Jorge estaba volviendo a adquirir la expresión feroz de antes y su brazo la apretaba como una tenaza.

—En la última línea. Dice que tiene que irse a Hora. Separado y con mayúscula. Pero no existe, créeme.

—Entonces Santa María es Hora. Tiene que serlo.

Ella sacudió la cabeza, mareada:

—No es posible. Hora es algún lugar inexistente, atemporal. Y además, los pueblos no cambian de nombre así como así.

Jorge la soltó y fue hasta la salita a recoger las cosas, vencido y a la vez obstinado.

—Santa María se ha llamado así desde las primeras crónicas, Jorge —insistió ella, siguiéndole.

Él se volvió de pronto, con una idea apenas dibujada en su cerebro:

—No, Ana, no es posible. Santa María es un nombre cristiano, ¿no lo ves? Antes tuvo que llamarse de otra forma.

—Sí, bien, lo veo, pero ¿cómo? Si no era Santa María, ¿qué era? ¿Cómo se llamaba? ¿Cómo vamos a saberlo?

Quedaron los dos mirándose frente a frente, en tensión, durante unos segundos. Luego ella se agachó y empezó a recoger los papeles, la carpeta, el mapa.

—Yo lo sé. Lo sé. Montero me lo dijo. —Jorge iba y venía por la habitación golpeándose las sienes con las manos.

—Piensa entonces, Jorge. Piensa.

Se quedó quieto en el centro de la salita vacía, como clavado.

Casi podía oír la voz de Montero contándole una historia que aún no le importaba.

¿Cómo se había llamado antes aquella ciudad?

¿Antes de qué?

—¿Qué hubo antes de los Reyes Católicos, Ana? —preguntó como en trance.

Ella recitó de carrerilla:

—Los árabes, los visigodos, los romanos, los griegos, los...

—¡Aurea! —gritó Jorge de pronto—. ¡Aurea Augusta!

—Aurea. —Al principio la voz de Ana era como un eco que repetía el nombre como un conjuro—. Aurea, Aurea. —Luego fue subiendo de tono—. Santa María fue Aurea. ¡Pues claro! ¿No lo ves, Jorge?

Él la miraba sin comprender, los ojos dilatados, el pelo pegado a la frente por el sudor.

—Igual que *aurum* se convirtió en «oro», *aurea* dio «aura» y luego «ora», «Hora». ¡Hora! Jorge, lo tenemos. ¡Santa María es Hora! ¡Existe! ¡Sabemos dónde está! ¡Santa María es Hora! —dijo con un grito de triunfo.

Entonces, mientras se miraban con las pupilas dilatadas y la boca entreabierta en un principio de sonrisa, los cristales de todas las ventanas empezaron a vibrar.

Una vibración casi imperceptible al principio que iba creciendo, creciendo.

Luces y sombras pasaron rápidamente por su superficie, como rayas luminosas en la pantalla de un televisor. La vibración se hizo más intensa mientras las luces de todas las habitaciones de la casa empezaban a oscilar.

—Jorge! ¡Los cristales!

—¡No los mires! ¡Vámonos de aquí! ¡Corre! ¡Corre!

Aún no habían llegado a la puerta cuando las luces se apagaron de golpe y todos los cristales estallaron a la vez sembrando el piso vacío de diminutos cuchillos.

Diminutos cuchillos que gritaban.

9

—¡Jorge! ¡Gracias a Dios, por fin te encuentro! —La voz de Marina al teléfono sonaba francamente aliviada—. Llevo casi una semana tratando de localizarte; en casa no estás nunca, en el teatro están de huelga y nadie sabe dónde te metes.

—Perdona, Marina, he tenido muchas cosas que hacer; no me ha dado ni tiempo de llamarte para anular la sesión. ¿Cómo has dado conmigo aquí?

Amparo se asomó al pasillo, vio que la llamada era para Jorge y volvió a desaparecer en la cocina.

Marina, al otro lado del cable, hizo una pequeña pausa y carraspeó:

—Robles me dio el número de tu suegra.

—¿Robles? ¿El comisario?

—Jorge, tienes que venir a la clínica. Es importante.

—¿Para qué? Me estoy mudando de piso, estoy hecho polvo y mañana o pasado salgo de viaje unos días. Ya me pasaré al volver.

—Jorge, tiene que ser ahora. —Marina sonaba clara y equilibrada pero había una nota de nerviosismo en su voz.

—Si no hablas más claro, Marina... Estábamos a punto de cenar.

—Preferiría decírtelo cara a cara, pero si insistes... vale, da igual. Escucha, no sé qué le ha dado a Robles, pero se le ha metido entre ceja y ceja que tienes algo que ver con la desaparición de Rosa y con la muerte de otra persona, no sé quién, no ha querido ser más explícito. El caso es que cree que le ocultas algo fundamental y quiere interrogarte.

—Ya me ha interrogado —interrumpió Jorge.

—Eso fue sólo una conversación amistosa, según me dijo. Al parecer ahora ha hablado con una amiga tuya.

—¿Lola?

—No me lo ha dicho. Ella ha debido de contarle cosas muy raras porque Robles está excitadísimo y me ha preguntado si te considero un loco peligroso, un loco criminal, ¿comprendes?

Jorge empezó a dibujar flechas cruzadas en un papel, que cada vez se hacían más largas y más agudas.

—¿Y tú qué has dicho?

—Que no, claro. Que estás saliendo de una depresión, pero que, por lo demás, tu equilibrio mental es correcto. Pero sé que insistirá, que se informará con otros colegas.

—¡Pues qué bien!

—Por eso quiero hacerte una batería de test, un estudio completo sobre agresividad, ¿entiendes? Para tener algo irrefutable que enseñar si llegara el caso.

—Marina, por Dios, ¿tiene que ser ahora?

Ella volvió a dudar:

—Verás, Jorge. He pedido una excedencia; estoy embarazada y me encuentro fatal. No estoy para guardias nocturnas y maratones de trabajo. Ya lo tenía todo recogido cuando ha venido Robles a verme. Si no lo hacemos esta noche, por lo menos la primera parte, para poner la fecha de hoy, tendrás que hacerlo con otro colega y, conociendo el patio, sé que tendrás que hacerlo con Pedro, al que le va a encantar tener a un actor famoso acusado de ataques de locura criminal.

—No pueden acusarme de nada. No hay base.

—Jorge, estoy cansada. Tú haz lo que quieras, pero luego no digas que no te avisé.

Jorge se lo pensó un momento:

—¿Cuánto tardaríamos? —Ella suspiró:

—Un par de horas o tres para empezar. Luego me gustaría

que te quedaras en la clínica a pasar la noche y mañana te haríamos la revisión física y otro par de horas de test, pero el ordenador pondría la fecha de hoy, ¿comprendes?, porque lo de mañana sería sólo el final de la sesión de hoy.

—No sé, Marina.

—¡Maldita sea, imbécil! ¿No ves que lo hago por ti? ¿Crees que yo no estoy deseando irme a casa?

—Y ¿por qué me tengo que quedar en la clínica?

—Porque así se considera sólo una sesión y, como es mi último día de trabajo, puedo firmarla yo. Y además puedo hacerte un control de sueño.

—¿Y mañana estaré libre?

—Te lo prometo. —Una pausa—. Es por tu bien, Jorge, créeme. Es una protección.

Otra larga pausa.

—Está bien. Espérame. Dame tres cuartos de hora.

—Está bien. Si puede ser antes, mejor.

—Vale. Hasta ahora.

Colgó el teléfono y entró en la salita con la sensación de vértigo y perplejidad que ya se estaba convirtiendo en parte de su vida. Ana y Amparo esperaban sentadas a la mesa. Jorge les hizo un resumen de la conversación, apoyó los codos a los lados del plato y hundió la cabeza entre las manos.

—Es demasiado —murmuró—. No puedo más. No aguanto más.

Ana miró nerviosamente a su alrededor, tratando de decir algo que sirviera de consuelo y no sonara idiota. Estaba acostumbrada a controlar las situaciones, a tranquilizar a grupos de adolescentes que dependían de su palabra. Tenía que decir algo para ayudar o al menos para romper el silencio.

—Venga, hombre —le dijo por fin—. Vamos progresando. Ahora sabemos por Amparo que el abuelo de Rosa era médium; no es nada raro que ella haya heredado la facultad. Por lo menos sabemos que no está loca y que no es necesariamente un caso de posesión demoníaca sino algo, digamos, más cotidiano. Sabemos dónde está Hora, contamos con la ayuda de tu amiga Lola y de los dos religiosos; hasta tu psiquiatra está de tu lado. Y ese Robles, aunque le haya dado por perseguirte, no tiene en qué basarse porque hasta lo del encendedor fue un farol.

Jorge jugueteaba con el mechero de oro que Amparo le había devuelto.

—Marina tiene razón. Vas a verla, te pasas una noche en la clínica y mañana vienes a recogerme al instituto, hablamos y, si estás decidido, sales para Hora ¿qué más quieres?

Jorge levantó la cabeza del mantel:

—¿Tú qué dices, Amparo?

—Supongo que Ana tiene razón. Yo también estoy deseando que encuentres a Rosa, pero a estas horas ya no ibas a salir de viaje de todas formas y, si ese examen te va a dar una garantía, es lo mejor, creo yo.

Jorge se puso de pie.

—Está bien. Entonces me voy.

—¿Sin cenar? —preguntó Amparo.

Él le acarició el pelo:

—No me da tiempo, suegra.

Las mujeres lo acompañaron a la puerta.

—Llamad a Lola y a don Anselmo y contadles cómo están las cosas. Llamad hasta que consigáis hablar con ellos. Os he dejado los números encima de la consola.

—Mañana a las dos en el instituto, Jorge. Te llevaré a la estación.

—Espero que sí.

—¿Qué quieres decir? —Amparo estaba pálida. Jorge se apoyó un momento en el quicio de la puerta:

—No sé. Tengo una sensación rara.

—¡No vayas! —casi gritó Amparo—. ¡Quédate aquí!

Él negó con la cabeza:

—Siento que va a pasar algo malo, pero sé que tengo que ir, que tiene que ser así.

—¿Qué clase de sensación es ésa, Jorge? —Ana estaba muy seria.

Él sonrió; una sonrisa lejana y soñadora.

—Como de que alguien, en algún lugar, sabe lo que va a pasar y se está riendo de mí.

—¿Riendo? —dijeron las dos a la vez.

—Sí. Como cuando preparas una broma en el colegio para la última hora y ves al profesor en el recreo, tan serio con su traje de mil rayas, sin saber que dos horas después va a meter el culo en una jofaina de tinta disimulada bajo el asiento de su sillón.

—¿Tú has hecho eso alguna vez?

—Montones. Y me parece que ahora quien se va a mojar el culo voy a ser yo.

Le dio un beso a cada una y bajó las escaleras silbando, preparado para enfrentarse a la broma.

Los test fueron menos pesados de lo que se imaginaba, pero cuando por fin terminaron era más de la una y se alegró de poderse comer allí mismo un sándwich de pollo sin tener que plantearse a quién iba a molestar esa noche. Marina había estado como siempre, simpática, serena y comprensiva, pero de vez en cuando pasaba una sombra de perplejidad por su rostro, como una duda. Jorge no le había contado nada de sus problemas actuales, aunque era evidente que los tenía y que eran graves y una vez había llegado a decirle: «Mira, Marina, si te cuento lo que me está pasando, y más ahora que estamos tratando de probar que no estoy loco, me encierran de por vida; así que de momento mejor me callo. Espero poder salir de esto, pero no me preguntes nada ahora. Si pasa el tiempo y no sabes nada de mí, puedes preguntarle a Amparo; ella te lo contará, tú no te lo creerás y seré siempre un caso no resuelto, pero ahora no puedo contarte nada, créeme». Y al ver su expresión de alarma había añadido: «Pero no te preocupes, no estás encubriendo a un asesino compulsivo o a un loco homicida o como se llame; te juro que no he hecho nada ilegal ni inmoral. Te lo juro, Marina». No habían hablado más del asunto y Marina, muy pálida y con aspecto de cansancio absoluto, se había marchado rápido a casa prometiendo volver temprano al día siguiente y dejándolo al cuidado de Sagrario, la enfermera jefe, la que lo había visitado en el teatro en compañía del comisario. Ella le había llenado la cabeza de electrodos para el control de sueño mientras volvía a decirle cuánto le había gustado su interpretación de Leonardo y lo diferente que estaba en *Sueños de gloria.*

—Si esta noche confieso mis crímenes en voz alta, ¿se lo contará al comisario?

Sagrario se envaró.

—No diga tonterías y duérmase. Entraré de vez en cuando a echarle una mirada.

—Por mí no se preocupe. Cuando duermo, duermo de un tirón.

—De vez en cuando tengo que hacer una ronda, no es usted el único de la planta.

—¿Y con quién tengo el honor de compartirla? ¿Soy yo el único maníaco homicida?

Sagrario estuvo a punto de soltarle que en la habitación de al lado, separado por una puerta de comunicación cuya llave tenían sólo ella y los psiquiatras, vegetaba Enrique García, el asesino del rifle, pero se controló y no dijo nada.

—¡A dormir! —ordenó y salió del cuarto apagando la luz.

Tardó mucho en dormirse. La habitación le resultaba extraña y tener que conciliar el sueño con la cabeza llena de cables como un monstruo de película le resultaba inquietante. Trató de relajarse con inspiraciones profundas y regulares y con imágenes del mar, que siempre le calmaban los nervios. Oyó las dos, el cuarto y la media en un reloj lejano. Luego sintió que empezaba a flotar y se abandonó al sueño.

Pedro Morales paseaba arriba y abajo por la habitación del médico de guardia, dudando entre bajar a la sala del ordenador y aumentar la dosis del tratamiento de García o borrar todo rastro de la medicación y olvidarse de él. Estaba harto de vivir con el temor a ser descubierto para, a fin de cuentas, no obtener ningún resultado. Y además acababa de pelearse con Sagrario porque había firmado un *electroshock* para un paciente con el que ya no sabía qué hacer y ella lo había llamado carnicero. La hubiera estrangulado con sus propias manos, a la maldita foca entrometida que se creía más inteligente que él y se pasaba la vida presumiendo de su integridad y sus principios. Ya le enseñaría él integridad y principios cuando por fin tuviera la sartén por el mango. Estaba harto de depender de aquella caterva de ineptos y estúpidos llenos de derechos y grandes palabras; gentuza que nunca llegaría a nada y que haría lo posible por no dejarlo llegar a él. Pero en eso se equivocaban, se equivocaban por completo.

Volvió a pensar en el asunto de García y de nuevo dudó. Decidió echarle un vistazo antes de hacer una cosa u otra; en cualquier caso podía darle dos o tres días más. Si en ese plazo no se recuperaba, lo más sensato sería olvidarlo. Se puso la bata que había comprado recientemente, una bata con clase, buena tela, buen corte y su nombre bordado, no como los guardapolvos blancos que usaban todos, y salió al pasillo. Ni un alma. Bien. No tenía ganas de ver a nadie. Empezó por el extremo de la planta y entró con cuidado y rapidez en todas las habitaciones para que un posible observador viera que se preocupaba por igual de todos los pacientes. En el cuarto de García se quedó un poco más: había adelgazado y tenía barba y profundas ojeras, pero le daba la impresión de que se estaba produciendo un sutil cambio en su aspecto, como si estuviera más vivo, más alerta. ¿O eran sólo imaginaciones suyas estimuladas por su impaciencia? En el monitor, sus constantes vitales eran estables. Metió las manos en los bolsillos y miró casi con furia el cuerpo inerte bajo la sábana. Si dejaba pasar más tiempo, la opinión pública perdería todo interés; ya casi lo habían olvidado aunque él, que tenía un par de amigos en la prensa, se había preocupado de que el caso siguiera nombrándose de vez en cuando. Dio un bufido y salió de la habitación. Sólo le quedaba una, la contigua. Entró. Un paciente joven, desconocido para él, dormía con los electrodos puestos. Un paciente ambulante o un estudiante que hacía de conejillo de indias para algún experimento del que él no tenía noticia. La cara le resultaba vagamente familiar, pero no podía colocarle un nombre. Daba igual. No era asunto suyo.

Volvió a su habitación y se tomó el cuarto café de la noche. No tenía ganas de dormir. Empezó a pensar qué se pondría para la fiesta de cumpleaños de Paloma Montalvo. Iba a ser en el jardín de la finca, el traje de lino blanco sería ideal, pero estaba un poco visto. Si tuviera una camisa de seda de un color original, quedaría bien. Un malva quizá, o un tono pistacho. Si le daba tiempo se pasaría por Uomo a ver si tenían lo que buscaba, si no, tendría que ponerse la de florecillas pastel que le había regalado Yolanda y ya había llevado en un par de fiestas.

Oyó los pasos de Sagrario por el pasillo, sólo podían ser de Sagrario esos pasos pesados y agresivos como los de un rinoceronte, se puso las gafas y miró fijamente la puerta, listo para decir «adelante». Tal vez le había entrado sentido común a la foca y venía a disculparse. Pero no. Los pasos pasaron de largo y se alejaron por el pasillo. Volvió a quitarse las gafas, se tumbó en la cama y apagó la luz. Peor para ella. Ella nunca pasaría de enfermera jefe y él, con un poco de suerte y trabajo, podría ser pronto concejal de Sanidad y tal vez, tal vez, director del nuevo centro psiquiátrico.

Sagrario se detuvo un instante frente a la puerta de Pedro sin saber exactamente por qué. No estaba dispuesta a disculparse, no tenía por qué hacerlo y él no aceptaría otro motivo para una visita. Era uno de esos que no conocen el significado de «buena voluntad», una mente práctica, como él mismo decía, o un condenado utilitarista, según se mirara. Bien. Allá él. Si disfrutaba creándose enemigos, era muy dueño.

Pensó echarle un vistazo a Jorge, pero decidió empezar por la otra punta y dejarlo para el final. Era una noche tranquila, como casi siempre si no había luna llena. Había dejado a las tres enfermeras de turno haciendo planes para las vacaciones y no había nadie más por los pasillos. El ascensor hizo clin clin, se abrieron las puertas y volvieron a cerrarse. Sólo se oía el fuerte clac del reloj cuando cambiaba el minuto, un sonido brusco y cortante, que aunque de día era imperceptible, de noche sonaba como un estampido.

Le llevó menos de quince minutos hacer la ronda. Todo normal. El 312 se había destapado y el 315 se removió un poco al entrar ella, pero no se despertó. Abrió la puerta de la habitación de García con la idea de mirarlo desde allí y volver a salir.

Un brazo se enroscó en su cuello y la puerta se cerró de golpe.

Con los ojos dilatados por la sorpresa se dio cuenta de que el monitor estaba desconectado y la cama vacía. García se había despertado y era él quien la sujetaba por detrás.

Consiguió dominar su miedo pensando que era tan fuerte como él o más y que estaba desarmado.

—Deje de hacer el idiota y suélteme —dijo con su voz más fría y autoritaria, aunque la garganta empezaba a dolerle.

La voz de García a su oído era un susurro asustado y tembloroso:

—Sáqueme de aquí, enfermera. No quiero hacerle daño, sólo quiero salir de aquí, pero rápido. Rápido, antes de que me encuentren.

Sagrario siguió hablando como si el hombre no tratara de estrangularla, como si estuviera tomando café con él:

—Lo van a encontrar de todos modos, hombre de Dios, está usted muy débil, va en pijama, ¿adónde va a ir? La policía no es tonta.

La suave risa junto a su oreja la sobresaltó:

—¿La policía? —dijo entrecortadamente—. Tengo problemas más graves que ésos, enfermera. ¡Vamos! Usted conoce esta clínica. Ha de haber una forma de salir de aquí.

Sagrario se estrujaba el cerebro pensando en una forma de salvar la situación. Lo mejor era hacerle creer que estaba dispuesta a ayudarle. Una vez en el pasillo habría más posibilidades de encontrarse con alguien.

—De acuerdo —dijo—. Intentaré llevarle a la salida.

—Bien, enfermera. Es usted muy sensata. —La presión en su cuello se relajó un poco—. Pero no trate de engañarme o de gritar porque puede hacerse daño.

Sagrario sintió un pinchazo en la cintura y estuvo a punto de soltar un grito.

—Había varios instrumentos en esa bandeja de la ventana. No sé si lo que tengo en la mano es un bisturí o un escalpelo, pero corta, corta mucho, lo he probado. Salga delante de mí y acuérdese de que lo tengo en la mano.

García respiraba pesadamente, y Sagrario se preguntó si sería capaz de hacerlo de verdad. Había matado antes, pero a distancia, con un rifle. No era lo mismo que clavar un arma blanca.

El hombre la hizo volverse lentamente hasta que estuvieron frente a la puerta y Sagrario la abrió con cuidado, sin hacer movimientos bruscos. De pronto oyó un gemido estrangulado a su espalda y el cuerpo de García empezó a temblar.

—¡Dios mío! —susurró—. Vuelven. Vuelven. Están aquí otra vez.

Ella miró apenas por encima del hombro: la cara del hombre estaba contorsionada por el dolor, tenía los ojos en blanco y los labios descubrían los dientes mientras su lengua salía y entraba de su boca como enloquecida.

—¡Las voces! —dijo él entonces—. ¡Las voces!

Quizá Sagrario habría podido en ese momento empujarlo hacia atrás, abrir la puerta y salir corriendo, pero durante un instante su mirada se posó en el espejo del lavabo y lo que vio allí le hizo cerrar los ojos y parpadear varias veces antes de poner la mano en la manivela de la puerta.

¡Mátala!, oyó.

Un rugido salvaje que no podía proceder de la garganta de García.

¡Mátala! ¡Mátala!

Las voces se sucedían sin pausa. Voces de hombre, de mujer, jóvenes, viejas, furiosas, excitadas, juguetonas.

¡Mátala, mátala, mátala!

Dejó de oír las voces porque el dolor anulaba los otros sentidos. Estaba tumbada en el suelo, tratando de protegerse con las manos, y García, como un pelele movido por hilos invisibles, le clavaba una y otra vez el escalpelo en el cuerpo, sin verla, mientras las lágrimas se deslizaban por su cara. Luego vio cómo el hombre se apartaba temblando hasta desaparecer de su campo visual y, de repente, dejó de sentir.

—Pues ya está, Sagrario —dijo en su interior, y supo que era cierto.

Pedro se despertó bruscamente y se sentó en la cama de golpe, mareado. Oyó al otro lado de su puerta unos pasos ligeros, cautelosos, que se perdían pasillo abajo, pero no podía ser eso lo que lo había despertado. Se frotó los ojos y las mejillas donde ya empezaba a pincharle la barba. Encendió la luz y, parpadeando aún, le echó un vistazo al reloj: las tres y diez. Todo en silencio. Se levantó y fue a echarse agua a la cara. Tendría que dar otra vuelta para asegurarse de que no pasaba nada, de lo contrario no sería capaz de dormir de nuevo. Se puso la bata y las gafas y salió al pasillo. Iba a empezar la ronda por el extremo, como siempre, cuando vio que la puerta de García estaba entreabierta. Si la gorda no la había cerrado, ya tenía motivo para armarle una buena. Empujó la puerta delicadamente, pero la hoja se negaba a abrirse del todo, tropezaba contra algo que había en el suelo. Estuvo a punto de gritar de alegría. Había funcionado. García habría salido de la cama y la debilidad le habría hecho desmayarse frente a la puerta. «Eres un tío con suerte, Pedro», se dijo. Sin tratar de forzar más la abertura, se deslizó dentro de la habitación y lo que vio en el suelo, incluso a pesar de la penumbra del cuarto y su propio entrenamiento médico, lo dejó helado. La gorda yacía entre la cama y el lavabo en un charco de sangre. La cofia se le había ladeado al caer y tenía los ojos abiertos. Se acuclilló a su lado para buscar el pulso. Nada. Era evidente que estaba muerta. Lo del pulso había sido producto de un reflejo, no de una duda. Se levantó de nuevo pensando en salir a dar la alarma. García no podía estar lejos, lo encontrarían en seguida. Se detuvo. En cuanto llegara la policía averiguarían lo del tratamiento nuevo. La menor acusación que podía esperar sería de imprudencia temeraria cuando no de negligencia criminal. Perdería su puesto, quizá incluso lo meterían en la cárcel. Se pasó la lengua por los dientes. Podría bajar al ordenador y borrar el tratamiento, pero alguien le había comentado recientemente que incluso cuando algo se borra queda una copia en su memoria al alcance de cualquier especialista. Y la policía debía de tener especialistas. Miró el cuerpo ensangrentado de Sagrario y volvió a enfurecerse con ella como si estuviera viva: maldita vaca, siempre entrometiéndose en su vida, estropeándole los planes. ¿Por qué habría tenido García que matarla? ¿Cómo había podido? ¿Cómo puede alguien que sale de un coma de seis meses tener la fuerza necesaria para matar a un elefante como Sagrario? ¿Y si hubiera sido otro? ¿Otro de los pacientes? El de la habitación de al lado, el de los electrodos.

Probó la manivela de la puerta de comunicación. Cerrada con llave, claro. Habría sido demasiado bonito. Miró su propia imagen reflejada en el espejo pensando, pensando. Detrás de las gafas sus ojos eran dos pozos de oscuridad, como dos cuencas vacías.

Se agachó de nuevo junto a Sagrario y, admirándose a sí mismo por conservar la cordura, fue a la bandeja de instrumentos, se puso un par de guantes desechables y empezó a buscar las llaves en los bolsillos de Sagrario. Estaban limpias. Abrió suavemente la puerta de comunicación y asomó la cabeza. El paciente dormía. Arrastró el cadáver los cuatro metros entre una y otra habitación maldiciendo en voz baja, pesaba una tonelada. Lo dejó junto a la otra cama y volvió al cuarto de García, cogió una jeringa, la llenó de un poderoso estimulante, la vació por la aguja en el lavabo y la dejó caer donde habría caído aproximadamente si Sagrario le hubiera inyectado el líquido a García.

No tenía conciencia clara de lo que estaba haciendo, sólo

sabía que tenía que confundir las pistas al máximo para repartir las sospechas entre los otros y alejarlas de él. Si conseguía que la policía sospechara por igual de los dos pacientes, por lo menos tendrían ocupación interrogando al que estaba allí y buscando al otro, y quizá no le preguntaran hasta más tarde por qué o cómo había salido García del estado de coma. Mientras tanto ya encontraría una manera de borrar aquellos datos y quizá de alejar a Marina del asunto. Ella y Sagrario habían sido buenas amigas. Quizá su muerte la deprimiera hasta el punto de tomarse unas vacaciones. Sin la maldita curiosidad de Marina todo sería más fácil. Se aseguró de que todo estuviera en orden antes de salir de la habitación. Las llaves de Sagrario en la cerradura, la jeringa en el suelo, las marcas de sangre y de arrastre tendrían que quedarse donde estaban, no podía pararse a limpiarlas. Que los cerebros de la policía pensaran sobre ello. Pensó en ponerle un sedante al de los electrodos pero no se atrevió por temor a que el pinchazo lo despertara. Ahora sólo tenía que librarse de los guantes y marcharse al bar o a la zona de ambulancias a dejarse ver por quien fuera. Se quitó los guantes, les dio la vuelta, los enrolló juntos y se los metió en el bolsillo, abrió la puerta con cuidado y salió a la deslumbrante luz del corredor de la clínica. Avanzó hacia el ascensor sintiéndose cada vez más seguro de sí mismo. Miró los botones iluminados, estaba en el décimo, pronto bajaría. Se alisó la bata por costumbre y estuvo a punto de desmayarse de horror. Se había manchado de sangre. Su bata nueva, la única bata de ese modelo que había en la clínica, estaba manchada de sangre de Sagrario. Retrocedió apresuradamente sin volverse cuando oyó el clin clin a sus espaldas. Debía deshacerse de aquella bata inmediatamente. Su coartada del bar no serviría de nada si dejaba pasar más tiempo. Era cuestión de meterla en algún sitio de momento, un sitio donde no se viera y de donde él la pudiera sacar cuando tuviera testigos que aseguraran su presencia en otro lugar.

Entró en la sala de consulta pensando guardarla en su archivador o en un cajón de su escritorio, aun sabiendo que era muy arriesgado. Pero serían sólo un par de horas. Al pasar por el despacho de Marina abrió la puerta, ella solía tener siempre un par de batas, le cogería una para sustituir la manchada.

Sobre la mesa había unas bolsas de plástico y en el suelo bastantes trastos más, y parecía como si de verdad se fuera de vacaciones para una temporada. Estaba teniendo una suerte increíble.

Casi sin pensarlo se quitó la bata y la metió en una de las bolsas. Marina nunca llegaba antes de las ocho, le daría tiempo. Las otras batas que él recordaba colgadas en la puerta junto al archivador no estaban. Bien, no podía ponerse a buscarlas ahora.

Salió sigilosamente y tratando de parecer cansado y aburrido a pesar de toda la adrenalina que circulaba por su sangre, cogió el ascensor dispuesto a entablar conversación con cualquiera, literalmente, que estuviera en la cafetería, todo el tiempo que hiciera falta, hasta que encontraran a Sagrario.

Jorge intentó darse una vuelta en la cama y en su sueño tuvo que luchar contra docenas de dedos invisibles que lo agarraban del pelo y le chupaban la frente dejando marcas redondas, grandes y rojas como las sanguijuelas mientras alguien que él no podía ver se reía de sus inútiles esfuerzos.

Lentamente fue comprendiendo que sólo se trataba de un sueño y consiguió abrir los ojos para enfocarlos en un techo blanco, anaranjado aún con las luces de las farolas. Parpadeó desorientado y unos segundos le bastaron para darse cuenta de que seguía en la clínica. Si hubiera estado en su cama se habría dado la vuelta y habría continuado durmiendo, pero sabía que, pasado el primer cansancio, iba a resultar imposible volver a conciliar el sueño boca arriba, como Drácula. Había un olor extraño en aquella habitación, un olor dulzón y pegajoso que le recordaba a algo que de momento se le escapaba. Tenía sed, la boca gomosa y pastosa como si se hubiera emborrachado la noche anterior. Quería levantarse a beber un vaso de agua o bien bajar a la cafetería, tomarse algo caliente, comprar un periódico y esperar a Marina allí, pero se acababa de dar cuenta de que aún estaba conectado a los electrodos, las sanguijuelas de su sueño, y no podría levantarse solo. Sabía que en algún lugar había un timbre para la enfermera de guardia, pero sin las lentillas no veía exactamente dónde estaba. Tendría que buscar. Recordó entonces que Sagrario había dejado sus gafas en la mesita cuando fue a dejar el estuche de las lentillas en la repisa del lavabo. Extendió la mano con mucho cuidado para tener quieta la cabeza y no mover los cables de su sitio, exploró la superficie de la mesita hasta que dio con ellas y se las puso. Al despertarse siempre era un alivio ver el mundo como era realmente, no como un bosque de niebla. Volvió la cabeza hacia la ventana y le pareció que pronto se haría de día, había ya una claridad grisácea detrás de los cristales compitiendo con el amarillo de las farolas. El olor era cada vez más fuerte, un olor dulce y a la vez repugnante, como un pedazo de carne cruda que lleva en la nevera más tiempo del que debería, cuando uno empieza a preguntarse si aún será comestible. «¿Habrá de verdad ratas muertas en los hospitales como dice Rafa?», se preguntó. Rafa detestaba las clínicas y no perdía ocasión de contar historias horripilantes llenas de ratas vivas y muertas y placentas olvidadas en los rincones de los paritorios.

Se removió inquieto, dispuesto a buscar el botón de llamada y pedirle a quien acudiera que lo librara de la maraña de cables, pero no quería molestar. La educación de toda su infancia le había grabado a fuego la idea de que no hay que pedir ayuda a nadie para cosas que uno puede solucionar solo. Quizá podría intentarlo, por lo menos.

Se incorporó con mucho cuidado, manteniendo el cuello rígido como una momia, sacó los pies de la cama y se sentó. Probó a despegar una de las ventosas y vio que la cosa era bastante fácil, sólo tendría que procurar dejar los cables en el mismo orden por si era importante. Estaba tan concentrado en quitarse las ventosas que al principio no se dio cuenta de que el suelo estaba húmedo y pegajoso. Movió un poco el pie derecho y lo apartó con disgusto, había algo pringoso allí. Miró hacia abajo y en un primer momento la sorpresa y el asco lo paralizaron. Un líquido negruzco y viscoso cubría el suelo alrededor de su cama, un líquido que con aquella luz incierta parecía barro o Coca-Cola espesa. Se puso de pie venciendo la repugnancia que le producía notar aquello en la piel.

¡Sangre! ¡Aquello era sangre! Sagrario estaba tirada en el suelo a medio metro de sus pies en un charco de sangre.

La enfermera jefe lo miraba sin ver desde unos ojos vidriosos que no volverían a chispear.

Se llevó las manos a la boca y se precipitó al lavabo sacudido por las arcadas, pero su estómago estaba vacío. Sólo logró vomitar una especie de bilis amarga y amarilla.

Los cables que había tratado con tanto mimo eran muelles enormemente elásticos que se extendían sin ningún esfuerzo desde su cabeza hasta el monitor. Se los quitó a manotazos y empezó a vestirse para dar la alarma. Las manos le temblaban tanto que apenas consiguió meter el estuche de las lentillas en el bolsillo de la camisa y, luchando contra el asco, logró ponerse los calcetines y los zapatos en los pies pringosos de sangre. Entonces, ya vestido, se detuvo a pensar.

Sagrario estaba muerta y él no lo había hecho, pero el cadáver estaba junto a su cama. Con razón o sin ella, Robles lo mataría por eso. No podía quedarse allí y esperar a que el sistema judicial demostrara su inocencia. No podía posponer su viaje a Hora. Tenía que ir ya. Si conseguía llegar, podría tal vez ayudar a Rosa; si se quedaba no ayudaría a nadie porque Sagrario estaba más allá de toda ayuda. Solamente podía servir como víctima propiciatoria del odio y la impotencia de Robles, muy comprensibles por otra parte.

Tenía que irse de allí inmediatamente aunque todos sus principios se rebelaran ante la idea de huir como un animal, siendo inocente.

Se asomó por la puerta de comunicación que unas horas antes había estado cerrada y vio una habitación vacía, un gran charco de sangre en el suelo y marcas del arrastre del cuerpo.

Quienquiera que fuera el asesino había tratado de implicarlo a él. Estaba claro que no podía dejar que lo atraparan.

Salió sigilosamente al pasillo dando gracias al cielo por llevar deportivas que no hacían ruido al caminar. Dudó un momento y entró en el despacho de Marina. Garabateó una nota y la dejó sobre la mesa:

Marina, puede que resulte difícil de creer, pero yo no he sido. Son las cuatro menos cuarto. Tengo que irme porque hay algo de vida o muerte que tengo que hacer por encima de todo. Volveré. Dile a Robles que yo no he sido, que no sé nada y que en cuanto pueda me pondré a su disposición. Lo siento.

JORGE

Recordaba haber visto unas batas en el despacho, pero ya no estaban. Marina debía de haberlo recogido todo. Y sin bata sería más difícil salir de la clínica, no era hora de visitas y se hacía sospechoso. Empezó a buscar entre las bolsas de plástico. Bien. Estaba de suerte. Se puso la bata, se la abrochó con cuidado y se colgó un fonendo que había sobre la mesa. No era la primera vez que hacía de médico en una obra. Inspiró hondo, como antes de un estreno, puso cara de sueño y de cansancio y echó a andar tranquilamente por el pasillo. Fue en el ascensor cuando se dio cuenta de que llevaba una bata manchada de sangre. Por un momento, el terror le impidió pensar. Apretó el botón de parada y se quedó mirando el directorio con los ojos dilatados de miedo.

Ginecología / Maternidad

Urología

Medicina interna

Nombres y nombres y por fin, en el sótano

Accidentes / Urgencias / Quirófanos 1 y 2

Al sótano. Nadie se extrañaría de ver a un médico con sangre en la bata en el departamento de accidentes de tráfico.

Salió al pasillo vacío, se revolvió el pelo y se desabrochó los dos botones del cuello de la bata, que parecía de dentista de película, para conseguir un aspecto más vulgar.

En recepción de urgencias, el portero escuchaba un programa deportivo de radio comiéndose un bocadillo.

—¿Qué, doctor? —le dijo—. ¿A tomar el fresco? Jorge sonrió y se subió las gafas.

—A ver si aún me acuerdo de cómo se respira fuera del quirófano.

El hombre soltó una risotada y volvió a su bocadillo.

El lavabo de caballeros de la Estación Central estaba desierto y lleno de espejos. Jorge entró cautelosamente como si fuera un laberinto de feria y, sin mirar a los lados, se encerró en una cabina. Tenía el vientre revuelto y le dolía la vejiga, pero aparte de eso, el martilleo en la cabeza y el escozor de los ojos, se encontraba bastante bien. Al menos estaba vivo, y seguía libre. Por el momento, eso era más que suficiente. Ahora tenía que atender a sus necesidades físicas más urgentes, lavarse un poco, decidir qué iba a hacer con la bata y tomar un tren que salía a las seis menos diez y lo acercaría un buen trecho a su destino, sin revelar por eso la localización de Hora en el caso improbable de que alguien lo estuviera siguiendo. En cuanto pudiera se pondría en contacto con Ana para que saliera en seguida de la ciudad, había que evitar a toda costa que Robles la interrogara, ya que ella era la única que sabía adónde pretendía llegar.

Se subió los pantalones, bajó la tapa del inodoro y volvió a sentarse para mirar la bata una vez más. Sobre el bolsillo había un nombre bordado: Dr. P. Morales. ¿Tendría algo que ver el tal Morales con la muerte de Sagrario? ¿Qué hacía esa bata ensangrentada en la bolsa de Marina? Preguntas que no podía contestar y que de momento tampoco eran fundamentales. Lo único que le parecía claro es que tenía que procurar que la bata llegara a manos de alguien que pudiera entregarla a la policía en caso necesario. Salió de la cabina con un plan medio esbozado y fue a lavarse. El espejo le devolvió la imagen de un hombre en el que apenas se reconocía, ni el mejor maquillador hubiera podido transformarlo así. Hacía semanas desde la última vez que estuvo en la peluquería y su cabello había adquirido, después de tantos lavados, un oscuro color verde grisáceo que sólo en la penumbra se hubiera podido tomar por negro, y ahora estaba además asquerosamente apelmazado por el gel que le habían puesto en la clínica para facilitar la conductibilidad eléctrica; iba sin afeitar, llevaba las gafas que apenas si dejaban apreciar el color de sus ojos, conservaba aún unas manchas rojas vagamente redondas en la frente y en unos días debía de haber perdido varios kilos, porque su piel se tensaba sobre los huesos de la cara como si fuera una momia peruana. Nunca había tenido tan afilada la nariz ni los pómulos tan marcados. Estaba sencillamente horripilante, pero con la ventaja de que ni su madre lo hubiera reconocido. El cliché le hizo esbozar una sonrisa amarga. La que menos lo reconocería sería su madre, porque la última vez que lo vio tenía tan sólo unos minutos de vida. Como siempre, en las raras ocasiones en que pensaba en ello, se preguntó por qué lo habría abandonado, qué clase de mujer había sido, si aún viviría, si lo veía tal vez los martes a las diez y cuarto en *Sueños de gloria,* si sabría que Jorge Lobo, la nueva promesa del cine español, era hijo suyo. Desechó esa línea de pensamiento, se alisó el pelo dejándolo aplastado contra el cráneo porque lo hacía más viejo y cambiaba lo suficiente su personalidad, y salió del lavabo. Esta vez no había aparecido ningún círculo. El diablo debía de estar durmiendo como cualquier persona decente.

En el pasillo se encontró con el carrito de la limpieza lleno de rollos de papel higiénico, mochos, escobas y demás trastos. Cogió una bolsa sanitaria al pasar y volvió al baño a meter la bata en el saquito de papel con la cruz roja. Le costó bastante porque las bolsas estaban hechas para meter compresas y tampones usados, pero lo consiguió al fin. Fue hasta uno de los armarios para equipajes, metió la bolsa dentro y se guardó la llave. En una película, lo que pensaba hacer con ella funcionaría con toda seguridad; en la realidad tendría que funcionar también, porque era lo único que se le ocurría y no podía perder tiempo.

Fue a la cafetería, compró chicles en una máquina y empezó a masticar tres de ellos con toda la rapidez que le permitían su boca seca y el asco que le daba el sabor a plátano. Se sentó a una mesa al fondo del local, pidió un café con leche, lo pagó antes de tomárselo echando nerviosas miradas al reloj y, cuando el chicle se puso lo bastante blando, sacó la llave del casillero, la apretó bien contra la goma y la pegó en la parte de abajo de la mesa, se tomó el café de un trago y fue a telefonear sintiéndose, en su miseria y lo grave de la situación, como un secuestrador de película. Contó veinte pitidos antes de que lo cogieran.

—¿Padre?

—¡Jorge! Dime, dime. —La voz del cura sonaba como si hubiera estado haciendo *jogging*—. He oído el teléfono desde la sacristía, casi me mato por las escaleras.

—Padre, no tengo tiempo para explicaciones. Me voy de la ciudad, dentro de poco me perseguirá la policía por un asesinato con el que no tengo nada que ver. Estoy en la estación.

—Espérame, voy en seguida.

—No puedo esperar. Escuche: en la cafetería, en la mesa del rincón, entrando a la derecha, pegada a la tabla, encontrará la llave de un casillero. Dentro hay una bata de médico manchada de sangre. Cuando lo juzgue oportuno llévesela al comisario Robles, dígale que se la mando yo, que usted me conoce porque me estaba catequizando o algo así, pero usted no sabe nada de mí, no le diga nada de nuestro asunto, por favor.

—¿Me crees tan tonto? ¿Sabes adónde vas?

—Sí, padre.

—¿A Hora?

—Sí.

—Cuando llegues, la hermana Virginia lo sabrá también. Si necesitas ayuda, concéntrate en ella y pídela.

—De acuerdo. Tengo que irme, padre.

—Que Dios te proteja, Jorge.

—Gracias. Me va a hacer falta.

—Llama si puedes.

—Sí. Adiós.

Sacó la cabeza de la cabina y miró el reloj: doce minutos para su tren. Marcó el número de Ana, veinte pitidos, veintidós, nada. ¿Dónde se habría metido esa mujer? Probó el número de Amparo, quizá se había quedado allí a pasar la noche. Ocho pitidos.

—Dígame.

—¡Amparo! ¿Está ahí Ana?

—¡Jorge! ¿Qué pasa?

—Pásame a Ana, Amparo. No tengo ni tiempo ni monedas.

—¡Jorge! Dime. —La voz de Ana, asustada, temblorosa.

—Ana, me voy. Ha habido un asesinato en la clínica, me buscan. Quiero que salgas de la ciudad cuanto antes, ya, ahora. No quiero que Robles te encuentre, tú eres la única que sabe adónde voy.

—Pero Jorge, tengo exámenes. No puedo marcharme así como así. Hay cosas que arreglar y, además, ya sabes que yo no...

—Ha cambiado todo, Ana. Ya sé que no es fácil, pero debes desaparecer por unos días. Y tienes que llevar a Lola contigo. Es fundamental que Robles no nos encuentre.

—¿Qué ha pasado? —Se le había puesto la boca tan seca que apenas logró articular las palabras.

—Te lo contaré cuando nos veamos.

—Saldré esta tarde.

—Saldrás ya, Ana, ya. Llama a Lola y traétela aunque tengas que arrastrarla de los pelos. Escucha: hay un pueblo que se llama Fuendemayo, no creo que tenga más de un hotel. Os espero allí. Si no hay hotel, en el bar. Si mañana no estáis allí me iré, ya sabes adónde, pero lo importante es que vosotras dos desaparezcáis. No le des ningún dato geográfico a Amparo. Si no sabe nada no puede contar nada, aunque la interroguen, ¿entiendes? Ella se queda al margen.

—Jorge, espera.

—No puedo. Va a salir mi tren. Sal ya. Fuendemayo. Con Lola. ¿Está claro?

—¡Jorge!

Colgó el auricular y casi corrió a la ventanilla. De pronto recordó que no llevaba dinero. Maldijo en voz alta y buscó con la vista un cajero automático. Cinco minutos. Metió la tarjeta y esperó mordiéndose los labios mientras la máquina claqueteaba tranquilamente. Cuatro minutos.

Con todo el dinero en la mano fue a la ventanilla, donde había cinco o seis personas haciendo cola y, murmurando excusas y perdones, consiguió que lo dejaran pasar. Dos minutos. Bajó las escaleras a trompicones y galopó por el andén. Acababa de encenderse la luz verde al final de la vía y el tren se estaba poniendo en marcha. Por suerte era un modelo antiguo de puertas manuales. Abrió una de las últimas y saltó adentro casi al borde del colapso. Le esperaban cinco horas de viaje, pero pensaba pasarlas durmiendo.

García estaba agazapado en la oscuridad de un callejón temblando de frío y de miedo. Las voces, como otras veces, lo habían abandonado. Podía sentirlas en alguna parte de su cerebro, presentes aunque lejanas, indiferentes a su existencia y a su sufrimiento. Sabía que volverían, pero de momento lo único importante era que no estaban gritando dentro de su cabeza. La cabeza. Le dolía como si se la hubiesen machacado con un martillo. Se llevó la mano a la sien y notó sangre, tenía una brecha en la frente, cubierta de sangre coagulada, pero aún húmeda de la que escurría un hilillo por la ceja, mejilla abajo. Tocó la pared del callejón. Sangre ahí también. Debía de haberse golpeado contra el muro hasta perder la conciencia. No recordaba casi nada de lo sucedido. Tenía imágenes sueltas, como fotografías sobreexpuestas, de una clínica, inmensos pasillos solitarios, una mujer ensangrentada. Había vuelto a matar. Él, que ni siquiera había tenido nunca una discusión acalorada con nadie, se había convertido en un asesino, por culpa de las voces, de aquellos demonios que entraban y salían de su cuerpo usándolo a placer, para dañar, para destruir. Quería tenderse allí mismo, en aquel callejón lleno de basura, y morirse de una vez, antes de que la policía volviera a encontrarlo, antes de que regresaran las voces. Ya ni siquiera tenía miedo de ir a Hora. Nada podía ser peor que lo que le estaba pasando, pero estaba cansado, cansado y débil, al límite de su fuerza física y mental. No podía más. Intentó recordar cuándo fue la última vez que se comportó como una persona normal y no pudo. Debía de hacer mucho tiempo, debía de haber sido en otra vida.

Unas voces en las proximidades lo sobresaltaron, se pegó a la pared del callejón y escuchó. Eran dos vagabundos peleándose por una botella de vino. Empezó a alejarse silenciosamente. No sabía adónde iba, pero no quería que lo viera nadie. Al salir del callejón se dio cuenta de que estaba en las afueras de la ciudad, en un barrio de chabolas con tejados de uralita. Si seguía caminando sin detenerse, llegaría a campo abierto antes de que se hiciera totalmente de día, luego tendría que encontrar algún agujero donde esconderse mientras hubiera luz. No se le ocurrió pensar en buscar algo de comer. No tenía hambre ni sed, sólo tenía miedo y frío y dolor de cabeza, pero eso no importaba, antes o después dejaría de notarlo y en algún momento llegaría a Hora, si ellos lo querían así, y luego el dolor sería eterno. O tal vez tuviera la suerte de morirse antes y jugársela a las voces dejándolas sin un cuerpo que atormentar, sin un instrumento para su ansia de destrucción.

Llevaba caminando mucho tiempo, no sabía cuánto porque le habían quitado el reloj. Iba vestido con el camisón de la clínica, un albornoz y unas pantuflas que había encontrado en una habitación vacía, pero no había peligro de que alguien lo viera, a pesar de que el sol había surgido ya sobre el horizonte. Iba siguiendo los raíles del tren por un paisaje liso y amarillo donde la única cosa viva eran unos pájaros negros que volaban muy alto. Los raíles eran también negros en la distancia, donde se unían en un punto misterioso que no se alcanzaba nunca.

Sabía que tenía que esconderse, pero no había dónde. Quizá más adelante, donde el horizonte mostraba unos bultos oscuros que podían ser árboles. Siguió caminando con la vista clavada en el suelo, negándose a preguntarse por qué le estaba sucediendo todo aquello. Ya sabía que no existía una respuesta. Le había tocado. Era su destino, su cruz, eso era todo.

Lo que desde lejos había tomado por árboles eran rocas, grandes rocas de piedra amarilla que marcaban un cambio de paisaje.

Los raíles entraban en un puente de ferrocarril construido sobre un barranco. Abajo, muy abajo, corría un riachuelo que aún quedaba en sombra. Le hubiera gustado poder bajar y mojarse los pies y la cara en aquel agua clara y fría, pero las paredes eran casi verticales a los lados del puente y no se veía ningún camino. Tendría que buscar una cueva, algún agujero, echarse a dormir unas horas y seguir de nuevo cuando bajara el sol.

Era una hermosa mañana, sería uno de los primeros días de verano, con un cielo azul profundo y un aire tenso, claro, que olía a yerbas y traía el rumor del agua y los insectos. Y otro rumor menos claro, como el motor de un avión muy lejano. ¿Lo estarían buscando con helicópteros? Empezó a ponerse nervioso, tenía que esconderse y pronto. Al otro lado del puente había unas rocas y árboles grandes y copudos, quizá también un camino para bajar al riachuelo. Tenía que arriesgarse, aunque le daba pánico la idea de cruzar ese puente construido sólo para el paso del tren que no tenía más que una especie de apoyo de treinta centímetros de ancho a cada lado de los raíles. Y el barranco era profundo.

Se ató más fuerte el albornoz, se aseguró las pantuflas y puso un pie en la plancha metálica. Si aguantaba el peso de un tren, aguantaría el suyo; lo único que tenía que hacer era ir cogido a la barandilla y no mirar hacia abajo. Al otro lado del puente estaría a salvo, al menos por unas horas. El rumor del avión iba en aumento. Miró inquieto hacia el cielo. Tenía que darse prisa, en el puente lo verían en seguida. Avanzó un par de pasos sintiendo cómo brotaba el sudor en las palmas de las manos y por todo su cuerpo enflaquecido.

Había recorrido ya el primer tercio del puente. Hizo una pequeña pausa esforzándose por no mirar hacia abajo. El ruido del motor en el silencio estaba poniéndolo cada vez más nervioso. ¿Dónde estaba aquel maldito helicóptero, la avioneta o lo que fuera? Volvió la cabeza para animarse con lo que ya había recorrido y el horror lo dejó paralizado.

Era el tren.

Una máquina de tren venía derecha hacia el puente, seguida de un montón de vagones que no podía ver. No le daba tiempo a recorrer la distancia que le quedaba, quizá podría aún retroceder. Si el maquinista lo veía podría parar el tren antes de entrar en el puente. Si no lo veía...

Empezó a desandar el camino cuando de repente su mano se agarrotó contra la barandilla de hierro y sus pies se negaron a obedecerle.

Oyó la voz en su cerebro: *¡Quieto!*

Una voz cuidada, elegante, no como las voces furiosas que conocía.

Túmbate en la vía, ordenó la voz.

El sudor le caía en gruesas gotas y le irritaba los ojos, todo el paisaje se irisaba, se desdibujaba a su alrededor.

Túmbate en la vía.

Oyó su propia voz enloquecida, histérica, mientras su cuerpo, independientemente de su voluntad, ejecutaba las órdenes de la voz:

—¡No podrá parar a tiempo, me aplastará!

La voz suave, casi risueña:

Eso no importa.

—Descarrilará si trata de frenar de golpe en el puente.

Eso tampoco importa.

Estaba arrodillado sobre la plancha, notando su calor en las rodillas, colocándose poco a poco a gatas, atravesado sobre los raíles, volviendo la cabeza, hipnotizado por el avance de la locomotora.

Túmbate.

Lo hizo. Apoyó la mejilla en el raíl polvoriento y ardiente, mientras las lágrimas le resbalaban hacia la traviesa de madera y el cuerpo se le sacudía descontroladamente. El tren no había aminorado la marcha, pronto estaría en el puente y todo acabaría. El maquinista no lo había visto.

¡Ahora! Ponte de pie, agita los brazos y túmbate de nuevo. ¡Ahora!

Saltó como un muñeco de resorte. Se puso en pie mirando tontamente la locomotora que se acercaba rugiendo. Ya estaba en el puente.

¡Al suelo!

Una imagen del tren descarrilando, cayendo por el barranco con cientos de personas gritando de horror pasó por su mente como un relámpago. Lo iban a hacer otra vez. No querían matarlo a él, eso era poca cosa, querían utilizarlo por última vez, mientras su cuerpo aún sirviera de algo, para matar a otro montón de personas.

¡¡Al suelo!!, tronó la voz.

Sólo faltaban metros. Si el maquinista no lo había visto aún, tal vez él pudiera hacer algo.

¡Al suelo! ¡Ahora!

Era imposible desoír la voz. Tenía que hacerlo.

Casi sin pensarlo conscientemente, con la chispa de voluntad que aún le quedaba, saltó de lado con todas sus fuerzas, se impulsó en la barandilla con las dos manos, y se lanzó al vacío.

Las voces le acompañaron en su caída gritando como gente que se abrasa en una hoguera, rompiendo su mente, destrozando su identidad, sus recuerdos, su vida. Antes de reventarse contra las piedras del fondo del riachuelo tuvo tiempo de sonreír y murmurar «Gracias, Dios mío». Luego sintió una sacudida, algo explotó en su cabeza y las voces, con un aullido intolerable, desaparecieron.

El maquinista aminoró levemente la velocidad del tren y se frotó los ojos:

—¡Qué raro! —dijo para sí—. Hubiera jurado que había alguien en el puente. Debe de ser ese maldito sol.

Se puso unas gafas oscuras y volvió a aumentar la velocidad.

Jorge se despertó con una sacudida, echó un vistazo rápido a un puente de hierro que estaban cruzando y, acomodando la cabeza en la cazadora enrollada contra la ventana, volvió a dormirse.

10

El inspector Molina miraba por la ventanilla del coche que lo acercaba a la clínica y con cada semáforo, con cada manzana de casas que dejaban atrás, su aprensión iba en aumento. Se las había arreglado para contarle al jefe mucho menos de lo estrictamente necesario al telefonearle. Por suerte lo había sacado de la cama y no le había pedido muchas explicaciones. Había escuchado en un silencio punteado de gruñidos que, al parecer, García había salido del coma y se había fugado después de apuñalar a una enfermera, y había murmurado aquel casi ininteligible «Voy para allá» antes de colgar. Había sido una suerte que no se le hubiera ocurrido preguntar el nombre de la enfermera, pero en cualquier caso él habría estado dispuesto a decirle que no lo sabía. Hay cosas que hablan tan claro por sí mismas que es mejor dejarlas hablar solas, sobre todo las cosas que destrozan irrevocablemente la vida de un hombre. Y ésta era una de ellas. Ésta iba a acabar con el viejo.

Se pasó un pañuelo por la frente y empezó su primer paquete de cigarrillos. Iba a ser un día muy largo, una caza implacable que Robles dirigiría personalmente. A él le quedaría lo que otros llamaban el trabajo sucio, pero él lo prefería. Llevaba muchos años en la policía y nunca le habían gustado las persecuciones y los tiroteos, lo que más atraía a los jóvenes. Él prefería ocuparse del minucioso rastreo, de la búsqueda de pistas, la construcción del rompecabezas que contenía la solución. No era un duro y nunca lo sería, tampoco le interesaba.

Por desgracia tampoco era un Sherlock Holmes ni un Nero Wolf. Era sólo un hombre que trataba de hacer bien su trabajo. Y ahora su trabajo consistía en asegurarse de que García era realmente el asesino de Sagrario. Robles pediría su cabeza en cualquier caso, por eso a él le correspondía aclarar la situación para que todo fuera correcto, legal. No sentía ninguna simpatía por el asesino del rifle, como lo llamaban los periódicos, pero seguía considerándolo un demente no responsable de sus actos.

Se bajó lentamente del coche, hizo una seña a su gente para que lo siguieran con naturalidad, sin alborotar, y dio la última calada al cigarrillo. Prefería esperar dentro la llegada del jefe.

La psiquiatra de García, pálida y descompuesta, con los ojos enrojecidos, lo esperaba en el vestíbulo. Le presentó con voz apenas audible a Martín Contreras, el jefe del departamento, y a Pedro Morales, otro psiquiatra que había tenido el turno de noche. Molina se volvió hacia uno de sus hombres:

—Quédate aquí a esperar al jefe y en cuanto llegue acompáñalo arriba. Dile que nosotros ya hemos empezado.

Robles llegó apenas dos minutos después mordisqueando un puro apagado, tratando de convencerse a sí mismo de que no había por qué preocuparse y la enfermera asesinada no tenía nada que ver con Sagrario. De todos modos le extrañó que no estuviera esperándolo en el vestíbulo, sabiendo que tenía que llegar. La necesitarían en otra parte. La planta de psiquiatría debía de ser en esos momentos una olla de grillos. Carrasco lo estaba esperando.

—Buenos días, jefe. Molina ya está arriba con los médicos. No hace ni cinco minutos que hemos llegado.

—Bien. ¿Qué se sabe?

—Yo, nada. —Como era verdad, Carrasco sonó perfectamente claro y sincero. Eso calmó a Robles.

En la recepción de psiquiatría unas cuantas enfermeras se apiñaban frente al mostrador, nerviosas y a la vez fascinadas, ante el horror de un crimen cometido a pocos metros de ellas. Robles saludó con la cabeza y, antes de que le informaran de cuál era la habitación, vio a Marina en el pasillo, sujetando un pañuelo contra la boca. Se dirigió hacia allá.

Marina lo vio venir y se echó a llorar descontroladamente. ¡Hacía tan poco que habían cenado juntos para fijar los detalles de la boda de la que ella y Jaime iban a ser los padrinos!

Robles se acercó y le puso una mano en el hombro.

—¡Marina! ¡Muchacha!

Ella se abrazó a él sin dejar de sollozar. Por encima de su hombro vio llegar a Molina hablando con dos hombres, un médico de bata blanca y otro tipo con gafas y mucha cara de susto. Se desprendió de Marina con delicadeza y entró en la habitación. De repente sintió una especie de vértigo, retrocedió un paso y se apoyó en la pared con los ojos cerrados. No podía ser. No podía ser que aquel cadáver que yacía en el piso en un charco de sangre fuera el de su mujer, el de Sagrario, su Sagrario. Se forzó a abrir los ojos de nuevo, indiferente a las miradas que seguían sus movimientos y los volvió a cerrar. Era Sagrario.

Muerta.

Asesinada.

Sintió que un grito le subía por la garganta, una furia destructora que ponía un velo rojo ante sus ojos, un temblor que sacudía su cuerpo con la certeza de que la había perdido para siempre, de que nunca se vestiría de blanco para casarse con él, de que nunca más le prohibiría los carajillos ni se reiría a su oído en la penumbra de un dormitorio, de que su vida había quedado rota para siempre con la de ella.

Metió la mano torpemente en el bolsillo, sacó un inmenso pañuelo blanco y sujetándolo fuerte contra la boca, se dio la vuelta y salió de la habitación.

Pedro y Martín miraron incrédulos su retirada, sus espaldas de oso herido, y desviaron la vista hacia Molina como pidiendo una explicación.

—Se iban a casar a fin de mes —dijo el inspector.

Pedro palideció aún más y se apoyó en la cama donde había estado Jorge. Martín se pasó la mano varias veces por el pelo, olvidándose por una vez de subirse las gafas.

—Vaya, pobre hombre —comentó—. ¡Qué mala suerte!

—Nos va a hacer pasar un infierno —dijo Molina complaciéndose con ello—. No va a quedar piedra sobre piedra en esta clínica hasta que cojamos al culpable, sea quien sea —añadió, sin saber bien por qué lo hacía.

Pedro se levantó tambaleante.

—Disculpen. No me encuentro bien.

Molina lo miró, divertido y perplejo.

—Vaya a echarse agua a la cara, doctor. Y tómelo con calma, usted no tiene de qué preocuparse. No es asunto suyo.

Creyó ver algo en la expresión de Morales y lo archivó para ulterior estudio. Ahora había cosas más urgentes que hacer.

Robles caminaba pasillo adelante sin ver por dónde iba, los ojos llenos de lágrimas y una rabia que le provocaba un temblor casi convulsivo. Marina lo seguía a unos pasos queriendo ayudar y sin saber cómo hacerlo. Él oyó sus pasos y se volvió. Puntos rojos y negros danzaban ante sus ojos. La voz le salió oscura, estrangulada.

—Ahora no, Marina. Déjame solo. Dentro de un momento quiero saberlo todo. Todo. Me las pagará ese hijo de puta.

Y luego cada vez más alto:

—Me las va a pagar todo el mundo. Le voy a arrancar la piel a tiras al personal de esta clínica hasta que sepa todo lo que quiero saber. Y luego mataré a García con mis propias manos. Lo juro por Dios.

Marina se dio la vuelta, espantada, y salió corriendo. Se tropezó con Pedro, que salía del lavabo con la cara de cera y las piernas de goma, y volvió la cabeza un momento. ¡Qué rara esa sensibilidad en Pedro, que desde el principio de la carrera era capaz de comerse un bocadillo en la sala de disección! Estaba como asustado. No horrorizado, sino asustado. Eso era. Muerto de miedo. Él la miró sin verla, se encerró en su despacho y se preguntó por enésima vez adónde había ido a parar su bata bordada manchada con la sangre de Sagrario.

La hermana Virginia volvía hacia el convento con la hermana Irene en la pequeña furgoneta de la comunidad. Había sido una noche muy larga y las dos estaban cansadas, pero contentas. La hermana Virginia conducía por las calles desiertas algo más rápido de lo que marcaban las señales, y la hermana Irene acariciaba las cuentas del rosario sin quitarle ojo al velocímetro, carraspeando ocasionalmente cuando la aguja subía a sesenta. Entonces Virginia reducía la marcha, sonriendo para sí, y volvía a acelerar a los pocos metros.

La habían llamado a las nueve de la noche porque una mujer tenía una fuerte hemorragia después de un aborto espontáneo y sabían que ella podría curarla con sólo el calor de sus manos. Se había quedado mucho rato con la mujer, consolándola y acariciándole la frente hasta que se había dormido. Luego, cuando se había corrido la voz de que la hermana Virginia estaba en el barrio, habían acudido en masa enfermos, heridos, todos los que tenían algún dolor, algún problema. La hermana Irene había llamado al convento y habían pasado la noche curando, hablando, dando consejos.

Virginia había sido matrona diplomada en su juventud, pero pronto había descubierto que sus manos tenían la virtud de curar y detener las hemorragias. Al principio había sido una terrible lucha consigo misma, que no quería verse envuelta en supersticiones y milagrerías, pero poco a poco fue dándose cuenta de que era su camino y en sus conversaciones con otras personas que también tenían «el don», como lo llamaban, aprendió que era una cualidad que no podía rechazar.

Cuando tomó los hábitos, a los veintisiete años, la primera condición de las únicas dos que había puesto y habían sido aceptadas por el obispo y la madre general fue que podría seguir curando, que podría seguir ayudando dondequiera que se la necesitara y a cualquier hora del día o de la noche. Pero desde hacía ya años eran los enfermos los que se desplazaban hasta el convento, hacían cola desde primeras horas de la mañana, eran visitados por la hermana Virginia y dejaban un donativo a la comunidad según sus posibilidades. Ella no cobraba nada para sí misma.

La hermana Irene era enfermera titulada y ayudaba en los casos en que era necesaria una cura convencional: lavar y vendar una herida, poner una inyección o enviar a la gente al dispensario si su enfermedad superaba sus conocimientos y la hermana Virginia lo decidía.

Eran las cuatro menos diez, la hora a la que normalmente estarían levantándose, y las dos estaban muy cansadas. Recorrían en silencio las largas calles que separaban el convento del barrio de chabolas del que volvían, pensando si la madre superiora las dispensaría de acudir a los primeros rezos.

De repente las manos de Virginia empezaron a temblar y un velo multicolor pasó ante sus ojos; tuvo que hacer un esfuerzo para ver el color del semáforo y redujo la velocidad automáticamente sin esperar el carraspeo de la hermana Irene. Algo le estaba pasando a Jorge. Algo malo. Detuvo la furgoneta, sacó el lápiz del bolsillo y se concentró en él. Había sangre a su alrededor. Si era real o metafórica era algo que no podía saber, pero estaba claro que estaban tratando de alcanzarlo.

—Virginia, ¿qué pasa? ¿Te encuentras mal?

Ella sacudió ligeramente la cabeza, alejándose de la mano de Irene para evitar interferencias.

—¿Una... visión?

La hermana Irene la conocía desde hacía demasiados años para asustarse ahora por una cosa así, pero le seguía pareciendo inquietante y diabólico que Virginia sufriera esos ataques. Tiempo atrás había sugerido que llamaran a un exorcista, pero ni Virginia, ni la madre ni don Anselmo lo habían creído conveniente. Al parecer todos estaban convencidos de que eran visiones enviadas por Dios y no por el Enemigo. Podía ser. Santa Teresa también había tenido experiencias sobrenaturales, pero nunca se sabe. Esperó pasando las cuentas del rosario hasta que Virginia empezó a respirar normalmente.

—¿Quieres que tomemos un taxi?

—No, Irene, ya estoy bien.

Virginia puso en marcha la furgoneta y arrancó. Tendría que hablar con Anselmo y pronto con la madre provincial. Iba a ser difícil que recordara la segunda condición con la que entró en la orden, pero no había más remedio. Pronto llegaría el momento y tendría que actuar como había sido dispuesto. Se había preparado durante treinta y cinco años, desde el momento en que se le había revelado su misión, se había ejercitado en la fe, en la paciencia, la fortaleza, y ahora que se acercaba la hora tenía miedo, mucho miedo.

Recordó, como casi todos los días, el pánico que había en el rostro húmedo y convulso de aquella parturienta treinta y cinco años atrás, cuando ella era todavía una matrona joven e inexperta, su voz entrecortada:

—Han tratado de matar a mi hijo, muchas veces, desde el principio, pero no han podido porque tiene el don, porque tiene fuerza. Y ahora van a matarme a mí. Lo sé y no me importa. Pero usted tiene que salvarlo, tiene que llevarlo a un sitio donde no lo encuentren. Lejos. Lejos. Que viva entre gente común, gente sin poder.

Ella había tratado de tranquilizarla, tomando sus palabras por desvaríos del dolor. Había sido un parto extraordinariamente difícil. Tuvo miedo de que le fallara el corazón antes de que hubiera nacido el niño:

—No se preocupe —balbuceó la mujer—. Aguantaré hasta que esté en el mundo. Para mí es el final, para él, el principio. Y para usted.

—¿Para mí?

—Usted también tiene el don, usted recogerá mi poder, toda mi luz será suya porque usted sabrá usarla. Pasarán muchos años en los que vagaré en tinieblas hasta que mi hijo y usted nos salven a todos.

Sus ojos brillaban enfebrecidos mientras la cabeza del niño se abría paso entre sus piernas. Ella no gritaba, se concentraba sólo en hablar.

—Relájese. No hable.

—Tengo que hablar. No me queda tiempo. Cuando nazca Miguel lléveselo lejos, no importa dónde, lejos de mí y de usted para que no lo encuentren. Dentro de muchos años él la encontrará a usted y sabrá cuál es su misión. Y usted, protéjase. Busque un lugar de poder y escóndase allí hasta que llegue el momento. No se quede con Miguel. Juntos brillarían como un faro. Búsquele un sitio donde esté a salvo y escóndase. Ya llegará su hora. Júremelo.

—¿El qué?

—No puedo más. Júremelo.

Sin saber bien lo que estaba haciendo, quizá sólo para tranquilizarla, dijo:

—Se lo juro.

La mujer la cogió de las manos, la miró intensamente a los ojos y Virginia, que entonces se llamaba María y creía ser una chica normal, sintió por un momento que su sangre se volvía lava y el mundo cambiaba de forma y contenido. Entonces no entendió aún lo que le esperaba, pero supo muchas cosas: que la mujer no deliraba, que Miguel era el elegido, que Anselmo seguiría siendo cura y nunca se casarían, y sobre todo que en algún momento los tres juntos se enfrentarían con algo más que humano.

La mujer aflojó la presión y María se concentró en el nacimiento. Cuando el niño Miguel abrió los ojos, grandes y azules como los de su madre, ella sonrió y cerró los suyos. Era el veinticuatro de junio.

Desde entonces habían pasado casi treinta y cinco años. Miguel figuraba inscrito en el orfanato del Niño Jesús como hijo de ella, María Sanjuán, y de padre desconocido. En todos esos años no lo había visto una sola vez, no había estado nunca a su lado porque el don que les había sido concedido era tan potente que hubieran podido encontrarlos de inmediato.

Y ahora estaba segura, a menos que fuera un truco para confundirla: Jorge era Miguel, que no sabía nada de sí mismo, de su poder ni de su misión; el mismo niño que ella había ayudado a nacer y al que esperaba desde hacía treinta y cinco años. Pronto sería de nuevo veinticuatro de junio y entonces, si ése era el día, tendrían que usar toda su fuerza.

Ana y Lola llevaban varias horas sentadas en el coche sin dirigirse la palabra. Cada doscientos kilómetros paraban en una gasolinera, llenaban el depósito, iban al lavabo, Ana consultaba el mapa, ya que Lola había dejado bien claro que para ella los mapas eran un misterio, se comían una chocolatina y seguían adelante. Había sido una odisea sacar a Lola de su casa y convencerla de que tenía que venir. Su maestro se lo había prohibido expresamente, y si no hubiera sido porque Ana le había dicho que Jorge la necesitaba a ella, no se habría dejado convencer.

Estaba muy dolida porque no la hubiera llamado, porque nunca hubiera vuelto a su casa. Era de esperar, pero dolía, y ahora que casi había conseguido que no le importara tanto, se presentaba aquella maestra presumida y la arrastraba a un lugar al que temía mucho más que a la muerte. Y todo por Jorge, por ese actor de televisión que se creía mejor que los demás y había usado sus poderes y su cuerpo como el que usa una toalla en un hotel. Empezó a masticar furiosamente una chocolatina de almendras, llamándose imbécil a intervalos regulares.

Ana la miraba de vez en cuando por el rabillo del ojo y encendía otro cigarrillo. Ahora tendría que estar en el examen de COU A, su clase favorita. Luego saldría con algunos alumnos a tomarse una cerveza y volvería para el examen de segundo. Y a la salida habría ido Jorge a esperarla, ella lo habría acompañado a la estación y se habría quedado tranquila sabiendo que estaban haciendo algo para encontrar a Rosa, habría seguido su rutina tranquilamente, esperando noticias de Jorge, y no tendría que estar metida en el coche con esa mujer que le daba un asco casi físico, dirigiéndose a las cercanías de un lugar cuya sola idea le producía escalofríos.

Con cada kilómetro que recorrían la sensación de desagrado se hacía más intensa. Ella no quería estar allí, quería volver a su vida cotidiana, a esa vida que tantos de sus colegas consideraban vacía y estéril —sin pareja, sin hijos, sin familia— y que ella se había labrado poco a poco y de la que se sentía orgullosa. Ella no necesitaba más amor que el que le ofrecían las obras maestras de la literatura, ni más aventuras que las que le traían su vida diaria y su trabajo. El trabajo. Había llamado a Consuelo con una historia de que su hermana, que vivía en Roma, había tenido un accidente de coche y tenía que ir en el primer avión a hacerse cargo de sus sobrinos, porque su cuñado estaba ilocalizable en viaje de negocios. Consuelo había estado muy comprensiva, incluso le había dicho en tono de broma: «No vayas a desaparecer, ¿eh?». Qué raro que la gente pueda hacer bromas sobre las cosas más trágicas.

Echó un vistazo a su derecha, a Lola, que estaba sentada de lado, casi dándole la espalda, y la volvió a apartar con disgusto. Por lo menos ahora estaba callada. Las primeras dos horas había estado hablando sin parar, haciendo como que no se daba cuenta de que ella apenas si le contestaba. Ella nunca se había considerado clasista, pero aquella muchacha era de una clase social tan alejada de la suya propia que ni siquiera sabía cómo tratarla o qué decirle; parecían de planetas distintos, como si hablaran lenguas diferentes. Pero Jorge quería tenerla apartada de Robles y pensaba que quizá podría necesitar sus capacidades para encontrar a Rosa, así que no le quedaría más remedio que soportar su presencia hasta que llegaran a Fuendemayo. Una vez allí, ella dejaría claro que no quería tener nada más que ver con el asunto. Quizá hubiera de hacer tiempo un par de días por la zona pero, desde luego, sin Lola. Con haberla llevado hasta allí, había cumplido. Bastante difícil le había resultado y no estaba dispuesta a hacer de canguro de nadie.

La carretera era cada vez peor, estaba marcada en el mapa en amarillo, pero parecía una vecinal, llena de agujeros, sin señalizar, sin tráfico. Por suerte se había preocupado de mantener el depósito lleno. Hay zonas donde las gasolineras están a más de doscientos kilómetros unas de otras.

Lola empezó a roncar suavemente; se había dormido. Mejor así. Puso una casete de Vivaldi y trató de disfrutar del paisaje sin conseguirlo. No paraba de pensar qué habría pasado en la clínica, cómo y dónde estaría Jorge, si lo estaría buscando ya la policía, si las buscarían a ellas también. Recordó la mirada de

Amparo, herida y perpleja, cuando le dijo que se iba y que no podía decirle adónde, la voz del cura al teléfono la noche anterior, serena, muy seria, pidiéndole que tuviera valor y apoyara a Jorge porque su misión era trascendental. Su misión. Como si fuera Indiana Jones, James Bond, un héroe de película. ¡Menuda ridiculez! Sin embargo, no había sonado divertido ni falso. Aún se le erizaba el vello con sólo pensarlo. Miró el retrovisor, consciente de que también era un espejo, y desvió la vista. Quizá si Lola era tan buena como decía Jorge estarían prevenidos cuando fuera a ocurrir algo.

Las horas pasaban en el reloj, el sol iba bajando y la carretera discurría solitaria por campos, gargantas, bosquecillos, pueblos adormilados que ni siquiera tenían bar.

Paró dos veces más. Lola se movió un poco, pero siguió dormida. Le dolía la espalda y el cuello, pero ya faltaba poco, apenas treinta kilómetros, una hora, considerando el tipo de carretera. Ahora ya debían de haber dado la alarma. Era una sensación extraña el que la buscara la policía, el no poder enseñar el carnet de identidad sin temer que la detuvieran, el pensar que podrían sacar su foto por televisión. Se puso las gafas negras, el sol había bajado mucho y le daba en los ojos, pero estaba a punto de ocultarse tras unas espesas nubes que cubrían el horizonte al oeste.

Fuendemayo, por fin. Un pueblo hundido en una barranca, de apenas cien casas. Aminoró la marcha y empezó a buscar. Una tienda de comestibles, una de tejidos, un barecillo, una droguería y, casi a la salida del pueblo, hotel Condestable, una estrella. Metió el coche en el aparcamiento y sacudió a Lola.

—Hemos llegado.

Era un edificio moderno, construido, según los carteles, para los veraneantes que iban a tomar las aguas, con habitaciones de persianas venecianas y terracita.

El aire de la sierra las hizo tiritar. Se pusieron las chaquetas, cogieron las mochilas y entraron. Aunque Jorge no estuviera allí, no habría más remedio que quedarse a pasar la noche. El siguiente pueblo estaba a noventa kilómetros y era aún más pequeño, y además Jorge había dicho Fuendemayo. El vestíbulo era amplio y poco iluminado. En una repisa sujeta a la columna del centro, un lobo disecado enseñaba los dientes en una mueca feroz.

Jorge las esperaba hundido en un sillón. Se levantó al verlas.

—¡Jorge! Por el amor de Dios, estás horrible. —Ana se dio cuenta de lo que había dicho y trató de arreglarlo—. Quiero decir, es un disfraz, ¿no?

—Hombre, muchas gracias. —Las besó a las dos—. No, no es exactamente un disfraz, es que tendría que lavarme y afeitarme, pero aún no he cogido una habitación porque no puedo dar mi nombre. Cuando nos pidan el carnet lo das tú, Ana. —La interrumpió con la boca abierta—. Robles aún no sabe nada de ti, a Lola y a mí nos conoce y seguro que ya nos está buscando. ¿Ha ido bien el viaje?

Asintieron con la cabeza.

—Bueno, vamos a ver si nos dan una habitación. ¿Qué pedimos? ¿Una sencilla y una doble?

—Que quede claro que yo no quiero dormir con ésta —dijo Lola.

—Pues tres individuales. —Ana estaba molesta.

—Propongo coger una triple, si no escandalizamos a los del pueblo. La verdad es que por lo que me ha pasado hasta ahora, no me apetece mucho dormir solo.

—Podemos dormir juntos tú y yo —dijo Lola en voz baja, pero lo suficientemente alto como para que Ana lo oyera. Aunque estaba casi segura de que Jorge diría que no, quería fastidiar a la maestra, que se creía superior a ella, pero no había conseguido meterse en la cama con él; quería sobre todo que se enterara y devolverle así las horas de desprecio que le había hecho pasar en el coche.

Jorge sonrió un poco, visiblemente incómodo.

—No te ofendas, Lola, pero no es momento para eso.

—¡Ah! Ahora no es momento. Ya lo has probado y no te apetece, ¿no? Ahora picas más alto —dijo en voz bien audible, mirando significativamente a Ana.

—Por mí podéis hacer lo que queráis. Yo quiero una habitación individual. —Ana se dio la vuelta como si no le importara y empezó a tocar la campanilla de recepción. Estaba sorprendida, ofendida y furiosa y, sin embargo, a la vez, extrañamente satisfecha. Siempre había pensado que los hombres son seres despreciables manejados por la testosterona. Rosa era una ingenua pensando que Jorge le había sido siempre fiel. Si había sido capaz de acostarse con aquel adefesio, ¿qué otras cosas no habría hecho todas las noches que Rosa y ella habían pasado juntas mientras él estaba supuestamente trabajando? Si la encontraban, quizá esta vez fuera capaz de hacerle ver la realidad de las cosas y consiguiera que se alejase de aquel tipo despreciable que no se la merecía.

Jorge se metió las manos en los bolsillos después de una mirada de hielo a Lola y le susurró a Ana al oído:

—Tres individuales. Está loca.

—Sí, y yo soy Juana de Arco. ¡Buenas tardes! —La aparición del conserje cortó la conversación.

Cogieron sus llaves y sus mochilas y, en un silencio tenso y opresivo, se separaron hasta la hora de la cena.

Marina entró rápidamente en el despacho de Pedro, cerró con suavidad y apoyó la espalda contra la puerta.

—Ya puedes decirme qué te pasa.

Él se sobresaltó, se quitó las gafas y se frotó los ojos y la nariz olvidándose por un momento del estatus y la elegancia.

—Nada. Es decir, no sé, lo natural. Estoy agotado, no he pegado ojo en toda la noche, han asesinado a Sagra y el café que me he tomado me ha sentado como un tiro.

—¿Y qué más?

—¿Cómo que qué más?

—¿Por qué tienes tanto miedo?

Se puso de pie como un muñeco de resorte.

—¿Miedo? ¿Yo miedo? Por Dios, Marina, ¿de qué podría yo tener miedo? —Intentó jugar con los botones de la bata, se tropezó con la punta del cuello de la camisa y retiró la mano.

—¿Dónde está tu bata?

—No sé —se volvió a la ventana—, me la habré dejado en la habitación de guardia. ¿Por qué?

—No, por nada. Resulta raro verte sin bata. Bueno, ¿me vas a contar qué es?

—No es nada, joder, no es nada. ¿Quieres dejarme en paz?

—Como quieras, pero sabes que puedes confiar en mí. —Abrió la puerta de nuevo.

—¡Marina!

—¿Qué? —Entornó la puerta.

—Nada. Gracias. Oye... y... lo siento, por lo de Sagrario. Sé que erais buenas amigas.

—Sí —dijo, tratando de retener las lágrimas—. Iba a ser madrina de su boda. Y ella iba a ser la madrina del bautizo.

—¿Del bautizo? —Su voz se quebró levemente—. ¿Tú? ¿Estás...?

—Sí, por eso lo he recogido todo.

—¡Vaya! Enhorabuena. Me alegro por ti.

Se hablaban sin mirarse.

—Sí. Lo he esperado durante mucho tiempo. ¿Te acuerdas de la ilusión que me hacía?

Él tragó saliva.

—Entonces no podía ser.

—No.

Hubo una larga pausa.

—¿Necesitas ayuda, Pedro?

—Déjame solo, por favor, Marina.

Salió suavemente, preguntándose por qué tantos hombres querían estar solos cuando sufrían, por qué se negaban a dejarse ayudar. Quizá por temor a perder su imagen de macho fuerte, sin saber que las mujeres desean sentir que pueden ayudarlos, que el mejor regalo que pueden hacerles es mostrarles que con ellas no tienen que fingir y abrirles su alma, su debilidad, su dolor. No comprendían que sólo quien ha compartido la tristeza puede compartir plenamente la felicidad. «Pobre Pedro», pensó, «siempre estará solo». Y luego, casi inconscientemente: «¿De qué tendrá tanto miedo?».

11

Con el pelo recién teñido, afeitado, y después de un baño caliente y de ponerse las lentillas, Jorge, aunque no se parecía nada al de *Sueños de gloria,* tenía de nuevo aspecto humano e incluso podía aún resultar atractivo, decidió mirándose al espejo, aunque por el momento preferiría no resultarlo y ahorrarse problemas con las dos mujeres que lo esperaban en el comedor. La sensación suave y relajante del baño y la caricia de sus propias manos habían sido suficientes, para hacerlo sentirse bien y fortalecer su decisión de no dejarse complicar en ningún otro asunto ni por placer, ni por necesidad ni por lástima.

Se puso un jersey negro de cuello alto que había comprado junto con los artículos de droguería en un pueblo en el que había tenido que esperar dos horas a que pasara el autobús, se abrochó los vaqueros, apretando el cinturón dos puntos más de lo normal y bajó a reunirse con Ana y Lola. Ellas también se habían duchado y cambiado, pero, por lo demás, su aspecto era tan rígido y distante como cuando se habían separado. No había nadie más en el comedor. O era muy temprano o el hotel estaba vacío.

Después de unos intentos fallidos de entablar conversación, Jorge decidió hablar claro:

—Voy a ser sincero —dijo poniendo las palmas de las manos a ambos lados del plato—. Mañana salgo para ese lugar; mi idea es, desde el principio, ir solo. Me gustaría que me llevarais en el coche hasta aquí. —Dibujó un tosco mapa en una servilleta—. Luego hay unos doce o quince kilómetros que haré a pie. Vosotras deberíais seguir hacia el sur, buscar algún pueblo pequeño y agradable y quedaros allí unos días. El problema es que no sé cuánto puedo tardar y no quiero que Robles os interrogue hasta que yo haya solucionado este asunto.

—¿Qué pasa con Robles? —preguntó Ana, la espalda muy tiesa contra el respaldo de la silla.

—Os lo cuento en seguida, déjame terminar. Me gustaría que supierais que os necesito y os aprecio a las dos y os considero buenas amigas, pero, independientemente de lo que pueda haber pasado —lanzó una mirada a Lola—, yo quiero a Rosa, estoy enamorado de ella y lo más importante para mí en este momento es sacarla de donde la tengan encerrada. No os ofendáis, por favor, sé que he hablado demasiado claro, pero es que no aguanto estas situaciones.

Se metió un pedazo de pan en la boca y empezó a masticar.

—Te agradezco la franqueza —contestó Ana—, pero no veo por qué tienes que hablar en plural. Que yo sepa, nunca he intentado meterme en tu cama.

—Yo sí, ¿verdad, Jorge? Y no estuvo del todo mal.

Ana desvió la vista y empezó a remover su sopa de ajo, deseando estar a mil kilómetros de aquella conversación.

Jorge estaba tenso.

—Fue una situación muy especial, Lola, y espero que no se repita. Además, tú me dijiste que no me querías y que así todo era más fácil.

Ella se rio en voz baja, sin mirarlo, los ojos húmedos.

—Me equivoqué, Jorge. ¿Por qué te crees que he venido? ¿Porque estoy harta de vivir? —Levantó la vista desafiante—. Estoy aquí porque te quiero, porque he tenido la desgracia de enamorarme de ti, gilipollas presumido, y no podía soportar saber lo que te va a pasar y no venir a ayudarte.

Él la miró con la boca entreabierta de sorpresa.

—¿Tú sabes lo que me va a pasar? —Una risa semihistérica.

—Sólo poco más o menos, pero me basta. No saldremos vivos de ahí, Jorge. Ninguno. Si vas ahí, no vuelves, eso lo sé.

Estamos aún muy lejos y todo vibra a nuestro alrededor, ¿no lo notas? —Hizo una pequeña pausa—. Yo sí.

A Ana se le cayó la cuchara con la que estaba jugando y el ruido levantó ecos por todo el inmenso comedor desierto. Llegó el camarero y con un leve encogimiento de hombros les retiró los platos de sopa que no habían tocado y les trajo el segundo.

Jorge habló con voz estrangulada:

—No quiero meteros en esto. Sólo quiero teneros lejos del alcance de Robles. A mí no me asusta ir a ese lugar, yo no debo de ser muy sensible a esas cosas.

—Eso es verdad —dijo Lola lentamente—. Tú tienes una fuerza que nunca he sentido.

—Cuéntanos lo de Robles —intervino Ana.

Jorge contó lo poco que sabía, lo que le había pasado a él, el hallazgo del cuerpo de Sagrario al despertar, el intento de echarle a él las culpas dejando el cadáver en su habitación, la huida de la clínica, la bata manchada, la llamada a don Anselmo y el largo viaje en tren y autobús hasta Fuendemayo.

El camarero asomó la cabeza, vio que había vuelto a cesar la conversación y, antes de llevarles el postre, encendió el televisor. La voz repentina los hizo saltar de sus sillas.

«Enrique García, el asesino del rifle, que el pasado mes de diciembre asesinó a nueve personas e hirió a doce más disparando desde la torre de la iglesia de San Francisco y que llevaba más de seis meses en estado de coma, despertó de improviso la noche pasada en la clínica de la Esperanza, donde estaba internado, y atacó a la enfermera del turno de noche con un escalpelo del que había conseguido apoderarse. La enfermera, Sagrario Martínez, de cincuenta años de edad, murió a consecuencia de las heridas recibidas. García consiguió huir de la clínica sin ser visto. La policía solicita cualquier tipo de información que pueda conducir a su captura».

El inspector Julio Molina apareció en pantalla.

«Lamento decir que aún no tenemos ninguna pista sobre su paradero, a pesar de que hemos movilizado todos los efectivos disponibles. Si alguno de ustedes cree haber visto u oído algo sospechoso, le ruego que se ponga en contacto con nosotros inmediatamente. García está enfermo, pero es extremadamente peligroso. Ha matado dos veces, puede volver a hacerlo. Si tienen la más mínima sospecha, no lo duden, vayan al teléfono más próximo y llamen a uno de estos números».

Aparecieron tres números de teléfono y luego una foto de García. Después la locutora siguió diciendo:

«La policía solicita también la colaboración de dos personas que parecen estar ilocalizables. Se trata de Dolores Sánchez Marhuenda y el conocido actor de cine, teatro y televisión, Jorge Lobo. La policía ruega a ambos que se pongan en contacto cuanto antes con el comisario Robles o el inspector Molina en los teléfonos antes citados».

Jorge se aseguró con la vista de que el camarero no estuviera escuchando.

—Bueno, pues ya está claro. Nos buscan y toda España sabe que nos buscan.

Lola se había puesto muy pálida y había soltado la cereza que tenía en la mano.

—Pero al parecer no sois sospechosos de nada, sólo quieren interrogaros, se limitan a pedir vuestra colaboración —dijo Ana.

—Claro, a ver si hay suerte y nos presentamos. ¿Tú crees que iban a amenazarnos por la tele? En cambio, cuando nos tengan, las cosas pueden cambiar mucho.

—¿Por qué no os presentáis?

Lola soltó la servilleta y se puso de pie.

—Yo no quiero tener nada que ver con la pasma. La última vez ya fue bastante malo.

Los dos se quedaron mirándola.

—Drogas. Hace ya tiempo, pero a mí no me llevan a una comisaría ni atada de pies y manos.

—Pero si tú no sabes nada. —Ana sonaba impaciente.

—La otra vez tampoco sabía nada y a los diez minutos de pegarme impliqué a todos mis amigos y a gente que sólo conocía de vista. Me conozco. Si me encuentran, lo cuento todo. Lo que es y lo que no es. No me queda más remedio que irme contigo, Jorge. Ahora soy tu cómplice. Si a ti te pueden probar algo, con mi historial me caen tres años o más. Prefiero ir a ese pueblo, si llego.

—Pues está claro. Mañana a las ocho salimos. ¿Y tú, Ana? Ana miraba fijamente el salero apretándose los dedos de una mano.

—No sé.

—Podrías irte a Roma de verdad —sugirió Lola.

—En cuanto empiecen a buscarla controlarán los aeropuertos.

Había acabado el telediario y, tras la publicidad, la locutora anunció que por reajustes en la programación pasaban a la noche de hoy el capítulo de *Sueños de gloria* correspondiente al martes siguiente.

—¡Hijos de puta! —murmuró Jorge—. No me están buscando, pero se aseguran de que toda España conozca mi cara.

—La cara que tienes ahora no se parece en nada a la que sale ahí —dijo Lola, mientras seguía en la pantalla el resumen de lo sucedido en los capítulos anteriores.

—Por suerte no hay ninguna grabación de *Bodas de sangre.*

—Pues el día que fui yo a buscarte al teatro había una camioneta de televisión en la entrada de actores.

Jorge se puso rígido, recordaba como en un sueño haber sentido la presencia de las cámaras, pero no podía estar seguro. Antes de que pudiera precisar su recuerdo, Ana dijo:

—No voy con vosotros.

—Creo que es lo mejor —dijo Jorge—. ¿Podemos contar con que nos lleves hasta el punto desde donde tenemos que seguir a pie?

—Os llevaré hasta allí. Luego me iré a algún pueblo de la zona unos días; me lo tomaré como unas vacaciones anticipadas. Antes de volver a casa, volveré a pasarme por aquí, por si estáis o si habéis dejado un mensaje; más no puedo hacer.

—Bien. —Jorge se levantó—. Vamos a la cama. Mañana a las siete, arriba, a las ocho en camino, ¿de acuerdo?

Las mujeres asintieron y salieron juntos del comedor. En el vestíbulo la sombra de la cabeza del lobo disecado cubría toda la pared. Una boca inmensa llena de dientes afilados, las orejas replegadas para atacar. Los tres fingieron que no la habían visto. Subieron las escaleras y se despidieron en el pasillo.

A media noche, Jorge y Ana salieron de un inquieto duermevela con la impresión de que alguien había hablado muy cerca de sus camas. Ana encendió la luz y se incorporó. Jorge siguió en la oscuridad, escuchando.

Lola, en estado de trance y de pie frente al espejo del tocador, repetía en voz clara, masculina:

—No vengáis a Hora. Hora no es lugar para los vivos. Hora es el dolor. No vengáis a Hora. Sólo os espera el dolor. No vengáis a Hora.

—Le digo que es imposible, jefe. Créame. Se lo juro. Créame y si no me cree a mí, crea las pruebas. Comprendo que le tiene usted ganas a ese tío desde la primera vez que le echó la vista encima, le acepto que no está del todo claro lo de la desaparición de su novia, pero en este caso no hay nada que hacer. Tiene una coartada que ni hecha a medida. El monitor, unido al aparato ese que hace el gráfico, registró su sueño durante toda la noche, se despertó a las cuatro menos doce, tardó como cinco minutos en despabilarse del todo y luego se llevó un susto espantoso. Lo tenemos registrado en la frecuencia cardíaca, en papel, jefe. El escalpelo sólo presenta huellas de García, el cuerpo fue arrastrado cuando ya sangraba, posiblemente después de la muerte incluso, ¿qué quiere que hagamos? A mí también me gustaría ponerle la mano encima al culpable, pero va a tener que aceptar que Lobo no tiene nada que ver. Se trata solamente de que quisieron cargarle el muerto. Perdone, jefe, era un decir.

Robles no respondió ni volvió la cara. Siguió junto a la ventana envuelto en humo de puro sin mover un músculo.

—Lo que no me explico es para qué hizo García todo el teatro y por qué le inyectó Sagrario ese estimulante y por qué

Morales tiene tanto miedo y no llevaba bata —continuó Molina, casi para sí mismo.

—Sagrario no le inyectó nada a ese cabrón. —La voz era neutra, velada por el humo.

—Entonces ¿quién? ¿García mismo? Estaba en coma. ¿Lobo? Estaba durmiendo. Y sobre todo, ¿para qué? ¿Qué interés podía tener nadie en despertar a García?

Dejó pasar medio minuto. Robles seguía inmóvil:

—Yo podía tener interés, por ejemplo. Podía incluso haber pedido a Sagrario que lo intentara para ver si ese hijo de puta se llevaba de una vez su merecido. Pero no lo hice. Tenía mejores cosas en que pensar. —Hizo una pausa y aplastó el cigarro en un cenicero—. Ahora ya no las tengo. Ahora lo único que me queda es esto. Voy a destripar a todo el que haya tenido algo que ver con la muerte de Sagrario.

Molina pensó por un momento hablarle al jefe sobre lo pernicioso de dejarse llevar por la venganza personal cuando uno es policía, pero se calló. Lo comprendía perfectamente. No lo aprobaba, pero lo comprendía. Trató de encauzar la conversación por otro rumbo.

—¿Qué tal la búsqueda de García?

Robles se apretó los puños hasta que crujieron.

—Ni rastro. Como si se lo hubiera tragado la tierra. Pero lo encontraré aunque se esconda en el mismo infierno.

—No puede haber ido muy lejos. Se nota a kilómetros que está loco y sólo iba vestido con una bata de hospital.

—Sí, eso pienso yo, pero ya ves... Oye, hablando de batas, ¿qué decías de Morales?

—En realidad nada. Que me extrañó que no llevara la bata puesta. Cuando ya estaba a punto de irme, le pregunté dónde la había metido y por poco se desmaya.

—Es raro —comentó Robles entre dientes mientras encendía otro puro—. ¿Qué sabemos de él?

—Oficialmente nada. Quiero decir que no está fichado, claro. Es una especie de trepa, de niño bonito. Sale con la hija del alcalde. Estuvo casado con la psiquiatra de García.

—¿Con Marina?

—Sí. Hace unos años. De eso no sé mucho. Ella lo dijo, creo. Parece que él ahora anda en política, por lo que he oído aspira a concejal, si el suegro le echa una mano.

—¿Algo que ver con el caso García?

—Según mis informes tuvo una agarrada con Marina porque quería hacerse cargo del caso, pero García entró en coma y la cosa no pasó de ahí.

—¿Tiene coartada?

—Más o menos.

—¿Como que más o menos? —Robles estaba a punto de rugir.

—Estuvo haciendo sus rondas, no vio nada raro. Se tumbó, no podía dormir y se fue al bar. Estuvo allí un par de horas hablando con todo el que se ponía a tiro.

—¡Qué dicharachero!

—Estará haciendo méritos. —Guiñó un ojo significativamente—. Propaganda electoral.

—¿Cuándo estuvo en el bar exactamente?

—Exactamente no lo sabe nadie. Entre las cuatro y las siete más o menos.

—¿Cómo que más o menos? —Ahora sí rugió—. Lo quiero exacto, al segundo.

—Sí, jefe. Seguiremos en ello.

—Si ése tiene algo que ver en el asunto lo voy a hacer mierda.

Molina miró al techo con expresión resignada:

—Si su suegro es el alcalde y sale concejal...

—Esto es un Estado de derecho, ¿no? —tronó Robles.

—Sí, jefe, pero ni usted ni yo creemos ya en los Reyes Magos.

—Llama al forense y dile que voy para allá.

Salió dando un portazo. Molina se reclinó en la silla y suspiró. Pulsó el fono:

—Dígale al padre Anselmo que puede pasar.

El día amaneció nublado, como cubierto por una manta gris y algodonosa. Los tres habían dormido mal, despertándose con cada ruido, con cada repentino silencio. Casi al amanecer se habían oído aullidos de perros muy cerca del hotel y un poco más tarde los gallos empezaron a cantar. A las seis estaban todos de pie, moviéndose como sonámbulos por sus habitaciones sin atreverse a llamar a los otros por si aún dormían, mirando intermitentemente por la ventana como si trataran de asegurarse de que el mundo seguía ahí, o como si quisieran despedirse de él.

Jorge acercó una silla a la ventana y se quedó quieto a la luz grisácea del amanecer, mirando cómo la barranca de Fuendemayo iba adquiriendo contornos, precisándose, surgiendo de las sombras. Estaba extrañamente en paz, como si flotara por encima de su cuerpo y de sus sensaciones. En su interior había aceptado ya la idea de que no volvería a su vida cotidiana, de que lo que había entrado en su existencia había acabado con ella para siempre, pero no le importaba. Aunque no podía comprenderlo todavía, sabía que tenía un sentido, que estaba bien así. Si la vida era un regalo, como decía Rosa, era ya momento de dar las gracias y retirarse, regalando otra cosa a su vez. Qué regalaría a cambio era algo que aún no sabía, pero estaba seguro de que iba a averiguarlo pronto. Estaba entrando en el punto de no retorno, quizá hubiera entrado ya, quizá fuera sencillamente su destino y no tuviera elección.

Que siempre se hubiera negado a creer en la predestinación no significaba que no existiera. Tampoco había creído en el amor durante sus primeros treinta años o más, a pesar de algunos enamoramientos enloquecidos y, sin embargo, Rosa le había descubierto poco a poco que ese sentimiento, que él creía sólo literario, existía, dominaba y controlaba las vidas. Ella tenía razón cuando decía que si crees en algo, existe, pero también era verdad que hay cosas que existen independientemente de tus creencias y con el tiempo llegas a darte cuenta de ello, porque están ahí, creas o no, e influyen en tu vida. Como esto. Como lo que le estaba pasando.

El sol se filtraba ahora en tenues rayos velados por las nubes, iluminando la barranca con una luz alabastrina. Su belleza le encogió el corazón. Se sintió tan frágil frente a las montañas de roca, tan pequeño, tan insignificante, que eso le hizo sentir de golpe único e irrepetible, un milagro en un mundo de milagros, un humilde milagro en la gigantesca maravilla del universo.

Sonó el teléfono:

—Buenos días, señor. Son las siete.

—Gracias.

Metió sus cuatro cosas en la pequeña mochila que se había comprado y salió de la habitación despidiéndose de ella como si fuera su hogar, el hogar que ya no tenía en ninguna parte.

En el comedor, Lola, la cara de una palidez verdosa y el pelo mojado, se mordía los labios mientras desmigaba un pedazo de pan sin prestar atención a sus dedos.

Ana entró poco después que él, pálida y nerviosa pero fresca y bien arreglada, como si fueran a emprender una excursión por la sierra. Ana, cuidada y correcta, como una muñeca cara, con un buen cerebro, por añadidura, y unos sentimientos siempre bajo control. Lola, que hubiera podido resultar hasta bonita, siempre descuidada, vulgar, sincera hasta lo brutal, manipulable, desbordada por unos sentimientos que nunca había aprendido a refrenar.

Jorge se forzó a untar su pan con mantequilla mientras la serenidad que había experimentado se diluía poco a poco como el azúcar en su taza de café.

—Ya he pagado —dijo Ana en voz baja—. Todo ha ido bien. El recepcionista me ha preguntado si vamos de excursión por la zona y le he contestado un par de vaguedades. Espero que no sospeche.

—Ya da igual —dijo Lola, que de repente había empezado a comer con apetito—. ¿Sabéis? —continuó como sin darle importancia—, anoche tuve un trance. No provocado. Y lo peor es que es la primera vez que me acuerdo del mensaje.

Los dos se miraron en silencio.

—«No vengáis a Hora. Hora no es lugar para los vivos. Hora es el dolor».

Ana dejó su panecillo en el plato y tragó saliva.

—Ana, come —continuó Lola—. Puede ser la última vez. Luego hay otra vida, eso lo sé seguro, pero creo que allí no se desayuna. —Soltó una de sus risitas semihistéricas que tan nervioso ponían a Jorge.

—Hay que comer, sobre todo porque no sabemos lo que nos espera. Lo que sobre, nos lo llevamos. Yo ayer compré chocolate, fruta y galletas. —Había un reconfortante tono de mando en la voz de Jorge.

Terminaron el desayuno en silencio mientras el comedor solitario se iluminaba lentamente con una luz fría y gris.

Salieron del hotel y se metieron en el coche sin hablar. Ana al volante, Lola a su lado, Jorge detrás.

—Ahora sigue la carretera unos veinte kilómetros hacia el oeste, luego habrá que desviarse hacia el norte por un camino muy pequeño. Hay que estar atentos para no perderlo.

El paisaje era de un gris uniforme, como una acuarela de tonos pastel a la que se hubiera pasado por encima una esponja húmeda. Ana puso una cinta de Bach y encendió un cigarrillo. Lola empezó a liar un canuto, maldiciendo cada vez que el coche pasaba por un bache o una piedra.

—¿No puedes poner algo más alegre? —comentó al cabo de un minuto—. Me está sacando de quicio esa música de iglesia. Ana apretó los labios y no contestó. Lola empezó a buscar entre las casetes.

—Joder, tía, no tienes más que música hecha por muertos.

—Es que resulta que el coche es mío y la música es la que a mí me gusta. Es eso o nada.

—Pues nada. —Lola apagó el aparato, arropó el canuto con las dos manos y cerró los ojos.

—Eso, duérmete que es lo tuyo.

Jorge sintió que Lola estaba a punto de saltar y le puso una mano en el hombro derecho. Ella se la cogió, la acercó a sus labios y empezó a acariciarla lentamente.

—Ahora. A la derecha. Éste es el camino —casi gritó Jorge, soltándose de Lola para coger el mapa con las dos manos.

Ana frenó, dio marcha atrás y enfiló el camino estrecho y sin asfaltar que se perdía entre árboles y pedruscos gigantes.

—Ve despacio o nos cargaremos el coche. Ahora hay otros quince kilómetros o así hacia el norte, luego otra desviación al oeste. Ya te iré diciendo.

Lola se volvió a mirarlo, casi suplicante. Jorge desvió la vista. Siguieron avanzando en medio del paisaje gris y mudo donde ya no se oían gritos de pájaros.

Empezaba a hacer calor, un calor blando y opresivo, como de tormenta. Jorge y Ana se quitaron el jersey. Lola estaba acurrucada en su sillón medio dormida y temblaba. Se oía el castañeteo de sus dientes. Jorge buscó los ojos de Ana en el retrovisor y se miraron unos segundos, preocupados, sin hablar. Conforme pasaban los minutos y los kilómetros, la respiración de Lola subía de tono, cada vez más irregular y más ronca, como si se ahogara. Ahora le temblaba todo el cuerpo con unos escalofríos que eran casi convulsiones. Tenía los ojos cerrados y apretaba los dientes como si estuviera mordiendo algo invisible. Jorge le puso las manos en los hombros. No hubo reacción. La sacudió:

—¡Lola! ¡Lola! ¿Qué te pasa? ¿Qué es?

Ella sacudió la cabeza y empezó a gemir.

—No puedo, no puedo. Estamos muy cerca. Me quemo. Me voy a volver loca. No puedo. No lo aguanto.

—¡Para, Ana, para!

Jorge bajó del coche, ayudó a salir a Lola y la abrazó fuerte. Ella lloraba sin dejar de temblar:

—Lo siento, Jorge, lo siento pero me estoy rompiendo. No conseguiré llegar. No puedo acercarme más. Estoy tratando de controlarlo, pero es demasiado fuerte para mí.

Ana también había salido del coche y esperaba de pie, en silencio. Jorge se volvió hacia ella.

—Llévatela de aquí. Llévatela a cualquier pueblecito de la zona y escondeos hasta que yo vuelva. Trae el mapa.

—Acabo de decidir que no voy a dejarte ir solo a ese sitio, Jorge.

Él la miró incrédulo.

—¿Lo acabas de decidir? Mira cómo está Lola. Está claro que no puede venir. Déjala instalada y vuelve si quieres, pero sácala de aquí, por el amor de Dios.

Ana negó con la cabeza:

—O nos vamos los tres, y luego volvemos tú y yo, o seguimos adelante los tres.

—Ana, por Dios, no seas irracional. Te da tiempo a ir y volver. Yo voy a Hora. Si no hay nada, vuelvo y te espero aquí, en este mismo sitio. Si vuelves y no estoy, vienes a Hora, yo estaré allí. Por favor. No me hagas perder más tiempo. Por favor, Ana. Apenas lo aguanto ya. Además, tú eras la que no querías venir. No haces ninguna falta, ¿no lo ves? Y puede ser peligroso.

—Precisamente por eso. Estoy hasta las narices de que creas que soy una muñeca de salón y que puedes darme órdenes y decidir por mí.

Lola había vuelto a sentarse en el coche y sollozaba intermitentemente mientras sacudía la cabeza a un lado y a otro. Tenía los ojos en blanco y había empezado a formársele una espuma rojiza en las comisuras de los labios.

—¡Dios mío! —gritó él, interrumpiendo a Ana—. Se está mordiendo.

—¡Busca un lápiz, Jorge, o un palo! ¡Hay que hacer algo para que no se muerda la lengua!

Entre los dos consiguieron desencajarle las mandíbulas y ponerle un lápiz entre los dientes.

—La estamos matando, Ana, ¿no lo ves? Llévatela, por favor, llévatela y vuelve si quieres.

—¿A Fuendemayo?

—No, más al suroeste hay otro pueblo balneario, Riomón o algo así. Está a unos cincuenta kilómetros de aquí. Dile que no se mueva de allí hasta que sepa algo de nosotros y déjale el teléfono del padre Anselmo por si quiere hablar con alguien. Y marchaos ya, por favor. Se nos va a morir.

Ana, contrariada pero sabiendo que era la única posibilidad, subió al coche.

—No creas que te has librado de mí, Jorge. Volveré. Serán unas tres o cuatro horas, puede que cinco. Si no estás aquí, iré a Hora.

—Vale. —Entre los dos acomodaron a Lola en el coche—. Oye, Ana..., gracias, y... cuidaos mucho, por favor.

—Tú también.

—Sí.

Jorge sacó la mochila del maletero y echó a andar campo a través, volviéndose para hacerle señas de que se marchara. Cuando dejó de verlo, Ana hizo marcha atrás, dio la vuelta y empezó a desandar el camino, echando miradas inquietas hacia Lola. A los quince minutos dejó de sacudirse, se quitó el lápiz de la boca y miró a su alrededor, atontada.

—Jorge se ha adelantado. Voy a llevarte a un sitio seguro, luego volveré.

—¿Tú? ¿Para qué?

—Porque me da la gana —contestó, furiosa.

Lola, para sorpresa de Ana, se limitó a asentir con la cabeza mientras se exploraba la boca con la lengua. Escupió por la ventanilla.

Al poco rato, se desperezó, cogió un cigarrillo del paquete de Ana y se apretó el vientre con las manos.

—Ana, para. Tengo que bajar a orinar. No aguanto más.

—No es mala idea, pero date prisa, ¿eh?

Se alejaron un par de metros del coche y se acuclillaron junto a unas matas dándose la espalda.

Ana oyó las pisadas de Lola sobre la piedra suelta y trató de darse prisa en acabar. Creyó ver una sombra encima de ella y cuando volvió la cabeza ya era tarde. Una piedra golpeaba su nuca. El rostro de Lola estaba desfigurado como si no fuera ella la que sostenía el arma en la mano. No pudo hacer nada. El primer golpe hizo saltar chispas de colores detrás de sus ojos y la tiró al suelo. El segundo le produjo un dolor intenso y corto como un relámpago. Ya no sintió el tercero.

Lola dejó caer la piedra y con la parte de cerebro que aún podía controlar pensó que era gracioso ver a Ana tirada en el suelo con sangre en la cabeza y el culo al aire, ella que era tan púdica y tan decorosa. Deseó que la violaran todos los pastores de la sierra y se rio de su idea. Sabía que iban a pasarle cosas peores. No se le ocurrió pensar que Ana había tratado de salvarla. Nadie habría podido salvarla ya. Desde que había entrado en aquel camino, ella pertenecía a Hora. Todos pertenecían a Hora, menos Jorge. Ahora había que detenerlo a él.

Miró dentro del coche, la mochila ya no le haría falta. El mapa no le interesaba, ya no era necesario. Bebió un trago de agua, se enjuagó la boca, escupió y bebió otro trago. Agarró las cintas de Ana, las sacó una a una y las fue enrollando en el cuerpo caído de la mujer, en la cabeza, en las piernas, dejándolas flotar en la ligera brisa como serpentinas de carnaval. Volvió al coche y vio el lápiz que le habían metido en la boca. Lo cogió con una sonrisa torcida y se acercó a Ana. Se acuclilló a su lado y la miró fijamente, le colocó el lápiz entre los dientes riéndose para sí, buscó un palo, acarició un momento su superficie astillada y, sujetando a Ana con la mano izquierda, lo empujó violentamente entre sus piernas con la derecha. Un hilillo de sangre resbaló hasta el suelo. Apoyó la cabeza un momento en el pecho de Ana para asegurarse de que aún estaba viva. Muerta no serviría de nada. En Hora tenían planes para ella.

Su corazón seguía latiendo. Sonrió.

Se puso de pie, la miró de nuevo y echó a andar hacia Hora sin volverse, su rostro convertido en una máscara que cambiaba de expresión cada segundo mientras miles de voces cantaban en su interior.

SEGUNDA PARTE
Hora

I

Jorge se detuvo junto a la muralla a recuperar el aliento. Había subido muy deprisa, ansioso por llegar, por enfrentarse a lo que fuera, a lo que había hecho desaparecer a Rosa, a lo que estaba torturando a Lola, a lo que había matado al escritor. Confiaba en sentir también él esa presencia enloquecedora, en poder orientarse como la aguja de una brújula en cuanto se encontrara en la ciudad, pero de momento lo único que percibía era el sonido de su propia respiración agitada sobre el tenso silencio del lugar, un silencio duro y antiguo, casi perfecto, arropado en el bochorno de la tarde nublada.

Una calle de grandes losas de piedra se abría frente a él, como una invitación a penetrar en el laberinto. Se acomodó la mochila y empezó a caminar con lentitud, cuidando inconscientemente de no turbar el silencio de tumba de la ciudad desierta. Llegó a la plaza y una mirada le bastó para estar seguro de que aquel era el lugar de los sueños de Rosa: los soportales, el reloj sin saetas. Una inmensa iglesia de piedra, maciza, tapiada, una fuente con un dragón. Sintió que se le electrizaba el vello al mirarlo y quiso huir, pero sus ojos permanecían clavados en él, fascinados. Había sido esculpido rudamente en una piedra gris, sin pulir, ni siquiera era un buen trabajo de talla, pero tenía vida, estaba mucho más vivo que todo lo demás, más vivo casi que él mismo. Se estremeció. Algo en su interior formuló un concepto, *el enemigo,* y sintió que lo era desde siempre, así, con mayúsculas: el Contrincante, el Enemigo. Le extrañó ese pensamiento porque desde su infancia había sentido una especial atracción por los dragones, siempre había amado a esas bestias fabulosas, solitarias como él, frías y a la vez llenas de fuego, como él, que guardaban un tesoro que no les pertenecía y secuestraban a princesas vírgenes para oírlas cantar. Su más ardiente sueño de infancia había sido montar un dragón, cabalgar por los aires sobre su bestia de fuego por encima de las gentes vulgares, que contemplarían con fascinado horror su cabalgata. Luego, al aprender inglés, se había llamado a sí mismo «El señor de los dragones», *Dragonmaster, Dragonrider, Dragonlord,* su nombre secreto, su fantasía adolescente que nunca había contado a nadie. Nunca había comprendido por qué en cómics y en novelas había tantos *Dragonslayers,* «matadores de dragones», casi un título de nobleza en el mundo de la fantasía heroica.

Él nunca había pensado en matar un dragón, sino en dominar su fuerza, combinar los poderes del hombre y de la bestia y convertirse en algo más que la suma de ambos.

Sin embargo, ahora, mirando el dragón de fauces abiertas y garras de piedra, su fantasía juvenil se fue evaporando. No era posible montar a un dragón, y mucho menos amarlo, porque el amor no estaba en su naturaleza, igual que él nunca podría volar por sus propios medios porque no había sido creado para ello. Frente al dragón sólo se podía ser un matador de dragones.

Un pequeño ruido intermitente pero constante lo sacó de su fascinación. Sonaba lejos, a su izquierda, como un martillo de plata golpeando una varilla de cristal. Separó la vista de la bestia de piedra con una leve inclinación de cabeza y empezó a buscar la fuente del sonido. Las callejas que salían de la plaza se curvaban y retorcían amortiguando el sonido unas veces, ampliándolo otras, sin llevarlo a donde quería ir. Todo estaba desierto, las puertas cerradas, casi todas las ventanas, atrancadas con tablones. Tampoco había más sonido que el constante martilleo.

Encontró por fin una callejuela que parecía llevar directamente a la fuente del sonido y la siguió, cada vez más curioso e intrigado.

En el portal de una casa, un hombre con barba, más o menos

de la edad de Jorge, martilleaba una pequeña chapa metálica sobre una especie de yunque. A su lado había una mesa plegable llena de pedazos de metal y cuentas de vidrio de colores.

Jorge se detuvo frente a él y el hombre alzó la vista, sin sorpresa, sus ojos castaños suaves y dulces, como velados por una visión interior. Por un momento Jorge se preguntó si era ciego.

El hombre se levantó, dejó el martillo sobre la mesa y tendió la mano a Jorge.

—¡Hola! Bienvenido a Santa María.

Jorge cambió su peso al otro pie y estrechó la mano que le tendía.

—Me llamo Salvador —siguió diciendo—. ¿Vas de viaje o vienes a quedarte?

Jorge hizo un gesto vago con la mano.

—Voy por ahí. Alguien me habló de este pueblo y he venido a echarle un vistazo, pero me dijeron que estaba abandonado.

Salvador sonrió apenas.

—Está bastante vacío, pero no abandonado. Yo vivo aquí.

—¿Tú solo?

—No, hombre. Somos unos cuantos más. Si hubieras venido en verano sí que te lo hubieras encontrado desierto. Es la época de salir a vender. —Hizo un gesto hacia los collares que tenía en la mesita—. Aquí casi todos hacemos cosas para vender luego por las playas. En invierno volvemos.

—¿Y sois muchos?

—Quince o veinte, depende. Hay quien se queda unos meses y no vuelve más. Yo ya llevo cinco años. Me gusta esto. Es antiguo, bonito, barato, no te molesta nadie. ¿Tú que haces?

La pregunta lo pilló desprevenido.

—¿Yo? Pues... nada de eso. —Señaló los collares—. Soy tan hábil con las manos como un elefante. Yo escribo. Vamos, quiero decir, pienso escribir. Estaba pensando en buscar un sitio que me gustara y no saliera muy caro para quedarme un par de meses y tratar de escribir mi novela.

Salvador meneó la cabeza.

—No creo que te sirva esto. Si uno no tiene costumbre puede ser bastante aburrido. No hay ni bar y la gente es bastante solitaria, no nos reunimos mucho.

—No sé. Tendría que probar un par de días.

Salvador hizo un amplio gesto con la mano.

—Hay cientos de habitaciones libres, instálate donde quieras y si te apetece un rato de charla, ven a verme, ya sabes dónde estoy.

—¿Me presentarás a los otros?

—Sí, claro, pero si lo que buscas es compañía, mejor vete a otra parte. No somos una clásica colonia de artistas. Somos más bien estilo gato: independientes, recelosos y poco sociables. Por eso se está bien aquí: porque te dejan en paz.

Volvió a sentarse en el portal y cogió el martillo. Jorge deslizó un collar entre sus dedos.

—Son bonitos.

—Sí. A mí me gustan y creo que se venderán bien.

—Oye, Salvador. ¿Hay aquí alguna chica que se llame Rosa?

El hombre alzó la vista.

—No, que yo sepa.

—Es que... bueno, ella me dijo que pensaba venir por aquí. A hacer cerámica, creo.

Salvador negó con la cabeza.

—No hay horno en todo el pueblo.

—Hace casi un año que se fue de casa.

Él volvió a sacudir la cabeza.

—No me suena. Puedes preguntarle a los otros más tarde.

—Bien. Voy a buscarme un sitio para dejar mis cosas.

—Empuja cualquier puerta. No están cerradas con llave.

—Gracias. —Jorge empezó a alejarse.

—¡Oye! ¿Cómo te llamas?

Dudó un instante.

—Lobo.

—Lobo. Me gusta. Va bien con Santa María.

Jorge sonrió.

—Un refugio para gatos y ahora un lobo, ¿eh?

—Aún no es luna llena —dijo Salvador sin sonreír. Bajó la vista y empezó a martillear.

Jorge caminó sin rumbo fijo durante un rato, tratando de encontrar una casa que le atrajera lo suficiente como para desear entrar en ella. No se cruzó con nadie más y al poco tiempo dejó de oír el martilleo de Salvador. Esperaba poder volver a encontrar su calle pero no sería fácil, la ciudad tenía un plano laberíntico, quizá útil en tiempos de guerra.

En una plazuela crecía un árbol desmedrado que no reconoció. No era una vista muy alegre, pero era el único árbol que había encontrado en la ciudad. Frente a él, una casa señorial, con una torre a la derecha, mostraba un escudo en la fachada: dos dragones rampantes con una cruz en el centro. La contempló unos instantes pensativo. Era la casa del sueño de Rosa y el *Dragonmaster* tendría que vivir en esa casa, parecía lo adecuado.

La puerta se abrió chirriando ante el empuje de su cuerpo y entró en la oscuridad de un patio de tierra y losas de mármol donde crecían desmayadamente algunas plantas aromáticas en la poca luz que se filtraba por una ventana semitapiada al fondo de la sala. Cuando se le acostumbraron mejor los ojos a la luz, vio que estaba en lo que un par de siglos atrás debióde ser la cochera y que luego alguien había convertido en un patio casi de estilo andaluz; al fondo había otra habitación con una ventana que daba sobre la muralla hacia la parte del lago y unas escaleras de madera oscura que llevaban a los pisos superiores.

Olía a viejo, húmedo y levemente tóxico, como si las plantas fueran venenosas, narcóticas.

No le apetecía dormir allí cuando desapareciera la poca luz que había. Tendría que probar en la torre. A punto ya de poner el pie en el primer peldaño creyó oír ruido de pasos en el piso de arriba. Un sonido ligero y arrastrado, una voz que apenas podía percibir, canturreando una extraña melodía.

Quizá la casa estaba ya ocupada y su habitante había desdeñado las habitaciones inferiores por la misma razón que él. Se aclaró la garganta:

—¿Hay alguien ahí?

Los pasos se detuvieron y la tonada cesó.

—¿Hay alguien ahí? —repitió.

Volvieron a sonar los pasos en dirección a la escalera. Una figura apareció recortada contra la luz, muy por encima de su cabeza.

Era una mujer, de pelo muy largo y ensortijado, con un vestido hasta los pies y un chal de flecos. Se quedó un momento parada, observándolo, y empezó a bajar despacio, poniendo los dos pies en un escalón antes de continuar al siguiente.

Era pelirroja natural y tenía unos inmensos ojos, verdes e inexpresivos como los de un gato.

—Perdona —dijo Jorge—, estaba buscando un lugar donde instalarme y pensé que aquí no vivía nadie.

—Aquí no vive nadie. —Su voz era dulce y profunda pero trabajosa, como si fuera extranjera o no tuviese mucha costumbre de hablar—. Puedes quedarte, si quieres.

—Gracias. Aún no lo sé. Tengo que mirar arriba. Habrá más luz.

Ella se echó a reír, lentamente, echando la cabeza atrás. Jorge la miró sin comprender.

—Aquí no hay luz en ninguna parte.

—¿Vives aquí? —preguntó Jorge, tratando de sacudirse la impresión de que la mujer estaba loca.

—Estoy aquí, sí, pero no en esta casa. Ésta es la casa de los Valdelvira. Sesenta generaciones. Todos locos. Todos muertos. —Se arrebujó entre las raídas flores de su chal.

—Y ¿qué haces aquí?

Ella sonrió, ladeó la cabeza como escuchando.

—Vengo a buscarlos, a escuchar, a aprender. Recojo vibraciones y las ato en amuletos.

—¿Y luego los vendes?

Ella pareció sorprendida, sus ojos se dilataron. Se repuso en un instante y la expresión que Jorge había creído ver se desvaneció.

—Sí, claro. En verano. Los vendo.

—¿Para qué sirven?

—Protegen.

—Te compraré uno.

—A ti no te protegerán. —Pasó por delante de él y se dirigió hacia la puerta.

—¿Cómo lo sabes?

Se volvió hacia él y movió ágilmente los dedos de las dos manos frente a su rostro.

—*By the pricking of my thumbs.*

Una cita de Shakespeare. *Macbeth.* Lo que dice la bruja cuando Macbeth se acerca.

—¿Eres inglesa?

—Era irlandesa.

—¿Y bruja? —preguntó con ironía.

Ella sonrió ausente, entrecerrando los ojos.

—*Banshee.*

Jorge no comprendió lo que decía, aunque estaba seguro de haber oído antes la palabra. Ya en la puerta, la mujer preguntó:

—¿Cómo te llaman?

Le extrañó que formulara así la pregunta, luego recordó que era extranjera:

—Lobo.

—Bienvenido al lugar de la serpiente, Lobo.

—¿Quién eres? —casi gritó cuando ella atravesó la puerta.

—Saraí.

—Ya nos veremos.

Sólo le llegó su risa desde el exterior.

—¿Dónde está Saraí? ¿Alguien lo sabe?

Varios pares de hombros se encogieron alrededor de Salvador. Se habían reunido todos en una de las casas más grandes, la que usaban cuando tenían que discutir algo o querían comer juntos. Salvador los había convocado para contarles su conversación con el recién llegado y decidir cómo iban a actuar. Habían encendido los hornillos de gas para preparar la cena y multitud de velas y lámparas de aceite para iluminar la habitación. Hablaban mientras pelaban patatas y verduras, ponían la mesa, amasaban tortas.

—Entonces, según nos has contado, no parece peligroso, Salvador.

—No lo parece, es cierto, pero puede serlo.

—Sólo se quedará un par de días. Se cansará de buscar y se marchará.

—Me preocupa que no esté Saraí. Si se ha tropezado con él puede haberle contado cualquier cosa.

—Saraí está evidentemente loca, podría contarle toda la verdad y no se la creería.

—No sé. Si ha llegado hasta aquí, es probable que ya tenga algún tipo de experiencia.

—¿A qué ha venido? ¿A buscar sensaciones?

—Busca a una mujer, ya os lo he dicho.

—¿Está aquí?

—Me temo que sí.

—¿Entonces?

—Jamás la encontrará.

—¿Estás seguro de que ha venido a eso?

—Completamente.

—Tiene que irse.

—No se irá. Quiere una respuesta. No se irá hasta que la tenga.

—Le daremos una.

—Sabrá que le mentimos.

—No lo sabrá. Él no es sensible.

—Si lo fuera, podríamos hacer de él un iluminado.

—No sirve. Tiene luz.

—Por eso tiene que marcharse. Si se queda, podría convertirse en un apasionado. No podremos mantener el control con otro más.

—¿Otro más?

—Sí. Hay otra.

—Necesitamos a otro atormentado.

—Lo tenemos.

Todas las miradas se clavaron en Salvador.

—¿Él?

—No. Otro. Una mujer.

—¿La que él busca?

—No. La que él busca es una ardiente.

Todos los movimientos se detuvieron, los veladores sopesaban las implicaciones del asunto.

—Tiene que irse ya.

—Le mostraremos lo que quiere ver.

—Y luego ¿qué?

—Luego quizá ya no sea un problema.

—Necesitamos al Guía.

—El Guía no ha hablado. Tendremos que decidir solos.

—No lo entiendo.

—No estás aquí para entender, sino para servir.

Las dos miradas se encontraron y uno de ellos bajó los ojos.

—Vamos a darnos prisa. Debe de estar al llegar.

—¿Qué vamos a hacer, Salvador?

—Seguir con lo que hemos empezado. Somos una colonia de artistas. Aceptará un poco de excentricidad. Seremos hospitalarios y lo dejaremos husmear un poco. Luego se irá.

—¿Y si no se va?

—Esperaremos a que hable el Guía.

—¿Y si no habla?

—Lo atormentaremos. Así, antes o después, podrá reunirse con la mujer que busca.

—No creo que sea eso lo que él desea. No de ese modo.

—Los deseos no importan. Seguid trabajando. Voy a buscarlo. Si vuelve Saraí, dadle una infusión de adormidera. Si no vuelve, salid unos cuantos a buscarla.

La noche caía con rapidez y las calles se hallaban envueltas en una penumbra que pronto sería oscuridad total. Salvador conocía bien el camino y no necesitaba luz para orientarse en el laberinto de callejas. Caminaba con paso rápido y elástico, sin ruido. Oyó las voces de los niños y se apresuró a reunirse con ellos. Sabían poco, pero eran aún muy pequeños y podían hablar de cosas inconvenientes.

A Jorge, la idea de quedarse a oscuras en Hora le producía casi terror. No se le había ocurrido lo que de verdad significaba la noche en un lugar sin luz eléctrica, sin alumbrado público, por malo que fuera. Había pasado algunas noches en pueblecitos de montaña, pero siempre había habido algún farol en las esquinas y, aun así, la sensación siempre había sido misteriosa e inquietante. En Hora, la oscuridad era casi completa ya. Si no se daba prisa, no encontraría jamás la casa de Salvador. Tenía una linterna pequeña, pero no pilas de recambio y no había caído en comprar velas. Se llamó imbécil un par de veces y se encogió de hombros, tratando de silbar para ahuyentar el miedo. Sus pasos, aunque cuidadosos, resonaban en las paredes y traían ecos distantes devueltos por el laberinto de muros y callejas.

Habría dado cualquier cosa por que Ana estuviera a su lado o don Anselmo o la hermana Virginia, o incluso Lola, aunque quizá hubiera sido mucho peor. Ana habría sido la más adecuada porque era normal, como él, porque no sentía nada que no pudiera percibirse con los cinco sentidos humanos. Se preguntó dónde estarían, si habrían llegado bien a Rio-lo que fuera, por qué no había vuelto Ana. Otra serie de preguntas sin respuesta.

Llegó a un cruce de calles y se detuvo; no recordaba haber pasado antes por allí, no tenía ni idea de la dirección que debía tomar. El silencio era tan perfectamente enloquecedor como siempre y la oscuridad cada vez más profunda. Creyó ver unas placas con el nombre de las calles y se arriesgó a encender la linterna un momento: calle de la Desolación, leyó en unas letras rojizas y borrosas pintadas sobre el muro, calle de la Amargura, calle del Calvario. A pesar de su historia maldita, Santa María debió de haber sido nombrada por buenos católicos. Los nombres no podían ser más tétricos. Apagó la linterna y la negrura le resultó tan sólida y opresiva por contraste que la volvió a encender. Echó a andar por la calle del Calvario que era un poco más ancha y parecía subir recta, quizá hasta la plaza donde esperaba el dragón.

Volvió a detenerse y cambió de rumbo. Tendría que ver de nuevo el dragón, tendría que entrar en la iglesia tapiada, pero no ahora, no en la oscuridad.

Le pareció oír un leve maullido y un cuchicheo, como voces infantiles que hablaran en susurros. Siguió adelante procurando no hacer ruido. Se preguntó por qué resultarían tan inquietantes las voces de los niños, sus risitas. Lo había visto en el cine cientos de veces y, sin embargo, ahora entendía que no era un truco, que debía de formar parte de los miedos ancestrales de la humanidad. Ese cuchicheo le estaba poniendo los pelos de punta; por suerte, no se reían.

El gato volvió a maullar y algo pasó rozándole la pernera de los pantalones. Levantó la linterna, con el corazón latiéndole en las sienes. Dos niños, chico y chica, estaban de pie ante una casa que podía ser la de Salvador. Sonreían misteriosamente y tenían los ojos verdes y felinos como los de Saraí, pero más oblicuos y más vivos.

—¿Buscas a Salvador? —La voz de la niña sonaba clara, fresca, normal.

Jorge sintió un inmenso alivio.

—Sí. ¿Está por aquí?

—No —contestó el chico—. Hoy cenamos todos juntos. En tu honor. Nos han mandado a recogerte.

—Menos mal. No se me había ocurrido que un pueblo pudiera estar tan oscuro. Casi me pierdo en este laberinto.

—Los laberintos siempre están oscuros, menos en el lugar donde habita la Bestia —dijo el chico con la misma naturalidad con que podría haber dicho que el Sena pasa por París.

—Sol, deja de decir idioteces para impresionar a nuestro huésped. —La voz de Salvador sonó a sus espaldas. Se acercó a Jorge y le puso la mano en el hombro—. Sol aprende esas cosas de Saraí, sabe que nos ponen los pelos de punta y le encanta hacerlo.

El chico se mordió los labios y no dijo nada.

—¿Son hijos de Saraí?

—¿La conoces? —Había preocupación en su voz.

—Me la encontré antes, cuando buscaba casa.

—¿Dónde estaba?

—En la casa de los Valdelvira. La del escudo con los dos dragones.

—¿Te has instalado ahí?

—De momento sí, en la torre.

Echaron a andar los cuatro juntos.

—Es un poco grande para ti solo, pero tiene la ventaja de que en verano es fresca. ¿Saraí sigue en la casa?

—No. Se fue hace rato. Sólo hablamos un minuto.

—Está un poco ida, ¿sabes? Tuvo problemas de drogas y nunca se recuperó del todo. Pero es buena chica y entre todos la cuidamos.

—¿Y sus hijos?

—No son sus hijos. Sol y Una son hijos de unos mimos que vinieron aquí hace cinco años. Se fueron de gira una primavera y los dejaron aquí hasta el verano. No los hemos vuelto a ver. Ahora son hijos de todos.

—¿Sol y Luna? —La voz de Jorge sonaba divertida, incrédula.

—Una, no Luna —dijo la niña—. Me llamo Una, como la Diosa Madre, la que no tiene nombre, el motor inmóvil, el centro del universo.

—Vale, Una. Deja de presumir de esoterismo, ¿quieres? Con una Saraí tenemos bastante.

La luz amarillenta que se filtraba entre las tablas de una ventana hizo que el corazón de Jorge saltara de alegría. Luz por fin.

—¿Por qué tenéis tapiadas las ventanas? —preguntó.

—En invierno se pasa menos frío así. Aquí los inviernos son terribles. Y en verano no estamos. No vale la pena tomarse el trabajo de clavar y desclavar.

Salvador abrió la puerta y entraron en una gran habitación con vigas de madera en el techo y un fuego de leña en la chimenea. Había dos enormes mesas de madera oscura con bancos a los dos lados; la luz era toda de velas y candiles de aceite. Olía maravillosamente a comida recién hecha.

Todos se levantaron al verlos entrar. Jorge contó por encima unas quince personas, tal vez menos. Salvador lo acompañó del codo y lo sentó en el banco.

—Éste es Lobo. Es escritor y quizá se quede una temporada. Todos hicieron algún tipo de saludo. Salvador se volvió hacia él.

—No te va a servir de mucho que te los presente porque se te van a olvidar los nombres.

—Tienes razón. —Jorge lanzó una sonrisa a su alrededor.

Trajeron entre dos un gran caldero metálico y empezaron a servir una sopa de patatas y verduras. Se sentaron a la mesa y Jorge sorprendió un masivo cruce de miradas y un levísimo gesto de Salvador que no pudo comprender.

—Vamos, que se enfría. —Salvador metió la cuchara en su sopa y todos empezaron a comer.

—Está buenísima.

—Chaco es un gran cocinero, pero no practica mucho.

Un hombre grande y calvo al extremo de la mesa les dedicó una sonrisa ausente.

Jorge buscó con la vista a Saraí, pero no estaba en la mesa.

—¿Saraí no come con nosotros?

—Llegó hace un momento, se tomó la sopa y se quedó dormida. —La mujer que había hablado señaló hacia la chimenea.

Había un bulto tapado por una manta tumbado frente al hogar. Los rizos de Saraí brillaban como el cobre.

—Se levanta al amanecer. Se pasa el día dando vueltas por ahí y a estas horas ya no aguanta —añadió otra chica de pelo teñido a mechas violetas y verdes.

—¿Qué escribes? —preguntó un hombre alto y moreno que llevaba el pelo recogido en una trenza en lo alto de la cabeza.

Jorge se metió rápidamente una cuchara llena en la boca para tener unos segundos antes de contestar.

—Quiero escribir una historia de fantasmas.

Tuvo la impresión de que todos los movimientos se detenían unos instantes antes de continuar. Luego le pareció que todas las cucharas de la mesa entraban al mismo tiempo en todas las bocas.

—Me he informado un poco de la historia de algunos pueblos abandonados, pueblos malditos, ya sabéis, brujas, herejes, templarios, toda la historia negra. —Trataba de sonar ligero y escéptico—. Santa María me pareció el mejor y por eso he venido. Pero por desgracia yo no puedo oír hablar a los espíritus como hace Saraí.

—¿Te parece una desgracia? —Los ojos de la chica del pelo de colores brillaban, repentinamente animados.

Jorge forzó una risa incómoda.

—Hombre, para lo que quiero hacer sería más fácil si pudiera oírlos.

Chaco se levantó y empezó a recoger los platos vacíos. Una mujer trajo dos jarras de vino y otro empezó a repartir tortas de pan sin levadura por el centro de la mesa.

—Sólo los oye Saraí, al menos eso dice. Los demás nunca hemos notado nada —añadió el de la trenza.

Al fondo de la sala Chaco y dos hombres más cortaban tajadas de asado. Dos mujeres iban repartiendo los platos. Era una carne muy roja, bastante cruda, que olía deliciosamente a hierbas.

—Hemos matado una cabra en tu honor, Lobo, pero no te creas que todos los días cenamos así.

—No es cabra —dijo la voz clara de Una—. Es macho cabrío. Hubo un breve silencio, como si todos estuvieran conteniendo la respiración.

—No se me ha ocurrido preguntarle el sexo —dijo Chaco desde el fondo.

Varias sonrisas tensaron los labios mientras los ojos no se apartaban de Jorge. Él cortó un pedazo y empezó a masticar.

—Es lo mejor que he probado en la vida. Normalmente no me gusta la carne tan cruda pero ésta está de muerte.

Ahora sonrieron todos empezando a comer.

No hubo más conversación mientras duró la carne y Jorge pudo dedicarse a observar discretamente a los otros. Eran dieciocho sin contarse él. Todos muy como se supone que deben ser los artistas alternativos: extravagantes, descuidados, cargados de adornos de madera, hueso y metal, con chalecos, pañuelos de flecos, pantalones de tela india, vestidos largos... Sin embargo, de alguna manera que se le escapaba, parecían falsos, disfrazados, como si estuvieran rodando una película de *hippies*. Y todos estaban horriblemente pálidos, consumidos, con la piel ajada de las personas enfermas que no pueden salir al sol. Debía de ser muy dura la vida allí y, sin embargo, era natural su presencia en esa sala inmensa, monacal. Estaba claro que pertenecían al lugar, que era su casa.

—Las mesas las trajimos del convento de detrás de la iglesia —comentó Salvador viendo que Jorge observaba la sala—. Esto era una especie de palacio, pero no tenía muebles cuando llegamos. Las mesas y los bancos son muy antiguos, pero sólidos.

—¿Encontrasteis también el tesoro de los templarios?

Salvador lo miró a los ojos sin sonreír.

—¿Qué tesoro?

—Es una leyenda que oí. Habladurías. Se supone que los templarios habían reunido un fabuloso tesoro en una cripta, una cueva o algo así y los mataron a todos antes de que tuvieran tiempo de recogerlo y huir.

—No sabemos nada de eso. ¡Ojalá! Si nos lo encontráramos podríamos vivir mucho mejor. Como comprenderás, vender collares, sandalias y chucherías no da para lujos.

Jorge sonrió.

—¿Os importa si mañana echo una mirada por ahí? La respuesta de Salvador fue inmediata.

—¡Qué va, hombre! Haz lo que quieras. Tienes tanto derecho a estar aquí como cualquiera.

—A propósito —siguió Jorge tratando de que sonara casual—. ¿No habréis visto en los últimos ocho o diez meses a una chica de pelo rojizo que se llama Rosa?

Todos sacudieron la cabeza o se encogieron de hombros.

—Yo sí —dijo Una—. A fines de verano.

Jorge se volvió hacia ella con un peso en el estómago, sin acabar de creer lo que había oído.

—Se marchó —añadió la niña—. Estaba buscando el «lugar

de las respuestas», dijo. Dio una vuelta por el pueblo con nosotros y luego dijo que no era este el lugar y se fue antes de que se hiciera de noche.

Salvador la miraba incrédulo, disimulando apenas su contrariedad. Sol intervino, incómodo, mirando su plato.

—Es verdad, Salvador. Estuvimos un rato con ella. Hablamos, nos dio caramelos y chocolate y se fue.

—¿Por qué no nos dijisteis nada?

Se miraron y se encogieron de hombros.

—No valía la pena. Estabais todos fuera. Cuando volvisteis ya ni nos acordábamos.

—¿Estáis seguros de que se marchó? —preguntó Jorge.

—Sí —contestó Sol—. Hacia el norte, hacia Peña Quebrada y la Garganta del Diablo.

—¿No dijo adónde iba?

Los dos negaron con la cabeza, sincronizadamente. El resto de la cena, manzanas pinchadas en un palo y asadas en la lumbre, transcurrió sin palabras porque dos muchachas y un chico habían empezado a cantar antiguas canciones sefardíes.

Jorge le daba vueltas a la posibilidad de que los niños mintieran, pero ¿por qué iban a mentir? Se quedaría un par de días más, para asegurarse de que no había rastro de Rosa y para intentar entrar en la iglesia tapiada. Luego se marcharía en la dirección que le habían indicado. Era su única pista y no tenía más remedio que seguirla. A las once, Salvador se ofreció a acompañarlo a su casa, lió un cigarrillo de hierbas aromáticas y salieron a la calle. El aire estaba fresco y olía levemente húmedo y amargo, aire de monte. Pasó un recuerdo por su mente que no pudo precisar.

—No nos hagas mucho caso, Lobo. Aquí todos estamos un poco locos.

Caminaron en silencio hasta la casona. Salvador lo vio cruzar el umbral y se marchó lentamente.

2

Eran las tres de la tarde y el sol de junio picaba casi como en pleno verano. Robles, con la cabeza baja, caminaba con rapidez entre las tumbas, como si se avergonzara un poco de que alguien pudiera verlo allí. Llegó por fin a la de Sagrario, en la parte más nueva y más fea del cementerio, un nicho de la segunda fila en una inmensa hilera de nichos recién construidos, aún sin ocupar. El suyo estaba lleno de flores y coronas que habían enviado los pocos parientes y amigos y los numerosos compañeros de la clínica que se habían dado cuenta de repente de que Sagrario, a pesar de toda su rudeza, había sido una persona a la que iban a echar de menos.

Miró la corona que había encargado él, cinco filas de claveles rojos, las flores preferidas de Sagrario, y se le llenaron los ojos de lágrimas. La había pedido sin cinta porque no quería que todos los curiosos que acudieran al funeral pudieran leer lo que había escrito para ella. Metió la mano en el bolsillo de la chaqueta, sacó la cinta y volvió a pasar la mano por las letras doradas antes de depositarla sobre la corona: «De tu esposo, con infinito amor». No tenía sentido poner «tu esposo no te olvida», como había sugerido la señora de la floristería. ¿Cómo la iba a olvidar? ¿Cómo se podía ser tan imbécil de poner una cosa así en una corona o en una lápida? A menos que lo escribieran precisamente para eso: para recordar que no debían olvidar a la persona que yacía en el nicho. Él no lo necesitaba. No la olvidaría. Había hablado con la hermana de Sagrario, que vivía en

La Coruña, y habían quedado de acuerdo en que sería él quien pagaría la lápida y atendería la tumba. La lápida ya estaba encargada: granito blanco sin pulir, cuatro clavos de hierro, una pequeña cruz, también de hierro, y su nombre: Sagrario, sin fechas, sin apellidos.

Mirando fijamente el lugar donde su mujer estaba muerta y fría, recosida por el forense, perdida para siempre, eternamente alejada de su amor y de su vida, sintió una furia incontrolable, un deseo ciego de devolver el golpe como fuera y contra quien fuera, un deseo de matar como nunca antes había sentido en su vida y a la vez una impotencia que casi lo paralizaba de rabia.

García estaba muerto. Habían encontrado su cuerpo despeñado en una barranca, a pocos kilómetros de la estación. Ya ni siquiera le quedaba la posibilidad de vengarse en él, de destrozarlo con sus manos, aunque con eso no consiguiera recuperar a Sagrario. Y el actor había desaparecido sin dejar rastro. Según Molina, no había tenido nada que ver en el asunto, las pruebas eran concluyentes. Seguían investigando el caso porque, a pesar de todo, estaban convencidos de que alguien más que García había tenido que intervenir en el asunto. Estaba la jeringa que habían encontrado junto a la cama de García, la puerta de comunicación abierta con las llaves de Sagrario, cuando él sabía que Sagrario nunca hubiera hecho eso, y el misterioso asunto de la bata del tal Pedro Morales que les había traído el cura.

Molina, con mucho tacto, tenía que reconocerlo, había insistido en encargarse personalmente del interrogatorio de Morales, temiendo, era de suponer, que el jefe lo matara del primer puñetazo. En el fondo le daba igual. No era ese niño bonito, yerno del alcalde y futuro concejal, con el que quería vérselas. De algún modo que ni siquiera él era capaz de justificar, a quien quería era al actor, a ese maricón que le había destrozado la vida cruzándose incesantemente en su camino, dejando tras de sí tres muertes inexplicables. Y ya que parecía saber bastante de las dos primeras, ¿por qué no podía saber también sobre la de Sagrario? ¿Por qué había desaparecido de ese modo?

Su suegra lo había recibido temblorosa y despeinada, con

color de fantasma y ojeras hasta la boca y había insistido entre sollozos en que ella no sabía dónde estaba Jorge y que él no tenía nada que ver con aquel horrible crimen. Era verdad que no sabía dónde estaba. Ya se había asegurado él. Pero alguien tenía que saberlo. Y, sin embargo, sólo se había tropezado con caminos sin salida. Lola, la extraña amiguita del actor, había desaparecido también. En el teatro andaban histéricos porque había acabado la huelga y nadie tenía noticias de él. Y el cura tampoco sabía nada, al menos eso había dicho. Marina no hacía más que vomitar y llorar y se había encerrado en casa. No tenía por dónde empezar. No había ningún punto de apoyo, y él necesitaba actividad o acabaría por pudrírsele la sangre.

Se volvió violentamente y dio un puñetazo al nicho de enfrente con todas sus fuerzas. El dolor le apretó la garganta y le hizo gemir sin proponérselo. Debía de haberse roto algo. Con la mano izquierda, apretó la derecha contra el pecho y, como en un relámpago, vio los ojos chispeantes de Sagrario diciendo: «¡Qué bruto eres, Robles! Ese genio tuyo te va a perder».

Tenía razón Sagrario. Tenía razón, pero él necesitaba hacer algo, y rápido, antes de que le subiera tanto la tensión que le estallara el cerebro.

Jorge abrió los ojos con la primera claridad del día que se filtraba por entre las maderas que tapiaban la ventana de la torre. Tenía el cuerpo entumecido y si hubiera estado en una cama habría podido seguir durmiendo hasta mediodía, pero el saco no invitaba a quedarse más tiempo en aquel suelo polvoriento, mirando cómo las arañas tejían sus telas por encima de su cabeza. Se puso de pie con dificultad, se pasó las manos por la cara y luego, despacio, por todo su cuerpo enflaquecido. Se estaba quedando en los huesos.

Cogió unas galletas y un poco de fruta, vació la mochila, metió dentro la comida y salió a la calle. Según su reloj eran las seis y cuarto. Iba a hacer un día de calor, el cielo estaba despejado y el sol pronto empezaría a calentar las viejas piedras. El silencio era sobrecogedor, como siempre. Ni un insecto, ni un pájaro, ni siquiera sonidos humanos. Orinó contra una tapia pensando qué hacer, pensando si tenía sentido quedarse en ese pueblo muerto persiguiendo una quimera. ¿No sería mejor volver? ¿Confesar que su búsqueda no había servido para nada, dar a Rosa definitivamente por perdida y tratar de rehacer su existencia?

Pensar en Rosa lo llenó de una vaga tristeza; aunque la imagen de su rostro y de su cuerpo era una presencia candente que no le dejaba reposo, ya casi no podía recordar su voz. ¿Cómo sonaba su voz? «¡Dios mío!», pensó, «no me acuerdo de su voz», y sintió una angustia opresiva mezclada con un sentimiento de culpa. Se concentró en buscar entre sus recuerdos mientras cruzaba el pueblo solitario, donde las sombras se extendían violentas y largas bajo el primer sol del día. A veces, durante unos segundos, creía haber apresado su risa, el recuerdo de su risa que se desdibujaba de inmediato, perdida en el silencio, como una burla macabra.

Recordó que quería entrar en la iglesia, pero eso podía hacerlo siempre, lo primero era tratar de seguir la única pista que tenía: hacia el norte, hacia Peña Quebrada y la Garganta del Diablo, habían dicho los niños.

Salió del pueblo sin encontrarse a nadie y empezó a descender la ladera arrastrando piedras sueltas a su paso. El sol, muy amarillo, marcaba largas sombras en el paisaje. A mediodía el calor sería infernal. Siguió una torrentera flanqueada por chumberas y cardos gigantescos, secos y cuajados de espinas, empezando a echar de menos sus gafas de sol. Encontró un riachuelo que bajaba del norte, se refrescó la cara y siguió caminando a lo largo de la orilla; poco a poco el terreno se elevaba de nuevo y, remontando el curso del torrente, fue adentrándose en una garganta que se hacía cada vez más estrecha entre paredes rocosas de veinte metros de alto. Ésa debía de ser la Garganta del Diablo. Se detuvo un momento y contempló el panorama. A sus espaldas, la roca de Santa María se alzaba como un espejismo, recortando contra el cielo su mole de piedra coronada de casas y murallas.

—¿Le apetece desayunar conmigo?

La voz casi le hizo perder el equilibrio. Se volvió sin dar crédito a sus oídos, pero la pregunta no había sido una alucinación; un viejecito de pelo blanco correctamente vestido para un entierro de pueblo de principios del siglo pasado le observaba desde una roca al otro lado del riachuelo con una gran jarra de loza en la mano.

—Perdone el sobresalto —siguió diciendo el viejo—, pero ya hace rato que le vi salir del pueblo y he estado preparando algo de comer. Se nota que no tiene usted costumbre de andar por el campo; llevo bastante tiempo esperando.

—Me ha dado usted un buen susto.

—Le ruego otra vez que me disculpe; no era mi intención. Es que tengo tan pocas ocasiones de hablar con alguien que no sabía por dónde empezar y me ha debido de salir un poco brusco.

Jorge cambió su peso al otro pie, indeciso.

—¿De dónde sale usted? ¿Vive por aquí?

El viejo hizo un gesto hacia arriba.

—Ahí mismo, sobre la garganta. ¿Puedo ofrecerle que comparta mi modesto almuerzo?

A pesar de las dos manzanas que se había comido, Jorge notó que le gruñía el estómago al pensar en comer. Y que el viejo viviera en la garganta era providencial, tal vez supiera algo de Rosa.

—Con muchísimo gusto —contestó.

El viejo inclinó la cabeza, satisfecho al parecer, pero sin acompañar su gesto con la natural sonrisa.

Jorge cruzó el riachuelo y el viejo echó a andar por una torrentera empinada y pedregosa, jadeando un poco, pero sin detenerse.

—¿Me permite que le lleve la jarra?

—Con mucho gusto, joven. Uno ya no es lo que era —sentenció meneando la cabeza.

La jarra pesaba al menos cinco kilos y Jorge tuvo que hacer un esfuerzo a lo largo de los últimos doscientos metros para llevarla sin derramar el agua. En la misma pared de la roca, sobre un repecho, se hallaba la entrada de una casa-cueva, con una fachada sin ventanas que en algún tiempo estuvo encalada. Frente a ella había dos sillas y una mesita desvencijada a la escasa sombra de una higuera medio muerta.

Jorge dejó la jarra en la mesa y miró el árbol con una mueca de disgusto; todas las hojas estaban enfermas, con unos bultitos amarillentos e hinchados, como las hojas de la pequeña parra que trepaba por el lado izquierdo de la casa.

—Es raro encontrar viñas e higueras en esta zona —comentó.

—No es una higuera, joven. Es un sicomoro. El árbol original de la tentación en el Paraíso. —El tono de la voz era el de un maestro de escuela del siglo pasado.

—No entiendo mucho de plantas —contestó Jorge, conciliador.

—Pues no hable de lo que no sabe. Y ahora —dijo cambiando de tono—, ¿me hará el honor de aceptar mi hospitalidad? —Indicó con una mano la silla que quedaba en sombra.

—Muy agradecido. Muchas gracias.

El viejo cogió la jarra y desapareció en el interior de la casa mientras Jorge empezaba a pensar que no serviría de nada preguntarle, porque parecía estar bastante loco.

Desde aquella especie de terraza, el paisaje era impresionante: un horizonte picudo erizado de sierras sobre el que se destacaba, casi en el centro del espacio abierto, la peña de Santa María con el lago, un espejo centelleante, a sus pies, a la derecha. Vista desde ese lugar, no parecía una inquietante ciudad fantasma, sino la montaña primigenia, la unión del cielo y la tierra, un monumento erigido por manos desconocidas a un dios olvidado.

—Impresionante, ¿verdad? —El viejo colocó sobre la mesa unos platos de loza desportillada.

—Es hermosísimo, sí.

—Yo nunca he podido decidir si es hermoso, pero si lo es, la suya es una belleza trágica, ¿no cree?

Jorge reflexionó un momento.

—Al llegar, desde abajo, sí me lo pareció. Ahora, desde esta perspectiva, no es tan amenazador. Es casi como un juguete.

—Sí —dijo el viejo sirviendo los platos—, un juguete macabro.

Jorge levantó la vista.

—Claro, usted no sabe nada. Acaba de llegar.

—¿Cómo lo sabe?

—Lo vi llegar ayer a media tarde.

—¿Me vio? ¿Desde aquí? —Jorge buscó con la vista algún tipo de telescopio. El viejo soltó una risita.

—Tengo una vista excelente. Coma, coma, se le va a enfriar. Jorge se metió en la boca una cucharada de migas fritas con manteca de cerdo y trocitos de jamón, deliciosamente crujientes.

—Decía usted que era un lugar macabro.

—Lo es. ¿Acaso no conoce usted su historia?

Jorge asintió con la cabeza mientras comía cada vez con mayor apetito.

—Éste es el lugar donde el infierno se asoma a la tierra para clamar al cielo. ¿No lo siente? No, no me mire así. No estoy loco, aunque supongo que a veces lo parezco. Son muchos años de investigación solitaria, ¿comprende?

—¿Investigación?

El viejo soltó una tosecilla seca y envaró la espalda, como si se dispusiera a dar una conferencia.

—Desde que alcanza mi recuerdo, casi le diría que desde la hora de mi nacimiento, me he interesado por lo diabólico. Nada de misas negras y esas estupideces. Me refiero al principio del Mal, al papel del diablo en el mundo y a sus relaciones con su oponente, con el dios del Bien.

»Me habría gustado estudiar Teología, pero mis circunstancias no me lo permitieron; el seminario habría sido gratuito, pero para cura hubiera resultado demasiado heterodoxo, así que me hice maestro nacional, lo que me permitía recorrer todo el país y me ofrecía mucho tiempo para mis estudios. Hace casi sesenta años encontré este lugar, abandoné mi trabajo y me instalé aquí, a investigar, como ya le he dicho.

—¿Sesenta años? ¿Cuántos tiene usted? —Jorge sonaba incrédulo.

—Más de noventa, bastantes más de noventa.

Jorge trató de hacer volver su boca y sus ojos a la expresión normal, y preguntar algo para cubrir la pausa que se había creado.

—Y ¿por qué Hora?

—¡Ah!, muy bien. Veo que conoce su verdadero nombre. La respuesta es muy sencilla, joven. Hora es el lugar, como ya le he dicho. Tal vez no sea el único sobre la tierra, pero es auténtico. Es la verdadera imagen del infierno.

—¿Quiere decir...? —Jorge se sentía ridículo al plantear la pregunta—. ¿Quiere decir que el diablo está aquí?

El viejo soltó otra risita desprovista de humor.

—El diablo está aquí y en todas partes, amigo mío. No es un ser de carne y hueso. No es como Dios, claro, pero también él es espíritu y no tiene por qué estar ligado a un lugar. Pero si quiere que conteste con mayor concisión a su pregunta, le diré que sí, que está aquí mucho más que en otros lugares.

—Y ¿es de verdad como se dice? ¿Es... malvado?

Esta vez la risa permaneció en los ojos del viejo cuando ya había dejado de sonar en su garganta.

—Su inocencia me conmueve, hijo mío. ¿Por quién toma usted a Satán? ¿Por un criminal, por un gamberro que tira piedras a los cristales de la casa de Dios? ¿Por un malo de novela que se complace en el dolor ajeno? Claro, no le culpo. Ésa es la absurda imagen que ha propagado la Iglesia Católica y todos los artistas de nuestra orgullosa civilización: cabeza y patas de macho cabrío, brazos y senos de mujer, escamas, alas membranosas, cuernos y rabo. ¿No le parece ridículo? Y luego todas esas sandeces de velas negras, cruces invertidas y anticristos deseosos de conquistar el mundo. La pugna de Dios y Satán es más antigua que la encarnación de Jesucristo, más antigua que el mundo, anterior a toda existencia. —Hizo una pausa, como si viera en su mente algo que Jorge no podía adivinar. Suspiró antes de continuar—. ¿Que si es malvado? Depende del punto de vista. Probablemente en nuestra moral humana lo es.

»Dígame, joven: ¿es malvada una leona cuando destroza a zarpazos la gacela a la que persigue? ¿Es malvada una araña cuando mata a su macho después de aparearse con él? ¿Es buena una vaca cuando permite que la ordeñemos y bebamos la leche destinada a su ternero? —Se trataba evidentemente de preguntas retóricas porque continuó sin esperar respuesta—. No son ni buenos ni malos. Son así. Es su naturaleza y no pueden cambiarla. Cuando tiene uno la desgracia de ser mordido por una serpiente venenosa no se le ocurre decir que la serpiente es mala, a menos que sea uno un niño o un idiota.

—Pero la serpiente se está defendiendo —intervino Jorge.

El viejo le miró retadoramente, alzando las cejas.

—¿Y quién le ha dicho que el diablo no tenga necesidad de defenderse?

—¿Defenderse? ¿De qué? ¿De quién?

—De los humanos. De su destino. De su hambre. Pero sobre todo, como yo lo veo, del juego de Dios.

—¿Qué juego?

—¿Cómo que qué juego? ¿Es usted un completo ignorante? —Hizo una pausa para recuperar la compostura y su tono magistral—. Dios lo es todo, ¿no? Es eterno, omnisciente, omnipresente y todopoderoso, supongo que hasta ahí estamos de acuerdo. Sin embargo, Satán consigue rebelarse, a pesar de que Dios debía saberlo desde que lo creó y, por su desobediencia, lo castiga expulsándolo de su lado y le permite crear, digamos, un partido en la oposición. Luego asiste impertérrito al momento en que Satán consigue que los humanos caigan en la tentación y se rebelen contra su creador, cosa que él debía tener planeada porque, si es omnisciente y todopoderoso, nada puede escapar a su control. Y una vez que han pecado, cosa que él debía saber desde siempre, los castiga por una falta terrena y finita a una pena espiritual y eterna. No obstante lo cual, tolera que su enemigo siga tentando a la humanidad, poniendo en peligro para siempre su alma inmortal y se enzarza en una batalla que de antemano tiene ganada porque es él quien marca el juego. Además, de vez en cuando organiza un combate singular contra la Bestia que, por supuesto, es vencida una y otra vez a mayor gloria de Dios. Si eso no es un juego...

—Un juego... —La voz de Jorge, suave y lenta, sonaba como un eco.

—Un juego trucado en el que Dios siempre conoce el resultado, a su favor, por supuesto. No puede ser todopoderoso y dejarse ganar. Alguna partida quizá, algún combate, pero no la guerra.

Hubo una pausa en que guardaron silencio, perdidos en sus pensamientos.

—Es como jugar al ajedrez —continuó el anciano, abandonando por un momento el tono doctoral—. El viejo símil. Se puede jugar solo, pero no es lo mismo, con el tiempo aburre. Hay que buscar a alguien que mueva las negras. Pero el que mueve las negras es un aprendiz aventajado que juega contra el campeón del mundo, que además es telépata. Antes o después tiene uno que sentirse tremendamente frustrado, el que mueve las negras, digo. Entonces, quizá, pienso yo, tiene un ataque de furia y derriba el tablero con todas las figuras y el campeón lo comprende y lo tolera. Pero tarde o temprano vuelve a jugar, aun sabiendo que va a perder, porque lo exige su orgullo y porque quiere aprender, porque quiere probar tal vez alguna nueva jugada que se le ha ocurrido, aunque sea un truco sucio si hace falta.

—Entonces —dijo Jorge, sintiendo que le dolía lo que creía haber comprendido—, ¿no somos más que peones en un ajedrez cósmico que siempre se decide a favor de las blancas?

—Ésa es mi tesis, sí. Pero, aunque se decida siempre a favor de las blancas cuando se llega al mate, el jugador negro puede comerse algunas piezas. Nunca llegará al rey, pero puede ganar las torres, los alfiles, los caballos...

—¿Y la famosa libertad humana? ¿El libre albedrío?

—Depende de la naturaleza de cada uno, de sus necesidades, de su hambre... a veces del precio que esté dispuesto a pagar. Yo llevo aquí toda una vida por mi deseo de conocer. He pagado con soledad, con dolor, con hambre, con desesperación incluso y aún no he alcanzado lo que busco. Trato de creer que elegí libremente este camino, pero no puedo estar seguro.

—Yo tampoco —dijo Jorge casi para sí mismo.

—¿Tú qué has venido a buscar? —El viejo inclinó su cuerpo por encima de la mesa acercándose a Jorge, pasando de repente a un tuteo de confianza que Jorge no notó.

Tenía los ojos clavados en el centro de la mesa. Contestó en voz baja, sin mirarlo.

—A una mujer. A mi mujer. Al menos eso creía cuando pensaba que era libre. Ahora ya no lo sé.

—¿Y la buscas aquí?

—Estoy seguro de que es aquí donde está. ¿Usted no la ha visto? —Levantó los ojos hacia el viejo, casi implorante.

—Ayer llegaron dos mujeres. Por separado.

—¿Ayer?

—Después que tú.

Ana y Lola. Tenían que ser Ana y Lola. ¿Dónde estaban? ¿Por qué no las había visto? ¿Para qué habían venido?

—El año pasado llegó otra. A fines del verano.

La respuesta del viejo cortó todo pensamiento fuera de la idea de que quizá encontraría a Rosa. Lo demás era secundario.

—Ésa es. Me dijeron que había venido hacia aquí.

—¿Ellos te dijeron eso? ¡Qué ocurrentes! —El viejo se levantó y empezó a recoger los platos—. Nunca la habrían dejado salir de Hora. La necesitan.

—¿Para qué?

El viejo se volvió un instante, en la puerta.

—Es pronto para decírtelo. Si has venido a enfrentarte con él, tienes que tener la mente clara.

—¿A enfrentarme con él?

—Con Satán —dijo el viejo con naturalidad—, con la Bestia. Has venido a eso, ¿no? —Desapareció en el interior de la casa.

Jorge notó que las manos empezaban a temblarle y se rodeó el cuerpo con los brazos. No era a eso a lo que había venido. Había venido a buscar a Rosa, a llevársela como fuera, pero no a luchar contra el Señor del Mal. ¿Cómo iba a hacer él una cosa así, si ni siquiera era buen cristiano? Él, una pobre figura de ajedrez en un juego cósmico cuyo resultado ya estaba decidido.

—Quizá seas tú el alfil blanco. —El viejo volvió a instalarse en la mesa con dos vasos y una frasca de vino turbio de color de vinagre—. Bebe un trago, lo hago yo mismo.

Jorge bebió de un trago, sin paladear, notando el áspero sabor del orujo.

—Llevo años esperando este combate. Está escrito, ¿sabes? En la Revelación. ¿No has leído a san Juan?

Jorge negó con la cabeza, acordándose de la Bilia que había comprado el día que murió Montero y que nunca había tenido ocasión de leer, que ya ni siquiera sabía dónde estaba.

—Te la prestaré antes de que te vayas.

—¿Usted cree que soy ese que está usted esperando? ¿El que debe luchar contra Satán?

El viejo se encogió de hombros.

—Según la tradición deberías ser rubio como el sol y llamarte Miguel, pero eso son sólo símbolos, claro. ¿Cómo te llamas?

Jorge notó que se le nublaba la vista y, a pesar del vino y del sol, sintió un escalofrío como una descarga eléctrica.

—Lobo —consiguió articular.

—Puede servir —dijo el viejo paladeando lentamente su vino—. El lobo es un símbolo de la valentía viril en la lucha contra las tinieblas. El dragón, una de las formas de la Bestia, tiene prisionera a tu doncella en la ciudad sumergida. Puede ser eso. Los tiempos cambian.

—¿Qué es eso de la ciudad sumergida? —Le costaba un inmenso esfuerzo no tartamudear y sujetaba el vaso con las dos manos.

—Según la leyenda, el auténtico submundo, el lugar de los muertos, se encuentra en el interior del lago, que es el espejo donde se refleja la ciudad que tú puedes ver. Ambas son la misma ciudad, el laberinto primigenio, pero la de piedra es sólo el reflejo que captan nuestros ojos mortales.

Jorge se apretó las sienes con las manos.

—Cállese, por el amor de Dios, cállese. No puedo más.

El viejo suspiró y cerró los ojos.

—Te comprendo. Es un destino muy duro. Si tú eres el que tiene que venir, el que espero, ahora eres tú el Satán. Satán significa «el oponente», ¿sabes? No necesariamente el enemigo, sino el contrincante. Pero anímate. Ni eres rubio, ni te llamas Miguel, ni eres un niño abandonado que creció sin amor de madre.

Jorge levantó la vista, mareado, a punto de vomitar, diciendo que sí con la cabeza sin saber lo que hacía, pero el viejo seguía con los ojos cerrados y no se dio cuenta.

Entonces, sobre el silencio, se oyó un grito desgarrador, un larguísimo alarido que le sacudió los nervios como un látigo. Luego se extinguió. Jorge se puso en pie mirando en todas direcciones.

El viejo seguía sentado, indiferente.

—¿Qué ha sido eso? —preguntó Jorge casi sin voz.

—Un grito de mujer.

—¡Ya lo sé! Pero ¿quién era?

—Una de las personas a las que atormentan, si insistes en saberlo.

—¿Quién las atormenta? —Su voz era ronca, tenía la garganta seca.

—Los apasionados.

Jorge se apretó de nuevo la cabeza y se dejó caer en la silla.

—¿Y usted no hace nada?

—¿Qué quieres que haga? Tengo más de noventa años, creo que entiendo por qué lo hacen y además no puedo acercarme a Hora. No me dejan. Esta casa está en el límite que me permiten, pero ni un paso más. Lo he intentado mil veces y jamás lo he conseguido. Además, lo que yo quiero es ir allí y comprobar mis teorías, encontrar el laberinto, atravesarlo, aprender, conocer... No me interesa acabar como los atormentados o cualquiera de los otros.

—¿Qué otros?

El viejo sacudió la cabeza.

—Basta por hoy. Hace años que no hablo tanto y tú tampoco puedes asimilar tantas cosas en unas horas. Llévate el libro y vuelve otro día, mañana, cuando quieras. Estoy cansado. Tengo que cuidarme, compréndelo, soy muy viejo y me queda poco tiempo. Pero si no me equivoco, no habré esperado en vano. Anda, vete.

—¿Adónde? ¿A qué?

—A Hora. Allí está lo que buscas. Ve a prepararte.

Jorge se levantó pesadamente y se dirigió a la torrentera como si caminara en sueños. Se volvió antes de desaparecer.

—El libro.

El viejo se lo tendió. Un libro muy gastado, encuadernado en una piel marrón clara muy fina.

—¿Estará usted aquí mañana?

—Siempre.

Jorge asintió con la cabeza.

—Volveré.

—Anda, te queda mucho camino.

—¿Cómo se llama?

—¿Quién?

—Usted.

—¿Yo? —Hubo una pausa ligera, chispeante, como si el aire vibrara y danzara entre ellos—. Llámame León.

—¿León?

—Me pusieron así por el papa. —El viejo sonreía enseñando todos los dientes, una sonrisa de lobo, de zorro—. Pero no me disgusta.

Jorge tuvo la sensación de que había algo en sus palabras que debía comprender, que estaba allí, dentro de él, en alguna parte de su cerebro. Algo importante que se le escapaba. Sacudió la cabeza tratando de quitarse la sensación de que estaba comportándose como un idiota.

El viejo seguía mirándolo sonriente, como esperando el resultado de sus cavilaciones. El cerebro de Jorge estaba en blanco y la impresión fue apagándose.

—Hasta mañana, León —dijo por fin.
—Hasta mañana, Lobo.

La hermana Virginia, con las manos cruzadas serenamente sobre el regazo, esperaba la llegada de la madre general de la orden. Era su tercera entrevista de ese tipo y ya ni siquiera estaba nerviosa, sólo quería terminar cuanto antes y marcharse de allí. En el fondo tenía muy poca importancia lo que la madre aprobara o dejara de aprobar, ya que hacía mucho tiempo que su decisión estaba tomada por encima de lo que pudiera decir su superiora jerárquica. Sólo estaba tratando de llevar el asunto conforme a las normas.

Era natural que ni la madre superiora de su convento ni la madre provincial hubieran querido aceptar la responsabilidad de la decisión y por eso estuviera ahora en el despacho de la madre general, pero era ya puro trámite. No podía perder más tiempo. Fuera cual fuera su decisión, se pondría en camino antes de dos días, aunque tuviera que abandonar la orden, aunque la declararan en rebeldía. De todas formas confiaba en que no fuera necesario porque para eso estaban los archivos de la orden y el documento firmado treinta y cinco años antes por su ilustrísima y la madre general de entonces, con Anselmo como testigo.

Se abrió la puerta y la madre Martirio, grande y robusta, entró con una carpeta en la mano. Virginia lanzó una mirada rápida al crucifijo que colgaba de la pared tras el escritorio y se puso en pie.

—Siéntese, siéntese, hermana. —La poderosa voz de contralto era lo más hermoso en la madre Martirio y la única coquetería que se había permitido desde que entró en religión. Tomó asiento y miró a Virginia como si fuera un objeto de estudio.

—Parece que ha empezado usted a revolucionar a nuestras hermanas en Cristo.

Virginia trató de borrar la sonrisa que le asomaba a los labios.

—Tampoco es para tanto, madre. Me he limitado a hablar con mis superioras inmediatas para solicitar una dispensa que, como usted no ignora, me fue ya concedida muchos años atrás.

—Cosa que lamento profundamente —interrumpió la madre. Virginia alzó las palmas de las manos en un pequeño gesto de que no podía hacerse nada para cambiar ese hecho.

—Tengo que salir urgentemente de viaje, espero regresar en un máximo de dos semanas, pero es igualmente posible que no vuelva. Y puedo asegurarle que no es por mi gusto. Si pudiera elegir, me quedaría tranquilamente en mi convento, puede usted creerme.

—¿Y puede saberse qué es lo que la reclama a usted tan urgentemente y le hace olvidar sus votos y la dedicación de su vida? Que yo sepa no tiene usted familiares en trance de muerte.

—No, madre. No es un asunto familiar, es mucho más grave y más urgente. Perdonará usted que no pueda informarla con más precisión.

—En ese caso tendrá usted que perdonar que le niegue la dispensa. —Los labios de la madre se tensaron en una sola línea.

—Madre, hablemos claro. Con todos los respetos y con toda la humildad que exigen mi estado y mis hábitos, le diré que, en este caso, su aprobación es un puro asunto de trámite. Tanto usted como yo tenemos una copia del documento que fue firmado hace treinta y cinco años en este mismo despacho por su antecesora en el cargo y su ilustrísima de entonces. En ese documento se me dispensa de mis obligaciones temporales por un período indefinido cuando yo crea llegado el momento. Ese momento ha llegado, madre. No pido dispensa de mis votos ni voy a hacer nada que comprometa el buen nombre de la orden o atente contra los santos mandamientos de Dios o de la Santa Iglesia. He vivido durante treinta y cinco años como cualquier otra religiosa, sin ningún tipo de privilegios...

—¿Privilegios? —La madre estaba a punto de tener un ataque de rabia—. ¿Por qué había de disfrutar usted de ningún privilegio? ¿Quién se cree usted que es, hermana Virginia? ¿Santa Teresa? ¿Lucía de Fátima? Es usted una monja normal y corriente sujeta a mi autoridad como cualquiera de nuestras hermanas.

—A su autoridad, sí, madre —dijo Virginia suavemente—, pero no a su capricho.

La madre Martirio palideció peligrosamente, dos manchas rojas aparecieron en sus mejillas.

—¿Está usted dispuesta a sobrellevar un proceso de expulsión, hermana?

Virginia se mordió los labios:

—Estoy dispuesta a someterme a lo que usted disponga en cuanto regrese de cumplir mi tarea, pero no antes. Ni un segundo antes.

—Bien. —La madre se levantó, tiesa y digna; un temblor de rabia recorría su cuerpo—. Entonces no se hable más. Si la he entendido bien, se declara usted en franca rebeldía.

Virginia se puso en pie y no contestó.

—Le prohíbo desde este mismo instante vestir el hábito de nuestra orden y si regresa, después de haber cumplido esa misteriosa misión —la madre puso en una sola palabra todo el desprecio del mundo—, le ordeno que se presente ante mí inmediatamente. Puedo asegurarle que esto no termina aquí, tendrá que afrontar usted las consecuencias.

—Sí, madre —contestó Virginia con los ojos bajos.

—Me han dicho que hay un sacerdote esperándola abajo. Virginia se sonrojó sin saber bien por qué.

—Si piensa mancillar sus votos y su hábito a una edad en que todas las mujeres decentes, religiosas o no, han adquirido la fuerza y la dignidad necesarias para apartarse de las tentaciones, tenga por lo menos el sentido común de no comprometer a un hombre de la Iglesia.

Virginia sintió una oleada de vergüenza como no hubiera creído posible en su vida. Tenía toda la sangre en la cabeza y los ojos llenos de lágrimas de rabia. Que esa serpiente vestida de monja pudiera pensar que ella y Anselmo... Anselmo, el hombre más íntegro del mundo...

Sacudió la cabeza queriendo hablar con la garganta estrangulada y no lo consiguió. La madre la miraba fijamente, los ojos brillando divertidos y azules.

—Dios se apiade de su alma pecadora.

La puerta, al cerrarse, hizo un ruido seco, pesado, como de tapa de ataúd. Virginia volvió a sentarse, inclinó la cabeza sobre el regazo y, cubriéndose la cara con las manos, lloró desesperadamente, como treinta y cinco años antes.

Luego, poco a poco, cuando fue serenándose, pensó que tendría que comprarse ropa de calle, que tendría que vestirse como una mujer normal de sus años, que hasta tendría que ir a la peluquería. Sonrió para sí misma y, dentro de la pena y la rabia que sentía, se alegró de pensar que por unos días dejaría de ser una monja para ser de nuevo una mujer. Era una sensación agradable, a pesar de todo.

3

Robles miraba el paisaje que se deslizaba a su izquierda por la ventanilla sin prestarle atención, como si fuera una cinta sin fin que repitiera siempre los mismos motivos. Sentía una especie de excitación indefinida mezclada con hastío y una pequeña punzada de absurdo.

«Buena caza, jefe», le había dicho Molina al despedirlo en el andén con una sonrisa que tanto podía haber sido de comprensión como de desprecio; probablemente de las dos cosas. Todos habían empezado a pensar que estaba loco, quizá con motivo, pero el impulso de encontrar a Lobo era cada vez más irreprimible. Sus vacaciones estaban aprobadas, lo único que había hecho era adelantarlas un poco ahora que había encontrado un punto de partida. No era gran cosa, pero algo era. Habían investigado la cuenta bancaria de Lobo por si había retirado una suma importante que le permitiera salir al extranjero y habían averiguado que había sacado dinero en un cajero automático en la estación central a las cinco cuarenta y cinco de la mañana del crimen. El empleado de venta de billetes recordaba a un tipo que llevaba mucho dinero en la mano y tenía una prisa enorme porque su tren estaba a punto de salir. Y el único tren que salía a esa hora era el que Robles acababa de tomar. No podía tener la seguridad de que Lobo hubiera seguido en el tren hasta término, pero era su único punto de partida. Tenía que intentarlo. Llevaba una foto de Lobo que pensaba mostrar a todo el personal de la estación a su llegada, a los taxistas, a los conductores de autobuses, a todos los medios de transporte. Hacía muy pocos días, podía ser que alguien lo recordara. Y Molina seguía investigando. Quizá Lobo se hubiera registrado en un hotel con su nombre auténtico. O su amiga Lola. Y toda España estaba pendiente de *Sueños de gloria,* alguien podía reconocerlo y telefonear a la policía aunque no estuvieran buscándolo oficialmente.

Sacó el libro de Dionisio Montero, la famosa *Guía de la España abandonada,* que le había regalado a Sagrario y, cuidando de no mirar la primera página donde había escrito su dedicatoria, empezó a mirar las fotografías al azar. Se le había ocurrido que tal vez Lobo hubiera hablado con el autor buscando un lugar donde ocultarse y tal vez ese lugar fuera uno de los pueblos que aparecían en el libro. Era una idea un tanto descabellada, tenía que reconocerlo, porque le suponía a Jorge la intención de cometer un crimen que no le beneficiaba en lo más mínimo, más bien al contrario, y permanecer después oculto por un tiempo indefinido, mandando al diablo su trabajo y su futuro. Pero los actores son gente rara.

Repasó con el índice los pueblos que venían listados en la provincia a la que se dirigía y en las dos colindantes. Siete nombres. Tendría que visitarlos todos, uno tras otro. Acercó la mano al bolsillo superior de la chaqueta donde llevaba el estuche de los puros; la volvió a apartar. Demasiado temprano. Si empezaba tan pronto, a la hora de la cena se habría pasado seguro de la ración estipulada. Estipulada por Sagrario. Le había prometido no pasarse de cuatro, seis en días de no parar.

Suspiró y juntó las manos sobre el libro, deseando poder encontrar un sistema para no pensar tanto en ella, para poder vivir sin que cada detalle y cada tontería se la trajera a la memoria con tanta viveza que el recuerdo era como un puñetazo en el estómago.

Sacó la carta de Rosa que llevaba cuidadosamente plegada en la cartera. Si la huida de Jorge no guardaba relación directa con la muerte de Sagrario, como afirmaba Molina, ya que Marina les había dicho a los dos que el actor iba a interrumpir de todas formas su tratamiento porque salía de viaje, entonces cabía la posibilidad de que Rosa no estuviera muerta y Jorge hubiera obtenido información y hubiera ido a buscarla. Él no sabía cuál podía ser esa información y por ello su único asidero era el mensaje que Rosa había dejado a su madre diez meses atrás.

Se lo sabía casi palabra por palabra pero volvió a leerlo. La última frase le intrigaba. Ese HORA en mayúsculas separado de la A le preocupaba. Rosa era maestra, era una mujer culta, no podía ser que escribiera con faltas de ortografía y además una tan tonta.

Recordó que al enseñárselo a Sagrario ella había dicho que podía tratarse de un pueblo, pero él lo había investigado y Hora no existía. Ni siquiera en la *Guía* constaba un pueblo con ese nombre. Molina también se había sentido intrigado por ello, pero luego habían surgido cosas más importantes y lo había dejado de lado, pero él no podía, no quería olvidarlo. Ahora tenía mucho tiempo y preocuparse era casi lo único que podía hacer.

Se abrió la puerta del compartimento y Robles sacó su billete, pero no era el interventor del tren sino una mujer de edad indefinida y aspecto frágil.

—Perdone —dijo—, ¿le importa que me instale aquí? En el compartimento de al lado están fumando mucho, la ventanilla no se puede bajar y los otros van muy llenos.

—Claro, señora, no faltaba más. —Robles se levantó y ayudó a la mujer a colocar su maleta en la rejilla.

Olía levemente a manzana y toda la ropa que llevaba puesta, aunque discreta y barata, era evidentemente recién comprada.

«No debe de salir mucho», pensó Robles casi con ternura, «y se lo ha comprado todo nuevo para el gran viaje».

Bajó un poco la ventanilla y la mujer se instaló, con una sonrisa modesta, en el asiento de enfrente. Hasta los zapatos eran nuevos, no tendrían ni dos días, aún se veía el 36 en la suela de cuero. Pensó si acabaría de salir de la cárcel y a él mismo le dio risa la idea. Deformación profesional, que diría Sagrario. Tenía las piernas muy bien hechas, pero llevaba unas medias tupidas que no dejaban ver el color de la piel. Con todo, cuando pensaba que él no la miraba, se estiraba cuidadosamente la falda sobre las rodillas y acariciaba, como fascinada por el tacto, la chaqueta de punto beige que llevaba sobre la blusa marrón, cerrada con un brochecito dorado en el primer botón. Hacía años que Robles no había visto a una mujer tan pudorosa; sin embargo, no tenía aspecto de solterona, de mujer amargada por no haber encontrado a un hombre; si no lo tenía debía de ser por su gusto. Era guapa y parecía más bien resuelta y valiente, a pesar de su aspecto anticuado con la falda tableada y el corte de pelo sin ningún estilo. Y cuando miraba por la ventanilla no estaba contemplando el paisaje, sino haciendo planes, planes muy serios a juzgar por la línea de sus labios. ¿Qué clase de planes podría estar forjando una mujer así? ¿Luchar por una herencia? ¿Actuar de árbitro en una disputa familiar? ¿Vender la casa donde había nacido?

Robles vio que la mirada de la mujer se posaba en la *Guía* que había dejado en el asiento contiguo y se la ofreció como medio de entablar conversación.

—Gracias —dijo ella—, pensaba comprar alguna revista en la estación, pero aún no habían abierto el quiosco.

—Es muy ameno —contestó él señalando el libro—, a pesar del tema.

La mujer lo cogió sonriendo y en cuanto sus manos entraron en contacto con el papel, se puso rígida y sus ojos amarillentos se abrieron desmesuradamente.

—¿Se encuentra usted mal?

Ella negó con la cabeza y siguió negando mientras sus manos pasaban una y otra vez por las tapas del libro, casi como si fuera ciega y estuviera leyéndolo. Lo que añadía fuerza a la sensación de lectura era que la expresión de su rostro variaba rápidamente. En unos segundos, Robles, atento a los cambios, creyó ver horror, pena, alegría, duda, decisión y otra vez alegría.

Dejó por fin el libro y se recostó en la butaca con los ojos cerrados.

—Lo siento —dijo en voz baja, moviendo apenas los labios.

—No se preocupe, señora —se apresuró a contestar Robles en un tono natural que trataba de disfrazar la perplejidad—. Se levanta uno muy temprano, desayuna deprisa y mal y luego es normal tener un mareo al fijar la vista en el tren.

—No —dijo ella abriendo los ojos y fijándolos en Robles—. Me refiero a lo de la persona a quien pertenecía este libro. Era su mujer, ¿no?

—Faltaban unas semanas para la boda —añadio él casi automáticamente—. ¿Cómo lo sabe?

Ella se encogió ligeramente de hombros.

—¿Quién la envía? —Robles, como siempre que no comprendía algo, se estaba poniendo suspicaz—. ¿Viene de parte de Lobo? ¿Ha decidido hablar?

Ella esbozó una sonrisa ausente.

—No —dijo despacio, como recuperándose de un grave esfuerzo—. No vengo de parte de Jorge, pero le voy a llevar hasta él.

—¿Lo conoce? ¿Sabe dónde está? —Robles inclinaba su corpachón sobre la mujer frágil reclinada en la butaca.

—Aún no lo sé, pero es cuestión de días. Pronto lo sabré. Jorge lo necesita a usted.

—¿A mí? ¿Él a mí? —Se hubiera reído, pero la situación, dentro del absurdo, no le provocaba risa.

—Todos. Todos lo necesitamos, comisario Robles.

Robles se envaró.

—No le sorprenda que conozca su nombre. Anselmo me lo dio.

Viendo la cara de incomprensión del comisario, Virginia continuó.

—Anselmo Zavala, el cura que les entregó a ustedes una bata de médico manchada de sangre.

—¿Quién es usted?

—Ya le digo, una amiga de don Anselmo y de Jorge.

—¿Y qué sabe de este asunto?

—Del asunto que a usted le preocupa ahora, creo que todo.

—La escucho.

Ella levantó la mano a la altura de su boca en un pequeño gesto de negación.

—Aún no, comisario. Lo siento, pero aún no. Usted tiene un papel importante en esta historia, pero todavía no puedo decirle nada.

—¿Qué historia?

—Perdone, aún es pronto. Lo sabrá, no se preocupe; lo sabrá y probablemente deseará no haberlo sabido nunca.

—Está usted loca. —Robles desvió la mirada hacia el paisaje.

—Probablemente. —La sonrisa de Virginia era dulce y serena—. Mire comisario, me llamo María Sanjuán. Hasta ayer me llamaba Virginia y era monja. Voy a un pueblo llamado Fuendemayo a tomar las aguas y a esperar el momento de hacer algo que aún no puedo revelarle. Me gustaría que se quedara usted en la zona; no me pregunte nada, por favor. Sé que su ayuda va a ser necesaria, pero sé también que su forma de ver la vida, digamos pragmática y escéptica en lo que se refiere a lo sobrenatural, le impediría ahora creer lo que le digo. De todos modos sé que esperará porque es usted curioso. Tenga un poco de paciencia, amigo mío. A ella le gustaría.

A su pesar, Robles notó que sus mejillas enrojecían y su visión se enturbiaba. Consiguió tragarse el nudo de la garganta y articular:

—Ése es un truco sucio, hermana.

—María o Virginia, como usted quiera. Y no es un truco sucio. Sé más de lo que usted sabe. Acéptelo y confíe en mí.

—¿Me llevará hasta Lobo? ¿Conseguiré atraparlo?

—Veo que me cree, aunque no se fíe de mí. No importa. Lo llevaré hasta Lobo. Luego quizá ya no desee atraparlo. Él no tiene nada que ver con lo de su mujer. Todos estamos siendo utilizados.

—¿Por quién? ¿Para qué?

—Sólo Dios lo sabe.

—Yo también lo sabré, hermana. Si me lleva hasta él.

—Quizá, comisario. Y ahora, si no le importa, déjeme sola un rato. No voy a desaparecer, pero tengo que pensar.

—¿No le dará un mareo?

—Si me oye gritar puede usted venir, pero no antes. Salga a fumar al pasillo. Cuando lo necesite lo llamaré.

Robles se incorporó pesadamente y cogió el libro. Virginia le puso la mano en la manga.

—Lo necesito yo, comisario.

—Supongo que pierdo el tiempo si le pregunto para qué.

Ella sonrió y bajó la vista. Robles abrió la puerta y salió al pasillo, tenso y perplejo. La monja corrió las cortinillas de los cristales que daban al pasillo y desapareció de su vista. Sólo eran las ocho, pero Robles decidió que se trataba de un día de no parar. Se encendió un puro y comenzó a caminar arriba y abajo como una fiera enjaulada.

Estaba muy oscuro, tan oscuro que no se apreciaba la falta de luz porque la negrura era tan perfecta y etérea que no había modo de compararla con nada. Tampoco había estímulos sensoriales: ni frío, ni calor, ni sonidos, ni olores. Sólo existía la capacidad de pensar y, en cierta medida, los recuerdos, antiguas imágenes que se debilitaban en su memoria, sentimientos pasados que caían imperceptiblemente en el olvido, como si grandes partes de su cerebro se borrasen, desdibujándose hasta dejar de existir, con suavidad, sin prisas, un proceso al que ella asistía alejada de sí misma, levemente curiosa, en la más completa serenidad. «Estoy muerta», se dijo, y luego trató de averiguar a quién se refería. «Yo estoy muerta. ¿Y quién soy yo?». No podía recordar su nombre, pero no le preocupaba, aún recordaba muchas otras cosas, brillantes imágenes como diapositivas que iluminaban sin tiempo la perfecta oscuridad.

Recordaba como en un sueño el abandono de su propio cuerpo. Había habido dolor entonces, un gran dolor, pero ya no sabía exactamente cómo se sentía ese dolor, dónde, hasta qué punto. Ya no tenía importancia. Recordaba también la sensación de flotar hacia arriba en espiral, descontroladamente, alejándose de su cuerpo yacente, de todo lo que había sido su mundo, de lo que había sido tan importante para ella. Había tenido un momento de pánico en el que se había negado a aceptar lo irreversible de su tránsito; la repentina soledad había sido un golpe brutal y doloroso, y se había negado con todas sus fuerzas a admitir el hecho de su muerte. Recordaba el rostro de Jorge dormido, su propia impotencia para despertarlo y pedirle ayuda, su miedo de encontrarse separada para siempre del mundo real. Había querido gritar, pero ya no tenía boca, ni garganta, ni ojos con que llorar.

Había pensado entonces... —¿cuánto tiempo hacía?, ¿cómo se mide el tiempo en un lugar que no es un lugar, donde el tiempo no existe?—, había pensado que alguien vendría a recogerla, a conducirla, a ayudarla a dar el paso, a llegar al lugar adonde van los muertos, pero no había acudido nadie. La habían dejado sola en la oscuridad, donde no había camino ni dirección. ¿Sería porque no había querido aceptar su muerte? ¿Tendría que vagar por siempre en la infinita oscuridad sin pertenecer a ningún mundo? Eso la había angustiado al principio, se había esforzado en llamar pidiendo ayuda a los vivos, al único mundo que conocía, pero los vivos no habían oído su llamada y el otro mundo no tenía puertas a las que llamar. La angustia cedió hasta desaparecer, disuelta en el no-tiempo, del mismo modo que su ser se borraba lentamente, consumido por la oscuridad.

Y de pronto la oscuridad se había reunido a su alrededor para formar el túnel de niebla gris en el que se encontraba su conciencia. Al final, muy lejos, aunque quizá estuviera a su lado, había una luz brillante, entre blanca y dorada, una luz que latía como un ser vivo, llamándola con una vibración casi imperceptible que se hacía más y más urgente. Una silueta recortada contra la luz, un hombre que había significado mucho para ella y la esperaba para acompañarla en el siguiente paso. Ahora estaba clara la dirección que debía seguir: hacia la luz, hacia su abuelo. Todo lo demás había perdido importancia, había quedado atrás junto con su cuerpo, con los seres que había amado y casi no podía y no quería recordar.

Atrás quedaba el dolor. Delante una nueva exaltación desconocida, una llamada a la que todo su ser respondía vibrando como una cuerda.

Deseó llegar hasta la luz y se dejó arrastrar por su deseo mientras lo que había sido ella quedaba, capa a capa, por el camino, como ropa usada que nunca más se pondría.

Y entonces, desde otro punto de la oscuridad, le llegó una llamada. Se detuvo, indecisa. La vibración de la luz subió de tono y esperó. La llamada le hablaba de algo que no podía comprender. *Ayuda,* decía. *Tu ayuda para él, para todos.* ¿Quién era él? ¿Por qué tenía que ayudar a los del mundo de abajo? *No es el mundo de los vivos. Los que necesitan tu ayuda son los que viven sin luz, como tú antes. Los que sufren.*

No podía recordar qué era el dolor. Recordaba la angustia, sí, el hambre de luz y de contacto que había sentido. Pero la luz estaba ahí, a su alcance, y había una mano amiga para conducirla.

Detrás de la llamada, como una visión entre la niebla, apareció el rostro de un hombre. La oscuridad se apretó a su alrededor y el latido de la luz se detuvo. Todo quedó inmóvil, esperando. El tiempo no contaba, podía tomar su decisión. Luego sería para siempre.

Tenía que acudir a la llamada, no recordaba por qué, pero sabía que siempre había acudido a una llamada de ayuda, lo que quedaba de su propio ser lo sabía. Tenía que acudir.

La silueta de su abuelo se desdibujó mientras la luz bajaba de intensidad. Ahora volvía a saber lo que era el dolor, la pérdida de esa luz, la oscuridad eterna, el gritar sin boca y llorar sin ojos, la soledad absoluta. La soledad.

Si prestaba su ayuda y tenían suerte, todos llegarían a esa luz, a la paz, al lugar donde no hay hambre ni dolor, donde no se está solo, donde ya no importa no tener boca ni ojos porque no hay que sollozar. La luz para todos o la oscuridad para sí misma, acaso para siempre.

Lentamente, se orientó hacia la llamada: una figura de mujer, pequeña y frágil, flotaba frente a ella en la oscuridad, como encerrada en una lámpara, en un globo de luz.

Valiente, eres valiente. Te necesitamos.

No entendía algunos conceptos. No sabía qué significaba «valiente», pero aún comprendía lo que era «ayuda» y «necesitar».

Se fueron acercando. De la burbuja dorada donde estaba la mujer salió un delgado tentáculo de brillante niebla y, por primera vez desde su muerte, volvió a sentir calor, una calidez suave, reconfortante.

Gracias. Gracias por tu ayuda. El precio es alto, el riesgo, terrible. Gracias.

No comprendía bien, pero sabía que había elegido, que había elegido correctamente. La mujer desapareció poco a poco, con suavidad, y ella volvió a quedar flotando en la negrura absoluta, pero ahora un leve cordón de motas doradas, pulsantes y vivas, rodeaba su conciencia y la conducía adonde había elegido ir, al lugar desconocido donde la necesitaban, donde alguien que apenas podía recordar esperaba su ayuda, para salvar de la oscuridad a todos los que flotaban en el no-ser, hambrientos de luz.

Una rascaba el polvo del camino con la puntera de su zapato, negándose a mirar a los ojos a Salvador.

—Estoy esperando una respuesta, Una. ¿Por qué le dijiste a Lobo que esa mujer se marchó hacia el norte? ¿No comprendes que se encontrará con el viejo y le contará mil historias absurdas sobre nosotros? ¿No comprendes que insistirá en quedarse a desvelar el misterio?

Una no levantó la vista de la tierra que arrancaba su zapato.

—El Guía me habló, Salvador. No es culpa mía. Él me dijo lo que tenía que decir.

—¿El Guía te habló? —Salvador había alzado la mano como para golpear a Una, pero volvió a bajarla—. No juegues con eso, niña. Esto no es un juego, tú lo sabes.

—Claro que lo sé. —Alzó sus ojos verdes y miró intencionadamente a Salvador—. Soy su hija. Es natural que me hable. Soy mayor.

—Sácate eso de la cabeza, Una. Tú y Sol sois hijos de Saraí.

—¿Y de quién más? —preguntó ella con un brillo malicioso en los ojos.

—Ni ella lo sabe, pero no importa. Para todos los efectos prácticos, yo soy vuestro padre.

—Tú eres el velador responsable. Nada más. El Guía te habla y tú obedeces. Lo mismo que yo.

—No me ha comunicado que piense hacerte su heredera —dijo Salvador con sarcasmo.

—No tiene por qué comunicarte todas sus decisiones. Tú no lo comprenderías.

—Y tú sí, ¿verdad?

—Yo no quiero comprender. Yo sé quién soy y obedezco.
Salvador se puso serio.

—Por el momento es a mí a quien tienes que obedecer. No quiero que ni tú ni Sol volváis a acercaros a Lobo sin que yo os lo ordene, ¿está claro?

Una guardó silencio.

—¿Está claro?

El peligroso tono de voz y el movimiento de su mano indicaron a Una que tenía que dar un paso atrás y encogerse un poco. Salvador debía seguir creyendo que le tenía miedo, como se lo tenían todos. Pensó por un momento si debía hacer el teatro completo, pero acabó decidiendo que no quería darle el gusto de echarse a llorar o a temblar en su presencia.

—Sí —contestó.

—Ahora vete a buscar a Saraí y dile que quiero verla.

—Está con los ardientes. Tardará aún dos o tres horas.

—Bien, que venga cuando termine. —Una se dio la vuelta y empezó a alejarse.

—¡Una! Diles a Chaco y a Bel que pueden dejar salir un rato a los iluminados. Que Leticia o Sol se queden de guardia para avisarles de cuando Lobo regrese.

—¿Le digo a Thor que puede dejar salir a los apasionados? La nueva necesita actividad o acabará tirándose muralla abajo.

Salvador lo pensó un momento.

—Que salgan sólo las dos mujeres nuevas, pero dile a Thor que mande a tres o cuatro veladores a controlarlas para que no se alejen mucho. No quiero arriesgarme a que Lobo las vea. Las conoce.

—¿Las conoce?

—Haz lo que te digo, Una. ¡Ah!, y deja el asunto de los gatos hasta que se haya marchado ese intruso. ¿Está claro?

La niña estuvo a punto de replicar, lo pensó mejor y se alejó por la callejuela.

Salvador trepó a la muralla y se quedó sentado, en completa inmovilidad, mirando al norte. Las cosas se estaban complicando. Si era cierto que el Guía le había hablado a Una, eso significaba que era su voluntad que Lobo se encontrara con el viejo y escuchara sus cuentos. Entonces, ¿para qué todo el teatro que habían montado con la colonia de artistas? Si Lobo creía una décima parte de las estupideces que contaba el viejo, no estaría dispuesto a marcharse antes de intentar comprobar sus historias. Y ellos no podían tener a la mayor parte de la población de Hora encerrada bajo llave día tras día. No siempre podían estar en el laberinto.

Se preguntó si Lobo habría encontrado ya al viejo y qué le estaría contando. Probablemente la historia del elegido que tendría que luchar contra Satán para liberar a los condenados de Hora o las estúpidas interpretaciones del Apocalipsis o el cuento de que el diablo era sólo una trágica figura en el juego de Dios. El Señor del Mal, un triste pelele. ¿Cómo podía alguien ser tan ingenuo para pensar así? Quizá para alguien que no conociera Hora, la idea podía ser aceptable, pero no para quien conoce la tortura ordenada por Satán, no para quien le sirve. «Dios no es todopoderoso», se dijo. «Si lo fuera, nos habría destruido a todos hace tiempo. Satán es más fuerte que Dios; es invencible, es el dueño del mundo, el Señor del hambre y del dolor». Acarició la cruz invertida que colgaba de su cuello y se perdía en las profundidades de su camisa. Pronto sería veinticuatro de junio, y luna llena, además. Había que prepararse para el ritual.

—¡Salvador!

La voz interrumpió sus planes.

—Aquí arriba, Moira.

La chica del pelo de colores trepó a la muralla y se sentó a su lado.

—Dice Lucas que habrá que ir a la ciudad a vender algo. Estamos casi a cero de todo y pronto necesitaremos comprar las cosas de la ceremonia.

—Tiene razón, pero esperaba que ese Lobo se fuera.

—Podemos esperar unos días para ir a comprar, pero Lucas piensa que si vamos a vender otra pieza es mejor ir hoy para no encontrarnos con él.

—Puede que sí. —Pensó un momento—. ¿Qué piensa vender? —Hay un arcón tallado de principios del XIII. El anticuario le dijo que había mucha demanda.

—Es demasiado grande. Que busquen algo más discreto.

—Hay una cruz con piedras sin tallar. Lucas dice que puede ser visigótica, pero que ese tipo de piezas levantan mucho revuelo.

—Pues que venda otra cosa. No sé, espadas árabes, dagas con empuñadura de oro y rubíes, cálices, cosas de ésas tenemos a montones.

—Salvador, ¿cómo sabía lo del tesoro?

—Leyendas de ésas hay a miles. Se limitó a probar.

—Entonces ¿qué le digo a Lucas que venda?

—Cualquier cosa que pueda llevar en una mochila. Aunque la malvenda. No quiero correr riesgos.

—Bien.

—Hablad con los otros para hacer una lista de lo que necesitan. Saraí me dijo hace poco que se está acabando el suero de los ardientes.

—Entonces tendrá que venir Baltasar.

—Os puede firmar una receta.

—Es más fácil si viene.

—De acuerdo. Tratad de salir cuanto antes y no tardéis más de un día. No puedo prescindir de tres veladores ahora que los apasionados tienen que estar dentro. Acabarán matando a los atormentados o destrozándose entre sí.

—Tiene que irse, Salvador.

—Ya lo sé, pero aún no sé cómo.

—¿Y si lo matamos?

—Parece que el Guía tiene interés en él. Si es así, le temo menos vivo que muerto, Moira.

—¿Crees...? —Hizo una pausa—. ¿Crees que es él el que...?

—¿El que qué?

—El que tiene que luchar contra la Bestia.

—¿Tú también con esas tonterías? —La miró con ojos que echaban chispas—. Satán es indestructible. Tú deberías saberlo.

—El que yo no lo consiguiera no quiere decir que no pueda haber...

La interrumpió con un gesto.

—Eso ya pasó. Ahora te has entregado a él y eres suya.

Moira se llevó la mano al vientre, donde estaba el tatuaje.

—Tienes razón. —Bajó la vista y se encogió como si tuviera frío.

—Todos somos suyos, Moira. Existimos por y para él. Y somos veladores, construimos su obra, no tenemos que sufrirla, como los otros. ¿Preferirías ser una ardiente? ¿O una atormentada? —Hizo una larga pausa—. Eso podría arreglarse, si es lo que deseas, ¿sabes? Nuestro Señor es muy generoso. Concede siempre el deseo de tu corazón, si se lo entregas.

Moira empezó a temblar a pesar del sol que calentaba las piedras.

—Perdóname, Salvador. No sé lo que me digo. Perdóname.

Salvador volvió la cabeza y la miró a los ojos, pasando la vista lentamente por todo su cuerpo huesudo como si estuviera viendo un montón de basura.

—Yo no perdono, Moira. No puedo hacerlo. Es Nuestro Señor el que puede perdonar, si quiere. Ya te perdonó una vez.

Los dientes de Moira empezaron a castañetear descontroladamente. Le hubiera gustado ponerse en pie, pero sabía que las piernas no la sostendrían.

—No me hará nada, ¿verdad, Salvador? Le sirvo bien, soy suya.

—Tu cuerpo es suyo, y parte de tu alma. Pero él lo quiere todo. No se lo niegues.

Ella sacudió la cabeza, negando, tratando de convencerlo.

—Soy suya, Salvador. Por completo.

—Bien. Esperaremos a que hable el Guía. Tal vez tengas que demostrarlo. Y ahora vete. Hay mucho que hacer.

Moira se puso en pie dificultosamente, temblando aún.

—¡Ah!, y no se te ocurra tratar de escapar. No tardaríamos ni una hora en encontrarte. Conoces algunos de los castigos, pero hay más que ni siquiera yo conozco. No creo que quieras probarlos.

Giró la cabeza de nuevo hacia el norte y la oyó marchar tropezando con las piedras. Estaba seguro de que podía contar con ella.

Le ardían los ojos y la cabeza le martilleaba como si estuviera llena de un gas que pugnara por salir y apretara las paredes de su cráneo, buscando una fisura por la que liberarse. Llevaba horas sentado entre las rocas, como un eremita, leyendo y pensando. Con los ojos y la Biblia cerrados, deseó poder cerrar también su cerebro, apagarlo, desconectarlo como un televisor y descansar por fin, pero no era posible. Las palabras de León y las de san Juan en el Apocalipsis giraban entremezcladas en su cabeza como un parloteo inacabable al que ya no podía encontrar sentido. El dragón, la Bestia, el falso profeta, san Miguel y sus ángeles, la madre del Mesías, los cuatro jinetes, la Gran Puta Babilonia montada sobre la Bestia, el lago de azufre ardiendo, la cifra, la muerte segunda, el libro de la vida, una imaginería del dolor y el castigo mantenida siglo tras siglo para atormentar a los humanos. ¿Con qué finalidad? ¿Para ayudarles a andar por el camino recto? ¿Para recordarles su insignificancia? ¿Para que no olvidaran su papel de peones en el juego de Dios?

El diablo tentando a Adán y Eva, a Jesucristo en el desierto; el diablo ocupando el cuerpo del poseído de Gerasa: «Mi nombre es Legión, porque somos muchos»; el diablo en forma de dragón surgiendo del abismo para devorar al hijo de la parturienta; el diablo a lo largo de páginas y páginas de la gastada Biblia del viejo, frases y frases subrayadas en rojo mucho antes de que él hubiera nacido.

«¿Qué hago yo aquí? ¿Qué tengo yo que ver en todo esto?», se preguntó mientras las sombras se iban alargando y un sol de sangre se precipitaba a su muerte, aserrado por el filo de las montañas. «En alguna parte, fuera de aquí, tan cerca que casi podría tocarlo con la mano, está el mundo donde los actores se ponen en huelga, donde la gente va a bailar los viernes por la noche, los chicos del instituto hacen los exámenes finales y los padres planean las vacaciones. Y también el mundo donde el comisario Robles me busca por un crimen del que no sé nada».

Se preguntó si no sería mejor olvidarse de todo, marcharse de allí y entregarse a Robles. ¿Qué podía pasarle? Ya tendrían que saber que él estaba dormido cuando se cometió el crimen; don Anselmo les habría entregado la bata y ya habrían detenido al culpable. Debería irse ahora que aún estaba a tiempo, a buscar a Ana y a Lola y regresar a la civilización donde no había dragones que pudieran alcanzarlo. Pero el viejo había dicho que Ana y Lola estaban también allí, que en Hora se encerraba lo que él buscaba, que él era el elegido para uno de esos combates que san Juan relataba con tanto orgullo.

Razones, muchas razones para quedarse. Razones a las que sólo se oponía su miedo. «¿Miedo de qué?», se preguntó. ¿De luchar? ¿De morir? ¿De cualquiera de los abominables castigos eternos que prometía san Juan? Él no era un seguidor del diablo, no había adorado la imagen de la Bestia ni había grabado su número en su frente o su mano. Pero era tibio, eso sí, y al parecer eso era un pecado. Buscó la página donde lo había leído: «Yo conozco tus obras, que ni eres frío ni caliente. ¡Ojalá fueses frío o caliente!, mas porque eres tibio, y no frío ni caliente, te vomitaré de mi boca».

Volvió a cerrar el libro y se puso de pie notando cómo se tensaban todos sus músculos doloridos. Tenía que regresar al pueblo antes de que se hiciera de noche. Hora, con luz, ya era bastante desagradable; sin luz era una pesadilla. Tenía que intentar localizar a Ana y a Lola, quizá preguntando a los niños o a Saraí, Salvador no le serviría, tenía siempre una respuesta inmediata para todo, pero no era la respuesta que él buscaba. Sin saber exactamente por qué, sintió que su enemigo era Salvador, que tendría que cuidarse de él a pesar de sus suaves ojos castaños y de lo bien que le había tratado.

Conforme avanzaba hacia ella, Santa María se agrandaba de un modo casi mágico sobre el horizonte azul; cada vez tenía que levantar más la vista para abarcar su muralla con las torres en las esquinas y, con cada paso que daba, se hacía más siniestra.

El viejo había hablado de apasionados y atormentados como si fuera lo más natural del mundo. ¿Qué clase de oscuros secretos guardaría Hora en el laberinto de piedra de sus calles?, y ¿por qué le había tocado a él intentar desvelarlos? Un hombre rubio, llamado Miguel, que creció sin madre, había dicho el viejo. ¿Sería de verdad posible que no existiera libertad, que todo estuviera decidido desde antes del nacimiento y cada uno tuviera su destino marcado? Y entonces, ¿cuál era el suyo? «Tal vez seas el alfil blanco», había dicho el viejo. El alfil blanco que puede quizá vencer en un combate, pero que puede también ser destruido sin que acabe el juego.

Los últimos metros del camino a Hora requirieron un supremo esfuerzo de voluntad. No quería ir. No quería entrar por ese arco sin puerta, abierto como una boca desdentada en la agonía. Ni su cuerpo ni su mente querían volver a perderse por aquellas callejas sombrías que se llamaban Amargura, Calvario y Desolación. Trató en vano de recordar el camino que había seguido por la mañana y se imaginó como Pulgarcito dejando migas de pan a su paso para poder volver, o para huir hacia la salida. Sin advertirlo, llegó a la plaza del Dragón por la calle que desembocaba justo enfrente del animal de piedra. Se detuvo. Los maderos que tapiaban la iglesia formaban un aspa, cuyo centro estaba ocupado por el cuerpo del dragón, los extremos proyectándose hacia fuera como si fueran una prolongación de sí mismo. Tras él, la mole de la iglesia, gris y maciza, como una inmensa caja de Pandora, se recortaba contra el cielo, que se oscurecía por momentos.

Era un lugar de poder. Ahora podía sentirlo. Uno de esos lugares de los que había hablado la hermana Virginia, donde todo tiene una cualidad diferente, donde todo está más vivo que en cualquier otro sitio, incluso las rocas, incluso la oscuridad. Pero no era un poder positivo. No para un humano. Se levantó un viento fresco que le revolvió el cabello y por un instante creyó que traía rumor de voces, de lamentos y súplicas, de gritos de dolor; luego se extinguió dejando sólo el profundo silencio de la roca. Miró el suelo frente a sus pies, azulado en la penumbra, y deseó vagamente arrodillarse, inclinar la cabeza y entregarse a lo que fuera, formar parte de algún modo de ese mundo que no comprendía y suplicar para que el dolor que traía el viento nunca pudiera alcanzarlo. Pero siguió de pie, alzó los ojos y sintió que el dragón sonreía, sabio, antiguo, poderoso, tan por encima de él y de su dolor humano como él lo estaba de una hormiga que intentaba reconstruir el hormiguero que él había pisado por descuido.

Siguió mirando la sonrisa antigua del dragón mientras una marea de rabia se apoderaba de su mente, la furia imprecisa de estar siendo conducido, utilizado, torturado, humillado en su amor y su humanidad.

Enderezó la espalda y, sin apartar la mirada del dragón, dijo casi en voz alta:

—Lucharé, si es lo que quieres.

Volvió a arremolinarse el viento a su alrededor y esta vez sonó como las alas de un pájaro gigantesco que empezaran a batir y como si todo un pueblo llorara de rodillas con la vista clavada en el cielo.

Dándole la espalda al dragón se alejó por la calleja en la profunda penumbra que precede a las tinieblas. Sabía que el dragón había dejado de sonreír y que sus ojos de fuego lo seguían, pero había tomado su decisión y lo demás no importaba.

Ya no era tibio.

Encogida como un feto en la oscuridad, Ana lloraba con la frente apoyada en la pared de roca de la celda. Apenas dos horas atrás había creído que ya no le quedaban lágrimas, que en las últimas veinticuatro horas había llorado todo lo que era capaz de llorar en su vida y, sin embargo, ahora, al quedarse sola en aquel ataúd de piedra, sola por fin sin las voces aullantes de sus torturadores, sin los golpes, sin la persecución inacabable, había vuelto a romperse por dentro y a llorar desesperadamente, para sí misma, sin ninguna esperanza de que nadie acudiera en su ayuda. Tenía el cuerpo lleno de golpes y cortes, la cabeza le latía con cada movimiento, al respirar le dolía debajo del pecho izquierdo, donde le había alcanzado una pedrada, y sentía la vagina en carne viva, porque a pesar de la cura que le habían hecho la noche anterior, había vuelto a abrírsele la herida y sangraba.

El que la había curado, un hombre alto y silencioso con el pelo recogido en una trenza, había mirado sus heridas sin darles importancia, como si estuviera acostumbrado a ese tipo de cosas, y después de ponerle una inyección, la había dejado con una mujer que la había traído a la celda. Había intentado obtener respuesta a todas las preguntas que la angustiaban y tanto el médico como la mujer habían contestado:

—No has venido a Hora a oír respuestas. Has venido a sufrir.

Le habían dado una sopa en una gran sala de piedra donde otras personas de mirada vacía comían en silencio bajo la atenta mirada de una especie de guardianes y luego, por montones de pasillos y escaleras de roca iluminados apenas por lámparas de aceite, la habían traído a la celda en la que ahora se encontraba: un cubículo de dos metros por dos, con un camastro y una puerta de medio metro de altura que había que atravesar casi arrastrándose. Al dejarla allí, la mujer había dicho:

—Ahora eres una atormentada. Tu vida será el dolor. Los veladores cuidaremos de tu cuerpo, para que los apasionados puedan cumplir su destino. Pero abandona toda esperanza. Ya estás muerta.

Entonces no había comprendido qué quería decir la mujer; ahora no lo comprendía tampoco, pero lo había sufrido. La habían sacado de la celda por la mañana, le habían dado algo de comer y durante horas había sido perseguida por los alrededores de la ciudad, primero por Lola, que ya no era ella sino una cáscara vacía que miraba sin ver, llena de otros seres, y luego por otra mujer y un hombre que aullaban enloquecidos mientras le tiraban piedras y corrían tras ella con furia asesina, sus rostros unas máscaras blancas y consumidas donde los ojos brillaban como joyas malignas, sus facciones deformándose una y otra vez, cambiando de expresión como siniestros muñecos de plastilina. Y cuando creía que no podía más, que prefería despeñarse por cualquier barranca antes que caer en sus manos, aquellas criaturas se habían retirado y otro velador la había traído de vuelta a la ciudad.

La habían curado de nuevo, le habían dado otra sopa con carne y otra inyección y la habían acompañado a la celda que, comparada con su experiencia diurna, era un paraíso de paz y soledad.

Se preguntó hasta cuándo podrían continuar su juego macabro, considerando lo limitado de la resistencia humana. Recordaba haber leído alguna vez que en los campos de concentración alemanes, los traumatólogos rompían un hueso una y otra vez para averiguar la capacidad de recuperación de la víctima a la misma fractura y, al parecer, funcionaba muchas veces. ¿Sería eso? ¿Serían algún tipo de comunidad de científicos locos? No podía ser. Era demasiado fantástico. Pero ¿no lo era también pensar que se trataba de unos adoradores del diablo? Sin embargo, era lo más probable, todo apuntaba en esa dirección.

Y Jorge también estaba en Hora. ¿Qué habrían hecho con él? ¿Atormentarlo, como estaban haciendo con ella? ¿O algo peor? ¿Qué podría ser peor?

Se abrazó las rodillas y se quedó muy quieta, tratando de olvidar el dolor que le ardía entre las piernas; tenía que intentar dormir, descansar, estar relajada para poder pensar. Pensar era su única posibilidad, su única esperanza. Siempre había creído que no es cierto que mientras hay vida hay esperanza, que era al contrario: mientras hay esperanza, hay vida. Tenía que hacer planes, planes para tratar de huir, para luchar, para lo que fuera. Poco a poco su respiración se fue regularizando y, haciendo planes, se quedó dormida. Luego soñó que una bestia sin forma y sin nombre surgía del abismo para devorarla y, a pesar del terror y del asco, sonrió en sueños y se sintió en paz.

4

Jorge dormía en la torre de los Valdelvira; un sueño inquieto del que despertaba de vez en cuando sin recordar nada, con la boca amarga y el estómago encogido.

Abrió los ojos a la profunda oscuridad de la noche y los volvió a cerrar buscando descanso y olvido. Al abrirlos de nuevo, no estaba ya tumbado en el suelo polvoriento de la torre, sino de pie en algún lugar desconocido, rodeado de sombras vivas que lo contemplaban en un silencio de piedra. Otra pesadilla, pensó en su sueño, y se dispuso a enfrentarse a lo que iba a surgir de su mente. Oyó como el silbido de muchas respiraciones aspirando entre dientes y repartió su peso en los dos pies, las piernas separadas, todos los músculos tensos.

Era como había leído en el diario de Rosa: la plaza porticada, la del dragón, pero mucho más grande, un lugar inmenso que no estaba en ninguna parte, donde las casas se apoyaban unas contra otras en una extraña simetría onírica y parecían estar vivas y acechantes. Bajo los soportales, muy lejos de él, pero vigilantes y alerta, cientos de seres cadavéricos en diferentes estados de putrefacción lo contemplaban impasibles en un silencio perfecto.

Lo recorrió un escalofrío y al segundo siguiente sintió las palmas de las manos húmedas de sudor y un deseo incontrolable de huir, de despertar, de salir de aquel sueño o lo que fuera.

Y entonces, con un batir de alas que estremeció todo su cuerpo, apareció el dragón en el cielo y todas las imágenes de san Juan se hicieron realidad en el monstruo de siete cabezas coronadas que acababa de surgir a su vista.

Su primer impulso fue salir corriendo. Miró locamente en todas direcciones, esperando encontrar algún paso abierto entre los cadáveres que lo contemplaban, sabiendo que no era posible, que no lo dejarían marchar, que él había aceptado el combate y aquello ya no era un sueño, sino una realidad terrible en la que tenía que defender su vida y su alma; el alma en la que nunca había creído y ahora se acababa de convertir en algo tan presente como su estómago retorcido por la náusea y su boca seca y amarga. Un alma que tenía que salvar de algún modo para no acabar convertido en uno de aquellos seres de pesadilla que lo contemplaban.

El dragón planeó sobre su cabeza y el poderoso viento de sus alas estuvo a punto de tirarlo al suelo. ¿Cómo iba a defenderse de un monstruo veinte veces mayor que él? Los héroes de leyenda tenían al menos un arma, una espada, algo con que hacer frente al dragón. Él no tenía nada. Estaba solo y desarmado ante la abominación en que se había convertido el enemigo. ¿Cómo había podido pensar alguna vez en amar al dragón, si todo su ser se estremecía de terror y de repugnancia ante su vista?

El monstruo aterrizó frente a él, sus garras chirriando sobre las losas de piedra, arrancándoles chispas que brillaban un segundo en la noche y desaparecían, sus cabezas bamboleándose enloquecidas mostrando los dientes afilados como cuchillas de afeitar, agitando los cuernos hacia él en un intento de ensartar su cuerpo cubierto de sudor.

No era posible que aquello le estuviera sucediendo a él. Tenía que ser un sueño, una pesadilla espantosa causada por todas las vivencias de los últimos meses. Pero el dragón resoplaba apenas a unos metros, y el calor que irradiaba su mole era una cosa viva, innegable, que le hacía desear huir aunque no supiera hacia dónde, porque no había salida, no había más salida que lanzarse hacia delante con las manos desnudas confiando en despertarse a tiempo, como sucedía en los peores sueños febriles.

Entonces el monstruo habló y su voz era como metal fundido, como un violín desafinado gritando en el vacío:

Entrégate. Ven con nosotros. Somos legión.

Y era un coro de voces que resonaba en su cerebro sobre un latido que lo enloquecía y lo hacía desear arrodillarse, inclinar la cabeza y dejarse llevar.

Ven con nosotros, repetían las voces del dragón, las siete voces de las siete cabezas coronadas sobre un fondo inimaginable de miles, millones de voces hambrientas, desesperadas.

Habría sido tan fácil ceder, decir que sí, entregarse. Habría acabado todo: las dudas, la búsqueda, el terror. Pero no podía hacerlo. No quería hacerlo.

—¡Nunca!, ¿me oyes? ¡Nunca! —se oyó gritar sobre el coro de voces infernales—. Jamás me entregaré voluntariamente. Tendrás que matarme.

Su voz le sonó pequeña, infantil, absurda, pero lo había dicho, había elegido, había tenido el valor de resistirse al deseo del enemigo. ¿Qué más podía hacer? ¿Cómo podía luchar contra aquello? ¿Qué más podía hacer, salvo gritar un «no» inmenso, poner un «no» ardiente entre aquello y su propio ser como toda barrera? Creyó comprenderlo en un instante: el libre albedrío existía. Podía elegir. Podía seguir diciendo que no siempre y siempre, y el combate no acabaría jamás porque ésa era el arma que había recibido: su voluntad, su capacidad de elegir el lado en el que quería estar. Y había elegido.

Frente a él, el dragón vaciló; las cabezas fueron replegándose, bajando hacia el vientre del animal, como confusas; las voces se fueron apagando mientras todo su ser seguía gritando «no», «no quiero», «no me tendrás». De algún lugar de su mente surgieron unas palabras en latín, una formulación que les habían enseñado en la catequesis, cuando don Mariano les había hablado de la rebelión de Satán. Las palabras que Satán había pronunciado ante Dios.

—*Non serviam* —gritó con todas sus fuerzas—. *Vade retro. Non serviam.*

Por un instante no sucedió nada. Luego, imperceptiblemente, el dragón comenzó a encogerse, a achicarse frente a él, las cabezas se hundieron una tras otra en la mole de su cuerpo, como si volvieran al mar. El monstruo se convirtió en una bola pulsante de oscuridad veteada de rojo, como la lava de un volcán cuando su superficie se enfría y se endurece en el aire dejando apenas adivinar el fuego que arde en su interior.

Y de repente, el dragón había desaparecido dejando paso a una bestia diferente, una bestia informe, como un coágulo de negrura que crecía y crecía ante sus ojos espantados, una masa viscosa, blanda, maligna, como si estuviera hecha de fango vivo, de mucosidad pegajosa y caliente. Llena de seres, de conciencias enloquecidas y voraces que pugnaban por alcanzarlo, por atraerlo hasta que fuera absorbido en su masa. Aquellos seres lo reclamaban. Sentía su hambre como un fuego que le quemaba la piel y la mente.

Ven. Ven con nosotros, le gritaban, susurraban, escupían, murmuraban. Miles de voces en un coro maligno. *Nunca más estarás solo. Ven con nosotros. Somos legión.*

Se le acababan las fuerzas. Entre aquellas voces había muchas conocidas. Voces de sus maestros, de algunos amigos a los que casi no recordaba, la voz de Javi, la de Rosa.

—Sálvame, Rosa, sálvame —se oyó decir, apenas un murmullo contra el estruendo de las voces.

Estoy aquí, Jorge. Con ellos. Ven a buscarme. La voz de Rosa era como un viento fresco, como el viento del mar. *Entra en nosotros. No temas. Yo estoy aquí.*

Dio un paso hacia el monstruo plural que se alzaba como un borrón de tinieblas, como una torre de sombra más negra que la noche, llena de destellos rojizos vigilantes como ojos, palpitantes como corazones.

Rosa lo llamaba. Estaba allí. Su búsqueda había terminado. Si se entregaba estarían juntos, para siempre.

Dio un paso más, el coágulo se estiró hasta tocarlo, y era

una cosa fría, un contacto helado que lo penetraba entero mientras se extendía por sus brazos envolviéndolo, englobándolo. Sintió el triunfo de la cosa como en una corriente eléctrica que lo atravesaba.

No tenía más que dejarse llevar, entregarse, pronunciar el sí que, en un sacramento perverso, lo ataría para siempre a aquella abominación. No quería ir. Pero ella estaba allí.

De pronto surgió otra voz en su cerebro. Una voz tan clara y tan fresca, tan distinta de la que le acababa de hablar desde la masa de seres hambrientos que por un instante estuvo seguro de que estaba soñando:

Pero Jorge, oyó decir a Rosa. *Pareces una fresa en un pastel.*

Se miró los brazos cubiertos de la masa gelatinosa que había empezado a envolverlos y de repente soltó la carcajada. ¿Cómo había podido tener miedo de aquello, si no era más que un sueño? Todas las imágenes del rodaje de la película de terror cayeron en cascada frente a su ojo interior: los técnicos sujetando con las varillas el pudin gigante, el director maldiciendo, Rosa riéndose sin poder parar, ahogándose en su propia risa cuando lo miraba cubierto de gelatina tratando de poner cara de terror.

Una fresa en un pastel. Como ahora.

Siguió riéndose sin poder contenerse, notando cómo se resquebrajaba la sombra, se empequeñecía, sintiendo su confusión y su hambre, pero cada vez más lejana, cada vez más separada de él.

Tú eres Jorge, oyó en su interior, una voz poderosa y plural. ¿Insegura, tal vez? *Jorge y el dragón. Esto es una lucha a muerte.*

La risa le sacudía el cuerpo, todas las demás voces habían desaparecido. Se sentó en el suelo, frente a la Bestia, y empezó a darse palmadas en los muslos.

—¡Dios mío, qué desastre! —decía entrecortadamente—. Ni siquiera en sueños llego a ser un héroe. La Bestia es una mierda de monstruo de gelatina sintética y yo me tiro al suelo y me río. ¡Qué desastre, Señor!

Sin poder detenerse, siguió riéndose del miserable monstruo que se achicaba frente a él.

—Eres ridículo, ¿sabes? —le dijo—. Ridículo y triste. Ni siquiera sé por qué me río cuando eres tan absurdo. Un pobre muñeco de mala película de terror. —Las carcajadas casi no le dejaban hablar—. Todo este tiempo temiendo verte, temiendo enfrentarme a ti y ahora me das risa. Y lástima. —Notó como la Bestia volvía a erguirse y a crecer y añadió entre lágrimas—: Pero sobre todo risa.

Frente a él, la masa de oscuridad se fue empequeñeciendo. Sentía aún el deseo que emanaba del monstruo, más fuerte todavía, el hambre de su risa, de compartir su risa, de devorarla, de hacerla suya y, a la vez, su perplejidad, su confusión.

En un ataque de hilaridad como no había tenido desde hacía años, se tiró al suelo mientras el monstruo desaparecía, y vio las estrellas del cielo de verano, lejanas, brillantes, puras.

Se calmó lentamente, mirando el cielo. Sabía que estaba solo.

Oyó una voz que podía ser un perfume o un color:

Has vencido, decía. *Ahora tienes un nombre.*

Sonrió. Una sonrisa de borracho agotado que se extendió por todo su rostro.

Una mujer de largo pelo negro y ojos huidizos despertó a Ana y la condujo por corredores interminables de roca sólida hasta una inmensa sala de columnas iluminada por docenas de antorchas.

—¿Qué es esto? —preguntó Ana—. ¿Por qué me traes aquí?

La mujer le ordenó con un gesto que se sentara en uno de los bancos de piedra adosados a la pared y se volvió para marcharse. Ana se levantó de nuevo, corrió tras ella y la agarró por los hombros.

—¡Dímelo, maldita sea! ¿Qué va a pasarme ahora? ¿Me vais a matar?

Los ojos de la mujer se agrandaron de sorpresa, como si la pregunta fuera lo último que hubiera esperado, y esbozó una pequeña sonrisa.

—No, claro que no. —Se pasó la lengua por los labios pálidos—. Hoy no se puede salir al exterior, así que hemos pensado que deberías conocer otra faceta de tu nueva vida.

—Esto no es mi vida. No necesito una vida nueva. Quiero irme de aquí. Yo no he hecho daño a nadie. Por favor. Por favor.

—Eso quizá haya sido un error —dijo la mujer ya sin sonreír—. En cualquier caso, has venido hasta aquí. No has sido llamada y, sin embargo, has venido. Ahora nos perteneces.

—¿A quiénes?

—Ya te darás cuenta.

Con un gemido, se abrió una pesada puerta en el extremo más alejado de la sala y Ana se quedó clavada en su lugar, mirando con fascinación de suicida la oscuridad que se abría al otro lado de la puerta, como una gigantesca boca sin dientes, como las fauces de un animal fabuloso. La mujer del pelo negro aprovechó ese momento para desaparecer sin que Ana lo advirtiera.

Durante unos segundos no pasó nada. Luego, poco a poco, docenas de personas de ojos extraviados, de mirada vacía, parpadeando a la luz de las antorchas, fueron cruzando la puerta, una por una, sin mirarse entre sí, como si no sintieran la presencia de los demás, casi como si no advirtieran dónde se encontraban.

Ana, asustada e insegura, se pegó a la pared y esperó.

Los recién llegados, hombres y mujeres de todas las edades, vagaban por la sala tropezando a veces entre sí, separándose de inmediato sin una palabra, sin una mirada, vacíos de toda respuesta social humana. Era como una escena del patio de un manicomio para enfermos irrecuperables, con la diferencia de que todos llevaban ropas diferentes, pero raídas, gastadas, como si durmieran siempre vestidos y nunca se lavaran. Ella miró su propia ropa que un par de días antes estaba fresca y limpia y se preguntó cuánto tiempo haría falta para que se convirtiera en un amasijo de jirones como el que cubría a aquellos fantasmas. Tal vez para eso bastaran pocas semanas, pero la degradación de rostros y cuerpos como los que se cruzaban con ella sin verla llevaría mucho tiempo más. Mucho más.

Harían falta años para que la piel adquiriera aquel aspecto hinchado y cadavérico, para que el esqueleto se retorciera como el de esa mujer que caminaba con la cabeza hundida en el pecho, como el de ese muchacho que se agarraba a las paredes para poder soportar su propio peso.

Se fijó bien y vio que se había equivocado: todos eran jóvenes. En el mundo exterior ninguno de ellos tendría más de cuarenta años. Era Hora quien los había convertido en cadáveres ambulantes, sombras retorcidas de sí mismos.

El silencio era sobrecogedor. No se oía más que el ruido que los pies hacían al arrastrarse sobre el suelo de losas y las respiraciones jadeantes y entrecortadas de los que estaban más cerca. Pasó por su lado una chica, que no podía ser mayor que sus alumnos de COU, rodeándose el cuerpo con los brazos para dominar los espasmos que la recorrían, la columna vertebral doblada hacia el suelo, su esqueleto cubierto apenas por una piel tensa y amarilla. Llevaba una minifalda muy corta de color indefinido que dejaba ver los huesos de las piernas y los pies descalzos y endurecidos. Cantaba entre dientes una canción que había sido el éxito del verano hacía tres o cuatro años.

Ana empezó a seguirla mientras ella caminaba por la sala tarareando el estribillo, sin decidirse a ponerle la mano encima y tratar de hablarle. Todos parecían inofensivos, pero no estaba dispuesta a correr riesgos. El día antes sólo habían sido tres los que enviaron a perseguirla; si todos los que llenaban la sala se volvían violentos, no duraría ni diez minutos, la destrozarían como perros rabiosos.

La chica se detuvo junto a una columna y, tratando de enderezarse, empezó a golpearse suavemente la cabeza contra la piedra mientras seguía cantando. Ana, detrás de ella, se mordía los labios sin saber qué hacer.

Diez golpes. Once. Doce. Cada vez más fuertes. Cada vez echaba la cabeza un poco más atrás y golpeaba más fuerte sin dejar de cantar en voz muy baja, como un conjuro. Veinte. Veintiuno. Había sangre en la piedra.

Ana apoyó su mano derecha en el hombro de la chica antes

de que se golpeara de nuevo y mantuvo ligeramente la presión para hacerla volverse, a pesar de que todo su cuerpo se revolvía de asco ante el contacto con esa piel de pergamino y esos huesos de pájaro que crujían bajo su mano. Notó cómo todo el cuerpo de la muchacha se estremecía y volvía a doblarse hacia el suelo.

—¡Déjame! —susurró muy bajito—. ¡Déjame, por Dios!

Su rostro era una pequeña calavera bajo la piel mortecina y sus ojos hundidos entre ojeras moradas estaban velados por un telo opaco. La sangre le brotaba de una ceja, pero no parecía importarle.

—Dejadme morir ya, por favor. Por favor... Os he servido mucho tiempo... —Su voz se quebró con un pitido.

—¿Cómo puedo ayudarte? —susurró Ana.

Los ojos de la chica parecieron animarse durante un segundo, sus manos se aferraron a la camisa de Ana desesperadamente, su mirada turbia la recorrió, incrédula primero, luego más y más triste hasta que se aflojó la presión de las manos y se volvió a girar a la columna.

—No puedes ayudarme —dijo casi en un sollozo—. Ni siquiera eres una veladora; eres sólo una de nosotros, otra iluminada.

—No —dijo Ana, tratando de ganar de nuevo su confianza—. Me han dicho que soy una atormentada. Ayer me persiguieron y me golpearon todo el día. Hoy me han traído aquí, no sé por qué.

La chica sacudió lentamente la cabeza sin volverse y no contestó.

Entonces, una voz profunda, que parecía surgir del centro mismo de la sala, habló lenta y solemnemente, y Ana sintió que todo el vello de su cuerpo se erizaba en una oleada:

¡Hijos de las tinieblas, tomad lo que es vuestro!

Antes de que Ana pudiera reaccionar, algo en el cuerpo de la muchacha produjo un chasquido seco, como un hueso que se rompe, su cabeza se irguió y su mirada, limpia y furiosa, se volvió hacia ella, desafiante:

—Le ordeno que me lleve inmediatamente a presencia de su superior.

Era una voz de hombre, grave, cuidada, de persona acostumbrada a mandar.

Ana sintió que todo su cuerpo se encogía y, sin proponérselo, negó con la cabeza, sin encontrar palabras.

—¿He de entender que se niega, soldado? Esa insubordinación le va a costar muy cara. Muy cara. ¿Sabe con quién está usted hablando?

Ana empezó a caminar hacia atrás, sin quitar los ojos de aquella muchacha consumida que ahora era un militar de alta graduación.

—¿Lo sabe usted? —tronó la voz.

—No —contestó Ana en un susurro ahogado.

—¡No, mi coronel! —Los ojos echaban chispas y todo en su porte dejaba claro que era un alto oficial el que hablaba.

—No, mi coronel —repitió Ana con voz trémula, sin atreverse a limpiarse el sudor que empezaba a resbalar por sus sienes.

—Y ahora... —El rugido del coronel se cortó como si alguien hubiera apagado de golpe una radio, el cuerpo que se erguía frente a ella se desplomó como una marioneta con los hilos cortados y una voz de anciana empezó a gemir entrecortadamente—. ... Mi hija, Dios mío, que alguien me ayude, mi hija se muere, Señor... Finita, Finita, hija... ¡Socorro! ¡Socorro!

La muchacha, retorcida en el suelo como un guiñapo, tendía los brazos hacia arriba en un impotente gesto de desesperación pidiendo una ayuda que no llegaría jamás.

Ana, con la garganta contraída y la boca seca, se apartó despacio del cuerpo caído buscando una salida al infierno de voces y dolor en que se había convertido la sala.

Un hombre grande y barbudo, de pelo canoso, acurrucado bajo uno de los bancos de piedra, sonreía como un niño pequeño. Cabeceó al verla pasar e hizo un puchero:

—Mamá, mi osito no, mamá. No le des mis muñecas a nadie, mamá. Yo estoy aquí, ¿no me ves? Estoy aquí y las muñecas son mías. Quiero mi osito, mamá, mi osito... —Se echó a llorar desconsoladamente.

Aquella niña no podía tener más de cuatro años y estaba viendo cómo su madre empaquetaba sus juguetes para regalarlos, ahora que ella había muerto. Lo estaba viendo siempre. Siempre. Incesantemente.

—¡Mamá! —la oyó gritar mientras se alejaba—. ¡No te vayas, mamá! ¡No me dejes solaaaaa!

Se tapó los oídos con las dos manos y avanzó ciegamente hacia la puerta del fondo, rechazando manos tendidas, llamadas de ayuda, gritos de dolor, apartándolo todo de su camino, tratando de llegar.

Un hombre se plantó delante de ella, con timidez, pero decidido, como un campesino que para a alguien en una boca de metro a preguntar una dirección:

—Por favor, señora, ayúdeme. No se vaya.

A su pesar, Ana se detuvo.

—Usted me ve, ¿verdad?

Ella asintió con la cabeza, tragando saliva.

—Yo los veo a todos, ¿sabe? Pero ellos a mí no. Me he perdido. No sé dónde estoy. Estaba muy oscuro, hacía mucho frío y yo llamaba y no me oía nadie. Creí que estaba soñando. Pero cuando me desperté, no me veían, no podían oírme. Y luego vine aquí. No sé dónde estoy. ¿Usted lo sabe?

Había tanto dolor en los ojos del hombre, tanta perplejidad y tanta dulzura, que Ana bajó los suyos.

—Dígamelo, por favor. No importa lo malo que sea, dígamelo. ¿Estamos muertos?

Ana levantó la vista, aterrada. No se le había ocurrido que pudiera ser así. Ellos estaban muertos, sí, los que hablaban a través de aquellos cuerpos consumidos, los miles de seres que habitaban aquellos pobres cadáveres vivientes, ésos sí, tenían que estarlo, no había otra explicación, pero ¿ella? ¿Ella también? ¿Muerta?

Miró otra vez los ojos implorantes del hombre y sintió que los suyos se llenaban de lágrimas.

—Creo que sí —contestó casi sin voz, asintiendo con la cabeza. El hombre tragó saliva.

—Entonces esto es el infierno —dijo lentamente—. Gracias. Me ha ayudado usted mucho.

Aún no había apartado la vista de él cuando su rostro pareció disolverse y recomponerse de nuevo en cuestión de segundos en una máscara desdeñosa de cejas alzadas y labios apretados.

—Me quejaré a la dirección, señorita —chilló una voz aguda y mandona—. Hace cinco minutos que llamé a recepción y aún no ha acudido nadie. Si me repite el ataque y me ocurre algo, les haré a todos responsables, les demandaré, ¿me oye? ¡Les demandaré!

Ana dejó al hombre gritando con su voz de solterona y siguió caminando hacia la puerta con piernas que se le habían vuelto gomosas y apenas la sostenían. Si de verdad estaba muerta, si todos lo estaban, era cierto lo que le habían dicho los veladores, no había esperanza, no podría salir de allí porque ese «allí» no era ya un concepto físico de lugar, sino de tiempo o quizá ni siquiera de tiempo, sino fuera de él, algo atemporal, o eterno, el sufrimiento, el castigo eterno que desde la época de la catequesis le había parecido tan ridículo, tan imposible.

Atravesada frente a la puerta, una mujer se retorcía gimiendo entre dientes. Pensó saltar sobre el cuerpo caído y tratar de abrir la puerta sin mirar atrás, pero no pudo. Se acuclilló a su lado y le sostuvo la cabeza para que no se la golpeara.

La mujer, repentinamente, esbozó una sonrisa de triunfo y susurró:

—El corazón, creo. Por fin. Esta vez se acabó.

—Llamaré a alguien.

La mano de la mujer aferró su mano:

—No, por Dios, que no se enteren. Tratarían de salvarme. Déjeme morir.

—Pero... —Ana casi tartamudeaba—. ¿No estamos ya muertos?

La mujer sonrió dulcemente:

—No, nosotros aún no. Pero a mí ya me falta poco. Entonces seré libre.

—¿No se convertirá entonces en una de... de esas voces?

El rostro de la mujer se transformó en una máscara de horror.

—Dios no lo permitirá. Yo creo en Él. ¿Usted cree?

—No sé —confesó Ana con voz estrangulada.

—Tiene que creer, hija, tiene que creer; es nuestra única esperanza. —Su mano apretaba la de Ana como una garra.

—Y, si Dios existe, ¿cómo permite esto? —Ana sintió crecer la rabia en su interior.

La mujer cerró los ojos un segundo y se humedeció los labios:

—Está escrito: «Yo no enviaré sobre vosotros esta carga, empero los que la tenéis, tenedla hasta que yo venga. El diablo ha de enviar a algunos de vosotros a la cárcel para que seáis probados. Sé fiel hasta la muerte y yo te daré la corona de la vida. El que venciere no recibirá daño de la muerte segunda».

Ana la miraba incrédula, como hipnotizada por sus palabras.

—Él nos salvará si guardamos Su Fe y Su Palabra. —La voz de la mujer se iba apagando—. Dime que me absuelves de mis pecados, hija.

—¿Yo? —De alguna manera sonaba estúpido y quizá blasfemo.

—Tú, en nombre de Dios.

—Yo no puedo.

—Sí puedes. No hay nadie más. Me arrepiento, Dios mío. Llévame contigo. Dame la absolución, hija, vamos.

Ana, sintiéndose torpe y asustada y pidiendo perdón internamente por su atrevimiento, hizo la señal de la cruz con su mano libre sobre la frente de la mujer:

—Te absuelvo en el nombre de Dios Padre, Hijo y Espíritu Santo.

—Amén —suspiró la mujer, cerró los ojos y se quedó quieta, apretando el brazo izquierdo contra su cuerpo. Tenía los labios azules.

Ana la miró un instante y, sintiéndose extrañamente en paz, apoyó su peso en la inmensa manivela de hierro y, para su sorpresa, la puerta cedió. Sin mirar atrás, cerró la puerta y se perdió en la oscuridad.

Cuando Jorge despertó, estaba en la torre de los Valdelvira, aún era de noche y tenía en la mano una piedrecita blanca con unos signos grabados. Estaba demasiado oscuro para descifrarlos, los párpados le pesaban y no era la primera vez que tenía un sueño dentro de otro. Medio dormido, colocó la piedrecilla debajo de su cuerpo. Se dio la vuelta y siguió durmiendo. Esta vez ya no soñó.

Al despertar, con el sol filtrándose en polvorientos rayos naranja por las maderas de la ventana, supo que no estaba solo. Se puso las gafas y en el rincón más alejado vio a Saraí, sentada contra la pared con las piernas encogidas, el mentón sobre las rodillas, los ojos entrecerrados, su pelo rojo como una resplandeciente corona rizada en torno a su rostro pálido.

Jorge se incorporó con todos los músculos agarrotados, esperando que ella hablara primero.

—No debería estar aquí —dijo Saraí en voz baja—. Salvador me lo ha prohibido.

—No sabía que tuvierais jefe.

—Hay muchas cosas que no sabes.

—¿Contestarás a mis preguntas?

—Lo intentaré.

—¿Por qué? —Ella sonrió.

—Lo sabes.

—No, no lo sé.

—Esta noche has vencido a la Bestia.

Jorge se echó a reír.

—Sí, en sueños es fácil vencer a una bestia que se parecía tanto a la de una película que rodé una vez.

—No, Lobo. Lo has hecho de verdad.

—¿Cómo lo sabes? —Jorge se puso serio también.

—Todos lo sabemos. Ahora Salvador es tu enemigo, no te dejará marchar.

—¿Por qué?

—Es el velador jefe. Tendrás que matarlo.

Él sacudió la cabeza en silencio.

—Yo te ayudaré. —Saraí se levantó y se acercó a donde Jorge estaba saliendo del saco—. No todos estamos satisfechos con lo que hacemos. Algunos queremos escapar, pero hasta este momento era imposible. Ahora tú puedes salvarnos.

—¿Yo?

—Eres el elegido, ahora lo sabes y nosotros lo sabemos también. Sólo tú puedes salvarnos.

—¿A quiénes?

—A todos. —Saraí se acercó a él hasta que su boca casi tocaba la oreja de Jorge—. A los veladores, a los niños, a los iluminados, a los atormentados, a los apasionados quizá... —Hizo una pausa—. No sé si los ardientes pueden ser salvados en su cuerpo, pero tal vez puedas hacer que alcancen la paz.

Jorge apoyó su mano en el hombro de Saraí y la volvió hasta que pudo verle los ojos.

—¿Quiénes son todos esos, Saraí? ¿De qué hay que salvarlos? ¡Dios mío, no entiendo nada!

Ella levantó la cabeza como si acabara de oír algo que él no había advertido.

—Tengo que irme.

—Saraí, por favor, tenemos que hablar.

Ella se puso en pie, mirando a su alrededor como un conejo asustado.

—Yo te buscaré, tú no lo intentes. Si me descubren, me atormentarán, y sé que no podré soportarlo.

—¿Cuándo?

—Vendré cuando pueda. Habla con el viejo, él sabe muchas cosas de nosotros, él te explicará.

Caminó con ligereza, sin hacer ruido, hasta un muro sólido junto a la escalera. Tocó una filigrana de piedra y parte de la pared se abrió para descubrir un estrecho pasaje en tinieblas.

—Muy pronto, mañana o pasado, Hora quedará vacía. Hay un rito al que debemos acudir. Trataré de quedarme y te enseñaré lo que quieres ver.

Deslizó su cuerpo en la oscuridad y la piedra se cerró detrás de ella. Jorge salió del saco, se puso los tejanos, cogió una piedrecilla que había caído al suelo y, cambiándola de una a otra mano empezó a caminar descalzo por la torre, tratando de comprender lo que acababa de oír.

El viejo aseguraba que Rosa estaba allí, Saraí hablaba de salvar a los atormentados. ¿Dónde estaba Rosa, dónde? ¿Qué le estarían haciendo? ¿Qué podía hacer él para ayudar a Rosa y a los otros? A Ana y a Lola, si de verdad estaban también allí. En su sueño, Rosa lo había salvado a él.

Se puso las deportivas, impaciente por salir, por ponerse en marcha, no sabía hacia dónde ni para qué, pero no podía soportar quedarse allí quieto ni un segundo más.

El maullido desesperado de un gato le recorrió los nervios como una descarga eléctrica. Había sonado justo debajo de él, en alguna de las salas de la planta baja. Descendió sigilosamente las escaleras y comenzó a buscar orientándose por los gemidos que sonaban cada vez con menos fuerza. La planta principal estaba desierta, la entrada también. Se detuvo en el arranque de un pasillo que no había visto antes y que llevaba al fondo de la casa, al final había una puerta de madera carcomida, muy pequeña, incrustada en un arco ojival de piedra.

Llegó hasta ella y pegó la oreja a su superficie. Apenas podían distinguirse unos gemidos ahogados punteados de voces rítmicas que subían y bajaban.

Abrió la puerta lo justo para deslizarse por el hueco, y volvió a cerrar. La oscuridad era casi sólida, como un cuerpo pegado al suyo. Esperó a que los ojos se le acostumbraran y, muy poco a poco, a la vacilante luz rojiza que surgía de abajo, empezó a distinguir apenas el contorno de unas escaleras que bajaban al sótano. La bóveda por encima de su cabeza estaba llena de telarañas. Contrajo los músculos hasta que le dolieron y empezó a bajar lentamente, tanteando con el pie cada nuevo escalón. Se sentía como Indiana Jones en una película, pero de alguna manera no resultaba divertido. La voz que cantaba la salmodia se hacía más intensa conforme descendía, aunque aún no era capaz de distinguir palabras. Había por lo menos dos personas que rezaban en una especie de canon punteado de gritos de agonía. Sintió un escalofrío y estuvo tentado de regresar. Aquello no tenía nada que ver con Rosa, podía dejarlo sin más, volver sobre sus pasos y salir a la luz del sol, a hablar con el viejo, con Salvador, con quien fuera; pero sabía que antes o después tendría que investigar el submundo de Hora y casi no había elección. Era tan mal momento como cualquiera. Siguió bajando, la escalera se curvaba lentamente sin que aparecieran salidas o puertas a los lados, de vez en cuando su cabeza rozaba una telaraña y sentía un escalofrío de repulsión que controlaba rechinando los dientes; el olor a vejez y desolación era cada vez más intenso, pero se mezclaba ahora a otro dulzón y poderoso, intoxicante. Faltaban aún seis o siete escalones cuando vio la entrada, otro arco de piedra, románico, que se destacaba negro sobre la vacilante claridad amarillenta.

«La puerta», pensó, y sin saber por qué esas dos palabras le hicieron temblar. Se dio cuenta de que casi no respiraba e inhaló profundamente antes de bajar los últimos peldaños. Las voces eran ahora suaves e hipnóticas y repetían una melopea sin sentido.

Llegó hasta la puerta y miró desde el umbral. A izquierda y derecha se abría una amplia cripta abovedada sostenida por gruesas columnas no muy altas, de capiteles profusamente esculpidos; el techo parecía estar pintado al fresco, pero no había luz suficiente para distinguir los dibujos. Por todas partes, como distribuidos arbitrariamente, túmulos de piedra rudamente tallados, y encima de cada uno de ellos, como estatuas macabras, esqueletos y momias en distintos grados de conservación, cubiertos con polvorientos vestidos y adornos antiquísimos, yacían fijando en el techo sus cuencas vacías.

Jorge se rodeó el cuerpo con los brazos y paseó lentamente la mirada por la cripta sin prestar ya atención a las voces que seguían sonando como un murmullo. Una cripta familiar. No era un espectáculo agradable, pero no producía una sensación de horror; en cualquier caso mucho menos que la puerta. Era sólo un ambiente de tristeza, de futilidad. Más real que el de ningún museo, pero también muerto y como falso. *Sic transit gloria mundi,* parecían decir aquellos cadáveres antiguos, personas que quizá abandonaron el mundo siglos atrás con la esperanza puesta en la resurrección de la carne.

Tensando de nuevo los músculos, se preparó para atravesar el umbral. Sabía que no sucedería nada inmediato, nada como un choque eléctrico o una guillotina que cayera del techo. En alguna parte en el fondo de sí mismo lo sabía y, sin embargo, le aterrorizaba la idea de cruzar aquel umbral, como si supiera que, al trasponerlo, en algún lugar sonaría una alarma que antes o después traería su perdición.

Cambió su peso de uno a otro pie y empezó a hacer inspiraciones profundas. La cripta era segura. No había nada amenazador allí. Sólo unos cuantos cadáveres antiguos.

Entró.

El aire zumbó levemente en sus oídos durante una fracción de segundo y, de la misma manera que había venido, su miedo se extinguió. La puerta era sólo una puerta y él la había aceptado como tal; había pasado por ella. No había nada que temer.

Empezó a caminar lentamente entre las tumbas absorbiendo los detalles sin esfuerzo, con su entrenamiento de actor, sin tratar de dirigirse en línea recta hacia la fuente de la luz y el sonido. Un caballero con la espada descansando sobre su pecho, cubierto con un manto árabe; un esqueleto que debió de ser una dama con una diadema de oro y esmeraldas sobre el cráneo pelado; varios monjes-guerreros vestidos con el manto de la Orden del Temple. Los últimos templarios murieron en la hoguera en el siglo XIV, recordó; aquellos cadáveres tenían más de quinientos años, y seguían allí, esperando, mientras alguien celebraba una misa de difuntos en una lengua desconocida.

Se asomó cuidadosamente desde detrás de una columna y, sobre un túmulo vacío presidido por una pared pintada de rojo de la que colgaba una enorme cruz negra e invertida, vio el cuerpecillo desnudo de Una que cantaba con los ojos en blanco mientras su hermano, también desnudo y con una máscara de macho cabrío, iba dejando gotear sobre ella la sangre de un gato abierto en canal que sostenía con las manos extendidas. Toda la piel de Sol estaba pintada con incomprensibles símbolos negros y las huellas de la mano de Una, mojada en sangre, se destacaban claras en su espalda, su pecho, su vientre y su sexo.

Sin poderlo evitar, Jorge salió de detrás de la columna en la reacción básica de un adulto que quiere detener a un par de niños.

—¿Estáis locos? —se oyó decir antes de haberlo decidido.

Sol levantó la cabeza hacia él, aún cubierta por la máscara, y Una abrió los ojos. Durante unos segundos no sucedió nada. Los tres quedaron congelados como el fotograma de una película. Luego, despacio, Sol se quitó la máscara y Una se sentó en el túmulo con los pies colgando.

—Ya casi habíamos terminado —dijo Sol dándole la espalda para guardar la máscara y un puñal en la arqueta que había bajo la cruz.

—¿Se puede saber qué es todo esto? —Le temblaba la voz, no sabía si de miedo o de furia.

—Son nuestros antepasados que esperan aquí el día de la última batalla. —La voz de Una sonaba ligera, infantil y, quizá por eso, maligna.

—¿Y vosotros?

—Venimos a honrarlos, a consolar su espera, a que sepan que no los hemos olvidado.

—Esto es una perversión —dijo Jorge, sintiéndose ridículo en el mismo momento de formularlo.

—Es un rito. —Los dos hermanos se quedaron mirándolo fijamente, desnudos y ensangrentados, de pie frente a él, bajo la cruz.

—Somos hijos de las tinieblas —dijo Una en una cadencia que hacía olvidar su edad y su cuerpo infantil—. Nos ungimos de sangre para cantar Su Nombre y abrimos nuestras mentes al dolor eterno para conquistarlo.

Cerró los ojos y tensó los labios en una sonrisa siniestra

mientras colocaba su mano sobre una de las lamparillas de aceite que ardían en las cuatro esquinas de la piedra. Jorge olió la carne quemada, vio subir un humo negro de la mano de la niña y sintió que iba a vomitar.

Una volvió a abrir los ojos buscando los de Jorge.

—¿Ves? —dijo mostrándole la mano quemada—. No siento dolor. Mañana estará bien. Los hijos de la oscuridad somos indestructibles.

—Pero yo, anoche... —balbuceó Jorge sin atreverse a acabar la frase.

—No te hagas ilusiones —interrumpió Sol en voz neutra—. Eso no significa nada. Está jugando contigo. Te destruirá si no te entregas.

—Te destruirá en cualquier caso —añadió Una suavemente, con una leve sonrisa.

—Sólo quiero encontrar a mi mujer y marcharme.

Jorge, a su pesar, sonaba inseguro, plañidero, hablando con aquellos dos niños como si de verdad fueran representantes del poder que flotaba en el lugar.

—Ella le pertenece. Acéptalo. Está ardiendo por Él, fuera de tu alcance.

—¿Ardiendo? —La boca se le había quedado seca y apenas pudo articular la palabra.

—Ardiendo como nuestros antepasados. —Sol hizo un amplio gesto a su alrededor—. Muchos murieron en la hoguera, quemados por herejes, por blasfemos, por apóstatas, pero su dolor acabó. Ahora sufren otros. Otros arden eternamente para Su Gloria. Ya lo conocerás.

Jorge se volvió para no ver la doble mirada verde que se clavaba en su mente, cruel e inhumana como los ojos de un gato terriblemente viejo y sabio. Apoyó la cabeza contra una columna y se tapó los oídos como un niño, sin saber lo que hacía, para negar la realidad de pesadilla que le rodeaba.

Cuando volvió a encontrarse con fuerzas de enfrentarse a ellos, habían desaparecido dejándolo abandonado entre los antepasados carcomidos, con el gato destripado sobre el altar.

5

—¿Anselmo? ¿Eres tú?

—¡Virginia!, por el amor de Dios, creía que no ibas a llamar nunca. Ya estaba empezando a preocuparme.

La monja soltó una risita traviesa.

—No soy una niña pequeña, Anselmo, ni siquiera soy ya monja; aún me sé valer.

—¿Hay noticias?

Hubo un pequeño silencio.

—Sí. —El tono había cambiado por completo—. Ya ha empezado.

—¿Cuándo?

—Anoche. Anoche fue el primer combate, aunque no creo que Jorge sepa que aún le queda otro, por lo menos.

Volvió a producirse un silencio.

—Cuéntame más, mujer, no me desesperes.

—Verás, Anselmo —Virginia sonaba insegura, como incrédula—, fue bastante raro. No fue un combate como el que imaginábamos.

—Pero ¿venció?

—Sí, claro que venció. No te hagas el sorprendido; lo esperábamos, ¿no? Lo que pasa es que venció de un modo..., ¿cómo te diría?..., absurdo, ridículo.

Anselmo lo pensó unos segundos mientras esperaba a que ella continuara.

—No acabo de comprender.

—Estaba todo preparado de un modo... clásico, diría yo. Un lugar fuera de todo, como si no fuera un sitio en el espacio, cientos de presencias torturadas, primero el dragón del que habla el Apocalipsis, luego la Bestia de sombra alzándose del abismo portadora del mal y el dolor, todo lo esperable. Bueno, ahora te lo cuento así, como si nada, pero ayer noche fue espantoso... Hubo un momento en que temí que se entregara sin más...

Anselmo se persignó en silencio mientras ella continuaba:

—Y luego...

—¿Luego qué?

—Jorge se echó a reír.

—¿Qué? —En una palabra el sacerdote consiguió meter toda la incredulidad, la sorpresa y el asombro del mundo, sin que faltara una pizca de horror y mucha admiración.

—Eso, Anselmo, que se echó a reír como un loco, se tiró al suelo y siguió riéndose hasta que la Bestia desapareció. ¡Ah!, y antes la llamó monstruo de película barata y un par de cosas más que no recuerdo.

—¿Se ha vuelto loco?

—No sé, pero el caso es que funcionó.

—¿Estás segura?

—De que funcionó, sí.

—Entonces ¿qué temes?

—No lo sé, Anselmo, ni yo misma lo sé. Supongo que temo que se trate de un truco para darle confianza. Es absurdo si no, ¿entiendes? ¿Cómo se puede derrotar al Maligno con una carcajada? ¿Para qué he estado yo treinta y cinco años metida en un convento si lo único que hay que hacer es reírse de él?

Anselmo quedó en silencio unos momentos.

—La risa es un arma poderosa, siempre lo hemos sabido. Y es algo que el diablo desconoce por su propia naturaleza... Lo que me pregunto es de dónde sacaría ese muchacho el valor de reírse de él.

Ella se encogió de hombros al otro extremo del hilo e hizo una seña a Robles, que bajaba en ese momento al comedor, para que la esperara.

—Jorge creía que se trataba de un sueño, ¿comprendes?

—¡Ay, Dios mío!

—Si le hace creer que es fácil vencerlo, en el próximo combate lo aplastará sin haberse debilitado siquiera. —Hizo una pausa y se mordió el labio inferior—. Voy a necesitar toda vuestra ayuda, Anselmo.

—¿Quieres que los reúna ya?

—Es necesario. Si no me equivoco, todo se decidirá entre hoy y el día veinticuatro.

—¿Tan pronto?

—Creo que sí. Hay que llamar al grupo.

—Quizá esta misma noche los haya reunido a todos. Luego no nos separaremos hasta el final.

—Bien. Volveré a llamarte cuando salga hacia allá.

—Virginia, espera.

—Es que no quiero que se me vaya Robles.

—¿El comisario?

—Está buscando a Jorge. Me lo encontré en el tren.

—¿Y qué piensas hacer?

—Contárselo todo y pedirle ayuda.

—Es una locura, Virginia, no te creerá. Y además, ¿para qué lo necesitas? Si hubiera hecho falta la ayuda de un hombre, habría ido yo.

Ella volvió a reír suavemente, como al principio de la conversación.

—No, Anselmo. A ti te necesito donde estás, dirigiendo al grupo. Pero en Hora hay gente normal, mortales, quiero decir, como tú y como yo, que pueden entorpecer nuestro trabajo. El comisario está acostumbrado a tratar con seres humanos digamos «difíciles». Su ayuda puede ser crucial.

—Haz lo que mejor te parezca, pero tenme informado.

—Sí, Anselmo, te llamaré.

—¡Ah! Virginia, he estado pensando...

—¿Sí?

—Nos ayudaría mucho saber cuándo y cómo nos necesitas, pero no encuentro solución.

Ella rio, esta vez abiertamente.

—Tú sí, ¿verdad? —terminó él, aceptando su risa.

—Sí, Anselmo. Te dejé una nota en ese desastre de escritorio que tienes. Llama a Antonio Ruíz Pellón. Si no encuentras la nota, búscalo en la guía. Dile que llamas de mi parte. Él sabe para qué es.

—¿Podéis comunicaros?

—Con vuestro refuerzo, supongo que bastante bien.

—Gracias a Dios.

—Llámalo y que se reúna con vosotros hoy mismo.

—Bien.

Guardaron silencio unos instantes. Virginia jugueteaba con el brochecito que cerraba su blusa y Anselmo dibujaba cruces y más cruces en el papel que tenía delante.

—Tengo que colgar, Anselmo.

—¡Virginia!

—¿Qué?

—Cuídate mucho, por favor. No dejes que te pase nada. Yo...

—Lo sé, Anselmo. Yo también. No digas nada. Si Dios quiere, volveré. Volveremos a vernos.

—Que Dios te proteja, María.

—No nos abandonará. Hasta pronto, Anselmo.

Virginia colgó y apoyó la frente contra el fresco cristal de la cabina, sabiendo que Anselmo se habría cogido la cabeza entre las manos y se estaría haciendo la pregunta clave de toda su vida, la misma que ella.

Anselmo, en su despacho, apartó la mirada del teléfono mudo, vacío de la voz de María, hundió la cabeza entre las manos y murmuró: «¿Por qué, Dios mío? ¿Por qué? ¿Por qué?».

El último «¿por qué?» fue ya un rugido de impotencia y desesperación. Angustias asomó la cabeza por la puerta con cara de susto.

—¿Llamaba usted, don Anselmo?

El cura inspiró hondo, cruzó las manos sobre la mesa y, aparentando inocencia, con la experiencia de muchos años de mentiras piadosas, contestó:

—No, hija. Ensayaba la homilía del domingo. Me ha debido de salir un poco fuerte.

—En los tiempos que corren todo es poco, padre. No tenga miedo de darles un buen susto.

—¡Hale, Angustias, déjame trabajar! Vete a pasarle el plumero a san Antonio, que lo vi ayer y tenía dos dedos de polvo; así no vas a encontrar novio en la vida.

—¡Qué cosas tiene usted, padre! —Angustias se retiró, sofocada, preguntándose cómo sabría don Anselmo que ella le ponía una vela a san Antonio los sábados por la tarde mientras él estaba en el confesionario y no podía verla. Ese hombre debía de tener ojos hasta en el cogote.

El comisario Robles se rascaba la nuca con la mano izquierda mientras su mirada se perdía en las volutas de humo del gigantesco habano que sostenía con la derecha. A lo largo de su carrera profesional había llevado miles de interrogatorios, escuchado cientos de confesiones, millones de locuras e informaciones inútiles, pero nunca nunca se había encontrado en la situación en que una exmonja de buen ver, que parecía ser una persona juiciosa y normal, le tuviera en vilo durante dos horas con una historia que parecía sacada de una novela de terror barata. Y lo peor es que no se había conformado con largarle esa sarta de estupideces como si le estuviera leyendo la Biblia, sino que, además, le había pedido ayuda, como si en vez de tratarse de una solemne estupidez fuera un caso de anónimos con amenazas de muerte.

—Tómese su tiempo, comisario —había dicho ella suavemente al acabar—. Comprendo que no es fácil.

No, desde luego, fácil no era. Era, por un lado, rematadamente imbécil y, por el otro, misterioso, inquietante y tentadoramente atractivo. Todo lo malo que sucedía en el mundo era obra del diablo. ¡Qué bien! ¡Qué sencillo! Y Dios no hacía nada para impedirlo porque nos amaba tanto que nos había creado libres. Libres para robar, para matar, para destruir a otros seres humanos, cuya libertad no contaba porque eran víctimas de la libre elección de los otros. ¡Gilipolleces!

Y sin embargo..., sin embargo, eso le daba la posibilidad de vengar la muerte de Sagrario, de dirigir esa rabia impotente que surgía en su interior como una marea contra alguien concreto, o contra algo. Algo que lucharía tal vez por defender su miserable existencia, pero que podía ser vencido, aplastado. Ojo por ojo. Diente por diente.

Siguió mirando el humo mientras la mujer, con las manos cruzadas sobre el regazo, pedía en voz baja al camarero otro té con limón.

—No piense ni por un momento que me lo he tragado, Virginia, pero, no, no me interrumpa, por las razones que sean, usted me acaba de contar una historia que convierte a Jorge Lobo en una víctima de las circunstancias en una película de miedo y nos lleva a un pueblo dejado de la mano de Dios que igual puede ser un nido de traficantes de droga que un refugio para terroristas.

Virginia alzó los ojos al techo, pero no dijo nada. Exprimió cuidadosamente el limón en su taza y dejó hablar al comisario.

—Aparte de las gilipolleces esas del diablo, y perdone la expresión, tengo que confesar que me ha picado usted la curiosidad; al fin y al cabo soy policía y, además, para serle franco, si hay una posibilidad por remota que sea de que alguien pague por la muerte de Sagrario, aunque tenga cuernos y rabo, me parece que empezaré a creer en la justicia divina. Ahora quiero que me conteste con la misma franqueza: ¿qué quiere usted de mí? ¿Para qué cree necesitarme?

La hermana Virginia levantó los ojos de su taza con la mayor candidez.

—Pero si ya se lo he explicado, comisario. Yo tengo una misión que cumplir en un plano digamos espiritual. Pero en ese pueblo también hay personas que no sé si, voluntariamente o no, están cometiendo un crimen. Un crimen no sólo contra las leyes divinas sino también contra las humanas. Usted está acostumbrado a eso; sabe qué hacer en un caso de agresión física, por ejemplo. Yo no. Yo creo poder defendernos a los dos de otro tipo de agresiones, pero tengo que llegar, ¿comprende?, y poder quedarme el tiempo suficiente para hacer lo que tengo que hacer. Quiero que usted me ayude a llegar. Luego, cuando lo haya visto con sus propios ojos, seguramente ya sabrá qué hacer. Lo más probable es que tenga mucho trabajo.

—¿Cuándo quiere salir?

—Mañana o pasado, aún no lo sé.

—¿Y cómo va a saberlo?

—¿Cómo supe lo de su mujer? —La sonrisa era casi felina, divertida, provocativa en cierto sentido.

—Porque se lo contó su amigo el cura —reaccionó Robles, molesto.

—Mi amigo el cura no sabía nada de nada.

—Vale, no se enfade. No es que me lo crea, ¿eh?, a mí me gustan las cosas claras, pero voy a darle un margen de confianza, si usted me lo da a mí.

—¿Yo? ¿Qué quiere que haga?

Robles sonrió con el puro en la boca:

—Que no se ofenda si antes de lanzarnos a la aventura hago unas llamadas para recoger información.

Virginia sonrió aliviada.

—Por supuesto, comisario, faltaría más.

—Bien, entonces nos entendemos. ¿Me permitirá más tarde que la invite a comer?

—Con mucho gusto.

—En este pueblo no hay nada que valga la pena, pero teniendo coche puede que encontremos algo que esté bien.

—Comisario —dijo Virginia muy seria y muy modosa—. He sido monja treinta y cinco años; puede usted imaginarse que no estoy precisamente puesta a lujos.

Por primera vez desde la muerte de Sagrario, Robles estuvo a punto de soltar una carcajada.

—Pues ya va siendo hora, Virginia, ya va siendo hora.

Se levantó y se marchó hacia el vestíbulo, haciendo girar el puro entre sus dedos.

Con una cara de estupefacción que convertía su rostro casi en una máscara maligna, deformada por la ausencia de serenidad característica en él, León contemplaba la piedrecilla blanca que Jorge le había puesto en el hueco de la mano. Luego, como saliendo de un trance, empezó a darle vueltas deliberadamente mientras sus labios se movían en silencio y la yema de su índice derecho acariciaba una y otra vez los signos grabados en la piedra.

—¿Sabe usted qué es? —Jorge se inclinaba hacia el viejo sobre la mesa, expectante.

León alzó la vista sorprendido, como si hubiera olvidado la presencia del otro y sólo su voz le hubiera hecho recordar que estaba allí.

—Claro —contestó—. Y tú también lo sabes. ¿No has leído el Apocalipsis?

Jorge asintió con la cabeza y León recitó solemnemente:

—Capítulo 2, versículo 17: «Al que venciere, daré a comer del maná escondido y le daré una piedrecita blanca y en la piedrecita un nombre nuevo escrito, el cual ninguno conoce sino aquel que lo recibe».

—Pero... pero... ¿cómo? —tartamudeó Jorge.

El viejo se encogió de hombros.

—Cómo, no lo sé.

—Entonces, esos signos, ¿son un nombre?

León sonrió casi con amargura mientras asentía.

—¿Puede usted leerlo?

Volvió a asentir, una sonrisa tensa jugando en sus labios.

—Dígamelo, hombre. ¿Qué pone? —Jorge estaba cada vez más nervioso.

León se levantó despacio, se metió los pulgares en el cinturón y, volviendo la espalda a Jorge, se puso a contemplar el paisaje.

—Dios debe de estar de broma —dijo por fin sin volverse.

—¿Cómo que de broma? ¿Por qué?

—Si esto de verdad te lo ha enviado Él —continuó, volviéndose para tomar de nuevo la piedrecita blanca y hacerla brillar entre su pulgar y su índice— y no es un truco de los locos esos de Hora, y la verdad es que no creo que lo sea, entonces es que está de broma.

Jorge, sin comprender, no apartaba los ojos de los del viejo.

—Te llama «Señor de la Luz» —dijo por fin. Jorge se relajó visiblemente.

—¿Usted lo encuentra gracioso? A mí me parece muy apropiado.

León volvió a esbozar su sonrisa característica, distante y antigua:

—Amigo mío, ésa es sólo la traducción. ¿Quieres saber el NOMBRE? —Hizo una pausa intencionada—. El nombre es Luzbel.

—¿Luzbel? —La voz de Jorge adquirió un peligroso filo de histeria—. ¿Ése no es un diablo?

—Exactamente, muchacho. Uno de sus muchos nombres. Antes de ser el Ángel Caído, el Príncipe de las Tinieblas, Satán fue Luzbel, el Portador de la Luz. Lucifer, si lo prefieres en latín. Al parecer ahora has heredado tú el título. ¡Enhorabuena! —Dejó la piedrecita en la mesa delante de Jorge y guardó silencio mientras él la contemplaba con una mezcla de fascinación y repugnancia.

—No lo entiendo —murmuró Jorge por fin.

—Tranquilízate; no es dado a ningún mortal comprender al Señor de las Esferas —el tono de León era francamente sarcástico— y mucho menos reírle las gracias. Además de ser un Dios celoso, cruel y vengativo, tiene un condenado sentido del humor.

La voz de León había sonado tan dura y amarga que Jorge separó la vista de la piedrecilla para mirarlo. Estaba tenso y como rejuvenecido, la mirada perdida en la distancia, como si estuviera recordando algún lejano momento de su vida en que también él tuvo que enfrentarse a la incomprensible voluntad de Dios y aceptar su derrota. Se dio cuenta de que el joven lo miraba y se sacudió los pensamientos, cualesquiera que fueran.

—Perdóname, me he dejado llevar. Estaba recordando...

Hay cosas que yo tampoco comprendo después de toda una vida. Y está el factor de identificación... Setenta años de estudio son suficientes para identificarse con cualquier postura, supongo.

—Sin embargo, no se ha convertido usted en adorador del diablo.

León hizo un gesto de desprecio que empezó en los ojos y confirmó todo su cuerpo.

—Lo único digno de adoración es el conocimiento, que te hace libre.

—¿Y el poder?

León suspiró apenas:

—El poder puede ser un medio para llegar al conocimiento, pero nunca es un fin. El poder se devora a sí mismo y acabas como un viejo idiota haciendo chistes que sólo ríen tus esclavos.

—¿Está usted hablando de Dios? —preguntó Jorge, un punto escandalizado.

—Estoy hablando de cualquiera que tenga un poder absoluto. No conozco a nadie con un poder más absoluto que el de Dios, aunque haga poco uso de él.

—¿Poco, dice?

León sonaba ligeramente exasperado:

—Supongo que te habrás dado cuenta ya de lo mal que va el mundo, de lo dura que es la vida en general. Al parecer, Dios sabe que su creación se está convirtiendo en un estercolero y no le importa. Tal vez incluso le divierte, vete a saber.

—A mí siempre me han dicho que los males del mundo proceden de la libertad de elección que Dios dio al hombre.

—Sí, claro. A ti y a todo el mundo; pero eso es otro chiste a costa de Satán. ¿No lo ves?

Jorge sacudió la cabeza negativamente.

—Todo lo bueno del mundo, el amor, la alegría, lo que sea, viene de Dios y va a Él para Su gloria y nuestra salvación. Todo lo malo y lo aborrecible viene del Diablo, del principio del Mal y, como en las novelas policíacas, se utilizará en nuestra contra el día del Juicio. ¡Precioso!, ¿no? Dios siempre se guarda las espaldas; siempre queda a salvo.

»No es voluntad suya que exista el mal, pero si quiere a sus criaturas libres tiene que darles la opción de elegir lo contrario de lo que Él desea. Para eso está el diablo. ¿No te das cuenta de que es un truco para quedar bien? ¡Dios es omnipotente, maldita sea! Y está por encima de todo. ¡De todo! Si hubiera querido, podía haber inventado un medio de respetar la libertad humana sin tener que hacerles pagar por ella como lo hace. Pero, claro, así es más divertido. Ya te he dicho que tiene un condenado sentido del humor.

—Pero, León, así como usted lo pone, Satán es una víctima.

—Claro, hijo. ¿Quién no lo es?

—Pero es maligno.

—Porque tiene que ocuparse de todo aquello con lo que el Señor de la Creación teme mancharse las manos. Léete el Libro de Job y comprenderás muchas cosas.

Jorge enterró la cabeza entre las manos.

—No tengo ganas, León. No tengo ganas de nada.

El viejo se acercó, rozó apenas con su mano el pelo negro de Jorge y se dirigió hacia la casa mientras decía en tono más ligero:

—A todo esto, hijo, tenemos algo que celebrar. Tengo dos botellas guardadas que harían las delicias de cualquier entendido. A ver, ¿qué prefieres? —Su voz le llegaba desde el fondo de la cueva—. ¿Château Pétrus, Premier Grand Cru, o Château Mouton Rotschild, Premier Grand Cru, cosecha del sesenta y uno?

Se dio cuenta de que el viejo esperaba una respuesta:

—Yo no entiendo mucho de vinos, León. Lo que usted prefiera —contestó alzando la voz.

León apareció con una botella y dos vasos.

—El Rotschild lo dejaremos para el segundo combate. Jorge se puso inmediatamente tenso.

—¿El segundo? ¿Es que va a haber otro?

León abrió la botella delicadamente sin ningún esfuerzo y la puso a la sombra de la mesa.

—El vino es una cosa viva; hay que tratarlo con mimo —explicó—. No se puede servir de inmediato, sobre todo el tinto; hay que esperar que se despliegue el aroma.

—¿Qué combate, León? ¿Y cómo sabía usted lo que me ha pasado esta noche?

El viejo se sentó parsimoniosamente y empezó a hacer girar el vaso entre sus manos; luego cogió un paño y se puso a limpiarlo como si quisiera sacarle brillo.

—No te habrían dado un nombre si no hubieras vencido —contestó lentamente, con un brillo zorruno en sus ojos—, y además, yo estaba contigo anoche. —Siguió hablando a pesar de la expresión de Jorge, a medio camino entre la sorpresa y el horror—. En esta soledad de roca, en este silencio mineral que nos rodea, cada mínima vibración suena como un grito. Yo casi no duermo; a mi edad es lo normal. Pero sueño, ¿sabes?, viajo; he conseguido liberarme de mi cuerpo y entrar en otros planos. No soy único, hay maestros yoguis que también pueden hacerlo, monjes zen, algunos visionarios... La soledad saca de ti todo lo que tienes dentro, todas tus fuerzas insospechadas. Ayer sentí que iba a pasar algo y me acerqué a ver qué era. Venciste. Venciste a la Bestia, Lobo.

—Eso es absurdo —murmuró Jorge.

—No. No lo es. Yo lo esperaba y posiblemente ella también. Está escrito.

—Escrito —repitió como un eco—. ¿Y está también escrito cuándo tengo que volver a enfrentarme con ella y quién vencerá? ¿Está todo escrito? ¿No tengo elección? —Su voz subió paulatinamente.

—Vamos, vamos, no dejes que un viejo zorro amargado destruya los sólidos fundamentos de tu fe. Siempre hay elección.

—Yo no tengo fe.

—Puede ser una ventaja. Los que la tienen no suelen luchar. Se dejan caer en los acolchados brazos de Dios y se arrastran por el martirio o por lo que venga cantando aleluyas. El último que supo luchar por su fe, en contra incluso de Dios, fue Job.

De ésos ya no quedan. —Hizo una pausa—. El hecho de que no tengas fe te ayudará porque, al no creer en Dios, o por lo menos no mucho, no lucharás por Él. Lucharás por ti, por tu mujer, por tu vida y por tu mundo. El diablo es un individualista; te comprenderá.

—Y se dejará vencer por mí —añadió Jorge con amarga ironía.

—No —dijo León, sirviendo el vino con un ágil movimiento de muñeca—. Ya ves, eso no lo creo. El diablo es un jugador apasionado, un luchador nato. —Separó su mirada ardiente de los ojos de Jorge y la clavó en su vaso—. Mira este vino. Huélelo, admira su color y su textura. Hazlo girar en el vaso, así. Aspira. Es casi un milagro.

Dio un sorbo con los ojos cerrados, agitó el vino dentro de su boca, casi como si se estuviera enjuagando los dientes y, por fin, se lo tragó.

—Fue un invento inteligente el de introducir el vino en el ritual de la misa. De las pocas veces en que los cristianos mostraron aprecio por los placeres terrenos; algo que ellos no confesarían nunca, claro está. Para ellos, aunque sea vino, es sangre. Una religión de amor cuyo rito supremo es un acto de canibalismo.

—Es un símbolo, León —contestó Jorge casi sonriendo, ahora que el vino le calentaba el estómago.

—En otros tiempos esa herejía te habría valido la hoguera, muchacho. ¿No has oído hablar de la transustanciación? —Cabeceó como un maestro indulgente reprendiendo a su alumno favorito—. El pan y el vino no simbolizan el cuerpo y la sangre de Cristo. Lo son.

»En el momento crucial de la ceremonia en que se ofrece a Dios la máxima víctima en la persona de su hijo, humano y divino, el vino y el pan cambian su ser y se transforman en sangre y en carne. Es un ritual caníbal, lo mires como lo mires.

Volvió a servir los vasos y se quedó contemplando el suyo con arrobamiento. Jorge dio un par de tragos rápidos.

—León, quiero contarle unas cuantas cosas y hacerle unas preguntas.

El viejo volvió a entrecerrar los ojos.

—Adelante, hijo. Hace mucho que nadie me cuenta ni me pregunta nada.

Rápidamente, con más claridad de la que hubiera creído posible, narró su conversación con Saraí y lo sucedido en la cripta. Luego se interrumpió para tomar aliento. León volvió a abrir los ojos.

—¿Eso es todo?

—¿Le parece poco?

El viejo se encogió ligeramente de hombros.

—Son niños, Lobo. En ese ambiente, ¿a qué quieres que jueguen?

—Son mucho más que niños, León. Usted, que lo sabe todo, debería saberlo.

—¿Porque destripan y torturan gatos? ¿Porque celebran misas negras en honor de Satán y dos docenas de cadáveres antiguos? Vamos, vamos... Los niños imitan a los mayores que los rodean. En otras circunstancias, la pequeña jugaría a ir de compras y el chico a los médicos o qué se yo.

—¿Qué hay en Hora, León? ¿Qué es una ardiente? ¿Qué le están haciendo a Rosa?

—¿Son ésas las preguntas?

Por un segundo Jorge vio pasar en su cabeza la imagen de Marina con su bata blanca, el lápiz en la mano. Ésas habían sido sus palabras exactas cuando él había formulado unas preguntas igual de importantes hacía una eternidad.

—Sí —contestó—. Hay más, pero ésas son las centrales.

—¿Y por qué supones que yo voy a poder darles respuesta? Nunca he estado en Hora, ya te lo dije.

Jorge carraspeó, incómodo.

—Saraí me dijo que le preguntara a usted.

—¡Ah! Saraí. —La mirada del viejo se hizo líquida y casi tierna—. Hermosa mujer. Ojos de gato y cabello de fuego. —Hubo unos segundos de pausa—. ¿Ella te dijo que me preguntaras?

—Sí.

—Veamos, te diré lo que sé o lo que creo saber por deducciones, por retazos de conversaciones, por lo que he aprendido en los pequeños «viajes» incorpóreos de los que te hablaba antes, ¿sabes a qué me refiero?

Jorge asintió sin hablar. Había estado tantas veces en contacto con lo inexplicable que ya no le molestaba tener que aceptarlo.

—Como creo que ya te dije la primera vez que hablamos, Hora es el infierno. Digamos más bien una imagen del infierno. No la única ni la peor, pero es suficientemente representativa. Y se compone de dos niveles: la ciudad superior, que todos pueden ver, y el submundo, donde no se permite la entrada. Y un centro que, si no me equivoco, estará en la antigua iglesia.

—La que está en la plaza del dragón.

—Sí. Es la única iglesia de Hora.

—Y el submundo sería esa ciudad sumergida de la que me hablaba ayer.

—No lo sé exactamente. Asumo que hay un laberinto de roca que se extiende por debajo de la ciudad dentro de la montaña y probablemente llegue hasta el lago. En esa zona la barrera es muy fuerte, incluso para alguien que viaja sin su cuerpo.

León siguió hablando desapasionadamente, como si se tratase de una lección de geografía o de historia antigua:

—Es en ese laberinto donde vagan los iluminados y donde yacen los ardientes. Los apasionados son prácticamente los únicos que salen al mundo exterior junto con sus víctimas, los atormentados. ¿Te acuerdas de cuando estábamos aquí hablando y oímos un grito de mujer? Eran estos últimos.

»Mira, imagínatelo como una jerarquía del dolor: primero los iluminados, hombres y mujeres que albergan en sus cuerpos cientos de seres dolientes que hablan por sus bocas, que sufren una y otra vez el dolor de otros seres humanos que han muerto ya y no han alcanzado la paz. Sólo un tipo especial de humano puede ser un iluminado; alguien que tiene la capacidad de resonancia necesaria para que esos espíritus habiten temporalmente su cuerpo y se expresen a través de él.

»Cuando uno muere, si todo va como debe ser, su alma, su

espíritu o como quieras llamarlo, abandona su cuerpo y pasa a otro plano que no tiene contacto con el nuestro. Pero, a veces, si algo se interpone, ese espíritu no alcanza la paz del otro plano y se queda unido a la tierra, viviendo una y otra vez el peor dolor de su existencia terrena. Los iluminados son el cauce a través del cual se expresan esos seres. Todos sufren, por supuesto, tanto el que aún está vivo como los seres incorpóreos que lo habitan, ¿lo entiendes?

Jorge asintió en silencio pensando en Lola, en el rostro convulso de Lola hablando con la voz de Rosa, en Rosa cambiando de voz y de rostro durante la noche.

—¿Y los apasionados? —siguió preguntando Jorge.

—¿Te acuerdas de los pasajes de la Biblia donde Jesús expulsa diablos del cuerpo de un poseído?

Él volvió a asentir sin palabras.

—No eran diablos —continuó León—. Jesús lo sabía; eran espíritus impuros. El tipo de espíritus que habitan a los apasionados, espíritus violentos que desean matar, herir, torturar y a su vez son heridos y torturados en su misma lucha por controlar un cuerpo con el que realizar sus deseos. Digamos que los espíritus que habitan a los iluminados son pacíficos y se limitan a sufrir su propio dolor, mientras que los otros, los que se manifiestan a través de los apasionados, son agresivos, violentos, crueles; tratan de sacar toda su furia hacia el exterior. Los atormentados son sólo sus víctimas, seres normales con una cierta capacidad de resonancia, que son utilizados como instrumento y destino de la furia de los apasionados. Cualquiera puede ser un atormentado, pero para pertenecer a las otras categorías hay que cumplir ciertas condiciones.

—Ser un iluminado o un apasionado debe de ser espantoso —murmuró Jorge, en una voz apenas audible.

León asintió con seriedad:

—Lo es. Pero no tiene ni punto de comparación con el sufrimiento de los que ya no están vivos, de los seres desencarnados que utilizan los cuerpos de iluminados y apasionados. Tú no puedes comprenderlo. Al menos no lo creo.

»Al pasar al otro plano, después de la muerte, el espíritu tiende al espíritu, a abandonar todo lo humano y terreno para ir al encuentro de otra realidad superior que ya vislumbra a su alcance, y entonces, en ese momento, aunque hago mal al hablar de momentos para referirme a lo atemporal, hay un poder que se interpone en ese vuelo del espíritu hacia el espíritu y lo retiene, lo fija a la tierra para torturarlo, para hacerle repetir incesantemente con distintas variaciones los peores momentos de dolor, de angustia y soledad de su vida terrena. Incesantemente.

Jorge había cerrado los ojos y pasaba la lengua una y otra vez por el interior de su boca seca, tragando con esfuerzo una saliva más imaginaria que real, reuniendo valor para la siguiente pregunta:

—¿Qué son los ardientes, León?

El viejo tomó un trago de su vaso, lentamente, lo dejó con cuidado sobre la mesa y se pasó el pañuelo por los labios con expresión ausente.

—Los ardientes son la aristocracia del martirio, por usar una imagen accesible. Se hallan en un punto de equilibrio entre la vida y la muerte, aunque si los vieras te parecerían cadáveres, y forman un lazo sutilísimo con los espíritus más torturados, espíritus cuyo dolor es la sombra de toda la luz del mundo. Los ardientes son el lazo que une la tierra a los espíritus que ya no tienen nada salvo su hambre y su dolor; a veces sólo el dolor y el recuerdo de un hambre de cosas que han olvidado.

—¡Rosa, Dios mío, Rosa! Los niños me dijeron que Rosa es una ardiente. —Jorge empezó a sollozar entrecortadamente. León se inclinó hacia él y le puso la mano en el hombro.

—Cuando todo acabe, será recompensada. Supongo que será de las que puedan sentarse a la diestra de Dios Padre después del Juicio.

Jorge sacudió impacientemente la mano de León en un intento de sacudir también el vano consuelo que le proponía. Tartamudeaba al hablar sintiéndose más furioso sin saber por qué, a medida que hablaba:

—Eso... eso... es... abs... absurdo, León. Yo c... yo creía que usted era un hombre ra... razonable. —Poco a poco se fue afianzando su voz—. ¡Sentarse a la diestra de Dios Padre! —Hizo un gesto de desprecio con la mano—. Vestida de blanco, supongo, y cantando aleluyas en el cielo, sea lo que sea ese lugar. —Su voz se quebró y tuvo que hacer una profunda inspiración para recuperarla—. Su vida es ahora, León, ¡ahora! Tiene que vivir ahora, conmigo. O con quien sea, pero ahora. Libre, feliz, viva. No esperar a que después del Juicio ese Dios caníbal se digne a salvarla de algo que ha ordenado Él.

León hizo chasquear la lengua contra el paladar y esperó inmóvil a que se le pasara el arrebato de furia. Luego contestó:

—Escúchame, Lobo. El mal que todos llevamos en nuestro interior controla a veces nuestros sentimientos, pensamientos, acciones. Lo creas o no, hay gente que es mala, predominantemente, aunque pueda tener también una parte buena. Durante su tiempo de vida pueden elegir en muchas ocasiones, ya sé que no siempre, entre el bien y el mal, y al decir esto no hablo de lo que se considera socialmente aceptado o no. Mientras viven. Luego ya no. Luego son castigados. No. Digo mal. No son castigados; en el castigo siempre entra un componente de arbitrariedad. Digamos que sufren las consecuencias naturales de sus elecciones, aunque quizá en su tiempo de vida ese sufrimiento no pareciera una consecuencia inevitable.

»Mira, si metes la mano en una sierra circular en marcha, ¿cuál es la consecuencia natural? Que te quedas sin mano. No es un castigo. Pero cuando la curiosidad te lleva a probarlo y cedes ante tu curiosidad, pierdes la mano irremisiblemente.

»Cuando esos humanos que han elegido mal cambian de plano, recogen el eco de todo el dolor que han causado y, como todo eco, les es devuelto ampliado y magnificado hasta que su propia voz los enloquece, podríamos decir.

—Entonces ¿usted cree que Rosa es mala? ¿Mala hasta tal punto y yo ni siquiera me he dado cuenta?

—No confundamos, muchacho. Yo hablo de seres desencarnados, de almas, si lo prefieres. Si Rosa es una ardiente, como me has dicho, ella constituye sólo el instrumento que ata esas almas a este mundo y no las deja pasar al plano superior, a ese plano de la armonía celestial del que tanto te burlas.

—¿Ella no los deja? —Su voz sonaba incrédula—. ¿A costa de su propio sufrimiento no los deja?

León esbozó un gesto de impaciencia.

—No por su propia voluntad, claro está. No ha tenido elección. Es decir, hasta cierto punto sí, podría no haber venido. Pero ella tiene la capacidad de ponerse en contacto con el otro plano y retener en éste la esencia del espíritu. No hay muchos como ella, pero bastan unos cuantos para albergar a miles de espíritus torturados.

—¿Y no hay salvación?

—¿Para quién?

—Para Rosa, por supuesto.

León se apretó los labios con la mano derecha, pensando.

—Para que vuelva a la vida normal como tú la conoces, las posibilidades son muy remotas, te soy sincero, aunque naturalmente es sólo mi opinión. Para liberar su alma y darle la paz tienes la posibilidad de vencer en el próximo combate.

—Para que se vaya al cielo a cantar aleluyas y a rezar por mí —dijo Jorge amargamente, en voz baja.

—¡Qué manía tenéis los jóvenes de despreciar lo que no conocéis!

—Y usted ¿lo conoce? ¿Ha estado allí alguna vez? —Los ojos de Jorge brillaban retadoramente tras los cristales de las gafas.

León abrió la boca y la volvió a cerrar. Apretó la mano en torno a su vaso, tomó un trago.

—No, hijo, no es eso, pero puedo establecer un paralelo. Jorge esperó a que continuara. Entonces, León le hizo la pregunta más incongruente del mundo.

—Cuando eras pequeño, ¿con qué te gustaba jugar?

Jorge se quedó mirándolo como si se hubiera vuelto loco de repente.

—Anda, dime.

—Con un mecano —contestó casi automáticamente. Y en

ese momento se vio a sí mismo, a los siete años ensamblando piezas metálicas para construir un helicóptero, deseando ardientemente tener la edad y el dinero suficiente para comprarse la caja gigante del mecano, para él solo, para no tener que compartir aquel tesoro con los demás niños del orfanato.

León asintió con la cabeza.

—Muy bien. Y supongo que entonces pensabas que el colmo de la felicidad sería comprarte miles de mecanos y pasarte los días sin tener que ir a la escuela, construyendo puentes y trenes y aviones, ¿no? Supongo que a esa edad aún no te gustaban las chicas.

Jorge negó con la cabeza, sonriendo casi.

—Si entonces te hubieran dicho que a los treinta y cinco años pasarías un calvario por buscar a una chica y que, con todo el dinero que ganas, en vez de comprarte un mecano quieres pagar los plazos de un piso o comprar acciones de bolsa, ¿qué habrías pensado? Que sólo un idiota puede desear una vida así, ¿no es cierto? Y sin embargo, ahora te parece no sólo muy razonable, sino muy deseable. Y a mí, con mis casi cien años, todo lo que tú deseas me parece pueril, absurdo: una carrera, una familia, una casa, viajes por el mundo, fama, prestigio... ¡Niñerías! ¡Polvo en el polvo! Eso ya no me interesa, como a ti no te interesa el mecano, como a ti no te interesará el amor, o el sexo, digamos para no discutir, dentro de cincuenta años. Y eso sólo en el espacio de una corta vida humana. Imagínate después del tránsito. Sea lo que sea, es algo que aunque pudieras verlo ahora, probablemente te parecería tan idiota y tan incomprensible como le parece a un niño el que su padre se alegre porque ha salido elegido su partido o han bajado los impuestos. Pero cuando llegues al otro nivel cambiarás de opinión, estoy seguro.

Jorge no dijo nada. Se sirvió más vino y lo bebió a grandes tragos. Era posible que León tuviese razón, seguramente la tenía, pero no le importaba. Sólo quería ver a Ros, tratar de salvarla a pesar de todas las posibilidades en contra, tratar de romper ese lazo que la unía al otro mundo para que volviera, viva, alegre y feliz como había sido, a pesar de León y sus explicaciones, del cielo y del infierno. A pesar de todo. Y si no era posible y Rosa tenía que ir forzosamente a sentarse a la diestra de Dios Padre, él iría con ella, a sentarse también si lo dejaban, pero sobre todo a preguntar, a pedir explicaciones. A preguntar y exigir una respuesta de ese Dios que jugaba al ajedrez con el diablo, con las vidas humanas como figuras. Dios tendría que contestarle y si Dios no quería hacerlo, le preguntaría a Satán, pero alguien tendría que darle una respuesta.

—No te hagas demasiadas preguntas, hijo mío. —León interrumpió suavemente su soliloquio—. La curiosidad mató al hombre. El ansia de conocimiento lleva a la destrucción.

Jorge ignoró el consejo.

—¿Vendrá conmigo a Hora, a buscar a Rosa?

El viejo miró a Jorge con sorpresa.

—Pronto se irán todos a celebrar un rito. Me lo ha dicho Saraí. Si lo llamo, ¿vendrá? Encenderé una hoguera para que vea usted el humo.

León se puso en pie ceremoniosamente.

—Tu petición me honra, Luzbel. Iré.

6

No sabía cuánto tiempo llevaba caminando por aquel laberinto de roca, en la más completa oscuridad. No podía medir el tiempo, porque le habían quitado su reloj de esfera luminosa y los ojos le escocían del esfuerzo constante por distinguir algún contorno que le indicara un camino.

Tocando las paredes, como una ciega reciente, había recorrido pasillos, escaleras, inmensas galerías que se curvaban imperceptiblemente bajo su mano y la devolvían quizá al punto de partida. Había cruzado varias puertas tratando, con el corazón en la boca, de no hacer ningún ruido al accionar las pesadas manivelas, temiendo encontrarse un espanto detrás de cada una de ellas, las manos frías y sudadas y un ahogo en el pecho, pero todas las puertas se habían abierto para revelar tan sólo una negrura sin matices que la envolvía en su aliento frío y su olor a decadencia polvorienta.

Al principio había sido una fuga, una huida alocada en las tinieblas sin más finalidad que la de no dejarse atrapar de nuevo por los veladores. Luego, lentamente, había ido adquiriendo la seguridad de encontrarse en una zona abandonada del laberinto, una zona que no había sido visitada por nadie durante siglos, y eso le dio confianza suficiente para no pegarse a la pared, casi muerta de horror con cada crujido de la roca. De vez en cuando oía rumores minerales, gemidos de la piedra que la rodeaba, sonidos naturales que casi resultaban tranquilizadores mientras recorría su camino a ciegas.

Al frío se había acostumbrado hacía tiempo y ahora el temblor que se apoderaba a veces de su cuerpo era debido al hambre, al cansancio y a un miedo incipiente que se insinuaba en su cerebro. «¿Y si no consigues dar con una salida?», le susurraba la voz de la razón. «Esto es evidentemente un laberinto, un laberinto subterráneo, y los laberintos están hechos para guardar secretos, para confundir, para burlarse del que se atreve a penetrar en ellos. ¿Y si no sales nunca? Te morirás de hambre, de sed y desesperación en medio de estas tinieblas porque ni siquiera serás capaz de desandar el camino y entregarte de nuevo a los veladores. Por eso ha sido tan fácil huir de allí, porque no hay escapatoria y ellos lo saben».

Negó con la cabeza tratando de acallar esa voz interior que decía una verdad que no quería aceptar. Tenía que encontrar una salida. Todos los laberintos tienen varias salidas. Un solo centro, pero varias salidas. Y ella no quería encontrar el centro, sólo quería salir de allí. No podía ser tan difícil. «Ah, ¿no?», insistía la voz fríamente lógica que la había acompañado toda su vida y que tan útil le había sido algunas veces, la voz que siempre le había impedido dejarse llevar por la furia y, por desgracia, también por otro tipo de pasiones mucho más placenteras. «¿Qué posibilidades tienes? Posibilidades reales, ninguna. Sólo cuentas con la casualidad, porque tus capacidades no te sirven de nada. A ver, intenta orientarte, ¿dónde está el norte? Ni lo sabes ni te serviría de nada saberlo, porque es posible que el laberinto sea una serie de círculos concéntricos en varios niveles. ¿La vista? Cero. Tinieblas. ¿El tacto? Roca. Por arriba y por abajo. ¿El oído? Ya lo has probado. Silencio de piedra. ¿El olfato? Polvo, aire seco y antiguo. ¿Gusto? Tu propia saliva levemente amarga. No tienes más sentidos. No saldrás de aquí».

Y su otra voz, rebelde, llena de un optimismo que no podía sentir: «Saldré, tengo que salir, no voy a morirme de hambre y desesperación en una ruina de roca. No voy a hacerles el juego a esos verdugos torturadores de almas».

Se apoyó de espaldas contra la pared y se dejó deslizar lentamente hasta el suelo. Tenía que seguir adelante, aunque sólo fuera para sentirse ocupada. No podía volver atrás, primero porque no sabía cómo, aunque de verdad hubiera querido, y segundo porque sabía aproximadamente lo que le esperaba si volvían a atraparla, y prefería morirse sola y tranquila en la oscuridad, llegado el caso. La última vez que le hicieron la cura vio a un hombre en la enfermería con el cuerpo en carne viva, como si hubiera sido flagelado, que casi ni siquiera conseguía gemir mientras le desinfectaban las heridas. Y eso no. Mejor morirse de hambre. Había leído una vez que, pasado el punto sin retorno, era una muerte relativamente dulce; mejor en cualquier caso que la que le esperaba si volvían a atraparla.

Apretó la cabeza con fuerza contra la pared, esforzándose por encontrar una solución. La lengua se le pegaba al paladar y su saliva se convertía poco a poco en un fluido viscoso y amargo. Escupió con disgusto, sintiendo un primer espasmo de hambre. No importaba. Algunas de sus amigas hacían quince días de ayuno en primavera y seguían llevando una vida normal. Ni siquiera perdían mucho peso. Claro que por lo menos bebían infusiones y zumos, pero daba igual. Tendría que pasarse sin ellos.

Se puso de pie, débil y temblorosa, pero resuelta, decidida a encontrar una salida, y empezó a caminar con paso firme, la mano izquierda deslizándose por la pared, la derecha levantada a la altura de los hombros.

Se le ocurrió que de hecho tendría que hacerlo al revés, y la simple idea de su mentalidad de buena ciudadana respetuosa con las normas de tráfico le dio risa. Lo máximo que podía encontrarse de frente sería una rata, un murciélago o un fantasma, y ninguno de ellos debía de conocer el código de circulación.

Su risa interior osciló un instante y desapareció como una pompa de jabón. Una oleada de miedo salvaje, en estado puro, cayó sobre ella haciendo vacilar su seguridad.

Fantasmas.

Espíritus.

Aquel lugar estaba lleno de almas en pena o como se llamaran. Seres torturados para quienes no existían barreras de piedra. Sintió las manos húmedas y una frialdad viscosa en la frente, en la espalda, entre los pechos. Cruzó las manos sobre ellos, apretándolos suavemente mientras se mordía el labio inferior hasta sangrar y respiraba corto y rápido por la nariz, tratando de reconfortarse con su mera presencia física, con su propio cuerpo todavía vivo, aunque maltrecho. Para controlar el miedo a lo desconocido, empezó a pasar revista a sus dolores reales: los codos y las rodillas peladas, la herida de pedrada en las costillas, la de la cabeza, donde Lola la había golpeado, el rugiente escozor entre las piernas que casi había conseguido olvidar y ahora volvía con furia redoblada. Tendrían que haberle puesto otra inyección de antibiótico. Ahora se infectaría. Sentía un doloroso hormigueo en el vientre que podía ser una inflamación de la vejiga o una infección que subía hacia el útero.

Sin darse cuenta, se echó a llorar. No importaba que las lágrimas le nublaran los ojos porque no había nada que ver. Se dejó caer en la autoconmiseración como en un colchón de plumas: estaba enferma, herida, agotada, asustada y perdida en las tinieblas de un laberinto de roca. La mujer más desgraciada del mundo.

Formuló el pensamiento, y eso la serenó extrañamente. No era cierto. Incluso ahora, sabía que no era cierto. Rosa llevaba casi un año allí y, a juzgar por lo que había visto, que era muy poco, estaba claro que había gente que sufría mucho más. Tanto como para alegrarse de tener un ataque al corazón que les permitiera morir por fin. Ella, por lo menos, era libre. Libre en un sentido más bien limitado, pero libre para intentar salir de allí. Y aún podía caminar. Haciendo acopio de toda su fuerza, se puso de pie y siguió avanzando.

—Comisario, ¿sabría usted provocar un incendio?

Virginia miraba atentamente el paisaje, como una niña bien educada en una excursión, y su voz sonó fresca y cándida al hacer la pregunta.

Robles giró la cabeza hacia ella, la sacudió un par de veces y preguntó, perplejo:

—¿Cómo dice?

—Le he preguntado si sabría provocar un incendio.

Para cualquier aficionado al cine, la expresión en el rostro de Robles no habría desmerecido a la de Bogart en *La Reina de África,* cuando Katherine Hepburn le pregunta si sabe hacer un torpedo.

—¿Se puede saber de qué está hablando ahora?

Virginia se acarició unos instantes el entrecejo, como si le diera un poco de vergüenza, y volvió a cruzar las manos sobre el rosario que reposaba en su regazo.

—Verá, comisario. Se me ha ocurrido que es muy probable que necesitemos un buen incendio en ese pueblo, ¿comprende?

—No, Virginia, no comprendo —contestó Robles de mal humor—. Según el inspector Molina, lo único que tenemos son rumores de una colonia de artistas o una secta de locos que al parecer están vendiendo piezas artísticas e históricas de gran valor. Ni siquiera es seguro que sigan en Santa María.

—Pero eso es sólo... ¿cómo lo llaman ustedes? Una tapadera, eso es. La verdad es muy distinta, ya lo sabe usted.

—Yo no sé más que las tonterías que usted me ha contado y las cuatro vaguedades que me ha dicho Molina por teléfono, y si ha visto usted muchas películas americanas y piensa que un comisario de policía es un pedazo de animal a lo Rambo que se abre paso en un pueblo a golpe de lanzallamas, es que está usted todavía más loca de lo que yo pensaba. —Se metió el puro apagado en la boca en una clara indicación de que no pensaba añadir palabra.

—Por el amor de Dios, comisario, ¿qué concepto tiene usted de mí?

—Eso quisiera saber yo también —gruñó Robles.

—No le estoy proponiendo que mate a nadie, Dios me libre, pero a veces sólo el fuego puede purificar un lugar, y ya no estamos en los tiempos en que el Todopoderoso en persona aniquilaba las ciudades donde anidaba la abominación. Me temo que tendremos que colaborar nosotros. —Hizo una pausa y suspiró levemente—. Por eso me preguntaba si en caso necesario sería usted capaz de provocar un incendio, porque yo no sabría cómo y, ya le digo, puede hacernos falta.

—¿Qué tal un par de miles de litros de gasolina? —preguntó Robles con voz truculenta y una feroz sonrisa de duro de película—. ¿O prefiere napalm, hermana?

Como Virginia no había desviado la vista del parabrisas, podía fingir perfectamente que no se había dado cuenta de que Robles le tomaba el pelo, así que contestó con toda naturalidad:

—Lo del napalm no lo tengo claro, comisario, pero creo que es malo para el medio ambiente y, además, debe de ser dificilísimo de conseguir, sólo lo tienen los militares, ¿no? Pero la gasolina, en cambio, mire, me parece una buena idea. Y para un comisario de policía no debe de ser muy difícil conseguirla.

—Cuestión de rutina —contestó sin abandonar la mueca sardónica, jugando al absurdo hasta el máximo—. Con presentarse en una gasolinera, enseñar la placa y decir: «Comisario Robles. Póngame 100.000 litros de gasolina. Sí, necesitaré un par de camiones cisterna. No puedo decirle para qué. Misión secreta».

—¿Cree usted que sería así de fácil? —preguntó Virginia, asombrada.

—Si pretendemos que nos encierren, sí.

—Entonces ¿qué sugiere?

—Sugiero que se deje de tonterías y disfrute del viaje.

—¡Mire! —dijo Virginia excitada—. ¡Una gasolinera! Pare, haga el favor.

—Llevamos el tanque casi lleno.

—Pues limpie los cristales o compruebe el aceite.

—¿A qué está jugando, hermana?

—Hasta las monjas tenemos que ir de vez en cuando a cierto sitio, comisario.

Robles se sonrojó sin saber bien por qué y pisó el freno. Era una pequeña gasolinera de dos surtidores con una barraca bastante miserable para el encargado que, de momento, no se veía por ningún lado. Virginia bajó y desapareció rápidamente detrás de la casucha. Robles terminó de llenar el tanque, comprobó el nivel del aceite, limpió el parabrisas y al cabo de un rato empezó, como siempre, a preguntarse por qué diablos tardaban tanto las mujeres cuando iban al lavabo. No podía ser que se estuviera maquillando, al fin y al cabo era monja. Le daría un par de minutos más antes de ir a ver. Tampoco quería parecer un fisgón espiando en el servicio de mujeres. Y el de la gasolinera no aparecía. Se cansó de esperar y tocó el claxon. Nada. Ni un alma. Tendría que echar un vistazo. No era normal que aún no hubiera acabado. Tiró la colilla del puro y echó a andar. Se acordó de pronto de que estaba en una gasolinera y volvió atrás a pisar la brasa. No era cuestión de correr riesgos. ¿Dónde se había metido aquella mujer? Estaba empezando a ponerse nervioso. Era casi mediodía y el calor era una cosa sólida que al respirar abrasaba por dentro. Ni las cigarras cantaban. Entornando los ojos frente a la deslumbradora luz blanca que caía de pleno sobre los árboles secos y achaparrados, sobre la tierra grisácea, escuchó en completa inmovilidad. Sólo el vibrante silencio del mediodía, como una cuerda tensa a punto de saltar. Por puro reflejo, metió la mano derecha bajo la chaqueta y el leve contacto con la culata del revólver lo hizo sentirse mejor. Apretó los dientes y echó a andar hacia la casa dispuesto a que empezara a pasar algo real, por fin, tras tanto tiempo de espera y de frustraciones.

Ana seguía caminando en la oscuridad, arrastrando los pies, tanteando las paredes, buscando, buscando una salida, una luz, algo que rompiera la desesperación de la eterna oscuridad de los pasajes de roca. Su estómago se contraía rítmicamente en oleadas de dolor y su vientre se había convertido en un nudo palpitante, como si miles de avispas le clavaran sus aguijones desde dentro. Tenía las manos despellejadas por el contacto con la piedra, pero no se atrevía a separarlas de la pared por miedo a perder la posibilidad de encontrar una salida.

De improviso, su mano izquierda se curvó sobre un reborde vertical de piedra tallada, y la derecha sintió el tacto de la madera. Otra puerta. Se detuvo, temblando. Ya no recordaba cuándo había abierto la última puerta o qué había encontrado tras ella.

Tendió la mano en las tinieblas buscando la manivela. Ahí estaba. De hierro forjado, gigante y sólida. Fría. Se apoyó con todo su peso y el resorte cedió, luego tuvo que empujar con el hombro para que la hoja se abriera. La oscuridad del interior era tan impenetrable como la del pasillo que quedaba tras ella. Dejó la puerta abierta y volvió a apoyarse en la pared. De repente, sus pies tropezaron con algo que salió rodando, chocando con otros objetos que desencadenaron una avalancha de ecos en la habitación, una sala relativamente pequeña, de techo bajo, a juzgar por el sonido. Esperó con el corazón latiéndole en todas las heridas hasta que los ecos se hubieron apagado. Luego, lentamente, se agachó y empezó a palpar, dispuesta a apartar la mano inmediatamente si tropezaba con algo vivo. Sus dedos tocaron una superficie suave y fría, redondeada. El objeto no era de madera, demasiado frío. Ni de piedra. Demasiado liviano. Ni de metal. Era algo como una estatuilla de marfil, pero lisa, pulida, sin tallar. Extendió la mano hasta abarcar toda la redondez del objeto y lo acarició como había visto hacer a los ciegos. Algo en ella comprendió lo que era antes de que su mente pudiera nombrarlo y lo dejó caer, asqueada. Empezó a restregarse las manos en las perneras de los pantalones.

Una calavera. Era eso. Tenía que ser eso. Un cráneo humano.

«A ver», se dijo, tratando de imponer su parte racional sobre el terror que amenazaba con apoderarse de su mente. «¿Qué hay de extraño en ello? ¿Qué esperabas? ¿En qué te convertirías tú si te quedaras encerrada en este sitio?»

Pero había más, muchos más. Los ecos que había despertado al tropezar hablaban de montones de cráneos diseminados por el suelo de la sala. Avanzando a cuatro patas empezó a buscar con una mano. Huesos. Montones de huesos humanos.

O quizá no. Pero algo le decía que tenían que ser humanos. Nadie conservaría en una cripta esas montañas de esqueletos de animales.

¡Eso era! Una cripta. Un osario. Algo que en la Edad Media era habitual y aceptable. Incluso muchas iglesias tienen osarios. ¿Era allí a donde iban a parar los cadáveres de los iluminados o de los atormentados como ella?

Si era así, cabía la posibilidad de encontrarse con un cadáver reciente en los primeros estados de la putrefacción, los ojos medio comidos, la piel tensa e hinchada por los gases que pugnaban por reventarla... Los gases.

Allí no olía a nada. El olor de esa cripta era tan seco y antiguo como el de todos los corredores. Un osario abandonado. Medieval quizá.

Suspiró aliviada. Los huesos antiguos están en paz, no son más que polvo.

Salvador estaba inquieto o algo peor que no se atrevía a confesarse a sí mismo. «Tengo miedo» había sido su primer pensamiento al levantarse, un pensamiento que había surgido sin saber de dónde y que no podría precisar. «No es miedo», se había dicho. «Es sólo una inquietud imprecisa, como tantas veces». Luego, a lo largo de la mañana, mientras se ocupaba de los asuntos de rutina, se dio cuenta, a su pesar, de que lo que sentía era mucho más que inquietud. Tenía un par de preocupaciones reales, por supuesto: la lealtad de Moira, la progresiva locura de Saraí, el encierro forzoso de los apasionados, la presencia de Lobo que, aunque no se dejaba ver mucho, seguía en la ciudad, y ahora la huida de la nueva atormentada, aunque eso no era grave; el laberinto subterráneo era mucho más seguro que una tumba.

Tenía problemas, sí, pero en condiciones normales ninguna de esas cosas habría bastado para causarle esa sensación de temblor interno, de inminencia, de... miedo. De eso se trataba realmente, aunque apenas se atrevía a confesárselo a sí mismo. Una terrible desorientación, una incertidumbre que estaba haciendo germinar en su interior la semilla del miedo que todos los veladores tenían implantada. «No se puede servir sin temor», se recordó mientras aceitaba el cierre de los grilletes que llevaría la víctima antes de la ceremonia, esa misma noche, o la siguiente. Como mucho dos días más y la alianza de sangre sería renovada por otro período; él volvería a recibir la fuerza y la seguridad, y el miedo se extinguiría por un tiempo.

Pero el Guía no había hablado.

Si lo que decía Una era cierto, ésa había sido la última vez que el Guía se había comunicado con uno de ellos, y había elegido a Una, no a él. A él no le hablaba desde la llegada de Lobo. Desde mucho antes, de hecho, pero entonces no había sido preciso, y ahora que necesitaba de verdad un consejo, una orientación, una orden, el Guía callaba, sumiéndolo en el más terrible desamparo. Ni siquiera le había comunicado cuándo y dónde debería celebrarse la ceremonia. Y los otros se impacientaban. Aún no se habían atrevido a preguntarle abiertamente, pero si no hablaba pronto, lo harían, y entonces ¿qué iba a decirles él? ¿Que el Guía seguía mudo, para que pensaran que él ya no era digno de su confianza? Eso pondría su autoridad en entredicho y podría llegar a ser muy peligroso. Baltasar era un jefe nato, si había un mínimo vacío de poder, lo aprovecharía y los demás estarían encantados de librarse de su autoridad. Nunca se habían rebelado antes, pero siempre hay una primera vez, y si el Guía le retiraba su apoyo él no podría imponerse.

¿Y si se limitaba a dar un lugar y una fecha aunque el Guía no hubiera hablado? Nadie se enteraría, nadie podría saberlo. Tal vez Saraí, pero Saraí estaba loca. ¿Una y Sol? No era probable. Pero el Guía lo sabría de inmediato, y entonces, ¿qué? ¿Qué castigo estaría reservado para el que finge haber recibido una orden del Amo?

«¿Y si el Amo no existe?», se oyó pensar a sí mismo, con horror. «¿Y si todo esto no es más que una fabricación de nuestra propia mente?». Soltó los grilletes, se llevó la mano izquierda a la cruz que colgaba de su cuello y la derecha al vientre, donde llevaba tatuada la cifra, como si hubiera tenido un espasmo de dolor. ¿Cómo podía siquiera formular ese pensamiento? Él, que estaba a cargo de cumplir su obra, que había sentido Su Palabra y Su Presencia, que era suyo en cuerpo y alma, ¿cómo podía dudar siquiera un instante de la existencia del Señor de las Tinieblas, como un miserable cura cristiano en crisis que duda de un Dios que no ha visto ni oído nunca?

Y sin embargo, así era.

Desde que Lobo se había enfrentado con la Bestia y la había vencido, no había vuelto a sentirse en paz. El resultado de ese combate había trastocado todas sus creencias. ¿Cómo era posible que alguien venciera al Príncipe del Mal, aunque fuera en una de sus encarnaciones inferiores? Sólo Dios es más poderoso que Satán y ni siquiera él ha sido nunca capaz de aplastarlo definitivamente. ¿Cómo podía ser que un simple mortal como Lobo hubiera podido derrotar a la Bestia del Abismo? ¡Y con una carcajada!

Sintió un escalofrío que le produjo casi un dolor de quemadura. Tenía que ser un truco, uno de los muchos trucos del Amo para que el castigo fuera luego más terrible. Nadie puede tener la osadía de enfrentarse a Él y salir indemne. Moira había salvado la vida después de intentarlo, pero desde entonces vivía en la incertidumbre y el terror. Ése era su castigo.

Moira sería la próxima víctima. O Saraí. Las dos empezaban a resultar muy molestas. Moira sería la próxima víctima. Tenía que ser así. En circunstancias normales habrían sacrificado a uno de los atormentados, pero las circunstancias no eran normales. Sólo la entrega de uno de los veladores podría satisfacer al Amo, un signo claro de buena voluntad, de entrega absoluta. Moira tendría el honor de probar su sumisión después de tantos años de dudas.

Sus labios dibujaron una sonrisa torcida. No le iba a gustar, claro. Tendrían que drogarla para que conservara la dignidad en el momento crucial. No iba a permitir que una veladora diera un espectáculo de terror al enfrentarse por fin con su Dueño.

Satán se complacía en los gritos de dolor, en la carne quemada de las víctimas, en la sangre y el miedo, eso era cierto, pero ahora que se trataba de probar la entrega absoluta, la devoción incondicional de los suyos, no podía permitirse ofrecer una víctima indigna. El terror no importaba, eso era dulce a los ojos del Señor del Mal, pero había que mantener la dignidad a toda costa. Había que inmolar a una víctima que se entregara voluntariamente a su Señor, a pesar del miedo, a pesar del dolor. Y Moïra empezaba a ser molesta. Como Saraí, por otra parte.

Pero Saraí estaba loca, todos lo sabían y podían ignorar sus profecías, sus palabras delirantes, sus cambios de humor, mientras que Moira era una semilla de duda, de rebelión entre ellos. No es que tuviera importancia; su existencia era vana, su esperanza también, pero era conveniente arrancar la duda de raíz y convertir esa medida terapéutica en un ejemplo para los otros. Oficialmente no sería un castigo, sino un honor. Extraoficialmente... bueno, todos lo comprenderían. Todos menos Saraí.

Frunció el entrecejo y apretó los puños sobre los grilletes.

Saraí empezaba a resultar cada vez más insoportable. No podía tener la seguridad, pero estaba convencido de que hablaba con Lobo, a pesar de su prohibición. Saraí siempre se sentía por encima de leyes y prohibiciones, por encima de él, por encima de todos, a salvo en su limbo imaginario de consorte del Amo y madre de sus hijos. Él nunca había recibido del Guía ninguna indicación al respecto, y por eso había dejado que Saraí siguiera pensando lo que mejor le pareciera, pero no había creído prudente fomentar en los niños la convicción de ser hijos del Señor. Incluso había evitado en lo posible que supieran con seguridad si Saraí era su madre. No tenían más que mirarse a un espejo para saberlo, o estudiarse el uno al otro, dos versiones, femenina y masculina, de la misma dotación genética; Sol y Una eran gemelos, pero por alguna razón, ninguno de los dos había insistido nunca en saber la verdad sobre su madre. Sólo últimamente se empeñaba Una en que sabía por quién habían sido engendrados. ¡Tonterías! ¿Qué necesidad tenía el Príncipe de las Tinieblas de engendrar hijos de la carne, en un ridículo remedo de la leyenda de la concepción del Cristo?

Saraí había estado loca toda su vida y había sido educada en el catolicismo; era hasta cierto punto normal que su locura la llevara a creerse una especie de virgen negra, de elegida de Satán. Sí, era bastante normal, pero incómodo y, con Lobo en los alrededores, peligroso. Lo mejor sería deshacerse también de ella.

Se detuvo y miró cautelosamente a su alrededor como si alguien pudiera haber oído lo que sólo había sido un pensamiento. ¿Se atrevería? ¿Se atrevería a designar a Saraí como víctima de la ceremonia? No necesitaba más que su propia autoridad para elegir a la persona que sería entregada. Pero, ¿Saraí? ¿La que se creía madre de los hijos del Señor? ¿Y si lo era? ¿Y si era cierta la remota posibilidad de que así fuera?

Apretó los labios tratando de afirmar también su fe.

Si lo era y el Señor lo elegía así, la salvaría. Nadie puede ir en contra de Su Voluntad. Él le entregaría a Moira y a Saraí en la ceremonia.

Cogió otro par de grilletes y comenzó a engrasarlos. Tal vez ésa fuera la solución. Un sacrificio extraordinario. Una doble ofrenda. Dos mujeres rebeldes inmoladas para Su Gloria. Y quizá Lobo. Y si Él no estaba de acuerdo, hablaría. Y Salvador obedecería, como había hecho siempre. Pero mientras no hablara, todo se llevaría a cabo como había previsto: Moira y Saraí. Y tal vez también Lobo. Tal vez...

Quizá era eso lo que se esperaba de él. Que castigara con sus propias manos humanas al que se había atrevido a enfrentarse al Príncipe de Dolor hasta que pudiera entregarle un alma desgarrada de su cuerpo para la otra tortura espiritual, eterna.

Si el Guía no hablaba, tendría que dejarse llevar por su intuición, por su instinto. No en vano había servido durante años al único Señor verdadero. Sabía lo que le complacía, conocía su deleite en la tortura y el dolor de los humanos, sabía que era su arma contra el nebuloso Dios del amor y la bondad que lo había expulsado de su reino. Y él colaboraba con sus humildes medios a cimentar la gloria de su Señor, a crear su reino del caos. Terminó su trabajo y se sintió mejor. Su decisión estaba tomada.

Casi sin darse cuenta encontró otra puerta. Apenas había acabado de atravesar el umbral cuando algo pasó rozándole los pies y se perdió con un chillido en respuesta al grito de ella. Inmediatamente un batir de alas procedente del techo y el aire en movimiento a su alrededor la hicieron tirarse al suelo sin notar casi las aristas de roca que laceraban su cuerpo. Miles de chirridos en un tono tan agudo que rasgaba sus nervios giraban alocadamente a su alrededor. Miles de alas batían el aire del pasadizo.

«Murciélagos», pensó. «Vampiros quizá. Si me atacan, estoy perdida. Lo que me ha pasado por los pies debía de ser una rata».

Notó cómo se le erizaba la piel de repugnancia mientras el estruendo cedía lentamente por encima de su cabeza. Esperó mucho tiempo sin mover un solo músculo. Luego, de golpe, la idea de las ratas casi la hizo saltar. Había estado a punto de quedarse dormida de agotamiento. Si se quedaba quieta tanto tiempo podían atacarla pensando que estaba muerta. «No, Dios mío», suplicó. «Las ratas no. Prefiero los murciélagos. Las ratas no».

No podía alejar las imágenes de su mente mientras avanzaba lentamente, los músculos contraídos de asco y de horror, temiendo que su cuerpo rozara otra cosa viva. Ratas grandes, grises, peladas, de largos rabos y hocicos crueles llenos de dientes agudos. Trasmisoras de enfermedades. La peste. Las ratas. De ojos rojizos, inhumanos, buscando su carne y su sangre. «¡No, Dios mío, no, por favor!»

Mejor volver atrás, al osario, a la paz del polvo y el olvido, a la soledad de la roca.

Se detuvo.

Acababa de darse cuenta de que estaba mojada. Lo de los

pantalones no tenía importancia, era sólo la orina que no había podido controlar y ahora se enfriaba lentamente en sus piernas. Pero el pelo, tenía el pelo mojado. No podía ser sangre ni sudor.

Trató de escurrir una mecha entre sus dedos y se los llevó a la boca. Era agua. Había estado tirada en un lugar donde había agua. Podía estar cerca del lago, o debajo, en cualquier caso ya no estaba en la ciudad. Quizá. Y los murciélagos. Y las ratas. Tenía que haber una salida al exterior. Cerca. Muy cerca.

Las paredes del túnel estaban húmedas y el aire olía a moho, no a polvo de siglos. Tenía que estar cerca de una salida, aunque no se apreciara ninguna luz.

Oyó de nuevo un batir de alas, pero esta vez no era una estampida. Era una marcha organizada hacia el exterior. Tenía que ser la hora en que los murciélagos empiezan la jornada. Era de noche, pues. Por eso no había luz que la guiara. Pero si ellos podían salir, ella también podría.

«Tú eres mucho más grande que un murciélago», dijo su voz interior, la pesimista. «No podrás salir por donde ellos salen».

«Pues cavaré», contestó sintiéndose exaltada y rebelde. «Con las uñas, con los dientes. Cavaré».

Guiándose por el sonido sedoso de las alas empezó a caminar, olvidando su cansancio, el hambre, las ratas, todo su cuerpo herido y, de repente, cuando creía que no iba a conseguirlo porque no oía ya ni un leve susurro de vuelo, sus ojos, casi ciegos por las tinieblas, se entreabrieron a la penumbra de una caverna de roca. Una cueva natural. Parpadeó unos instantes, confusa y decepcionada, y entonces un resplandor blanquecino que se intensificaba por momentos frente a ella la hizo caer de rodillas, agotada en cuerpo y alma. Todo había acabado. Aquella luminosidad, aquel filo curvo y plateado que surgía frente a ella sólo podía ser una de esas concreciones fantasmales, quizá el Maligno en persona que venía a humillarla ahora que casi había tocado la libertad. La habían atrapado. Enterró la cabeza entre las manos y se echó a llorar entre convulsiones.

Robles, sin separar la mano de la culata de su revólver, dio la vuelta a la esquina de la gasolinera temiendo encontrarse el cadáver de Virginia en un charco de sangre como había encontrado el de Sagrario, cuando de repente se abrió una puerta y la monja, tan correcta y pulcra como siempre, salió a la luz del sol hablando por encima del hombro con el encargado.

—Muchas gracias por el agua —oyó que le decía—. Nunca he conseguido arreglármelas para beber sin vaso.

Le echó una mirada de advertencia al pasar por su lado y cruzó la boca con el dedo, mientras seguía parloteando del tiempo y del paisaje al hombre que cobraba el gasto y contestaba con monosílabos, mirando a Robles con cierta lástima. Cuando por fin subieron al coche y se hubieron alejado unos cientos de metros, Virginia dijo:

—El camión que sirve a las pequeñas gasolineras de la zona tiene que llegar esta madrugada, sobre las cinco o las seis. Como ésta es la primera de su recorrido, estará lleno. No sé si será bastante, pero dudo de que podamos conseguir más, así que tendremos que arreglarnos con ese camión.

Robles, con la boca casi totalmente abierta, apartó la vista de la carretera y se quedó mirando a la mujer.

Ella dijo suavemente:

—Se acaba de pasar nuestro desvío, comisario, pero puede dar la vuelta aquí mismo. Esta carretera está poco transitada. Ideal para tomar prestado un camión cisterna.

Robles no dijo nada. Frenó. Metió la marcha atrás, tomó la desviación y decidió seguir en silencio porque nunca nunca en toda su vida le había puesto la mano encima a una mujer y no era cosa de empezar ahora, pegándole a una monja que lo trataba como si tuviera cinco años. Y él se dejaba. Como un idiota, se dejaba. En un gesto que traslucía su imperiosa necesidad de autoafirmación se sacó un puro de la guantera y se lo metió en la boca sin preguntarle a la monja si le molestaba.

Ella, servicial y sonriente, rascó una cerilla y la sostuvo ante el puro hasta que empezó a tirar. Por suerte no dijo palabra. Si hubiera abierto la boca, Robles la habría estrangulado.

Dejó de medir el tiempo. Trató de encogerse en su miseria y su vulnerabilidad, esperando el golpe, la risa, el grito de triunfo del Enemigo.

Nada. Silencio.

Silencio y aquella luz fría y plateada que pintaba sombras de tinta en la cueva.

Ana retiró las manos del rostro y alzó la vista, temerosa, como un esclavo que espera el látigo en la cara y prefiere precipitar el fin para no soportar más la espera.

En la entrada de la cueva, nítidamente recortada sobre la oscuridad exterior, la luna brillaba intensamente blanca, casi perfectamente redonda.

Sin poderse contener, rompió en carcajadas histéricas, disparatadas, hasta que tuvo que apretarse la boca con las dos manos para contenerlas.

Rebosante de una gratitud sin destinatario claro, avanzó hacia la salida al mundo exterior, apoyó la frente contra un árbol, a la luz de la luna, y se echó a llorar.

7

La pequeña camioneta traqueteaba por la carretera de tierra que comunicaba Santa María con Pantanares, el pueblo más importante de la zona, a unos noventa kilómetros al norte. Los veladores habían terminado su encargo y regresaban a Hora en silencio, sintiendo una especie de opresión indefinida, como si fuera a suceder algo para lo que no tenían palabras. Moira dormitaba tumbada en el asiento trasero, Lucas daba vueltas al botón de la radio y Baltasar, con la trenza más tirante que nunca y unas impenetrables gafas negras, iba al volante.

Aún no eran las ocho y el sol brillaba ya como un ojo maligno en el cielo azul pálido, preparándose para calcinar la tierra resquebrajada.

—Hoy va a hacer un día espantoso —comentó Lucas mientras seguía buscando una emisora.

—A mediodía estamos en Hora —contestó Baltasar—. Ya tengo ganas de llegar.

Lucas lanzó una mirada por el rabillo del ojo y guardó silencio.

—¿Qué pasa? —insistió Baltasar—. ¿Tú no?

Lucas apagó la radio y se puso a liar un cigarrillo. No contestó hasta haberlo encendido.

—No sé, Baltasar. Tengo una mala sensación.

—¿Una mala sensación? ¿De qué? No será arrepentimiento, ¿no? —Tensó la mitad de la boca en algo parecido a una sonrisa despectiva.

Lucas sacudió la cabeza despacio varias veces mientras se chupaba el labio inferior.

—No —dijo por fin—. Es una sensación... como... como de final de ciclo, como de que acaba una etapa.

—Milenarismo anticipado. Faltan más de diez años para el cambio de siglo y, como tú bien sabes, es una fecha como cualquier otra. —Hubo una pausa mientras metía la furgoneta por la estrecha desviación—. Y, además, también es gracioso que precisamente nosotros sigamos midiendo el tiempo por el nacimiento de Cristo.

Lucas miraba arder su cigarrillo, dándole vueltas a una pregunta que no sabía si formular. Decidió empezar con un rodeo.

—Baltasar, ¿tú cómo entraste en esto?

El conductor giró la cabeza hacia él, sorprendido.

—¿A ti que te importa?

Lucas bajó la vista.

—¡Hombre!, es curiosidad. Llevamos años juntos y esto tampoco es la legión, donde la gente no tiene pasado.

Baltasar sacó un Celtas sin boquilla del bolsillo del chaleco y lo fumó despacio hasta la mitad antes de contestar:

—Acababa de terminar Medicina; tenía plaza en un hospital, pero no estaba a gusto. Pensaba seguir con Psiquiatría o Medicina Forense, pero creo que eran sólo proyectos para mantenerme en marcha. No sé. No le encontraba sentido a la vida, no entendía nada. Estaba buscando un maestro, alguien a quien respetar, que me mostrara un camino y una meta por la que valiera la pena luchar. Algo concreto y visible, ¿entiendes? Estuve un verano en Ruanda, en una misión católica, y allí descubrí lo absurdo de la vida. Me di cuenta de que no eran fantasías mías, sino que la falta de sentido de todo esto es una realidad. La gente moría como moscas de enfermedades que en el mundo civilizado se curan con un par de inyecciones, con una vacuna, con unas tabletas. Morían para nada, porque sí.

»Allí empecé a odiar a Dios, que antes me había sido indiferente. —Encendió otro cigarrillo—. Las monjas y el cura de la misión se empeñaban en contarles a todos aquellos desgraciados que Dios es amor, que nos ama individualmente porque somos hijos suyos, que es bueno y que es omnipotente, y cuando alguno más listo preguntaba por qué el Padre permitía su sufrimiento y les enviaba aquellas calamidades, su única respuesta era que Dios sabe lo que hace y no podemos aspirar a comprenderlo, pero que nos recompensará en la otra vida.

»Yo a veces hablaba con ellos y les decía que la culpa no es de Dios, sino de los hombres mismos, que no están dispuestos a ayudarse entre sí; de los europeos y los norteamericanos que, con tomarse una cerveza menos cada día, conseguirían que hubiese vacunas para todos. Pero tuve que callarme porque el cura me explicó que eso era alentarlos a la rebelión contra los blancos, que sólo traería males mayores, cuando ellos necesitaban nuestra ayuda. Supongo que tenía razón, así que los dejé en paz para que siguieran creyendo en ese Padre amoroso que se cruza de brazos ante la miseria de sus hijos y les promete un hogar en el cielo si se callan y aguantan. Pero para mí fue una ruptura definitiva. Decidí no volver a colaborar con ese Dios, no hacerle el juego para ganarme un sitio en el Cielo. Dejé incluso de echarle la culpa a los blancos. Cada uno tiene que luchar por sí solo, hacer su camino. Si coincides con otros que buscan lo mismo, puedes unirte a ellos, pero no sentirte responsable por lo que les pueda pasar.

»Volví a Europa y dos semanas después recibí la llamada. Entré en contacto con el Guía y su intensidad me deslumbró. Su mundo es coherente, su lucha, lógica, su poder, real. Desde entonces le sirvo.

Lucas carraspeó, algo incómodo ante la seguridad de Baltasar.

—¿No has pensado nunca si hacemos mal?

—¿Mal? ¿Por no someternos a un orden que no nos gusta, que consideramos absurdo? ¿Hacen mal los guerrilleros que se enfrentan a un sistema tiránico y arbitrario donde todo sucede según el capricho momentáneo del dictador?

—Yo no me siento guerrillero —dijo Lucas en voz baja.

—Yo sí. —Había fiereza y orgullo en sus palabras—. No tanto en lo que hacemos ahora, aunque debe ser hecho, como en lo que estamos preparando; algo que quizá no lleguemos a ver en nuestro tiempo de vida. Un mundo de hombres libres con capacidad para asumir su dolor y conquistarlo; un mundo de seres con voluntad propia que podrán aspirar al conocimiento y conquistarlo individualmente.

—Y tú crees que Satán te dará eso —interrumpió la voz de Moira desde el asiento de atrás, una voz lastimera, casi triste.

La espalda de Baltasar se tensó un momento y volvió a relajarse. Encendió otro cigarrillo y no contestó.

—Entonces —siguió ella—, ¿puedes decirme qué sentido tiene que nosotros velemos para que se cumpla el castigo de todos esos seres? ¿Qué sentido tiene castigar a miles de personas por actos que en el código de Satán no son incorrectos?

—No los castigamos —dijo Baltasar tras una pausa—. Les estamos enseñando a conocer el dolor y trascenderlo. Ellos eligieron el camino de Satán sin conocerlo; nosotros se lo estamos enseñando. Cuando podamos pasar a la siguiente fase y limpiar el mundo de personas estúpidas, cobardes y falsamente amorosas, podremos dejar de lado lo que estamos haciendo ahora. ¿Cómo puedes dudar?

Moira sacó un pañuelo del bolsillo y se sonó la nariz un par de veces.

—Estoy segura de que el Amo nos está engañando. No sé lo que quiere, pero no es lo que tú dices. Nos está utilizando para algo. A él le importa un rábano todo eso, estoy segura. Yo me siento como si estuviera jugando conmigo constantemente, como si lo que hacemos en Hora fuera una mascarada que nos permite llevar a cabo para nuestra propia satisfacción, pero que a él no le afecta.

—Yo también lo siento así —intervino Lucas—. Como si lo que estamos haciendo fuera por y para Salvador o por nosotros mismos en algunos casos, aunque yo ya no disfruto con nada de lo que tengo que hacer. Supongo que hasta el sadismo se agota con el tiempo. Es... no sé. Es como si fuéramos las altas jerarquías de la Iglesia católica sirviendo al papa y al Vaticano, disfrazándolo de servicio a Dios.

—¡No digas estupideces! Ni somos curas ni somos sádicos. Colaboramos con su obra con los medios que tenemos, eso es todo.

—Escucha esto, Baltasar. ¿Tú has vuelto a oír al Guía en tu interior? No, ¿verdad? Es Salvador quien da las órdenes, quien marca las pautas.

—Salvador es el velador jefe.

—Pero tú hablabas de un mundo en que cada hombre decide por sí mismo y sólo es responsable ante sí mismo.

—Ésa es la meta. Ahora estamos en el camino. Es tiempo de lucha.

—¿Contra qué? —Las voces de Lucas y Moira sonaron casi a la vez.

—Contra el orden imperante, el orden de Dios, si queréis llamarlo así, y contra nuestra propia estupidez, nuestra propia debilidad, nuestro miedo de estar en el mundo solos, sin padre, sin alguien que ordene, que premie y castigue, que asuma nuestra responsabilidad.

—Sin embargo, tú también buscabas un padre, un maestro. Por eso sirves a Satán. —Moira habló lenta, suavemente, como tratando de no ofender.

—Eso era antes —contestó Baltasar con un suspiro—. Ahora es diferente. Ahora él es sólo un modelo. Él lo consiguió para sí mismo.

—No digas tonterías. Satán es el siervo de Dios.

—¡No! —dijo con furia—. Si Dios existe, Satán es su contrincante, su oponente, su enemigo, el único que puede enfrentarse a él, nuestra única esperanza.

—¿Y si vence...?

—Cuando venzamos... —corrigió Baltasar.

—Si vence ¿nos dejará libres? ¿No nos impondrá su orden y su medida?

—Él no quiere esclavos. No los necesita. ¿Para qué? Cuando venzamos, seremos libres.

—¿Cómo lo sabes?

—Lo sé.

—Sí, eso dicen también los cristianos sobre su Dios.

Baltasar dio un brusco frenazo que los lanzó a todos hacia delante.

—¿Qué pasa? —preguntó Moira.

Baltasar se quitó las gafas y empezó a registrar con la vista el bosquecillo a la derecha de la furgoneta.

—No sé. Me había parecido ver a alguien.

—¿Tan cerca de Hora?

—No tan cerca. Faltan unos veinte kilómetros. De todas formas es raro. ¿Bajamos a mirar?

—No vale la pena —dijo Lucas—. No puede ser nada que nos importe. Si es un pastor, mejor que no nos vea. Y Salvador estará nervioso. Me dio la impresión de que le preocupaba algo.

—Sería ese entrometido de Lobo —dijo Baltasar, abriendo la puerta.

Dio la vuelta a la furgoneta con el oído atento. Sólo el viento entre las ramas y el grito ocasional de algún pájaro lejano. Cruzó la carretera y orinó contra un árbol.

—Era por mí —dijo Moira casi al oído de Lucas—. No se fía de mí. Me dijo algo de probarme en la ceremonia. Tengo mucho miedo, Lucas.

Él le puso la mano en el hombro:

—No pasará nada, Moira, ya verás. Salvador siempre se pone nervioso antes de la ceremonia. Supongo que teme no ser bastante bueno y que el Amo lo releve.

Baltasar volvió a la furgoneta.

—¿No teníamos unos bocadillos? Podríamos sentarnos ahí fuera, a la sombra, y descansar un rato —propuso Lucas.

—Esos árboles ya casi no dan sombra. Son más de las once.

Tirada de bruces entre las zarzas, sin atreverse casi a respirar y sintiendo el cosquilleo de las hormigas que se paseaban por su cuerpo en busca de algo de comer, Ana se esforzaba por tranquilizarse mientras suplicaba sin saber bien a quién: «Por favor, que se vayan, que se vayan». Tantos kilómetros de camino recorrido, tantos sufrimientos, para acabar dejándose atrapar por los veladores de Hora.

Había oído el motor en el silencio mucho antes de que apareciera la furgoneta, y el corazón le había dado un salto de alegría. Con la mayor inocencia había esperado al borde del camino, lista para gritar y agitar los brazos al paso del coche, cuando de repente se dio cuenta de que no iba en la dirección correcta. Esa camioneta se dirigía a Hora. Era imposible. ¿Quién iba a querer ir allí? Se había escondido detrás de un árbol por un impulso, temiendo que fuera demasiado tarde, y en ese instante había comprendido la magnitud del peligro al reconocer al hombre que iba al volante: el médico de la trenza; el que la había curado la primera vez en los subterráneos de Hora.

Cuando la furgoneta se detuvo, pensó que había llegado su fin. Se escurrió hasta el suelo y se tumbó boca abajo para no ver lo que le esperaba. Oyó el ruido de una puerta al abrirse y sintió de nuevo que no podría controlar su vejiga si los pasos se acercaban. Pero no iban en su dirección sino en la opuesta. Lo oyó orinar, volver al coche. Se iban. Se iban. ¿Por qué no ponía en marcha el motor?

Una voz de hombre propuso bajar del coche y comer bajo los árboles. «No, Dios mío, no, por favor», susurró Ana, la boca pegada a una piedra terrosa. «Un pícnic no.»

—Tenemos manzanas —dijo una voz femenina—. Será mejor que sigamos, no sea que Salvador piense que nos hemos escapado.

—¿Por qué iba a pensar eso?

—No sé. —Una risita incómoda—. Manías suyas, supongo. Otra voz de hombre:

—Menos a Saraí, que está loca, a nadie se le ocurriría escapar o traicionar de ninguna forma.

—De acuerdo, vámonos. Dame una manzana, Moira.

—¿Quieres tú también, Lucas?

El arranque del motor cortó la respuesta. Cuando apenas se oía ya el rumor de la furgoneta en la distancia, Ana se levantó del suelo, cubierta de hormigas. En ese momento, tan débil que aún no podía estar segura, volvió a oír el ruido de un motor. De otro motor.

De espaldas a las personas que tomaban café en la mesa del rincón, Anselmo miraba por la ventana. Su mano acariciaba la cortina, con aire ausente, y de vez en cuando se crispaba sobre la tela en un impulso que duraba unos segundos antes de aflojarse de nuevo.

Hacía una mañana radiante, un sol esplendoroso que bañaba la sierra y los pinares de intensa luz amarilla y sacaba reflejos metálicos al arroyuelo que corría saltando monte abajo, casi al pie de los últimos árboles del jardín. Era el más hermoso y tranquilo centro de retiro espiritual de toda la diócesis y habían tenido la suerte de que estuviera vacío, salvo por un grupo que iba a llegar a última hora de la tarde.

Para ellos era ya el segundo día, pero empezaban a tener la sensación de que llevaban mucho más tiempo encerrados allí. Las primeras seis horas se habían desarrollado a la perfección: don Anselmo les había informado sucintamente de lo que se esperaba de ellos, les había presentado a Antonio, quien los mantendría en contacto con Virginia, y habían empezado con la rutina básica de relajación y respiración para pasar luego poco a poco a meditación y trance.

Habían formado un círculo mental y se habían mantenido en ligero contacto mientras se concentraban en la oración individual para pasar más tarde a la compartida.

Después, lentamente, dirigidos por don Anselmo, habían ido saliendo de la especie de catatonia en la que se encontraban y que tan desagradable le había resultado a Antonio al principio, y empezaron, como siempre, a comentar las sensaciones y los resultados.

Había sido bueno y dulce, como de costumbre, pleno y satisfactorio para todos, pero el padre Anselmo no estaba contento con la intensidad alcanzada.

—Tenéis que meteros en la cabeza que esta vez no estamos

tratando tan sólo de ayudar a un ser humano que necesita nuestra fuerza. Esta vez tendremos que enfrentarnos al Mal, a toda la fuerza del Mal que irá dirigida contra Jorge y Virginia, a quienes nosotros apoyamos. No basta con sentirnos bien y felices. Va a ser terrible y, si nos contentamos con lo que estamos haciendo, nos aplastará a todos.

Eso hundió bastante los ánimos, pero después de cenar habían estado dispuestos a intentar llegar a la intensidad que Anselmo creía necesaria.

Se retiraron casi a las doce, muertos de cansancio y ligeramente decepcionados. No habían sentido nada extraordinario; el Mal no se había presentado; nada había tratado de interferir en su concentración ni en su plegaria. El Maligno los ignoraba, o bien su intensidad era tan baja que ni siquiera había advertido su presencia.

Por la mañana, después del desayuno, a las seis y media, habían vuelto a formar el círculo. No había noticias de Virginia. No había ninguna influencia externa.

A las diez habían hecho una pausa para tomar un café y Anselmo había buscado la mirada de Antonio con una pregunta muda. Antonio había negado con la cabeza y había bajado los ojos, mientras alzaba ligeramente las palmas de las manos en un leve gesto de impotencia. Por eso Anselmo se había vuelto de espaldas al grupo, para que no vieran su preocupación, su miedo, su pequeña duda.

Afortunadamente ellos todavía no dudaban, pero estaban empezando a aburrirse, y eso podía ser peor que la duda, mucho peor.

—Don Anselmo...

Con un autocontrol duramente aprendido a lo largo de los años, el sacerdote se volvió, sereno, hacia Antonio.

—Dígame.

El hombre carraspeó ligeramente y sus ojillos bizquearon más que nunca tras los gruesos cristales de sus gafas.

—No quisiera parecerle... dudoso, pero... ¿es cierto eso de que vamos a enfrentarnos con el Mal?

Anselmo casi sonrió al ponerle la mano en el hombro:

—Eso creemos. Eso creo yo y eso cree Virginia. No sé decirle más.

—Pues... esto..., quiero decir..., si eso es cierto, no pensará usted que tenemos la más mínima posibilidad de ganar, ¿verdad?

La mano de Anselmo bajó del hombro al brazo de Antonio.

—Vamos a tomar un poco el aire —dijo, y dirigiéndose al resto del grupo añadió—, volvemos en seguida.

Sin soltar su brazo, lo condujo a la terraza y lo empujó lentamente hasta que se hubo sentado en una de las muchas butacas de mimbre en la zona de sombra. El sacerdote se sentó a su lado, casi como si fuera a confesarlo.

—A ver. Explíqueme qué ha querido decir con eso. —Terminó la frase con un «hombre de poca fe» que no llegó a formular.

—Pues está muy claro, padre. Verá, yo nunca he tenido tratos con el diablo, al menos no voluntariamente. Me he encontrado a lo largo de la vida con manifestaciones del Mal, eso sí. Muchas veces. Pero se trataba de pobres espíritus torturados que torturaban a su vez a las personas a través de las que hablaban. —Anselmo hizo un gesto de comprensión y asentimiento—. Por eso le digo que yo no conozco la fuerza del Mal en estado puro, en origen; sólo me he encontrado con pequeños ejemplos. Ni siquiera me he contestado nunca a la pregunta de si estaban poseídos o no, pero lo que sé, lo que sé por experiencia, es que no se los puede vencer. Y sólo estoy hablando de espíritus, padre, no del Diablo. Se los puede controlar, encauzar, neutralizar a veces, pero no se los puede vencer. Y si eso es así con estos espíritus malignos de que le hablo, ¿cómo va a ser con Satán? ¿Cree usted de verdad que usted y yo y esas cuatro personas de buena voluntad vamos a derrotar al Diablo, con mayúscula?

—Si no lo creyera, no lo intentaría.

Sus ojos se encontraron y Antonio bajó la vista, meneando la cabeza.

—Pero ¿no ve que es imposible? Si Dios no ha podido, ¿cómo vamos a poder nosotros? Somos simples humanos, don Anselmo.

—Somos simples cristianos con fe, unidos por la oración —corrigió con voz bíblica—. La fe mueve montañas, amigo mío, y no es algo que me haya inventado yo.

—Pero si Él no pudo...

—¿Él? ¿Se refiere usted a Cristo?

—No. Me refiero a Dios.

—Es lo mismo. Cristo es Dios. —Hizo una pequeña pausa—. Escúcheme, Antonio. Cada uno tiene que cumplir su tarea. Dios no se hizo hombre para vencer al Diablo, tenía cosas más urgentes que hacer. Se enfrentó con él en el desierto, se expuso a la tentación y la venció...

—Pero no venció a Satán.

—No era su misión. Vino a redimir a los hombres y a mostrarles el camino.

—¿Y Dios?

—¿Dios qué?

—¿Por qué no ha podido vencerlo, borrar el Mal de la faz de la tierra?

—Porque no desea hacerlo, no es su misión tampoco. Vencer al Diablo es cosa de hombres. De hombres... y mujeres —añadió con una sonrisa fugaz.

—Eso es imposible —se empecinó Antonio.

—Tal vez, Antonio, tal vez. Pero hay que intentarlo. Cada persona tiene que derrotarlo dentro de sí mismo, para sí mismo, todos los días de su vida. Y a veces se presentan situaciones en que unas cuantas personas, un grupo de personas unidas por la fe, tienen la oportunidad, y por tanto el deber, de luchar contra él, no sólo por su propia salvación sino por la de otras personas que ya no pueden luchar. Esas pobres almas de las que me hablaba hace un momento, por ejemplo. Además, piense que tampoco pensamos derrotarlo para la eternidad, Antonio. Sólo intentamos vencer en este combate.

Antonio había apoyado las manos en los brazos del sillón y

escuchaba con la cabeza echada hacia atrás tratando de comprender, de aceptar.

—Si no se siente capaz de luchar contra algo abstracto, luche por usted mismo, por esas almas, por las personas que reciben en sus cuerpos a esos espíritus dolientes. Luche por ellos.

—Sí... —contestó lentamente—. Eso tendré que hacer... Por María, por Rafael, por Angelines, que lleva varios años loca, por Lola, que ha desaparecido y debe de haberse metido en algo tremendo...

—¿Lola? —le interrumpió Anselmo, agitado—. ¿Lola Sánchez, la médium, la amiga de Jorge Lobo?

Ahora fue Antonio el que empezó a ponerse nervioso.

—¿La conoce?

—Claro. Bueno, no en persona. Jorge me habló de ella. Ella le ayudó a descubrir ese lugar y ahora están allí juntos.

Los ojos de Antonio se abrieron hasta llenar casi el cristal de sus gafas.

—¿Lola está en ese lugar? —El tono de horror se mezclaba con un enorme y doloroso reproche.

—Sí —dijo Anselmo casi avergonzado—. Creo que sí.

—¡Dios mío! —Antonio se cubrió la cara con las manos—. Entonces la habrán destrozado. Si está allí, con su sensibilidad, estará ya muerta o loca, o algo peor. ¡Dios mío!

El sacerdote lo miró un momento, abatido. Luego, cobrando ánimos de nuevo, volvió a ponerle una mano en el hombro.

—Luche por ella, Antonio. Ahora tiene un motivo.

Entraron lentamente y se reunieron con el grupo sin decir palabra.

Al atardecer, Antonio notó que las palmas de las manos empezaban a sudarle y empezó a sentir el temblor premonitorio de un contacto. Se apartó unos pasos, sacó el pequeño crucifijo sobre el que concentraba su fuerza y, antes de caer en trance, dijo en voz clara:

—Amigos, hay que prepararse. Virginia nos necesita.

El ruido del motor se hacía cada vez más intenso en el silencio ardiente y polvoriento. Ana se pasó la lengua por los labios resecos, las manos apretadas sobre el vientre. Estaba a punto de desmayarse, pero no podía dejarse caer al suelo, cerrar los ojos, que le quemaban como si tuviera un ácido arenoso en lugar de lágrimas, y perder quizá su única oportunidad de conseguir ayuda. Y la necesitaba. No se sentía con fuerzas de dar un paso más y, según su nebuloso recuerdo del mapa, el siguiente pueblo estaba a más de veinte kilómetros. Cinco horas de camino en condiciones normales; en las suyas, más de doce, si llegaba.

En la distancia el polvo flotaba en el aire inmóvil marcando la marcha del vehículo. Dentro de dos o tres minutos estaría a su altura, tenía que decidirse.

Se colocó lo más cerca posible del camino, semioculta tras un árbol; quizá tuviera tiempo de ver al ocupante del coche, pero eso no ayudaría mucho porque ella no conocía a todos los habitantes de Santa María y ese coche iba allí; no podía ir a otro sitio. Lo vio avanzar traqueteando, cubierto de polvo, evitando agujeros y pedruscos. Forzó la vista al máximo: dos personas. Parecían un hombre y una mujer. Desconocidos, por supuesto, ¿qué otra cosa había esperado?

El vientre empezó a darle rabiosas punzadas de un dolor caliente, pegajoso, que bullía sordamente como si fuera causado por millones de animalillos que la royeran por dentro, pero lo peor era la sed. Al salir del laberinto no se había atrevido a tomar más que un sorbo del agua del lago por si estaba contaminada, así que hacía más de dos días que no había bebido, y la lengua hinchada se le pegaba al paladar amenazando con salírsele de la boca. Tenía que probar. En un reflejo se metió la blusa dentro de los pantalones y se pasó las manos por el pelo, sin darse cuenta de lo absurdo del gesto.

En ese momento el coche se detuvo y el conductor apagó el contacto. Estaban aún a cincuenta metros de ella.

Se abrió una puerta y un hombre grande, pesado, con aspecto de oso, bajó, dio la vuelta al coche y sostuvo a una mujer pequeña y frágil que dio unos pasos vacilantes hacia la sombra de un árbol. Luego volvió al coche, recogió una botella y empezó a mojar la cabeza y el cuello de la mujer.

Los ojos de Ana se dilataron de deseo y su respiración se volvió entrecortada. Agua. Tenían agua. Salió como una sonámbula de su refugio tras el árbol. Tenían agua. Eso era lo único que importaba. Por un sorbo estaba dispuesta a dejarse matar.

Siguió avanzando hacia ellos sin preocuparse ya del peligro. El agua era lo único importante. Podía oír el ruido que hacía al caer al suelo, mojando las piedras resecas. Resecas como ella.

Entonces el hombre se volvió y, por un instante, su rostro reflejó terror, asco y quizá una sombra de algo parecido a la pena. Se llevó la mano al forro de la chaqueta en un movimiento lento y controlado, como a cámara lenta.

—No dispare, comisario —oyó decir a la mujer.

Luego, en ese mismo momento, en el momento en que su cerebro captó quién era ese hombre y qué estaba buscando allí, fue ella la que sintió terror. Robles buscaba a Jorge por asesinato. Y a Lola. Y a ella. Robles era el cazador, el enemigo.

Se dio la vuelta e intentó correr hacia los árboles, tratando de huir. Como en un sueño, sus pies se arrastraban por el polvo sin conseguir alzarse, tropezaban con las piedras; sus piernas se habían convertido en dos sacos de arena imposibles de levantar. Con la vista clavada en el árbol más cercano siguió tambaleándose hacia él, como si el hecho de alcanzarlo fuera una garantía de seguridad. Avanzaba jadeando, luchando contra algo invisible que se extendía como una red de goma entre su cuerpo y el árbol. Consiguió apoyar por fin la frente en el tronco y se echó a llorar amargamente. Su suerte se había acabado. No iría más lejos.

Sintió una mano en el hombro y de repente se encontró abrazada a un cuerpo grande y sudoroso, reconfortante, que la llevaba casi en vilo a alguna parte. Robles la sentó en el coche y le sostuvo una botella en la boca.

—Es naranjada y está caliente, pero es mejor que nada. Beba. Está medio deshidratada.

Ana bebió, despacio primero. Luego más y más rápido, ahogándose con las burbujas. Robles retiró la botella.

—Espere. Luego más. Buscaremos agua. La otra botella ya está vacía. Relájese y estése quieta. Tengo que ver cómo va Virginia. Y no trate de huir.

De alguna manera la orden de Robles le dio risa, una risa histérica que su garganta no estaba en condiciones de producir, pero que sacudía todo su cuerpo. ¡Huir! ¿Cómo? ¿Adónde?

Cerró los ojos un instante y debió de perder el conocimiento porque cuando los abrió de nuevo estaba subiendo las escaleras del hotel de Fuendemayo en brazos de Robles. La mujer que lo acompañaba abrió la puerta de la habitación y fue corriendo a destapar la cama. El contacto con las sábanas frescas y limpias la hizo gemir de alivio.

La mujer acarició su frente y se volvió hacia Robles:

—Déjenos solas, comisario. Voy a lavarla y arreglarla.

—Yo bajo a recepción a explicarles que nos hemos encontrado a una excursionista perdida en el monte y a llamar a un médico.

—No, comisario. Dígales que yo soy médico. Yo me ocuparé de ella.

Robles pareció vacilar.

—¿Lo es de verdad? ¿No la estaremos poniendo en peligro?

La mujer contestó con un punto de exasperación:

—Soy enfermera diplomada y matrona, pero eso no tiene nada que ver. Si yo le digo que puedo curarla, es que puedo curarla. Y no se hable más. Váyase de una vez, hombre.

Cuando Robles hubo salido, la mujer volvió a acariciarla y le susurró al oído:

—No te preocupes hija. Lo peor ya ha transcurrido. Estás en buenas manos.

Debían de haber pasado muchas horas cuando volvió a despertarse sintiéndose extrañamente bien, incluso hambrienta. El reloj de la mesita de noche marcaba las dos menos diez. De la noche, claro, porque sólo había oscuridad a su alrededor. Había dormido más de doce horas.

Recorrió su cuerpo mentalmente buscando algún dolor, alguna molestia. De momento todo estaba en paz, como si le hubieran inyectado un fuerte anestésico. Eso debía de ser. La mujer era enfermera, había dicho.

Estaba ya a punto de relajarse y tratar de dormirse otra vez cuando un susurro junto a ella la sobresaltó. Un sonido levísimo, como un suspiro que había sonado muy cerca de su cama. Se quedó inmóvil, sintiendo cómo el corazón volvía a latirle a martillazos en un ataque de terror.

Había alguien en su cuarto. Podía sentir la presencia de algo vivo a su lado, vigilante, maligno. Se le erizó toda la piel mientras un sudor frío cubría su frente. ¿Podría gritar pidiendo ayuda? ¿Le permitirían articular un solo sonido antes de saltar sobre ella y destrozarla por dentro? No. Claro que no. No podía hacer otra cosa que quedarse donde estaba, boca arriba, quieta como un muerto, con la vista clavada en la oscuridad del techo y los oídos zumbándole del esfuerzo de penetrar el silencio; ese silencio punteado de murmullos aéreos como respiraciones, mensajes incomprensibles en el vacío que la rodeaba. «Piensa en otra cosa», se dijo. «Piensa en lo que sea, en lo que sea. Reza, anda. Trata de rezar. Piensa en el padrenuestro. ¿Cómo era el padrenuestro? Padre nuestro que estás en los cielos. ¿Qué más? ¿Qué más? Santificado sea Tu nombre. Eso es. Venga a nosotros Tu reino. Sigue. Sigue».

Cuando ya había perdido la cuenta de las veces que había repetido la oración pasando con toda rapidez por el verso que decía «líbranos del Mal» y empezaba a sentir una cierta tranquilidad, como si la amenaza que esperaba en las sombras se hubiera retirado por el momento, un sonido agudo, desgarrador, electrónico, la hizo sentarse en la cama de golpe, los ojos desorbitados, las manos apretadas contra la boca.

El sonido se interrumpió de pronto, dejando un silencio zumbante tras de sí.

Robles, de pie junto a su cama, con la mano sobre el reloj le decía:

—Tranquila, mujer, es sólo el despertador. Son las dos. Hemos estado todo el tiempo aquí, por si acaso.

A las tres, Ana ya se había tomado un termo de té y un paquete de galletas, les había contado lo que había sucedido en Hora, cómo había llegado hasta allí, todo lo que sabía, que no era mucho, y miraba sin comprender a Virginia y al comisario que se miraban entre sí sin decir palabra.

—Es como yo suponía —dijo por fin Virginia.

—Es una locura —contestó Robles yendo hacia la ventana con las manos a la espalda.

—¿Comprende ahora que necesitemos esa gasolina?

Robles se volvió hacia ella, inexpresivo.

—No pensará que voy a pegarle fuego a un pueblo lleno de gente sólo porque parece que están locos, ¿verdad? Soy policía, no asesino a sueldo. Lo que vamos a hacer es llamar ahora mismo y pedir refuerzos. Esto es cosa de la policía.

—¿Y qué les piensa contar sin que crean que se ha vuelto loco?

—Que hay una pandilla de anormales que se dedican a secuestrar y torturar gente porque se creen siervos de Satán. Los locos son ellos, no nosotros.

—Cuando la policía quiera llegar allí, comisario —intervino Ana—, no encontrarán más que una pacífica colonia de artistas. Lo que usted busca está en el laberinto subterráneo, haría falta una vida para encontrarlo, suponiendo que consiguiera entrar. Y salir —añadió, después de una pausa.

—No podemos quemar un pueblo así como así —insistió Robles.

—Quizá no tengamos que hacerlo, comisario. Pero ¿y si cambia de opinión cuando lleguemos allí? Mi fe y su pistola son nuestras únicas armas. Consiga esa gasolina como medida de seguridad adicional. Sé lo que me digo.

Robles se puso de espaldas a ellas y reflexionó unos minutos. Por fin volvió a mirarlas.

—No —dijo—. Es mi última palabra. Iremos allí. Veré por mis ojos lo que me han contado y, si llego a la misma conclusión, llevaré la gasolina aunque sea a cubos. Pero no antes. No antes de verlo.

La hermana Virginia se había puesto de pie y se retorcía las manos mientras lo miraba implorante.

—Será tarde, comisario. Cuando usted lo decida, será tarde. Dígaselo usted, Ana, dígaselo.

En ese momento, algo en la espalda de Ana produjo un chasquido y sus ojos se vaciaron de toda expresión, se abrieron sus labios apretados y, con una voz que parecía surgir del fondo de su estómago, dijo:

—¡Mira que eres cabezota, Robles, maldita sea!

Virginia y el comisario contemplaban, incrédulos, la transformación en la voz de Ana que ahora se extendía poco a poco a su rostro. De repente parecía mucho más vieja, pero menos cansada, más fuerte, y sus ojos brillaban entre arrugas de malicia.

—Consigue esa gasolina de una puñetera vez y no te hagas de rogar. ¿No ves que hace falta?

—¡Sagrario!

Sin proponérselo, Robles cayó de rodillas frente a la cama.

—La misma. Haz lo que te dicen, Robles. Es necesario.

El comisario se pasó la mano por la frente, por los ojos, murmurando:

—No es posible, no es posible. Es una alucinación. No puedes ser Sagrario.

—Convéncete, incrédulo, y terminemos. No es especialmente cómodo estar metida en un cuerpo. En este cuerpo, sobre todo; esta mujer no da facilidades. Pregúntame lo que quieras y, cuando te hayas convencido, haz lo que tienes que hacer.

Robles se pasó la lengua por los labios que, de repente, se le habían secado. Miró de reojo a Virginia, esperando su reacción, pero ella tenía los ojos cerrados.

—Si eres Sagrario, sabrás cómo me llamo.

—Pepe Robles para todos. Para mí, Mauricio.

El comisario sintió como si le hubieran dado un puñetazo en el estómago, y se dobló sobre sí mismo, no sabía si de alegría o de dolor. «Transmisión de pensamiento. Yo sé cómo me llamo y se lo he pasado a esa muchacha», decía su parte racional. Como si contestara a la idea que acababa de pasar por su mente, la voz que surgía de Ana continuó:

—Marina tiene una carta que escribí para ti, una carta —la voz se interrumpió un momento— de amor, la única que escribí en mi vida y que me dio vergüenza mandarte. Le dije que la guardara por si me decidía. Pensaba dártela el día en que... en que me fui.

Robles había sacado un pañuelo del bolsillo y lo apretaba contra la boca.

—Esa mujer que está a tu lado tiene luz, Robles. Puede salvarnos a todos.

—¿Salvarnos? —preguntó Robles con voz estrangulada.

—Ella me llamó a través del libro que tú me regalaste. Yo casi había alcanzado la paz, Robles, el olvido. Pero me pidió ayuda para todos los que vagan en la desesperación, los que no tienen luz. Yo me he quedado para ayudaros a vencer. Ahora tú también tienes que colaborar. Tienes que ayudarnos. También soy como ellos.

—¿Qué quieres que haga, Sagrario?

—Lo que te pida ella, Robles. Cualquier cosa. Para salvarnos a todos. Obedécela a ella y a Jorge.

—¿A Jorge? —Su voz era casi un rugido.

—Jorge está luchando por mí, por todos nosotros, contra la oscuridad. Es un elegido. Sé lo que piensas de él, pero no es cierto. Ayúdalos. ¿Lo harás?

—Sabes que sí, Sagrario.

—Bien. Entonces os dejo. Seguiré con vosotros. Haré lo que pueda. No es fácil entrar así en un ser vivo, pero yo también fui siempre una cabezota. Adiós, Robles.

—¡Sagrario! ¡Espera! ¿Volveremos a vernos?

—Espero que sí. Adiós.

El rostro de Ana se relajó de golpe y su cuerpo cayó desmadejado como una muñeca rota. Robles ocultó la cabeza entre las sábanas, abandonándose al dolor como la primera vez que había perdido a Sagrario. La hermana Virginia se acuclilló a su lado.

—Comisario —dijo suavemente—, son más de las tres y media. Tenemos que irnos.

Robles levantó la cabeza parpadeando, las lágrimas resbalaban por sus mejillas.

—¿Viene usted también?

—Pensaba mandar a Ana para tener yo tiempo de concentrarme, pero no contaba con esto. La pobre criatura estará destrozada. Iré yo con usted. Ya da igual.

—Puedo ir solo —dijo secándose las lágrimas con el pañuelo, deseando en su interior que no aceptara su oferta, que lo acompañara en ese viaje.

Virginia sonrió.

—Puede ir solo, evidentemente, pero va a ser difícil que pueda conducir el camión y el coche a la vez.

Él asintió varias veces con la cabeza, como atontado. Virginia puso las dos manos en la frente de Ana, le arregló las sábanas y ambos salieron de la habitación.

Ya en la escalera, Robles, como saliendo de un trance, preguntó:

—¿Sabe usted conducir?

Virginia tendió la mano y cogió las llaves del coche con una pequeña sonrisa.

—Es usted una mujer notable, Virginia. Es una suerte que se metiera monja, si le hubiera dado por el crimen me habría usted hecho la vida imposible. —Robles intentaba, como siempre, neutralizar la emoción con el humor, pero sus palabras salieron lentas, como perdidas.

Virginia le siguió la corriente en cuanto al tono, aunque hablaba perfectamente en serio:

—No se alegre tan pronto, comisario. Aún no sabe lo que le espera.

8

Jorge paseaba impaciente alrededor de la pequeña hoguera que había encendido en la puerta norte. Estaba amaneciendo ya y había contado con que el viejo pudiera llegar hasta Hora antes de que fuera totalmente de día; así resultaría más fácil pasar desapercibidos hasta alcanzar la casa del dragón, donde los esperaría Saraí.

La noche anterior, en otra cena común, Salvador le había dicho que se iban todos a la feria de Corralejo, a vender sus cosas, y que tardarían en volver. También le había ofrecido que los acompañara, se pondrían en camino a eso de las cuatro de la madrugada, pero Jorge había dicho que prefería quedarse en el pueblo porque tenía la impresión de que su novela se estaba precisando y quería ponerse a escribir. Salvador no había insistido.

Luego Saraí había ido a visitarlo a la torre y lo había citado en la cripta al amanecer antes de escurrirse como un fantasma entre las sombras, dando gritos ululantes cuyo sólo recuerdo le ponía los pelos de punta: *«¡Banshee! ¡Banshee! ¡Eternal damnation! ¡Banshee!»* .

Ni siquiera estaba seguro de que pudieran fiarse de ella; quizá fuera incluso una trampa para abandonarlos en el laberinto; a veces tenía la clara impresión de que no estaba tan mal como todos decían, todos tenían demasiado interés en que quedara claro que estaba loca.

El ruido de una piedra cortó el hilo de sus recuerdos. León, algo polvoriento, pero tan pulcramente vestido como siempre, trepaba torrentera arriba. Jorge sintió cómo sus labios se abrían en una sonrisa: le gustaba el viejo, confiaba en él. A pesar de lo distintos que eran y de la enorme diferencia de edad, se sentía muy cerca de aquel anacoreta extraño con su sed de conocimiento y su concepto del mundo como juego. Lo sentía como el abuelo, como el maestro que nunca había tenido. Anselmo y León, sus abuelos recién recuperados.

Bajó un trecho a su encuentro y le tendió la mano para ayudarlo a subir el último tramo. León alzó los ojos y, por un segundo, le pareció ver amor y una infinita tristeza en su mirada, luego una sonrisa de triunfo borró su primera expresión. Ignoró su mano tendida.

—No tengo costumbre de aceptar la ayuda de nadie, muchacho. O llego por mi propio pie o no llego.

—Un hombre orgulloso —comentó Jorge.

—Orgulloso lo he sido siempre. O es la fama que tengo, por lo menos. Por fin —dijo abarcando el paisaje y las murallas con la vista, cuando hubo llegado arriba—. Esta vez lo he conseguido.

—De prisa, León. La ciudad aún está en sombra, pasaremos desapercibidos. Se supone que se han ido todos, pero no hay que fiarse mucho de esta gente.

—Haces muy bien, hijo. Vamos.

Echaron a andar, Jorge eligiendo el camino, León unos pasos atrás mirándolo todo con una sonrisa, como un turista que lleva treinta años leyendo sobre Venecia y se encuentra por fin en la plaza de San Marcos.

Al cruzar por la calle del Martirio, León se detuvo.

—Están aquí —le susurró—. Todos.

Jorge se estremeció a su pesar, sintiéndose pequeño y cobarde comparado con el viejo. Siguieron caminando cada vez más deprisa hasta la casa del dragón. El zaguán estaba a oscuras, como siempre, el aire tan tenso y polvoriento como la primera vez:

—Espéreme un momento, León. Voy arriba a ponerme las

lentillas. Hace un rato estaba tan oscuro que no he podido encontrarlas.

Subió las escaleras de dos en dos y se detuvo en la puerta como clavado. En la habitación no había nada que indicara que alguien había vivido allí alguna vez. Todo tan vacío como cuando llegó. Su mochila, su saco, sus lentillas, todo había desaparecido. La linterna también.

Bajó lentamente, con una sensación de tenaza caliente que en el estómago sujetara un trozo de hielo. León trataba de descifrar los frescos de la bóveda.

—Adoradores de Satán durante generaciones, a pesar de la persecución y de la hoguera. ¡Qué absurda constancia! ¡Qué estúpidos son los hombres, Lobo! ¡Qué falta de fe en sí mismos! ¡Qué borregos!... o quizá sólo corderos, corderos de Dios —añadió casi para sí mismo.

—León, mis cosas han desaparecido.

El viejo hizo un gesto con la mano como si Jorge acabara de decir una tontería.

—Vamos. Estoy deseando ver.

Con un extraño presentimiento, Jorge se adelantó en silencio y mostró la puerta. Bajaron en tinieblas, apartando telarañas, apoyando la mano sobre la pared para guiarse. Después de lo que les pareció una eternidad llegaron al umbral de la cripta, «la puerta» como la llamaba una voz en su interior y, como la otra vez, todo en Jorge empezó a revolverse ante la idea de atravesarla.

Al fondo de las tinieblas ondulaba el tenue reflejo de una luz. León entró primero:

—Vamos —le dijo, casi en tono de mando, sin dignarse lanzar una sola mirada a los cadáveres momificados.

Saraí los esperaba sentada en el altar, envuelta en un manto negro con la capucha puesta, sus ojos más verdes y felinos que nunca.

Se puso en pie cuando entraron y Jorge tuvo la impresión momentánea de que Saraí se iba a tirar al suelo, a sus pies; pero no lo hizo. Se quedó erguida donde estaba, su cuerpo enmarcado por la gigante cruz negra, una expresión casi feliz en los ojos.

—Bienvenidos al reino de las tinieblas —dijo.

El viejo se adelantó y le besó la mano; ella tuvo un leve gesto de dolor antes de sonreír.

—Siempre tan hermosa, Saraí, niña mía. He venido por fin.

—En buena hora —contestó ella—. Los veladores se preparan para el sacrificio. Van a inmolarme esta noche.

—La más hermosa víctima para el más poderoso señor, ¿no es cierto? —Había una extraña ironía en la voz de León y sus ojos brillaban a la luz de la lámpara de aceite como rejuvenecidos.

—¿Lo permitirás? —preguntó ella con un temblor en la voz.

—Mi hermosa Saraí —respondió el viejo con su tono doctoral—, yo tampoco lo sé todo. Sé que estamos viviendo una hora de contradicciones. De aquí a la medianoche todo puede cambiar. No pierdas la fe. Lucharé por ti. Lucharemos, ¿no es así, Lobo? —añadió volviéndose hacia Jorge.

—No dejaremos que esos monstruos te hagan daño, Saraí. Claro que lucharemos. León y yo lucharemos por ti. Te lo prometo.

León sonrió como sonríe un director de teatro cuando un actor que empieza responde adecuadamente en una improvisación. Esa sonrisa de «tienes madera, pequeño, hasta ahora muy bien, pero no te confíes, puedo cambiar las coordenadas y ya no será lo que te esperas».

Jorge sacudió la cabeza, perplejo por la satisfecha sonrisa de León.

—Guíanos, Saraí. Muéstranos ese reino de confusión.

La mujer recogió el vuelo de su capa y los precedió por un estrecho pasadizo. Abrió una puerta disimulada en la roca que descubría una escalera de caracol tenuemente iluminada. La fetidez del aire era casi una amenaza que se intensificaba a medida que descendían.

—Os acostumbraréis en seguida —comentó—. Visitaremos primero a los iluminados.

Jorge, con la mente girando de miedo y repulsión, los siguió en silencio. En alguna parte de aquel laberinto maligno estaba Rosa. Trató de no pensar más que en eso, apretó los dientes y continuó bajando, contando peldaños: doscientos veinte, doscientos veinticinco, doscientos setenta..., bajando.

Ya casi se había puesto el sol. El paisaje se extendía, fantasmal y aún rosado, frente a ellos; el filo del horizonte tenía un violento color escarlata, y Venus brillaba esplendoroso, como un faro.

De alguna manera casi incomprensible para Robles, que sólo recordaba las últimas veinticuatro horas como fragmentos de una pesadilla, habían conseguido el camión de la gasolina y habían llegado a su destino sin tropiezos.

No había sido tan heroico como pensaba Virginia, ni tan difícil como él se lo había imaginado. El conductor del camión había reaccionado muy bien ante su identificación como comisario de policía, aunque lo más probable era que lo hubiera tomado por un terrorista maduro con muchos años de experiencia. Le había cedido el camión y su carga sin protestar, con un deseo evidente de marcharse de allí cuanto antes, y la confusión se había reflejado en su rostro ante la petición del ladrón desconocido: telefonear al inspector Molina pidiendo que se pusiera en contacto inmediato con Ana López en el único hotel de Fuendemayo, si a las ocho de la tarde no había tenido noticias directas de él.

Por supuesto, no podía estar seguro de que el hombre fuera a hacerlo, ni él se lo había contado a Virginia, que parecía empeñada, por motivos que a él se le escapaban totalmente, en dejar a la policía al margen de lo que estaba sucediendo. Pero ¡qué diablos! Él era policía y ahí estaban pasando cosas muy raras. No era la primera vez en su vida que callaba una verdad o mentía conscientemente.

Luego habían ocultado el camión en el camino de Hora y habían regresado a Fuendemayo a esperar la caída de la tarde, el momento de actuar. Durante todo ese tiempo, Ana había estado durmiendo, murmurando ocasionalmente palabras sin sentido, él la había estado velando junto a su cama, y Virginia se había retirado a meditar o a lo que hiciera una monja en esas circunstancias.

Momentos antes de ponerse en camino, Ana había abierto los ojos y, mirándolos con el terror pintado en el rostro, les había pedido que no fueran a Hora. Virginia se había limitado a pasarle la mano por la frente, arroparla bien en la cama y hacerle la señal de la cruz sobre la frente. Después habían salido del hotel en un silencio tenso, habían recogido el camión en el sendero donde lo habían ocultado por la mañana y, abandonando el coche de alquiler, habían llegado a las puertas de Hora sin cruzar palabra hasta que, al cortar el motor, quedaron colgados en el silencio antinatural de la noche de junio.

—Ni grillos hay en este condenado lugar —rezongó Robles—. Seguro que han oído el motor del camión.

Virginia estaba pálida y silenciosa, sus labios de papel moviéndose suavemente mientras buscaba con los ojos cerrados el mejor lugar para depositar su peligrosa carga.

—No sé cómo lo hago —le había explicado un rato antes—, pero sé que puedo hacerlo. Pronto encontraré el punto más conveniente. Lo más difícil es conseguir que no me descubran, pero creo que lo conseguiré porque el grupo me cubre.

—¿El grupo?

—Un grupo de oración que lleva Anselmo. Ellos hacen de pantalla ahora y serán mi amplificador cuando llegue el momento.

—No entiendo nada.

—Cállese, por favor, comisario. Tengo que concentrarme.

Así habían pasado más de una hora, sentados en el camión. Robles mirando la fantasmal silueta de Hora recortada contra el cielo por la luz de la luna llena como en un cuento de hadas, o tratando de leer la expresión ausente del rostro de Virginia, esforzándose conscientemente en no pensar en Sagrario, en no pensar en nada.

Por fin Virginia abrió los ojos, alzó los brazos lentamente, como si fueran de mármol y se pasó las manos por el pelo, alisándolo hacia la nuca.

—¿Está ya?

Ella asintió.

—Dentro de cinco minutos podemos acercar el camión a donde yo le diga.

—Mejor ahora. ¿Para qué vamos a esperar más?

Virginia puso su mano sobre el contacto antes de que Robles lo alcanzara.

—Aún no. El grupo va a emitir a plena potencia para confundirlos. Mientras estén tratando de localizar la fuente, no oirán el motor.

Robles inclinó la cabeza y se rascó la nuca. Nunca nunca en toda su vida, ni cuando era un simple número, le habían dado tantas órdenes, ni tan absurdas. Ni se las había dado una mujer.

Apretó los dientes y guardó silencio, esperando.

—¡Ahora! —dijo Antonio al grupo de personas que aguardaba a que él diera la señal.

Varios pares de ojos se cruzaron durante unos segundos para cerrarse en seguida. Todos sabían lo que se esperaba de ellos y estaban dispuestos a usar toda su fuerza como les había enseñado el padre Anselmo. Es casi como gritar, pero sin voz, sólo con la mente, les había dicho. Tenéis que concentraros en el lugar donde está Virginia y gritar con toda vuestra potencia para confundir a las personas que están en Hora y que seguramente estarán durmiendo. Durante todo el tiempo que podáis soportar tenéis que tratar de enloquecerlos, porque mientras estén tratando de averiguar de dónde procede la interferencia mental no se darán cuenta de lo que hace ella. Es sólo una maniobra de distracción, pero tenéis que aguantar todo lo posible porque no sabemos cuánto tiempo necesita. Cuanto más podáis darle, mejor.

Así que todos estaban emitiendo al máximo de sus capacidades, confiando en que la potencia que desarrollaban juntos fuera suficiente para darle a la hermana Virginia el respiro que necesitaba. Otras veces, a lo largo de los últimos años, se habían concentrado en combatir la enfermedad de algún conocido o en aportar la fuerza necesaria para que pudiera luchar contra sus angustias y preocupaciones, pero nunca habían tenido que temer que esa persona se defendiera y les devolviera su energía amplificada con la propia. Ahora sabían que en cualquier momento podría ocurrir, que en cuanto aquella gente localizara el origen de la fuente, tratarían de luchar en su contra, y ninguno de ellos sabía si podrían defenderse de ese ataque, a pesar de que en ocasiones habían probado unos contra otros y siempre habían logrado cubrirse lo necesario para no enloquecer.

Se sentían unos a otros ligeramente, como si en el plano físico estuvieran en una línea de batalla sintiendo la presencia reconfortante de los camaradas a izquierda y derecha.

«El que no pueda resistir a partir de un punto, que se retire, que se relaje y que vuelva a la carga en cuanto sea capaz», había aconsejado don Anselmo. Y eso hacían.

Al principio todo había sido fácil porque al parecer era cierto que sus oponentes estaban durmiendo y el primer asalto los había pillado desprevenidos. Luego, poco a poco, habían empezado a sentir otras mentes que despertaban y luchaban contra su invasión. Pero los otros no estaban unidos y eso les restaba fuerza.

Ellos estaban cogidos de las manos y a intervalos regulares pasaba una ligera presión de unos a otros, signos del padre Anselmo de que debían perseverar, aguantar hasta el límite, de que lo estaban haciendo bien.

—Un último esfuerzo —susurró el sacerdote—. Avísenos cuando sea suficiente, Antonio. Esto es muy duro.

Antonio, con los ojos cerrados y las manos crispadas en torno al crucifijo, se concentraba en la imagen de Virginia, en el flujo que le llegaba de ella, hasta que de improviso cesó.

—¡Ya! —dijo por fin.

—Nos retiramos, amigos. Cortad ya. Aún no saben dónde estamos. —El padre Anselmo se volvió hacia Antonio, que se secaba el sudor de la frente con el pañuelo—. ¿Ha ido bien?

El hombre sonrió y asintió con la cabeza.

—Hemos ganado el primer asalto —dijo el sacerdote al grupo con una sonrisa.

En Hora, Salvador se sentó de golpe en la cama, como si le hubieran dado un martillazo en el pecho. No estaba totalmente despierto, pero ya no dormía. Miró el reloj. Todavía faltaban varias horas para el momento de iniciar la ceremonia; los demás estarían aún durmiendo, descansando para el gran momento. No era la impaciencia lo que lo había sacado del sueño. Había algo que lo llamaba, que lo desafiaba. Y no era el Guía.

Baltasar se apretó la cabeza con las manos, mientras los espasmos sacudían su cuerpo como el de un muñeco de paja y su mente se esforzaba por precisar la fuente del dolor. Todos los veladores empezaron a gemir en sus camas, tratando de sacudir el sueño que los ataba y el horror de los alaridos de alguien que aullaba como un lobo herido en un *crescendo* intolerable.

En el submundo, los iluminados empezaron a gritar enloquecidos, y los apasionados, en sus celdas individuales, pugnaban por sacudirse los grilletes, las bocas espumeantes, los ojos dilatados de dolor, mientras los atormentados que aún no habían perdido la razón se encogían en sus rincones murmurando plegarias.

Un tenue escalofrío recorrió los cuerpos apenas vivos de los ardientes en un cosquilleo de horror y de esperanza apenas advertida.

Sol y Una abrieron los ojos a la vez en la oscuridad de la iglesia abandonada, y por un momento se acurrucaron abrazados bajo el altar que les había servido de cama y sintieron que una marea de miedo les pasaba por encima, como una inundación. Luego, sonriendo apenas en las tinieblas, salieron sin ruido de la iglesia por uno de los corredores secretos y se dirigieron al exterior, buscando.

Robles jadeaba acuclillado en el pasadizo de roca. Habían encontrado la entrada disimulada al pie de la muralla y luego él se había internado en las oscuras profundidades de la ciudad mientras Virginia esperaba fuera. Arrastrar la manga hasta allí había requerido mucho más esfuerzo del que nunca podía haberse imaginado, pero había conseguido colocarla donde le había dicho Virginia: una tapa de piedra calada con un agujero central que comunicaba con un pozo que, al parecer, en algún tiempo había sido usado para llenar de pez una especie de caldera adonde luego se echaba a los condenados después de haber prendido fuego a la sustancia. Apenas podía creerlo y, sin embargo, Virginia había tenido razón hasta ahora. O quizá no. Quizá estaba simplemente loca y él se había convertido en un instrumento para algo que no podía comprender, pero que podía tener relación con la muerte de unas cuantas personas si llevaba adelante sus planes. Personas que tanto podían ser adoradores de Satán, según ella, como traficantes de obras de arte, según Molina, como un montón de drogadictos que se habían encerrado en aquel lugar para reventar en paz.

Sin embargo, Sagrario le había hablado. Eso era indiscutible. Y Sagrario estaba a favor de Virginia, le había ordenado que siguiera sus instrucciones. No tenía más remedio. Si estaban todos locos, él sería uno más. ¿Qué otra cosa podía hacer ya por Sagrario, aparte de cumplir lo que le había pedido?

Dio un buen tirón a la manguera para que Virginia, en el exterior, supiera que todo estaba en su sitio, y se volvió para irse por donde había venido.

Entonces creyó oír un susurro por encima de él, en algún lugar impreciso en las tinieblas. Apagó la pequeña linterna y se pegó a la pared con la pistola desenfundada. Si empezaba a arrastrarse ahora por el pasadizo haría demasiado ruido y quienquiera que fuera el que se hallaba tan cerca de él lo localizaría en seguida. Era mejor estarse quieto. Pero si se limitaba a quedarse donde estaba, podía suceder que antes o después esa persona lo encontrara allí y entonces vería la manguera y todos sus esfuerzos habrían sido inútiles. Lo único que podía hacer era alejarse del modo más discreto posible, procurando no perderse en aquellos subterráneos, y volver después, cuando hubiera pasado el peligro.

Empezó a moverse con la espalda contra la pared, tratando de llegar al extremo de la sala, a un arco que recordaba haber visto a la luz de la linterna y que debía de comunicar con otro salón. El sonido que le había alertado había cesado por completo. El silencio era tan denso que podía oír su propio corazón y el fluir de su sangre en los oídos. Siguió avanzando, la pistola apretada en la mano derecha, la izquierda rozando levemente la pared a su espalda. Llegó al arco y esperó unos segundos tensos. Nada. Pero aún era pronto para retroceder. Si se encontraba con alguien, tenía que ser lo más lejos posible de la manguera. Durante un tiempo que se le hizo eterno cruzó la sala sin atreverse a encender la linterna. Su pie chocó contra el principio de una escalera. ¿Debía subir? No podía arriesgarse a perderse en aquel dédalo de salas y corredores; recordaba el pánico en la voz de Ana cuando les había contado su huida a través del laberinto y él no tenía buen sentido de la orientación. Pero de momento aún era fácil. Sólo eran dos salas y las escaleras. Cuando estuviera arriba esperaría unos minutos y, si no encontraba a nadie, volvería a bajar. Subió, tratando de no hacer ruido, sin poder evitar maldecir entre dientes cuando sus pies no encontraban el siguiente escalón a la altura prevista.

Llegó arriba mucho más calmado. El susurro no había vuelto a oírse. Quizá la persona se había marchado; quizá él estaba buscando en otra dirección. Se apoyó en el quicio de piedra mientras su respiración se regularizaba, pensando si debía ya dar media vuelta y regresar con Virginia, cuando un ruido de pasos frente a él lo hizo tensarse, agarrar la pistola con más fuerza y encender la linterna de golpe, confiando en paralizar a su contrincante.

Los ojos de un gato, brillantes como joyas, fijos en los suyos, le devolvieron la mirada.

Estuvo a punto de echarse a reír de alivio.

—¡Menudo susto me acabas de dar, muchacho!

El gato maulló levemente y salió de un salto del círculo de luz. Cuando ya estaba a punto de apagar la linterna, sus ojos captaron, en el límite de las tinieblas, un zapato infantil. Robles corrigió el ángulo de la linterna y siguió el zapato hacia arriba, hasta la cara de un niño que lo miraba asustado.

—Tranquilo, chico —dijo Robles bajando demostrativamente su arma—. No voy a hacerte nada.

—¿Es usted policía o ladrón? —preguntó el muchacho.

Robles sonrió:

—Policía. ¿Y tú?

—Yo vivo aquí.

—Pero no vivirás solo, ¿verdad? —Muy despacio, Robles dio un par de pasos hacia él. El chico no se movió.

—No, comisario. —Los labios del muchacho estaban empezando a tensarse en una sonrisa desconcertante y su voz sonó como un coro, como un eco—. Somos legión.

—¿Qué quieres decir? —Robles continuó acercándose suavemente, paso a paso.

Entonces ocurrió todo al mismo tiempo.

El chico miró un segundo hacia arriba y dio un grito que le desgarró los oídos mientras, igual que el gato, salía de un salto del círculo de luz y, cuando Robles empezaba a volverse para seguirlo con el haz de su linterna, algo cayó sobre él. Algo que le rodeaba el cuerpo y los brazos, que pesaba en sus hombros y se aferraba a él como un mono enloquecido.

Pugnó por soltarse sin conseguirlo. La linterna se había apagado al caer al suelo y la oscuridad era completa. Tampoco podía usar la pistola porque colgaba al extremo de su brazo derecho, aprisionado contra su cuerpo por el abrazo de aquel animal que emitía chillidos inarticulados y le arrancaba el pelo con sus zarpas. En un esfuerzo por liberarse de aquel monstruo, Robles se tiró al suelo tratando de ponerse de espaldas para aplastarlo contra las losas. De repente un dolor desgarrante en los ojos le hizo abandonar todo intento de resistencia y soltar la pistola para tratar de llevarse las manos a la cara.

En ese momento, a través del dolor que llenaba su cerebro, percibió vagamente que se encendía una luz que tiñó sus manos de rojo y envió cuchilladas de agonía a sus ojos heridos y una cantarina voz infantil decía muy cerca de él:

—No se preocupe, comisario, no le he hecho nada. Un ligero arañazo. Tenemos su pistola, ¿sabe? Ahora nos va a acompañar a un lugar muy interesante donde va a aprender muchas cosas y donde tendrá que contestar a unas cuantas preguntas como, por ejemplo, a qué ha venido, si ha venido solo, qué está usted haciendo en los subterráneos... Esas cosas. —La voz de la niña se interrumpió unos segundos—. Y ahora póngase en pie y haga el favor de seguirnos. Y si piensa que unos niños pequeños no van a ser capaces de usar una pistola, olvídelo. Nosotros sabemos hacer muchas cosas. ¡Arriba, comisario, y andando! —Le apartó una mano del rostro y le dio su linterna—. Usted en el centro. Yo indicaré el camino. Sol está detrás de usted con la pistola. A medio metro es casi imposible fallar, ¿verdad?

Loco de dolor, con la cara llena de sangre y la mano que sostenía la linterna temblando de rabia, Robles, por primera vez en su vida, tuvo la impresión de que podía llegar a experimentar terror.

Jorge apoyó la cabeza contra la reja y cerró los ojos, sintiendo cómo su cuerpo se convertía célula a célula en un pedazo de materia inerte. Sólo su deseo de encontrar a Rosa lo había sostenido en la larga marcha a través de las tinieblas del submundo de Hora. Durante un tiempo que no era capaz de medir, su mente consciente había tratado de cerrarse al dolor, a la ira, a la rabia que habían desencadenado en él las imágenes con las que había tenido que enfrentarse: la degradación de unos seres humanos que ya habían dejado de serlo a consecuencia de una tortura que no podía imaginar, la miseria, las heridas, las miradas vacías, los cuerpos sucios y enflaquecidos, las risas idiotas, los labios ensangrentados, las voces.

Las voces.

Miles de voces airadas, lastimeras, aullantes. Voces pidiendo ayuda, clamando venganza, comprensión, piedad... Surgiendo de gargantas rotas, de ojos febriles, de cuerpos distorsionados por el sufrimiento.

Y él lo había visto todo. Paralizado. Impotente. El mundo de abajo. El mundo de Satán.

¿Qué era la Bestia con la que se había enfrentado, comparada con esto? Y si la había vencido, ¿cómo era posible que todo aquel dolor continuara allí mientras en alguna parte, a pocos kilómetros de distancia, miles, millones de humanos continuaban viviendo plácidamente su existencia, ajenos a lo que estaba sucediendo en Hora?

La reja estaba fría contra su frente y calmaba los latidos de su sangre en las sienes, pero no se sentía con fuerzas aún para abrir los ojos. Saraí, como había hecho desde el principio, explicaba en voz muy baja y muy neutra cuál era la sala que visitarían a continuación. Todo trazo de locura había desaparecido de su tono y de su comportamiento mientras los precedía por los pasillos, tomando y dejando antorchas en sus soportes de hierro para iluminar los tramos más difíciles. León se había limitado a mirarlo todo con los ojos brillantes, con algún comentario ocasional en voz apenas audible.

—Estamos en el lugar donde yacen los ardientes —había dicho Saraí con su acento extranjero un segundo antes de que Jorge cerrara los ojos—. Sólo tres de los veladores conocemos el camino y está prohibido el acceso a todos los demás. Éste es el nexo entre los distintos planos de la vida y la muerte. La energía de la mayor parte de los seres vivos alteraría el equilibrio. Vosotros podéis entrar si lo deseáis, pero tenemos que regresar muy pronto. La ceremonia no tardará en dar comienzo.

Aún con los ojos cerrados, oyó el ruido de una llave en la

cerradura y todo el vello de su cuerpo se erizó. Sintió cómo su cabeza se movía negando silenciosamente.

Oyó la voz de León por encima de su hombro:

—Rosa está ahí, Lobo. ¿No quieres verla?

Siguió sacudiendo la cabeza mientras sus ojos cerrados se llenaban de lágrimas y su garganta se contraía hasta que empezó a sentir que se moriría de asfixia.

De nuevo la voz de León:

—Vamos, Lobo.

Abrió los ojos lentamente, con cuidado, como si hubiera llevado una venda durante mucho tiempo. Todo era como lo recordaba del medio segundo en que había visto la escena, antes de negarse a seguir mirando: la cripta de piedra bañada en una luz opalescente que no provenía de ningún sitio, que emanaba de los cuerpos tendidos, inmóviles en los camastros, una luz entre azul y verdosa, fosforescente, que no conseguía iluminar el techo ni el suelo de la sala, que daba a todo el aspecto fantasmal de una escena entrevista en una pesadilla. El silencio era absoluto, pero era un silencio vivo, tenso, crujiente, como la calma cargada de electricidad de los últimos segundos antes de la tormenta. Y, sin embargo, producía una sensación de equilibrio, de que esa tormenta jamás se desencadenaría por sí sola, sin la ayuda de un factor externo.

Hacía frío, podía ver su aliento precediéndolo, flotando en la luz fosforescente como el humo de un cigarrillo. Y los seres que yacían en los camastros, despojados casi de apariencia humana, estaban desnudos, envueltos en su propia claridad, la piel tensa y traslúcida pegándose a los huesos sin terminar de convertirlos en momias o en esqueletos. Aquellos seres estaban vivos aún, con algún tipo de vida que no era la que él conocía, y podía sentir que sus ojos estaban abiertos tras los párpados que los cubrían, abiertos a una realidad incomprensible, más allá de la existencia humana: la realidad del dolor infinito, sin espacio ni tiempo.

La mirada de Jorge vagaba entre las formas yacentes sin atreverse a posarse más de un segundo sobre ninguna de ellas.

Su cerebro aullaba de dolor y de odio ante aquel horror, ante aquella monstruosa injusticia.

León y Saraí se detuvieron junto a un camastro. Ella hizo un pequeño gesto con su mano lívida y los dos se alejaron unos pasos.

Jorge siguió con la vista la mano de Saraí, negándose a comprender.

Era un cuerpo femenino, agostado.

Sus ojos recorrieron la forma yacente desde los pies hacia arriba: los huesos de las rodillas, la pelvis formando un cuenco hundido y vacío, estéril, donde aún se distinguía como una broma macabra el hueco del ombligo, las costillas dibujadas por una piel tensa y luminosa, la leve insinuación de unos pechos que él en algún tiempo, en otra vida, había acariciado. Un rostro cadavérico, impersonal, un simple cráneo recubierto de piel azulada donde las pestañas y el pelo castaño que enmarcaba la calavera hablaban de una mujer que él había amado, que amaba todavía. Pero así no. Así no.

Siguió mirando su cuerpo, recorriéndolo milímetro a milímetro buscando en él las marcas de Rosa, de su Rosa: el pequeño lunar bajo el pecho izquierdo, la antigua cicatriz de la operación de apendicitis, la quemadura en el antebrazo derecho que se había hecho en el horno de casa dándole la vuelta a un pavo de Navidad. Su brazo. El brazo de Rosa lleno de marcas moradas de pinchazos, de inyecciones del suero que la mantenía en aquel simulacro de vida. Su Rosa. La mujer que había llenado su vida de risa y de amor y que ahora no era nada.

Se forzó a acercarse y adelantó la mano en un intento de acariciarle el pelo, aunque ella ya no pudiera sentirlo, pero su brazo temblaba tanto que no consiguió llegar y volvió a replegarlo para abrazarse a sí mismo. Cayó de rodillas junto a su camastro y con la cabeza apoyada en el marco de madera cerró los ojos tratando de comunicarse con ella, tratando de alcanzarla.

«He venido, Rosa», le dijo sin voz. «He venido. Te dije que bajaría hasta el mismo infierno a buscarte y estoy aquí, en el infierno. Dime tú qué puedo hacer ahora».

El silencio estaba hecho de un zumbido apenas perceptible, como el de un poste de alta tensión. La voz de Rosa, que en el momento del combate le había llegado tan clara y tan hermosa, había enmudecido desde entonces. Todo estaba perfectamente en calma, como si el tiempo no existiera, como si aquel lugar no fuera un lugar en este mundo sino algo perdido en el infinito, de donde no volverían a salir jamás.

De vez en cuando se limpiaba mecánicamente los ojos con el dorso de la mano porque unas lágrimas que no sentía surgir se empeñaban en cegar su vista. Buscaba sentimientos en su interior, sentimientos que pudieran recordarle que aún estaba vivo, que todavía era humano, que seguía siendo él. Pero no había nada. Un inmenso agujero donde antes había estado lo mejor de sí mismo.

No sentía ternura. Ni amor. Ni siquiera pena.

Sólo sentía rabia, una rabia oscura y viscosa, como un cuajarón de sangre, que coagulaba todos sus sentimientos, todo su cariño, toda su vida.

Llegó a sus oídos un sonido ahogado, ronco, como el estertor de un moribundo, y se dio cuenta de que él era la fuente, su propia garganta luchando contra sus pulmones, contra sus reflejos vitales que pugnaban por mantenerlo vivo en presencia de aquella blasfemia en que se había convertido su mujer.

Sintió una mano sobre su hombro.

—Vámonos.

Se volvió lentamente y los ojos de León eran como dos pozos, líquidos, profundos, insondables.

Luego fue un torbellino de tinieblas y perdió la consciencia.

9

Antonio terminó de secarse el sudor con el pañuelo, volvió a colocarse las gafas y miró a los componentes del grupo que, desmadejados por los sillones de la salita, apenas tenían fuerzas para alcanzar los vasos de agua mineral que había por todas partes. Todos le devolvieron la mirada, expectantes.

—De momento lo hemos conseguido —dijo con voz cansada y temblorosa—. Virginia ha conseguido ponerse a salvo y está reuniendo fuerzas. Cuando llegue el momento atacará desde un lugar relativamente alejado y espera que nosotros estemos en condiciones de amplificar cuando emita. Nos da las gracias y nos manda su amor.

El padre Anselmo, jadeando todavía y con el cuello de la camisa desabrochado, consiguió dibujar una sonrisa. Levantó una mano para indicarles que aún tenía algo que decir antes de que se retiraran a descansar y, con cierta dificultad, se enderezó en el sillón.

—Lo hemos hecho bien —dijo por fin—. Todos nuestros años de oración y concentración han valido la pena, pero nos falta lo más difícil. Suponíamos que nos íbamos a enfrentar con unas bestias fanáticas antes del combate final, pero ya os habréis dado cuenta de que estábamos equivocados. Son fanáticos sólo en el mismo sentido en que nosotros lo somos. —Varios pares de ojos clavaron en él miradas sorprendidas, dolidas—. Quiero decir que tienen fe. Que creen en lo que hacen, que están dispuestos a todo por defender su creencia. Que son sinceros.

»No creen en lo mismo que nosotros, no es el amor lo que los mueve, la alegría, la bondad, lo que nosotros consideramos fuerzas positivas. Pero están tan convencidos como nosotros de tener razón.

Suspiró unos segundos y siguió hablando antes de que lo interrumpieran:

—Vamos a tratar de destruirlos a ellos y a su mundo, para eso nos hemos reunido, porque pensamos y sentimos que debe ser así, que ésa es la misión que Dios, el Dios que es amor, nos ha encomendado. Pero es importante que recordéis, que tengáis presente en todo momento, que lo estamos haciendo por amor. Por amor a todas las criaturas, para que todos puedan, podamos —se corrigió— alcanzar la paz y reunirnos con Dios en su infinita bondad. No podemos hacerlo por odio, ni por miedo, ni como castigo. No está en nuestra mano castigar. Somos sólo un instrumento, no lo olvidéis.

—Pero, padre... —comenzó una mujer aún joven, bastante robusta.

Anselmo la interrumpió con un gesto.

—Maruja, esto no es un seminario teológico. No nos hemos reunido para discutir y sopesar hipótesis. Si ahora empezamos no ya a pelearnos, sino sólo a discutir, a conversar, nos debilitaremos. Ahora hay que descansar para el próximo asalto. Descansar y tener fe, como hasta ahora.

La mujer bajó la cabeza y Anselmo les dedicó una de sus más esplendorosas sonrisas.

—Si salimos de ésta... Vale, de acuerdo —dijo mirándolos a todos con sus ojos azules destellando de malicia—, cuando salgamos de ésta, os prometo que discutiremos hasta que queráis todo lo que os dé la gana en una comida opípara que ya me las arreglaré para que pague la diócesis, ¿vale?

La carcajada distendió el ambiente como no hubiera podido hacerlo ninguna otra cosa. El grupo se disolvió.

Antonio se detuvo un momento en la puerta, frunciendo el ceño por la forma en que don Anselmo se frotaba el brazo izquierdo, pero lo pensó mejor y decidió no decir nada. El sacerdote, con la mirada perdida al fondo del jardín, empezó a rezar el padrenuestro sin dejar de frotarse el brazo.

—Mire, comisario, ¿ve?, ésta es la llave que abriría sus grilletes. Si pudiese alcanzarla, claro.

La niña depositó una llave a escasos metros de donde Robles se hallaba encadenado al muro. Le habían sujetado los brazos a la pared y lo habían forzado a sentarse para encadenarle los tobillos, de modo que ahora se encontraba con la espada contra la pared de roca, los brazos colgados de dos argollas casi como un crucificado y los pies metidos en dos cepos atornillados al suelo. Era una posición en la que no podría resistir mucho tiempo antes de empezar a gritar y que le causaba una extraña opresión en el pecho.

—También podíamos haberlo puesto en la cigüeña. ¿Sabe lo que es?

—No, Una, no lo sabe. Los policías de ahora tienen otros métodos —dijo el chico, volviéndose hacia Robles—. Es un instrumento de tortura medieval, comisario. Nada grave a primera vista, pero creo que lo máximo que uno aguanta en esa posición son doce horas. Luego se vuelve loco o algo así.

Los dos niños, evidentemente gemelos, contemplaron a Robles con gravedad, en silencio.

—¿Crees que nos dirá lo que queremos saber? —preguntó el chico a su hermana.

Robles soltó un gruñido y, esforzándose para que su voz saliera clara, contestó:

—No pienso deciros nada, mocosos de mierda.

Una contestó suavemente, como si Robles no hubiera hablado:

—Yo creo que sí, Sol.

Se acuclilló y empezó a darle vueltas a la pistola entre sus manos:

—Mira, hemos tenido suerte de que el comisario sea un tipo tradicional. Esto es un revólver, o como se llame.

—¿Y qué?

—Que se pueden sacar las balas una a una, ¿ves? —La niña puso un montoncito de balas en el suelo—. Así podemos jugar a la ruleta rusa con el comisario. Una pregunta, un disparo. Robles sintió con disgusto que empezaba a temblar y que la frente se le estaba poniendo fría y húmeda.

—Venga ya, chicos —dijo con la boca seca—. Dejaos ya de tonterías y soltadme. Llevadme a ver a quien esté a cargo de todo esto.

Sol y Una se miraron y empezaron a reírse.

—NOSOTROS estamos a cargo de todo esto, comisario. Los otros son sólo veladores y ahora están muy ocupados con una de esas ceremonias que los hacen sentirse mejor. ¿O a quien quiere usted ver es a Satán en persona? —Más risitas—. Si es eso lo que quiere, puede tratar directamente con nosotros; de niños no tenemos más que la apariencia, ¿comprende?

Una se acercó a él con el revólver en la mano y, por un segundo, Robles no vio en ella a una niña. Cerró los ojos.

—¿Ha venido usted solo?

Sin abrir los ojos, tensó los labios en una línea horizontal.

Casi a la vez oyó el chasquido del percutor sobre la cámara vacía y su propia voz gritando: «¡Sííí!», un grito histérico que desencadenó más risas en los niños.

—Y ¿a qué? —La voz de Una sonaba tranquila y divertida con el sonido de fondo del tambor que giraba—. Ya se habrá dado cuenta de que la paciencia no es mi mejor virtud.

—Busco a Jorge Lobo —contestó Robles con voz temblorosa.

—¿Por qué?

—Por asesinato.

—Vamos, comisario, déjese de cuentos. ¿Por qué?

El cañón del revólver estaba frío, muy frío contra su sien.

Robles rechinó los dientes:

—Por asesinato.

El chasquido esta vez sonó en el cerebro de Robles como una explosión. Sintió que se mareaba y tuvo que apoyar la cabeza contra la piedra. Se había mordido los labios sin darse cuenta.

—Quizá si le arrancáramos un par de dientes con tenazas se animaría a ser más claro —sugirió Sol.

—No. Ya estoy harta. Tenemos que prepararnos para la ceremonia. Podemos matarlo ya o traer a un apasionado.

Sol empezó a reírse, mirando a Robles:

—Lo del apasionado es buena idea. Traeré a la nueva. Debe de estar hecha una furia. Espérame aquí.

Una asintió con la cabeza y Sol se perdió en la oscuridad. Al cabo de un momento también Una salió de la sala sin dar explicaciones. Robles empezó a pensar aceleradamente mientras trataba de soltarse las cadenas. No había nada que hacer. ¡Y la llave estaba tan cerca! Pero igual podía haber estado en el fondo del mar. Veía cómo brillaba a la débil luz de la linterna, apenas a tres metros de su pie derecho, y se le enronquecía la respiración.

Una regresó en seguida llevando una antorcha. La colocó en una argolla de la pared, frente a él, y se lo quedó mirando, inexpresiva, el revólver en la mano.

—Mi hermano es más racional que yo, comisario. A él le gustan las cosas claras. A mí me apasiona el juego. Le doy una oportunidad: si me lo cuenta todo ahora, le suelto las cadenas y lo dejo en el laberinto.

Robles negó con la cabeza. Ella dio un pequeño suspiro:

—Para que luego digan que los policías no son tan valientes... En fin, en ese caso, una última cosa. —Hizo girar el tambor del revólver despreocupadamente—. Como usted sabe, hay una bala dentro, de seis que caben en total. Seis es la cifra de la Bestia, ¿sabe usted? Tres veces seis, de hecho. Dispararé tres veces. Si sobrevive, aún me puede contar su historia antes de que llegue Sol con la apasionada. Si no..., usted se lo ha buscado, comisario.

Se plantó frente a él, apenas a dos metros, separó los pies buscando el mejor equilibrio y sujetando el revólver con las dos manos disparó contra Robles, una pequeña sonrisa jugando en sus labios.

La bala se estrelló a unos centímetros por encima de su oreja izquierda. Robles apenas tuvo tiempo de odiar la sonrisa de la niña antes de que la segunda bala arrancara esquirlas de piedra de la roca a su derecha.

La detonación lo había dejado sordo, pero sobre el fondo rugiente de sus oídos alcanzó a oír un alarido desgarrador antes de darse cuenta de que era él mismo quien gritaba. Con un enorme esfuerzo de voluntad consiguió cerrar la boca una fracción de segundo después de notar que tenía los pantalones mojados. Lágrimas de rabia y de vergüenza le acudieron a los ojos y, sin calcular el riesgo de lo que hacía, escupió con toda su fuerza al monstruo disfrazado de niña que tenía delante.

Una bajó el revólver lentamente, se limpió el salivazo con el dorso de la mano sin dejar ni un instante de sonreír, sin apartar los ojos de los de Robles.

—¡Vaya! —comentó en tono distendido—. Y yo que le creía un hombre de temple, comisario. Nunca habría pensado que sería tan fácil hacer que se meara en los pantalones. Sólo con mentirle respecto al número de balas.

Robles nunca supo si de verdad oyó esas palabras, pero su vergüenza era tan grande que bajó la vista.

Una empezó a reír suavemente, la cabeza inclinada a un lado, como escuchando.

Se acercó en un par de pasos rápidos hasta donde él estaba y le acarició la frente húmeda, casi con ternura, primero con la mano, después con el cañón del revólver.

—Pienso que sería mejor matarlo de una vez, comisario, ¿no cree? Más... caritativo —le dijo al oído—. Sé que no tiene nada que decirme y lo que le espera no es especialmente agradable. ¿Qué me contesta?

Robles tenía la garganta agarrotada y se limitó a mover la cabeza convulsivamente en una silenciosa negación.

Una se echó a reír:

—¡Qué amor a la vida! ¿Acaso no teme usted al dolor, policía?

Robles la miraba con los ojos desencajados, gotas de sudor

resbalándole por las cejas hacia las mejillas, mezclándose con las lágrimas que de alguna manera era incapaz de contener.

—Hora es el dolor, comisario. Todo el que viene aquí viene a sufrir, ¿no lo sabía? Y de todas las torturas, la del cuerpo es la menos terrible, ya se dará cuenta. ¿No quiere evitarse por lo menos ésa?

Robles seguía negando, moviendo la cabeza obstinadamente de un hombro a otro sin saber ya bien lo que hacía.

—Pídamelo, comisario, pídame que lo mate y lo haré. Una bala entre los ojos y no tendrá que enfrentarse con lo que traiga Sol. ¿No quiere? Bueno. Como le parezca. No voy a darle ninguna otra oportunidad.

Se alejó de él y, como para probar lo que acababa de decir, dejó el revólver en el suelo a pocos pasos de Robles y en un gesto muy femenino, que en ella resultó obsceno, se pasó las manos por las caderas alisando el vestido. Él apartó la vista con una mueca.

—¿Qué pasa, comisario? ¿No le gusto? ¿Soy demasiado joven para usted o es que no estoy lo bastante gorda?

De alguna forma ajena a su comprensión pasó por su mente una imagen de Sagrario, pero no como él la recordaba, ojos chispeantes, sonrisa maliciosa, sino como una mujer envejecida, de pelo gris, espantosamente gorda. Cerró los ojos con fuerza, pero la imagen seguía clavada en su mente, como si alguien hubiera puesto una diapositiva en su cerebro y se hubiera marchado sin apagar el proyector, una imagen que crecía y se ensanchaba hasta llenar su mente de la monstruosa carne de una mujer desnuda que lo atraía en un abrazo repugnante.

—Déjalo, déjalo, por favor, deja de hacerme eso. ¡Déjalo, por Dios! —gritó.

Ella rió suavemente.

—Nos vamos entendiendo, comisario. Veo que es usted capaz de suplicar.

La imagen desapareció sin dejar rastro. Una estaba de pie a pocos centímetros de él. Empezó a subirse el vestido muy lentamente. Robles no podía verle la cara, pero sentía su olor y el roce de la tela contra su nariz y su frente.

—Voy a hacerle un regalo, comisario. Antes de que pase al otro plano. Un regalo importante. Haga lo que le digo y quizá le eche una mano cuando lo necesite.

Hubo una pausa mientras el vestido seguía subiendo para descubrir un sexo lampiño, manchado de sangre.

—Diga que se entrega a mí, comisario. Comulgue con mi sangre y será mío. Yo me ocuparé de usted.

El olor era intoxicante, dulce y pútrido a la vez, un olor de sexo y carroña que le revolvía el estómago y le daba náuseas imposibles de contener.

Una le sujetaba la cabeza con las manos. El vestido había caído por encima. Su sexo era sólo una mancha oscura que no quería mirar.

—No voy a forzarlo, comisario. Va usted a hacerlo por su propia voluntad. Entréguese a mí y será mío. Para siempre.

De repente, su voz sonaba extraña, asexuada, lejana. No era ya una voz de niña, sino de algo sucio, maligno, atemporal.

Eso fue lo que lo decidió. Adelantó la cabeza de golpe, abrió la boca y dio un mordisco salvaje entre sus piernas.

Una gritó. Un alarido bestial, inhumano. Y empezó a golpearle la cabeza contra la pared de roca.

De repente todo se oscureció y dejó de sentir dolor.

—¿Está muerto?

Una se volvió al oír la voz de Sol, un brillo animal en sus ojos, las manos ensangrentadas. Se encogió de hombros ligeramente, volviendo poco a poco a la calma, cogió por el pelo la cabeza de Robles, que le colgaba sobre el pecho como la de un títere roto, y la volvió a soltar.

—Aún no —contestó.

—He traído a la nueva apasionada. En el estado en que está, el comisario no le durará mucho.

—Me da igual. Que le haga lo que quiera. La ceremonia empezará pronto. Quiero ver cómo lucha el Señor de la Luz —añadió con una sonrisa irónica.

Sol correspondió a la sonrisa de su hermana; la besó ligeramente en los labios y, cogidos de la mano, se perdieron en la oscuridad.

En un rincón de la sala, rígida como un maniquí y con la mirada vacía, la que en otro tiempo había sido Lola y ahora era sólo una cáscara consumida, llena de seres hambrientos y asesinos que pugnaban por su control, esperaba a que Robles saliera de la inconsciencia para completar su obra.

Jorge estaba acurrucado en un rincón del coro de la iglesia tapiada, que tantas veces se había propuesto visitar, porque algo le decía que ahí encontraría la clave del misterio de Hora.

Ahora ya no era necesario. El misterio había sido desvelado y la verdad era cruel, dolorosa y terrible pero, como toda verdad revelada, tenía algo de absurdo y anticlimático. Algo de increíble. De chiste malo.

Si no hubiera sido por Rosa, por la visión de Rosa tendida en el camastro, brillando de dolor más allá de su alcance, haciendo de nexo entre diferentes planos de existencia, Jorge habría seguido pensando que todo era una mala película de terror, que Santa María no era más que un refugio de chiflados satanistas y que él podía, con la conciencia limpia, seguir buscando en otra parte.

Pero no era así. Había encontrado lo que buscaba. Rosa estaba en Hora. Había conseguido encontrarla. Su búsqueda había terminado. Sólo que él había venido a ayudarla, a salvarla, a sacarla de allí. Y eso era imposible. No podía levantarla de aquel camastro y huir. Aunque los veladores se lo permitieran, que no lo harían, no podía hacerlo. Eso no salvaría a Rosa. Nada salvaría ya a Rosa. Era como si estuviese en coma. Peor que en coma, porque sufría. Y él nunca podría traerla de vuelta. Ella ya no pertenecía a este mundo.

Como Orfeo, había descendido a los infiernos y había vuelto con las manos vacías.

Sintió cómo sus ojos volvían a llenarse de lágrimas y se metió el puño en la boca para no gritar.

La había perdido. La había perdido definitivamente y ahora lo único que le quedaba era... ¿Qué?

¿Luchar?

¿Para qué? Eso no devolvería la vida a Rosa.

¿Huir?

¿Y vivir el resto de sus días sabiendo lo que Hora encerraba y no hacer nada? ¿Seguir ensayando papeles, haciendo carrera, saliendo en las revistas? «Jorge Lobo parece haber superado por fin la separación de Rosa, su compañera de varios años. Aquí le vemos en Marbella disfrutando del sol en compañía de una bella desconocida». ¿Seguir sonriendo a la cámara con el secreto de Hora encerrado en su mente? Impensable.

Y entonces, ¿qué?

¿Quedarse?

Luchar. Morir.

Morir a los treinta y cinco años dejándolo todo por hacer.

Se abrazó el cuerpo con los brazos con fuerza y apoyó la sien en la pared de roca. Saraí había dicho que pronto comenzaría la ceremonia y se había llevado a León a otro escondite. Ahora, de repente, Jorge se daba cuenta de que no habían elaborado ningún plan para el caso de que los veladores quisieran sacrificar a Saraí. «Yo te avisaré», había dicho León al separarse, pero Jorge no sabía de qué iba a avisarlo, ni cómo.

Sintió de nuevo el impulso de huir. Por primera vez en su vida estaba aterrorizado de un modo irracional, absoluto. Le dolía el pecho al respirar y sentía el estómago como si estuviera lleno de cristal molido, la boca seca y amarga. Ardía de fiebre, los escalofríos se repetían constantemente. Tenía que salir de aquel antro. Se volvería loco si seguía allí un segundo más.

Todo estaba oscuro y en silencio, aún había tiempo de hallar una salida, ocultarse en una de las casas desiertas y esforzarse en pensar como un ser humano, libre de la garra del terror, dar con una solución, con un camino. Buscar a Virginia, al padre Anselmo, a todos los que habían prometido ayudarlo y habían desaparecido. Como Ana. Como Lola. Incluso el comisario hubiera sido un consuelo, con su cuerpo de oso y su seguridad absoluta, con sus hombres armados que quizá podrían ayudarlo a salir vivo de allí.

Pero estaba solo. Solo y asustado en la oscuridad como cuando era pequeño y lo encerraban en el sótano para que «recapacitara sobre su conducta». Es posible que no supieran que no se puede recapacitar en las tinieblas. Las tinieblas están pobladas por monstruos sin nombre que devoran el pensamiento, el valor y la humanidad.

Se puso de pie trabajosamente, sintiendo cómo le temblaban las rodillas, de frío, de debilidad o tal vez de miedo. Habría dado cualquier cosa por su anorak, por una manta o por un sorbo de agua o de café caliente, con mucha leche. Apretó los dientes y, apoyando las dos manos en la pared, se separó un paso de la seguridad del muro. Ahora tenía una meta. Saldría de allí. Iría a la casa común, buscaría una chaqueta o cualquier prenda de abrigo y se prepararía un café. Un café lo salvaría de todo. Del dolor, de la locura, de todo. Un simple café.

Olvidándose de todo lo demás, de que de su deserción podía depender la vida de Saraí, incluso la de Rosa, empezó a caminar a tientas hacia la pared de enfrente guiándose por el recuerdo del aroma del café, del contacto de la lana caliente de una manta, tratando de alejarse, de alejarse como fuera.

Y entonces, muy vago al principio, pero haciéndose más y más claro con cada segundo que pasaba y que clavaba sus pies al lugar donde estaba, desde las profundidades, mucho más abajo de donde se hallaba él, le llegó una melodía, una melopea intoxicante en lengua desconocida, una cadencia que le trajo el recuerdo de dos niños en una cripta polvorienta, un recuerdo que sabía reciente, pero que algo en su cerebro se empeñaba en considerar enormemente lejano. Sólo que esta cadencia era mucho más poderosa, infinitamente más solemne. Voces graves punteadas por otras más agudas, más urgentes. Y se acercaba, se acercaba por segundos hacia el recinto en tinieblas que se abría bajo sus pies, un recinto que se iluminaba poco a poco con la luz de las antorchas, una luz rojiza, que debía ser cálida, pero que de algún modo no lo era.

Sintió un escalofrío extraño que le recorrió toda la columna, como un aviso de que lo peor estaba por llegar y, como un conejo asustado, volvió a refugiarse temblando en su rincón, rezando por que no lo vieran, por que nadie llegara a darse cuenta de su presencia en aquel antro de horror.

Las voces se fueron haciendo más claras, más intensas, más claramente amenazadoras y recordó por un instante una tarde de invierno con lluvia tras los cristales en que alguien le había hecho escuchar un Om cantado por algún oscuro coro tibetano. Entonces le pareció que fuera cual fuera la divinidad a la que esas gentes estaban llamando, no era la suya, ni la de nadie que estuviera en su sano juicio.

Un dios oscuro, poderoso e infinitamente cruel.

O peor que cruel. Indiferente. Indiferente a los dolores y necesidades de la especie humana. Un dios lejano, extraño e inaccesible. Extraño a nuestra moral, indiferente a nuestros valores, ignorante de la fragilidad humana, de su deseo de amor y de ternura.

Aquella tarde había sentido el mismo escalofrío y se alegró de no creer en esa divinidad que tan humildemente invocaban aquellos monjes.

Pero entonces él era todavía puro, inocente. Entonces creía aún que la existencia de un poder superior dependía únicamente de la fe humana, de su acatamiento y adoración. No conocía Hora, ni sabía de la existencia del dolor, del juego divino, del combate de carne y sangre que se libraba a su alrededor. No sabía de las terribles realidades que se desarrollaban más allá de los pequeños límites humanos, de las vidas cotidianas, de los odios y los amores que quedaban ensombrecidos por el juego universal de los contrarios, por la pugna monstruosa de dos entidades irreconciliables, desligadas del quehacer de los pobres mortales.

Encogido en su rincón, desde donde no podía ver nada de lo que se estaba desarrollando abajo, Jorge repasaba momentos de su vida, de lo que ya consideraba su vida anterior, aunque sabía muy bien que ésta seguía siendo su vida, la verdadera, la única.

Su infancia en el orfanato, sus fantasías sobre su nacimiento, sobre sus padres, sus planes para el futuro, su decisión de ser actor, la escuela, los principios de su carrera, los primeros pequeños éxitos, el descubrimiento del amor auténtico, la vida con Rosa, los proyectos de fundar una familia, todo lo que habría querido hacer con los hijos que ahora ya nunca tendría, la entrega del Oscar, porque siempre había soñado que se lo darían, él vestido de esmoquin y Rosa a su lado con un precioso vestido de noche, la llamada a Amparo, que estaría llorando de emoción delante de la tele, con los nietos durmiendo en la cama grande... Su vida. Pequeña, frágil, corta. Su vida.

Las voces se habían hecho más presentes, más cercanas. Sabía que los que cantaban estaban a sus pies, congregados en asamblea en la nave desnuda de la antigua iglesia, los mismos que habían compartido su cena con él hacía unos días, los artesanos que en su vida diurna fabricaban pendientes, espejos y muñecos de trapo y que en su otra vida, la auténtica, eran siervos del Señor Oscuro y salmodiaban encapuchados, bajos los ojos, para atraerse su favor. Los muchachos que habían cantado las bellas canciones sefardíes, el joven de la trenza con su intensa mirada, el magnífico cocinero, la pequeña del pelo de colores, tímida como un ratón. Todos uniformados, perdida su identidad, todos hipnotizados por el poder de las Tinieblas, juguetes en sus manos, felices de entregarse.

Acercándose sin ruido a la balaustrada de piedra, casi en contra de su voluntad, se arriesgó a mirar el interior del templo profanado y, aunque en su interior se replegaba de asco y de miedo, su curiosidad de actor lo mantuvo pegado a la piedra labrada, calada como un encaje. Un encaje que en otros tiempos habría estado destinado a servir de baranda a un coro que cantaría a mayor gloria de Dios y ahora era la tenue separación entre el alfil blanco y su contrincante. Una separación inútil, porque Jorge ya sabía que ninguna barrera de piedra iba a salvarlo de su confrontación final con la Bestia.

Cerró los ojos, sintiendo las lágrimas deslizándose, calientes, por sus mejillas, y en ese instante supo que se estaba despidiendo de su mundo, de su vida, de sí mismo. Y casi con rabia, sintió una pena infinita por su vida, por su amor, por todo lo que iba a dejar en el combate. Y, sin quererlo, se decidió. Abrió los ojos y vio a dos figuras encapuchadas arrastrar hacia el altar a la mujer del pelo de colores y depositarla desnuda sobre la piedra.

Casi no bajó los párpados mientras Salvador, con la capucha del hábito negro echada hacia atrás y una expresión salvaje en el rostro, clavaba el cuchillo en el pecho de la mujer ofrecida y arrancaba el corazón sangrante para levantarlo hacia donde él se encontraba; ni cuando la fila de sombras se acercaba ordenada y reverentemente a beber de su sangre en un cáliz de plata.

Fue aún necesario que el encapuchado se desnudara ante la congregación extática y violara salvajemente el cadáver mutilado de la muchacha para que Jorge comprendiera que había asistido impávido al asesinato de un ser humano. Que no había hecho nada para evitarlo.

Y entonces, desde el fondo de la iglesia, vio avanzar a Saraí, blanca y desnuda, casi luminosa, su cabello rojo bajando como una espuma hasta su cintura frágil, sus suaves caderas, dispuesta a entregarse en el altar.

—¡Noooooo! —gritó—. ¡No lo hagas!

Y todos los rostros se volvieron hacia él.

El dolor era tan intenso que, al principio, ni siquiera tuvo conciencia de ser él quien lo sentía. No había concepto para «él», para «yo». No había nada más que el dolor desgarrador como un fogonazo oscuro derramándose, viscoso, sobre su mente. Se le ocurrió que podía estar muerto, pero eso contradecía la idea de paz y descanso en la que siempre había creído. Eso le llevó a pensar, entre la maraña de dolor, en que, si él había creído algo alguna vez, ese él debía de tener un nombre y una realidad que lo llenara. Buscó a ciegas aferrándose al ingenuo pensamiento de que, si encontraba su nombre, de alguna manera se detendría el dolor, cesaría por completo o al menos le daría un respiro.

«Tienes que ser alguien», pensaba. «Tienes que ser algo. No sufrirías tanto si no fueras algo vivo».

Y de pronto lo encontró, flotando en el limo del dolor y la angustia: «Robles. Eres Pepe Robles, comisario de policía. Tienes que abrir los ojos y ver dónde estás. Tienes que salir de aquí. Virginia te espera. Lo prometiste. Se lo prometiste a Sagrario. Tienes que ayudarla».

Abrió los ojos, luchando contra el deseo de una parte de su mente que quería olvidarlo todo y volver a sumirse en las tinieblas calientes adonde no llega el dolor. Una red de seda pegajosa y brillante se enredó en sus pestañas: la luz de una antorcha. La sala de piedra envuelta en una penumbra que, por un momento, le pareció deslumbrante; el silencio y la soledad, una bendición sobre sus recuerdos.

De repente un gruñido ronco, amenazante, como de animal salvaje a punto de atacar.

Al fondo de la sala, más allá del límite de la luz, un movimiento, una forma imprecisa que avanzaba hacia él lenta, rígida, rugiendo como una fiera, siseando como una serpiente. Risas histéricas de mujer. Una tos profunda. Un bramido.

Y de pronto la figura entró en el círculo de luz y Robles la vio.

Sintió por un instante que se le paraba el corazón y casi se sintió agradecido.

Aquello era un ser de pesadilla. Habría preferido mil veces ser devorado por un león, por un tigre, por cualquier fiera natural e inocente. Su rostro era una máscara descompuesta de algo blando y esponjoso que cambiaba de aspecto cada pocos segundos; una máscara que gritaba y rugía y susurraba, donde los ojos eran dos orificios oscuros iluminados por un fuego interior de pura locura.

—Vamos a comer tu carne —oyó decir a la cosa—. Vamos a beber tu espíritu. Te recibiremos entre nosotros. Conocerás el dolor. Conocerás el hambre. Siempre. Siempre. —El monstruo hablaba con miles de voces, como un coro inmenso, cada sílaba punteada por un solista enloquecido. Y lo que decía era verdad. Él sabía que era verdad.

Tiró desesperadamente de las argollas que lo sujetaban a la pared, sintiendo al hacerlo que se le rompería la columna si volvía a intentarlo. El latigazo de dolor fue tan terrible que ya casi no dolía; sólo dejaba una estela de chispas de colores tras sus párpados cerrados.

Esperó un instante, oyendo el balbuceo sin sentido de la cosa que había frente a él y volvió a abrir los ojos. Extrañamente, ya no se sentía aterrorizado. Estaba atado de pies y manos, así que tendría que luchar con los dientes, como un animal, pero lucharía, lucharía mientras tuviera un latido de vida que defender.

Tensó la mandíbula preparándose a rechazar el ataque y, por entrenamiento, fijó sus ojos en los ojos incendiados de su atacante.

Hubo unos segundos tensos, crujientes; un cruce de miradas cargado de electricidad, como una chispa gigante entre las nubes, y entonces la cosa se acuclilló como una fiera y saltó hacia él. Un salto torpe y brutal pero certero. Un salto que la llevaría directamente sobre él, a su derecha.

Escondió la cabeza en lo posible, tratando de proteger el cuello del mordisco de la fiera y entonces, en pleno salto, el monstruo lanzó un alarido de dolor, su cuerpo se arqueó hacia atrás con un chasquido y, con los pies rozando la cabeza, hecho un arco obsceno y ululante, se desplomó junto a la pared a su lado.

Y se hizo el silencio.

Sólo se oía su propia respiración entrecortada y la silbante de la cosa caída que, ante su mirada atónita, parecía estarse convirtiendo lentamente en una mujer que había conocido: la amiga de Lobo, la pequeña drogadicta a la que habían estado siguiendo la pista y que se había evaporado junto con él.

Era ella, sin duda: el mismo pelo negro y abundante, ahora colgando en sucios mechones; la misma piel blanca y pastosa que, sin embargo, ahora empezaba a tensarse de nuevo, a alterarse sutilmente en una nueva forma. Surgían arrugas en torno a los ojos apagados, las cejas se levantaban en un ángulo que marcaba los pómulos, la frente se retiraba poco a poco haciéndose más y más amplia, los labios se tensaban hacia las comisuras en algo que podía parecer una sonrisa. Y de su garganta empezaba a subir un murmullo incomprensible, como si sus cuerdas vocales se prepararan de nuevo para hablar.

Robles volvió a cerrar los ojos y, por primera vez desde la comunión, a los siete años, rogó a Dios que le ayudara. No se creía capaz de resistir aquello ni un segundo más con sus fuerzas humanas.

—¿Dónde han puesto la llave?

La voz de Sagrario, la inconfundible voz de Sagrario hablando en voz baja, urgente. Abrió los ojos.

El cuerpo de Lola, que él había creído descoyuntado para siempre, se movía a su alrededor buscando por el suelo de piedra. Se movía como el de Sagrario, con su gracia pesada, ridícula en un cuerpo que era piel y huesos.

—Robles, maldita sea, tenemos muy poco tiempo.

—Por donde está el revólver, me parece —se oyó decir en una voz envejecida y ronca, pero sorprendentemente firme.

Sagrario volvió a agacharse y, con un suspiro de alegría, cogió la llave y el revólver, le abrió los grilletes de las muñecas y los tobillos y se le quedó mirando con los brazos en jarras mientras él se daba masaje para restablecer la circulación.

—Venga, hombre. Ya te cuidarás después. No sé cuánto tiempo voy a poder quedarme aquí.

Robles se puso trabajosamente de pie y empezó a cargar el revólver con las balas de la caja que llevaba en un bolsillo.

—¿Qué hay que hacer? —preguntó sin mirarla.

—Vamos a la iglesia, están allí. Todo se va a decidir muy pronto.

—¿Y luego?

—No podemos saberlo, Robles. Confía. Eso es todo.

Sagrario descolgó la antorcha y echó a andar con decisión por el corredor que habían tomado los hermanos. Tras un segundo de vacilación, Robles recogió la linterna, apretó el revólver en su mano y, a tropezones, la siguió.

Virginia apoyó el pañuelo contra la boca del termo, lo empapó en agua y se lo pasó por los labios resecos. Estaba muy cansada. Había tenido que usar mucha fuerza, suya y del grupo, para ayudar a Sagrario a entrar en el cuerpo de Lola, luchando contra cientos de seres. Había sido necesario, pero tenía miedo de que esas fuerzas le faltaran después, cuando toda su energía sería quizá apenas suficiente para lo que tenía que hacer. Había sentido el flujo procedente del grupo de Anselmo y eso le había dado ánimos. No eran tan potentes como habría hecho falta, pero eran una gran ayuda. Sobre todo el simple hecho de saber que estaban allí, que estaban con ella, que la apoyaban.

Por lo menos habían conseguido liberar a Robles, que pronto llegaría al lugar donde más lo iban a necesitar. Ahora le tocaba a Jorge librar su combate y luego quizá a ella. Luego sería su turno. La prueba para la que se había estado preparando toda su vida, la culminación de su existencia. La definitiva prueba de amor.

Dio un sorbo de agua y trató de descansar unos momentos mientras rezaba por Jorge, por Anselmo, por todos. Y en último lugar por sí misma y por la salvación de su alma.

En la terraza del retiro, Anselmo aspiraba entrecortadamente el aire fresco de la noche, enojado consigo mismo por su propia debilidad. ¿Por qué tenía que haber llegado la hora precisamente en su vejez? ¿Por qué no haberle dado la oportunidad de entablar la lucha cuando su cuerpo era aún fuerte y su corazón latía regular y seguro, no como ahora que, con cada minuto que pasaba, se sentía más cerca de la rendición final?

Paseaba arriba y abajo de la terraza, las manos a la espalda, solitario y en silencio, rezando para que sus fuerzas aguantaran unas horas más, las horas necesarias para llevar a cabo su misión, para no fallarle a María, para no fallarle a Dios. Su vida no contaba, era a fin de cuentas un regalo que ya había disfrutado durante mucho tiempo, pero su energía tenía que durar mientras fuera necesaria. Había mucho en juego. Tanto, que a veces se asombraba de que esa misión le hubiese sido confiada a él, un pobre cura sin más méritos que su fe y su amor. ¿Pero no era ésa la base de la vida, el amor? Quizá sí fuera bastante. Quizá cuando sus fuerzas no llegaran, llegara aún su amor.

Empezó a rezar un padrenuestro, en voz baja, sólo para sí mismo y para el Dios de amor que lo había puesto en la tierra y le había dado esas palabras para llamarlo en tiempo de aflicción y de agradecimiento.

—Líbranos del Mal —se oyó decir, y su paso vaciló un instante. «Líbranos del Mal, Señor, Dios nuestro. No nos dejes caer en la tentación. ¿Por qué nos dejas? ¿Por qué no atiendes nuestros ruegos y nos libras del Mal que nos acecha? ¿Por qué nos hiciste libres, luminosos, criaturas de amor, para enfrentarnos al Enemigo que no podemos vencer sin tu ayuda? ¿Por qué nosotros, Dios mío? ¿Por qué no dejarnos vivir en la inocente dicha de tu amor para construir un mundo que exalte tu gloria? ¿Por qué nos has hecho débiles y nos has abandonado?».

Un pájaro, un ruiseñor quizá, ensayó unos trinos en la rama de un castaño. Anselmo siguió oteando ansiosamente el cielo estrellado iluminado por la luna, esperando una señal divina, un signo de que no estaba solo, solo en un mundo de perfecta belleza y armonía, dejado de la mano de su Creador.

Inclinó la cabeza sobre el pecho, sintiendo resbalar unas lágrimas calientes por sus mejillas.

Alguien le puso una mano sobre el hombro y dejó una taza de café sobre la mesa de la terraza.

—Dios sabe. Dios proveerá —habló en voz alta, tratando de dar consuelo a su grupo, que esperaba a sus espaldas, prendido de la fe del padre Anselmo como un monito recién nacido colgado al pelo de su madre.

Se volvió con ojos destellantes, llenos de lágrimas.

—Si abandonó en la cruz a su propio Hijo y le hizo beber el cáliz de amargura hasta la hez, ¿cómo podemos atrevemos a pedir que nos ayude a nosotros?

Todos bajaron la vista.

—Vamos a hacer todo lo humanamente posible, hermanos. Lo demás lo tendrá que hacer Él.

Uno a uno fueron levantando la mirada y encontrándose con su sonrisa que, como en un juego de espejos, fue pasando de rostro en rostro.

—Así me gusta. No hay un cristiano auténtico que no disfrute de un buen combate.

Cogió su taza y se la bebió de un trago, como un pistolero del Oeste.

Salvador tuvo que entrecerrar los ojos y hacer un salvaje esfuerzo de concentración para captar lo que estaba sucediendo. Un minuto antes cabalgaba en la gloria del Oscuro y, de repente, el perfecto éxtasis de la unión se había roto por esa voz blasfema que no debía estar allí.

Mecánicamente, con un movimiento de muñeca, apretó el dispositivo que inclinaba la losa del ara y el cuerpo sin vida de Moira se deslizó al abismo del pozo que había debajo del altar y desapareció de la vista. Una parte de su oído recogió su caída a las profundidades que terminó antes de lo acostumbrado con un ruido líquido y sordo, como si la mujer hubiese caído al agua y no a la cámara de piedra circular del fondo donde se amontonaban los restos de sacrificios anteriores. Pero esa voz insistente que no dejaba de gritar le impidió comprender el alcance del sonido, su trascendencia.

Sacudió nerviosamente la cabeza y se cruzó con la mirada de hielo de Baltasar, que desde el fondo de su capucha negra le urgía a tomar una decisión, a dar una orden. Levantó el brazo sin saber bien qué pretendía y varias figuras se pusieron en movimiento en dirección a la escalera que llevaba al coro.

En ese momento, o quizá fuera antes o después o en el mismo instante, porque el tiempo pareció detenerse a su conjuro, una voz cultivada, elegante, perfectamente fría, se elevó tras él. La voz del Guía.

—Que nadie se mueva. Quedas relevado del mando, Velador.

Salvador cayó de rodillas, la cabeza enterrada entre los brazos. Los otros, tras un instante de duda, le imitaron. Sólo Baltasar quedó en pie, clavando su mirada en las sombras del fondo del altar.

—¡Al suelo, perro! —La voz no había subido de tono, pero había un filo de peligro en ella que recorrió como un chispazo eléctrico a todos los presentes.

—Exijo verte —se elevó la voz de Baltasar. El silencio se hizo más tenso, más crujiente—, Amo —añadió casi a su pesar.

—No puedes exigir, carroña.

—Me he entregado a ti libremente y exijo tu presencia y tu palabra. Tengo derecho, Amo.

En el silencio sobrenatural empezaron a oírse castañeteos de dientes y gemidos que surgían de las gargantas independientemente de la voluntad de las criaturas. Luego una carcajada. Una risa mecánica y sin vida que parecía llenar la inmensa nave.

—Tienes derecho, dices. Sí. Tienes derecho a recibir tu pago. Mi reino es el dolor. Y las tinieblas. El helado vacío de la desesperación sin tiempo. Todo es tuyo ahora. Tómalo.

De la figura encapuchada surgió un sonido ululante que ya nada tenía de humano y que hizo que Jorge cayera de rodillas junto a la balaustrada, tapándose los ojos y los oídos, gritando también como reflejo o tal vez en solidaridad con aquella criatura que había sido humana y que estaba perdiendo su mente, fibra a fibra, deshaciéndose por dentro para ser arrastrado por el torbellino del dolor eterno. Los veladores gritaban también enloquecidos de horror por el castigo del que había sido su hermano.

Sólo Saraí, blanca y luminosa en el centro del pasillo, sonreía ausente como si estuviera contemplando algo bello y lejano, flanqueada por sus hijos, que habían surgido como de la nada y se mantenían rígidos y distantes, dos pequeños príncipes crueles en el reino del horror.

Entonces volvió a sonar la voz:

—¿Se encuentra dispuesto el Oponente para entablar combate?

Jorge temblaba tanto que no se sentía capaz de mover un solo músculo.

—¿Es que nunca enviarán a un contrincante digno? —La voz sonaba contrariada y peligrosa, como si estuviera al borde de un ataque de furia—. ¿Por qué me envías a estos estúpidos peleles? —Y esta vez Jorge supo que no estaba hablando con él—. Está bien. Como quieras. Siempre como tú quieras. Destruiré de un soplido a la marioneta que me has enviado y todo continuará. ¿Por qué no? Tu juego es cada vez más absurdo.

Jorge sintió una llamarada a su alrededor y, sin saber cómo, se encontró en medio de una inmensa extensión desierta bajo una luz gris que no venía de ninguna parte.

Una forma oscura, vagamente humana, que parecía no tener rostro, se materializó frente a él.

—¿A qué esperas? —le instó la voz—. Necesitas un acicate, ¿no es cierto?

Las imágenes cayeron como una catarata en la mente de Jorge. Rosa viva y alegre. Rosa en el camastro, azulada por el sufrimiento. Teatros vacíos, polvorientos, llenos de esqueletos cubiertos de telarañas aplaudiendo a un actor cadavérico que era él mismo en una función eterna. Ciudades destruidas, plantas monstruosas, aberraciones sin nombre ocultándose entre las ruinas, el sol apagándose, encogiéndose, lanzando una luz sucia sobre el mundo corrompido...

Gritó. Gritó con el cuerpo y con la mente, como había hecho Baltasar una eternidad atrás, y empezó a luchar, sin saberlo, sustituyendo las imágenes corruptas por las que él recordaba: los días dorados del otoño, el mar de Irlanda de un intenso azul coronado de espumas, Rosa cantando en la ducha, Leonardo, su Leonardo de *Bodas de sangre,* jurando amor hasta la muerte a un imposible. El amor. El amor y la risa. Ésas eran las armas. Lo sabía. Algo en él lo sabía. Pero ya no le quedaba risa. No es posible reírse de la abominación.

El amor, entonces.

Trató de amar a su contrincante. Pero era tan difícil... tan difícil. No tenía fuerzas para tanto. Él era sólo humano.

Su enemigo se transformó en un monstruo ante sus ojos, un engendro de película de horror, sólo que era real, tanto como él. Mucho más que él. Y poco a poco, el monstruo fue tomando otra vez la forma de un dragón.

«Jorge. *Drangonslayer»,* le insinuó su mente. «Destrúyelo. Mata al dragón y salva a la doncella».

Se encontró vestido de hierro, con una espada en la mano, buscando el vientre expuesto del dragón, su ojo enfebrecido. La zarpa del dragón abrió su pecho. Un zarpazo limpio, mortal. Miró con estupor su cuerpo destrozado, su corazón sanguinolento que aún latía mientras le abandonaban las fuerzas. *Dragonslayer.* Era el final.

«Dragonrider», gritó su mente. «Tú nunca quisiste vencer al dragón. Tú querías montarlo. Sentir la unión, surcar los vientos. El dragón es tu amigo, tu aliado. Tú amas al dragón».

Y, de repente, surgió de él una lanza de luz, un rayo de amor purísimo que iluminó el desierto donde se encontraban, y el dragón fue haciéndose grácil, bello, con dos alas inmensas verdeazuladas que reflejaban la luz dorada que venía del cielo. Y Jorge lo amó.

Entonces, en ese instante de magia suprema, de perfección, cuando había empezado a creer que la música llenaría el universo y una luz dorada los bañaría a todos salvándolos del dolor, el vientre del dragón se abrió con un crujido de papel y madera y León, pulcro y enlutado, salió lentamente, con su leve cojera y una sonrisa tímida en los labios.

—Estoy orgulloso de ti, hijo. Eres mejor de lo que pensaba. —La voz era la misma de antes, fría, lejana.

Jorge sintió que le fallaban las piernas, que le faltaba el suelo bajo los pies.

—¿Usted?

—Nunca pensé que no lo adivinaras por ti mismo. Estaba tan claro... Has hecho lo que has podido, Lobo. Te doy las gracias. Ahora tendré que matarte.

—¿No estoy muerto ya?

León se quitó las gafas y empezó a limpiarlas parsimoniosamente con un pañuelo blanco.

—Es cuestión de definiciones, ¿sabes? Tu cuerpo ha sido destrozado, sí. Allá en la iglesia. Pero tú sigues vivo, ¿o no lo notas? Tu propio ser, tu alma, tu energía o como quieras llamarlo. Eso es lo que voy a matar ahora. Como hice con aquel estúpido velador. Aunque no es estrictamente necesario, ¿sabes? Voy a darte ocasión de elegir. Eres un ser con libre albedrío, ¿recuerdas?

»Tú me conoces, Lobo, hemos bebido juntos, te he enseñado muchas cosas. ¿No quieres unirte a mí? ¿No quieres ser mi heredero?

»Yo soy el Señor del Tiempo. Puedes volver atrás, si lo deseas. Un año, dos, veinte, los que quieras. Vuelve dos años atrás y tendrás a Rosa. Retrocede treinta y cinco y no tendrás que ser huérfano. Considéralo un regalo de cumpleaños. Hoy es tu cumpleaños, Lobo.

»Piénsalo. Cambia el pasado a tu medida. El futuro. Lo que quieras. Todos los papeles que puedas soñar, la fama, el éxito, dinero, poder, un Oscar, dos, tres. Un castillo en Francia con un jardín de ensueño para que jueguen vuestros hijos, viajes por el mundo en tu propio yate, un avión privado...; sube conmigo a lo más alto y míralo todo a tus pies.

Las palabras de León conjuraban imágenes en la mente de Jorge, imágenes reales, vívidas como recuerdos recientes que hacían crecer su deseo de poseer aquellas maravillas. Tener a Rosa de nuevo, recuperar su vida, realizar sus sueños, todos sus sueños.

Sintió que daba un paso hacia León, hacia el hombre que era más que un hombre y podía ser su maestro, que le iba a dar todo lo que se merecía, todo lo que siempre había sabido que podía ser suyo. Menos la risa. Nunca había compartido una risa con León.

No te entregues, Miguel, oyó en su interior; una voz lejana que no reconocía. *No entregues tu amor al Padre de la Mentira.*

Dudó un instante. ¿Mentira? ¿León le había mentido?

Abrió los ojos y vio, desenfocadas, unas rayas de luz amarillenta en una habitación de hospital. Se puso las gafas y miró sin comprender los cables que unían su cabeza a una complicada máquina. El cuarto estaba vacío, silencioso, aséptico.

«¡Dios mío! ¡Qué pesadilla más espantosa!», pensó. Miró su reloj: las dos y cuarto. ¿Y si aquello había sido un sueño premonitorio? Podría levantarse, avisar a Sagrario de que no entrara en la habitación de García, avisar a Robles de que el asesino del rifle estaba a punto de salir del coma. Podría evitarlo todo.

Sonrió, feliz, y se estiró en la cama, notando con agradecimiento el calor de la manta, el bienestar de su cuerpo.

«¿ Y Rosa?»

Si todos sus recuerdos de Hora habían sido una pesadilla, podía ser que la desaparición de Rosa también lo fuera. Pediría que le dieran el alta y volvería a casa por la mañana para encontrársela aún acostada bajo la mosquitera azul, enredada en las sábanas; su piel dulce y caliente esperándolo en su propia cama para empezar juntos de nuevo, para tomar otro camino sin permitir que la locura entrara en sus vidas.

Pero no era posible. Aunque lo de Hora no hubiera sido más que una pesadilla, la desaparición de Rosa era real. Llevaba meses buscándola. No podía ser que todo hubiera sido una alucinación. El dolor era real. El dolor de todos aquellos seres encerrados en Hora era auténtico. No podía cerrar los ojos frente a todo aquel sufrimiento. Ni siquiera a cambio de tener a Rosa.

¿O sí? Olvidarlo todo. Seguir viviendo. Ser feliz, inocente, ignorante como lo había sido antes.

Se levantaría ahora, llamaría a todo el mundo y al menos podría evitar la muerte de Sagrario. Luego convencería a Robles de ir a Hora y acabarían con el horror que se ocultaba allí.

—¿Aceptas, Lobo?

La voz le produjo una sacudida.

Se encontraba de pronto en un inmenso salón con una chimenea de mármol en la que ardía un buen fuego junto a un árbol de Navidad. De la habitación contigua venían risas de niños y la voz de Rosa cantando una canción en inglés. Una sensación de paz maravillosa lo llenaba. Su mano sujetaba una copa de coñac que olía deliciosamente. Todo era perfecto. Era una imagen de su futuro. De su futuro real, lo sabía. Dentro de pocos años ésa sería su casa. Si elegía bien, si jugaba bien sus cartas.

¿Y los otros? Las almas torturadas, los seres martirizados, aún vivos, que esperaban en Hora.

Levantando la vista del fuego, tomó un sorbo de coñac dirigiendo la mirada hacia el espejo verdoso que colgaba sobre la chimenea y encontró sus propios ojos: «¿Soy yo acaso el guardián de mi hermano?». El pequeño círculo en el espejo comenzó a girar, atrapando su mirada. «¿Soy yo acaso el guardián de mi hermano?».

La voz de Rosa le ahorró la respuesta:

—Jorge, la cena está lista.

Se volvió y la vio apoyada en el quicio de la puerta, más hermosa incluso que como la recordaba, con un vestido de noche de terciopelo verde que le marcaba los pechos y las caderas, el pelo más rojizo y más rizado enmarcando su piel perfecta y sus ojos brillantes.

Se acercó sin hablar y la abrazó, perdiéndose en su perfume y en la sensación de su cuerpo, aquel cuerpo maravilloso que no era el de Rosa. Que era el de Saraí con los ojos de Una.

La apartó de un violento empujón y la mujer volvió a convertirse en Rosa. Sonriente. Natural.

—¿Aceptas, Lobo?

León apareció de nuevo frente a él, viejo y pequeño, impoluto y repeinado, tendiéndole la mano, ofreciéndosela para cerrar el trato, seguro de su victoria.

Sin detenerse a pensarlo, Jorge le saltó encima tratando de estrangularlo. Le había dicho que ya no tenía cuerpo, pero él se sentía fuerte, sano, lleno de vigor, y León era débil y viejo, casi no se debatía. Aumentó más y más la presión de sus manos hasta que ya no supo si apretaba algo o sólo era agua que se le escapaba. Y oyó el cloqueo de León, el inconfundible, sarcástico cloqueo del hombre en quien había confiado, que casi había sido el padre que no llegó a conocer.

Eso lo enfureció. Le había mentido. Había jugado con él como un gato con un ratón confuso y asustado. Le había ofrecido su vino, sus conocimientos y su ayuda y lo había traicionado. Le había ofrecido quimeras y alucinaciones para hacerlo caer, para vencer a su auténtico contrincante.

Tenía que castigarlo. Tenía que hacerlo sufrir por ello. Era él quien le había quitado a Rosa. Él había jurado hacérselo pagar. Castigarlo. Castigarlo. Vengarse. Destruirlo.

Ya casi no oía los cloqueos de León. Sus pensamientos se hacían confusos, se apagaban. Se estaba distanciando de sí mismo. Ya no se reconocía. Se veía de lejos, una figura patética luchando contra un coágulo de negrura irreconocible. Rosa. ¿Quién era Rosa? Su corazón estaba vacío de amor. Sólo quedaba el odio, la furia, la impotencia.

Una fuerza lo envolvió de pronto, un resplandor azul y dorado, y una voz de mujer gritó:

—¡Huye, enemigo, en el nombre de Dios! ¡Yo soy su brazo, su espada y su ira!

Jorge sintió que el remolino de su mente se detenía poco a poco; los brillantes fragmentos de su vida que se habían ido apagando en el vendaval se serenaban, se posaban en su sitio, formaban un diseño de increíble belleza. Se sintió prendido por la belleza del dibujo, por el color. Creyó que su lucha había acabado y empezó a deslizarse hacia arriba, ingrávido y en paz, hacia otro plano, hacia otra existencia, feliz de abandonarlo todo abajo.

Pero entonces oyó de nuevo la risa sarcástica. Fue sólo un recuerdo. León luchaba ahora contra otro contrincante. ¿Por qué no dejarlo? Él había cumplido.

Pero el otro había empezado mal. Cometía un error. El mismo error que él había cometido. Hablaba de ira y de espadas, como él con el dragón al principio, antes de saber que es posible la unión con la fiera, que los dos son parte de un todo indivisible y glorioso. El nuevo contrincante había olvidado que sólo puede vencerse a las tinieblas aportando la luz. Y él era el Señor de la Luz. O lo había sido.

Lenta, dolorosamente, liberó su ser del éxtasis del diseño y regresó poco a poco hacia los contrincantes, hacia la salvación para todos los que aún no habían entendido lo que significaba la lucha, lo que encerraba la belleza del combate. Ya casi no tenía nada. Lo había rechazado todo. No tenía cuerpo, ni futuro ni esperanzas personales, pero acababa de comprender y esa comprensión podía salvarlos a todos.

—¿Regresas al combate? —oyó decir a León.

La forma de la mujer estaba tendida en el suelo a sus pies, como un guiñapo.

—Sólo quería decirte que he comprendido, León, que te entiendo.

—¿Quieres decir que me perdonas? ¿Como los primeros cristianos frente a los leones del emperador?

—No, León; no es que te perdone, ¿quién soy yo para perdonarte?, ¿por qué? Es que de pronto te entiendo.

—¿Que me entiendes? —El espacio que los rodeaba se transformó en un líquido rojo sangre, espumeante, como la ira que había en la voz de León—. ¿Quién eres tú para entenderme, miserable pieza del juego de Dios?

—Alguien que fue un hombre a quien tú enseñaste que no te dejaron elegir tu papel, ¿recuerdas? Tú no eres humano. A ti Dios no te dio el libre albedrío; te dio un simple papel en sus planes. Porque tú no importabas en el diseño del universo. Lo que importaba era la humanidad. Ahora lo entiendo, y lo siento por ti. Tenías razón.

Rayos amarillos y verdosos cruzaron como relámpagos la bruma roja.

—¿Sabes que tengo razón y no aceptas unirte a mí?

—No quiero ser parte de ese juego. Ya he cumplido. Yo sí puedo elegir y elijo el otro lado.

La mujer caída empezó a levantarse, confusa. León, aún con

su aspecto de viejecillo pulcro, vestido de negro, se recortaba contra la nada roja.

—He recibido veneración de los humanos —León sonaba pensativo, casi confuso—, odio, terror, amor incluso... Todos los sentimientos que sois capaces de experimentar, pero nunca nadie me había dicho que me comprende.

—Tú mismo me lo explicaste. El Padre de la Mentira me contó también una gran parte de la verdad, tratando de confundirme, pero he comprendido. Te he comprendido. Puedes ver en mi interior, León. Sé que ahora soy transparente. Mírame. Míranos.

La mujer se había puesto a su lado y brillaba con una luz perlina, levemente azulada. Juntos lanzaban su luz sobre León.

—No soy ni mejor ni peor que tú; soy diferente. Soy humano, León. Tú eres el Contrincante. Siempre lo fuiste. Y estás solo. La historia del Ángel Caído, del Ángel Rebelde, es sólo una leyenda inventada por ti para justificar tu existencia ante los humanos. Tú nunca fuiste un Ángel. Siempre fuiste lo que eres ahora: el Oponente, el Contrincante, el Uke, la otra mitad del Todo, el que hace posible la belleza del combate. No tuviste elección.

El azul ganó en intensidad y la nada roja fue volviéndose violácea, transparente, hasta convertirse en un resplandor índigo que lo envolvía todo. El tiempo se detuvo, como si León estuviera decidiendo qué hacer a continuación.

—La partida es tuya —dijo León, apenas ya un borrón de sombra—. Tienes razón. Siempre he estado solo. Me habría gustado que te unieras a mí. Has luchado bien. Has comprendido mi verdadera naturaleza. Te doy las gracias por el combate.

Supo que se habían salvado. Que habría otros combates en el futuro para que muchos otros seres aprendieran a elegir, alcanzaran la comprensión, se acrisolaran en lo que nunca acaba, en lo que siempre es. Pero para ellos la lucha había concluido. Eran libres. Todos ellos. Rosa. Lola. Todas las voces torturadas. Los iluminados, los apasionados, los atormentados, los ardientes.

Sagrario. Él. Anselmo, que como él mismo, acababa de abandonar su cuerpo mortal. Todos.

Había comprendido. Había elegido.

Sintió cómo se iluminaba de agradecimiento y se dejó llevar, esta vez para siempre, hacia otro plano, hacia lo que esperaba más allá, sintiendo otras presencias a su alrededor, otras voces, girando, disolviéndose en la Gracia, sabiendo que encontraría por fin a Rosa, para siempre, y que nunca más estaría solo, que no volvería a perder nada.

Abrazó su amor y se dejó llevar, seguro y en paz, bañado ya para siempre en el esplendor índigo, en la luz oscura, en la luminosa oscuridad.

En la iglesia, oculto tras una de las gruesas columnas, con el cuerpo de la mujer que era y no era Sagrario temblando a su lado, Robles no sabía qué pensar. Aparte de que estaba aterrorizado hasta un punto que nunca habría creído posible y que se sentía como si fuera a desmayarse de un momento a otro por el dolor de cabeza que le daba salvajes punzadas y le producía náuseas, lo peor, casi, era que no comprendía nada. No podía ver lo que estaba sucediendo en la parte delantera de la iglesia y su informacion se había limitado hasta el momento a los aullidos inhumanos que durante unos minutos habían resonado por toda la nave. Luego se había hecho un silencio que ponía los pelos de punta y Robles, arriesgándose demasiado, había echado una mirada que le había permitido saber que los dos monstruos con forma de niño se hallaban a poco más de diez metros de su escondite, flanqueando a una mujer desnuda de largo pelo rojo.

Desde entonces todo había sido enormemente confuso. Había tenido la impresión de delirar, porque su mente le había ofrecido imágenes incomprensibles que lo dejaban débil y tembloroso, sin posibilidad de defenderse, como si se encontrara en una tormenta en alta mar. Su compañera había estado gimiendo suavemente y golpeándose la cabeza contra la piedra de la columna como si siguiera un ritmo que sólo ella conocía. No había vuelto a hablar con la voz de Sagrario, pero tampoco se había convertido en la fiera asesina de antes. Después, por un instante, su mirada se aclaró y creyó reconocer los ojos de Sagrario, llenos de amor, felices, despidiéndose de él. Luego se había extinguido la llama y los ojos habían vuelto a ser pozos de sombras cercados de ojeras amoratadas. En ese momento estaba como ausente, tensa y temblorosa, con los ojos vueltos hacia arriba, en blanco, como si observara algo que pasaba en su interior, algo que él no podía ver. No se atrevía a hablarle, ni a preguntar.

Entonces le pareció percibir una sombra que, moviéndose muy rápido, cruzaba apenas su campo de visión para ir a colocarse a su izquierda, junto a una capilla lateral. No podía saber quién era, pero llevaba un arma, había visto el brillo del metal.

Sin atreverse casi a respirar, prestó atención a la oscuridad que había a sus espaldas en lugar de seguir concentrándose en lo que pudiera estar ocurriendo en la zona del altar.

Otra sombra se deslizó hacia una capilla, esta vez a la derecha. Si no hubiera sido imposible, habría dicho que estaba asistiendo a un despliegue policial.

Un grito casi unánime de las personas reunidas en la parte delantera le hizo volverse para tratar de comprender lo que sucedía y, por un momento, tuvo la impresión de ver a Lobo, el actor, girando en el aire a tres metros del suelo envuelto en un torbellino de sangre y luz, como si alguien hubiera encendido un fuerte proyector debajo de su cuerpo y el haz luminoso lo sostuviera en el aire, por encima del altar. Giraba y giraba como un muñeco de trapo, la cabeza truncada hacia atrás, los brazos y las piernas abiertos en aspa. Luego, con un golpe opaco, su cadáver cayó sobre la losa, punteado por un alarido de triunfo de la congregación.

En ese momento Robles pensó por primera vez que había perdido la razón.

Desde más atrás de donde él estaba, oyó la voz de Molina, habría jurado que era su voz, diciendo por el megáfono:

—¡Policía! ¡Todo el mundo quieto. Las armas al suelo. ¡Quedan todos detenidos!

Sintió un mareo y se apoyó en la columna para no caer. No era posible que Molina estuviera allí con unos cuantos hombres y pensara que aquello se podía hacer como siempre, que era un trabajo rutinario. Molina no podía ser tan imbécil.

Entre la bruma roja que llenaba su mente vio como en un ballet, como a cámara lenta, que los dos hermanos se volvían, sonrientes, la locura pintada en su rostro, una locura inhumana, sobrenatural. Vio cómo buscaban lentamente en los rincones en sombra, sin moverse de donde estaban, como si sus ojos fueran pantallas de radar. Detectaron al hombre que se ocultaba a su derecha que, de repente, dio unos pasos hacia delante como si no supiera lo que hacía, sujetando su arma delante de él con una mano que temblaba como una hoja. De repente, sin ningún aviso, sin ningún sonido, su mano estalló, lanzando el arma contra una columna.

Robles no podía ver lo que estaban haciendo los dos hermanos porque ahora estaban frente al hombre, dándole a él la espalda. Sabía que tenía que hacer algo, pero la fascinación de lo imposible lo mantenía clavado en su lugar, observando, como si todo fuera una película. El hombre empezó a aullar mientras su cabello se incendiaba y de sus ojos empezaba a manar sangre. Los otros agentes debían de estar tan absortos como él en la obra de destrucción porque no había el menor movimiento. Sólo el hombre que se contorsionaba a cámara lenta. Y los gritos. Luego, poco a poco, todos empezaron a reaccionar y Robles vislumbró el rostro de los dos hermanos, ahora de perfil, buscando.

Antes de decidirlo racionalmente, Robles disparó. El niño cayó, sin un gemido, con la cabeza destrozada. Su hermana se volvió hacia él a una velocidad de pesadilla, el pelo y la ropa salpicados de sangre y materia cerebral, los dientes casi felinos, los ojos ardiendo. Él disparó de nuevo, también a la cabeza, pero la niña alzó una mano frente a su rostro y la bala cayó al suelo con un tintineo metálico, detenida en pleno vuelo.

Robles empezó a rezar. Si Molina y los suyos no hacían algo, no había escapatoria. Ella se acercaba casi flotando, como si no tocara el suelo, buscando la mirada de Robles que él mantenía alejada temiendo su poder.

Volvió a disparar, esta vez a ciegas, y oyó su risa enloquecida. Creyó incluso sentir un olor a carroña acercándose a él. Y el frío. Un frío que le helaba hasta la médula.

«Que alguien haga algo, Díos mío, que hagan algo».

Disparó una vez más, por pura histeria defensiva, sabiendo que estaba perdido, limpiándose con la mano izquierda el sudor que le corría sobre los ojos para tener la vista clara para los últimos disparos. Los dos últimos que le quedaban.

Trató de apuntar sin mirarla y, de pronto, todo se detuvo. Tuvo la sensación de que un huracán corría por la iglesia y oyó una voz distante, como un eco lejano: «Están libres. Están todos libres», le pareció comprender.

Aprovechó ese momento. La niña se había detenido un segundo, como escuchando. Entonces le acertó entre los ojos. La vio desplomarse y el revólver cayó de su mano.

El eco lejano fue aumentando de tono hasta convertirse en un rugido, como el de una cascada, como el del mar en las rompientes. La mujer desnuda del cabello rojo se lanzó sobre él como una furia y cayó a sus pies detenida por el disparo de alguno de sus hombres que por fin habían comprendido que aquélla era una lucha a vida o muerte. Figuras encapuchadas corrían por los rincones buscando una salida. Se oían voces, carreras, gritos, disparos. Él ya casi no podía moverse, pero sabía que era necesario salir de allí. No podían quedarse. Iba a ocurrir algo espantoso. Lo sabía. Lo olía.

Se inclinó a buscar su revólver; sólo quedaba una bala, pero podía significar la diferencia entre la vida y la muerte. Había desaparecido. Buscó con la mirada, atontado, luchando contra la necesidad y el deseo de cerrar los ojos y descansar. Cerca del altar, con el arma en la mano, la mujer que lo había guiado y que por un momento había sido Sagrario, corría entre las figuras negras.

Lo comprendió todo en un fogonazo. Ahora sabía para qué iba a servir la gasolina que llenaba el pozo bajo el altar. Un disparo en aquel pozo, el último de su revólver, que ahora empuñaba aquella muchacha, y todo se convertiría en un infierno.

Gritó:

—¡Muchachos, soy Robles! ¡Nos retiramos! ¡Retirada! ¡Largo, imbéciles! ¡Todos fuera!

Tuvo una visión borrosa de algunos de sus hombres dirigiéndose a una pequeña puerta lateral que no había visto antes y, cuando trataba de seguirlos, cayó de rodillas contra las losas. Supo que no llegaría y casi se alegró. No podía más.

Entonces un brazo se enroscó en torno a su cuerpo y empezó a tironear, arrastrándolo a la salida. Molina. Luego otro brazo lo sujetó por el otro lado y Robles se dejó llevar. Casi en la puerta, y a punto de perder la consciencia, oyó un estallido salvaje, como una bomba, y sintió una ola de aire caliente y negro que lo lanzó como una hoja al centro de la plaza. Antes de cerrar los ojos pensó que veía un dragón de piedra mirándolo fijamente, pero, de alguna manera, no tenía importancia.

Y se desmayó.

Virginia se sentó en una piedra y se sonó de nuevo. Tenía los ojos rojos y la nariz le escocía. Llevaba horas sin dejar de llorar. No parecía ser capaz de detenerse. Su mente aceptaba la muerte de Anselmo, de Jorge, de todos los que habían participado en aquel combate. Pero su corazón, a pesar de la dulzura del amor y la paz que había conocido, no podía. La habían dejado sola. Todos la habían abandonado. Ella había estado dispuesta a ofrecer su vida, a dar todo lo que tenía. Y había sido rechazada. Había servido como instrumento y ahora estaba allí, sobre una piedra, mirando la hoguera gigante del pueblo en llamas que se extinguía bajo la lluvia, su reflejo incendiado en el lago de siniestra belleza. Ella también estaba mojada, pero no le importaba. Habían querido meterla en una ambulancia y no lo había permitido. Necesitaba tiempo para tranquilizar su mente y su corazón. A Robles se lo habían llevado; parecía grave, pero había encontrado fuerzas para sonreírle. Él también había sido un instrumento y, como a ella, lo habían rechazado después de cumplir su misión. Hermanos en la desgracia. Pero ¿cómo hablar de desgracia en el glorioso día en que las Fuerzas del Mal habían sido vencidas? ¿Qué otra cosa había deseado y esperado a lo largo de su vida? Y, sin embargo, se encontraba vacía, perdida. Sola. Eso era. Sola.

La comprensión que había sentido durante el combate, cuando el que había sido Jorge aún estaba junto a ella, la había abandonado. Recordaba, como fragmentos de un sueño, conceptos extraños sobre el juego de Dios y el libre albedrío. Ella había luchado como le habían enseñado toda su vida y, sin embargo, ahora tenía la sensación de haberse equivocado, de que la comprensión de Jorge, que ahora ya no la alcanzaba, era lo que había conseguido la victoria final. La comprensión ¿de qué verdad tan trascendente como para que el mismo Enemigo la hubiera compartido? Ya no lo recordaba. Desde que se había visto devuelta al plano terrestre no podía recordar con claridad lo que había sucedido durante aquel tiempo sin tiempo que había pasado en el otro plano, sostenida por la fuerza y la fe del grupo de oración y por el amor de Anselmo.

Volvió a sollozar pensando en él. Sabía que él se había salvado, que todos habían alcanzado la paz, pero ella estaba sola y lo estaría mientras viviera. ¿Qué iba a ser ahora de ella? ¿Qué iba a hacer de su vida? No podía volver al convento y hacer como quc no había pasado nada, que todo seguía igual. ¿Cómo iba a ser todo igual sin Anselmo, sin su amor, sin su sonrisa?

«Tienes que hacer lo que sabes hacer, María. Confiar y esperar. Tienes que dar lo que te han dado: amor, ayuda, entrega. Puedes curar. ¿Qué más quieres?».

Las palabras de Anselmo, tantas veces pronunciadas en momentos de desesperación, de falta de fe, sonaban en su mente como una música que se mezclaba con el golpeteo de la lluvia sobre el coche de policía que la esperaba. Había muchos otros vehículos, muchos agentes buscando supervivientes en las ruinas de la ciudad y del laberinto.

Oyó llegar otro coche, pero no se movió. Luego una portezuela al cerrarse. Unos pasos. Una mano en su hombro.

—Virginia, venga usted conmigo, por favor. —La voz de Ana, joven, fresca, a pesar de todo lo ocurrido—. El comisario la necesita, los médicos ya no saben qué hacer.

Levantó la cabeza y sonrió a la muchacha. Lanzó una última mirada a las ruinas humeantes y entró en el coche.

—Hágase tu voluntad, Señor, y no la mía —murmuró.

Luego cerró los ojos, apoyó la cabeza en el respaldo del coche y se dejó conducir a donde la necesitaban.

Epílogo

El parque era una gloria de oros viejos, naranjas y ocres. Sólo quedaban algunas rosas tardías, aún más bellas por lo raras; rosas oscuras, ya muy abiertas, condenadas a morir en cuanto empezaran las heladas. Pero de momento el aire seguía siendo cálido en las horas de sol y los niños seguían jugando en los columpios mientras los viejos leían el periódico en los bancos y las madres jóvenes paseaban con sus cochecitos.

Desde hacía algunos meses, Robles se pasaba por el parque casi todos los días. No sabía si era por el recuerdo de Sagrario, con quien había recorrido tantas veces esos mismos senderos o, simplemente, porque estaba envejeciendo. Había pedido un año de excedencia para recuperarse de todo lo sucedido; ni siquiera había querido encargarse del cretino de Morales, el psiquiatra, que además ahora era concejal de Sanidad. Daba igual. Ahora sabía seguro que había algo más allá de esta vida. El psiquiatra no era asunto suyo. Pero la inactividad empezaba a pesarle. Él era un hombre de acción y ahora que, por voluntad propia, se había convertido en un miembro pasivo de la sociedad, se sentía viejo. Viejo y acabado. Sin sentido, sin futuro.

Si Ana no hubiera llamado a Molina y no lo hubiera convencido de acudir a Santa María en su ayuda, ahora estaría muerto. Descansando en paz como Sagrario, como Lobo, como tantos otros, sin tener que arrastrar una existencia vacía en un mundo vestido de oro.

—¡Robles! ¡Qué alegría! ¡Hacía siglos que no nos veíamos! ¿Dónde te metes?

De momento le costó reconocerla. El embarazo le sentaba bien, pero había engordado muchísimo.

—¡Marina, muchacha! Te veo muy bien.

—Ya en la recta final, Robles. Sólo faltan dos meses.

—¿Y qué es? ¿Se sabe ya? ¿Niño o niña?

—No te lo vas a creer —contestó orgullosa, con un risita de colegiala—. Las dos cosas.

—¿Qué?

El horror en la voz de Robles era genuino, pero Marina debía de estar acostumbrada a la sorpresa que producía la noticia y se limitó a asentir, siempre sonriente.

—Gemelos, Robles. Niño y niña. Para que luego digan que no soy original. Me ha costado decidirme, pero mira ahora, de una vez, dos. ¡Robles! ¿Te encuentras bien?

—Sí, claro, claro. No te preocupes. Ya sabes que me hirieron en junio, en aquel asunto tan turbio, y aún no me he repuesto del todo, pero no es nada.

—A ver si llamas un día y vienes a cenar.

—Te llamaré. Lo prometo.

—Y acuérdate de que vas a ser el padrino de los niños. Vio pasar una sombra por el rostro de Robles y se apresuró a cambiar de tema para no traer de nuevo el recuerdo de Sagrario. —¿Sabes cómo los llama Jaime? Sol y Luna. ¡Qué tontería!, ¿eh?

Robles sintió un ahogo y una especie de zumbido en las orejas, como si se le estuviera agolpando la sangre en la cabeza. Se desabrochó el chaquetón e inspiró hondo.

—Bueno, Marina, tengo que irme. He quedado con un compañero que me pone al día de lo que pasa. Te llamaré.

Marina lo vio alejarse por entre los parterres, preocupada. Pero ¿qué le pasaba a ese hombre? Estaba cada vez más raro. Se sentó en un banco al sol y se puso a hacer punto, un diminuto jersey blanco igual que el otro que reposaba en su bolsa. Uno con *«He»* bordado y otro con *«She»*, copiados de una revista.

Robles entró en la primera cabina que vio y marcó un número que se sabía de memoria:

—¿Padre Andrés? Aquí el comisario Robles. Hágame el favor de decirle a doña Virginia que se ponga cuanto antes en contacto conmigo. Sí, padre. Es un asunto urgente.

Marina sacudió una vez más la cabeza y se puso a la faena: dos del revés, dos del derecho y cruzar, dos del revés... Ya estaba deseando conocer a sus niños. Pero no tendría que esperar mucho. Sólo faltaban dos meses.